HOTEL DU BARRY

LESLEY TRUFFLE

HOTEL DU BARRY

Editado por HarperCollins Ibérica, S.A.
Núñez de Balboa, 56
28001 Madrid

Hotel du Barry
Título original: Hotel du Barry
© 2016, Lesley Truffle
© 2017, para esta edición HarperCollins Ibérica, S.A.
Traductor: Carlos Ramos Malavé

Diseño de cubierta: www.buerosued.de, Munich.

ISBN: 978-84-9139-371-9
Depósito legal: M-4006-2017

En la victoria merecemos el champán.
En la derrota, lo necesitamos.

Napoleón Bonaparte

CAPÍTULO 1

La cuna

Algunos bebés son abandonados a la puerta de los hospitales de beneficencia. Otros aparecen en unos grandes almacenes o en los andenes de mugrientas estaciones de tren. Pero la pequeña conocida como «el bebé del Hotel du Barry» apareció tendida en la cuerda de la ropa. Y tampoco era una cuerda de la ropa cualquiera, ya que se encontraba en el patio del imponente edificio conocido como Hotel du Barry. Un hotel tan asombroso y experto en el arte de agasajar que con frecuencia figuraba en las fantasías secretas de los londinenses más pobres.

Tendido con firmeza y bien asegurado, el bebé se balanceaba suavemente con la brisa matutina. Las sábanas mojadas lo protegían del brillo de primera hora de la mañana y probablemente le proporcionaban una sensación de placidez y seguridad. De hecho, su actitud alegre sugería que se lo estaba pasando bien.

Las mentes más inquisitivas se estarán preguntando: ¿cómo puede alguien colgar un bebé en una cuerda de tender? Fácil. Preste atención, señora, por si acaso algún día desea abandonar a su propio mocoso gritón. Para empezar, debe hacerse con unas bragas enormes. Deberían ser el tipo de prenda que las mujeres de cierta edad y de cierto tamaño comprarían a escondidas en los mejores emporios. A poder ser, de algodón y con una pizca de encaje color crema; grandes, amplias y suaves al tacto. El tipo de prenda que tanto le gustaba a su abuela o a su anciana tía solterona. Cabe destacar que, con frecuencia, la decepción sexual es la precursora de esas prendas amorfas de color beis.

Volvamos a la técnica. Solo hay que meter al bebé desnudo dentro de la voluminosa prenda y atar el exceso de tela con dos nudos, uno a cada lado. Las piernas del bebé deben quedar colgando y el refuerzo del centro lo mantendrá erguido. Un exceso de imperdibles para pañales hará que el paquete esté seguro. Lo ideal sería que la cinturilla quedase ceñida por debajo de las axilas del bebé, pero que le permitiese cierta libertad de movimiento. Ya que envolver bebés es como el vendaje de los pies en las mujeres orientales. Cruel e innecesario. Después la prenda se ata con firmeza, desde la tela anudada hasta la cuerda de la ropa y se le colocan pinzas de madera para que la cuna sea segura.

Ya basta. Pues ¿quién diablos querría leer sobre huérfanos cuando en su lugar podría deleitarse con una historia? Además, Charles Dickens ya copó el mercado de huérfanos intrépidos cuando Oliver Twist declaró con educación: «Por favor, señor, quiero un poco más».

¿No es eso lo que todos queremos?

La doncella que primero vio al bebé abandonado estaba escondida entre la colada en el patio del Hotel du Barry, fumando plácidamente un cigarrillo. Mary Maguire se había retirado a la zona de las cuerdas de tender en busca de intimidad para poder dar placer al botones jefe, un muchacho inquietantemente guapo de rizos negros y ojos perezosos. El cigarrillo surgió solo tras haber satisfecho el apetito sexual de Sean Kelly «lamiéndolo por todo el cuerpo. Como un gato».

A sus diecisiete años, Sean contaba solo un año más que la propia Mary, pero se notaba que había visto mundo. Parecía tan vivido como Mary en cuestiones mundanas. Al no haber podido disfrutar de su infancia, ella era bastante más madura que otras chicas de dieciséis años.

Como Mary le confesó a la doncella de la despensa aquella noche, «Sean es un bribón escurridizo, pero nunca me miente. Es muy popular entre las perras ricas de las *suites*, pero prefiere que yo me encargue de sus necesidades más íntimas, por así decirlo. Sus encuentros sexuales con esas chicas le proporcionan mucho dinero, pero afrontémoslo, se gana cada penique de rodillas. Y no es tacaño a la hora de pagarme por mis favores sexuales. La verdad es que me acostaría con él sin cobrar».

Así es. Las incesantes ruedas del comercio girando siempre hacia delante ya a principios del siglo veinte.

En un establecimiento del tamaño del Hotel du Barry, habría resultado fácil encontrar una cama vacía, pero, como Sean le dijo una vez a Mary, «Me paso la semana trabajando sobre sábanas de lino, así que para variar me gusta relajarme contigo en el armario de las escobas, o contra el muro del callejón, bajo las escaleras o en el patio de la colada. Así me libro de la peste de esas debutantes. No significa que no te respete, Mary. Después de pasar días y noches haciéndoles sexo oral, es la única manera de quitarme de la nariz el olor del perfume Mitsouko. Puedo saborearlo».

Mary no tenía razones para dudar de él. El hotel entero apestaba a ese perfume. A veces se notaba el aire viciado con aroma a Mitsouko rancio que apestaba los ascensores hidráulicos e impregnaba los pasillos. La higiene personal no era una prioridad para muchas de las nuevas ricas que poblaban el hotel, así que lo compensaban bañándose en perfumes caros. Había ocurrido lo mismo en la Inglaterra isabelina y en la corte de Versalles de Luis XIV.

Volvamos a la cuerda de tender. La siguiente persona en aparecer en escena fue Bertha Brown, la jefa de limpiadoras. Dirigía la colada del hotel como un regimiento y estaba allí para supervisar que las lavanderas llevaran a cabo sus tareas. Los años de trabajo de la señora Brown durante la Gran Guerra no habían sido en vano. Ignoró a Sean, que se apresuró a taparse el miembro, y no prestó atención a la desnudez de Mary. Porque la señora Brown solo tenía ojos para el bebé. —Oh, señor —murmuró con suavidad—. ¿Qué tenemos aquí? Mary, tápate un poco. Sean, guárdate eso. Me sorprende que no se te desgaste. Ve a buscar al señor Blade. ¡Deprisa!

Pero Jim Blade ya había llegado. Tenía la capacidad de manifestarse sin hacer ruido y su cuerpo robusto proyectaba una enorme sombra. Al ver a un bebé abandonado colgando en unas bragas, sus ojos se iluminaron expectantes. Como profesional que era, ignoró la tentadora visión de los pezones erectos de Mary, sacó su libreta de detective del hotel, humedeció el lápiz con la lengua y escribió:

Bebé abandonado. Vivo y sano. Dos o tres meses de vida. 7.02 a. m., 14 de junio de 1919. Colgando en la cuerda de tender del Hotel du Barry. Situada en el patio del Hotel du Barry. El bebé es… —¡Deja eso, Jim! —exclamó la señora Brown—. Ayúdame a descolgar a este pequeño ángel. Entre tanto, Sean podrá hacer algo útil e ir a buscar al doctor Ahearn. Por el amor de Dios, moveos de una vez. Y hemos de asegurarnos de que ninguno de los gerentes se entere de esto.

Más tarde la señora Brown disfrutaría contándoles a todos que, en cuanto tocó al bebé, este dejó de llorar y le sonrió con absoluta confianza. —Fue amor a primera vista. Esa enanita tan bonita. No entiendo cómo alguien puede abandonar a una criatura así. ¡Y esos ojos! Nunca había visto un niño con tanta belleza. De ninguna manera iba a permitir que esos malditos metementodos se la llevasen al orfanato.

Nadie dudó de la historia de Bertha Brown ni por un momento. Incluso aunque el bebé hubiera sido hijo del demonio, a Bertha le habría parecido adorable. Una teoría psiquiátrica poco popular asegura que la razón por la que los bebés sonríen a los desconocidos es que nacen con un instinto de supervivencia innato. Los bebés nos sonríen porque están conspirando. Quieren aumentar sus probabilidades de no ser devorados por los depredadores. Aunque pensemos que están sonriendo y riendo de alegría, en realidad ponen caras con la esperanza de poder distraernos con sus encantos.

Porque los bebés saben instintivamente que, si se hacen querer, podríamos indultarlos.

Aquel bebé no solo fue indultado, sino sobreprotegido y mimado. Enseguida trasladaron a la niña a la calidez de la cocina de las doncellas, donde el doctor Ahearn la examinó de arriba abajo y declaró al pequeño grupo: —Es una niña. No creo que tenga más de seis u ocho semanas. En buen estado, sin muestras de deshidratación o abusos físicos. La han bañado hace poco. Me da la impresión de que ha estado bien cuidada hasta ahora. Como es natural, tendré que entregarla a las autoridades.

La señora Brown golpeó el suelo con el pie. —Por encima de mi cadáver. ¿Recuerda al niño magullado que encontramos hace cinco años en el conducto de la ropa sucia? Usted nos dijo que habían abusado de él. Nadie lo reclamó. Desapareció en aquel orfanato. Y no volvimos a saber nada de él hasta que sacaron su cuerpo del río. Jamás me lo he perdonado. —La única pista que la policía tendrá es la pulsera de oro del bebé —declaró Jim con aire autoritario—. Un objeto bastante caro, según parece. Cualquiera de las debutantes podría haberla abandonado aquí. Quizá una ramera de la alta sociedad que intentaba proteger el apellido familiar.

Sean parecía muy incómodo. No utilizaba profilaxis con la frecuencia que debería.

El doctor Ahearn negó con la cabeza. —Bertha, no podemos esconder a la niña y esperar que todo se solucione. No es un cachorro abandonado. —No soy estúpida, doctor. Pero creo que deberíamos quedárnosla al menos mientras Jim investiga la situación. Y solo si su madre no aparece deberíamos llevarla a la policía.

Mary, que había permanecido extrañamente callada todo ese tiempo, expresó su opinión. —Estoy con usted, señora Brown. Los orfanatos están llenos hasta los topes con los bebés de la guerra. Es una vergüenza y yo lo sé bien. Nosotros no le importábamos a nadie. Esta chiquitina quizá tenga que vender su cuerpo en las calles cuando sea mayor. Madre mía, es una auténtica monada. Es tan mona que podría comérmela con una cuchara. —Todos se quedaron mirando a Mary con la boca abierta. No se caracterizaba por su instinto maternal. La recién llegada ya había alterado su mundo de manera sutil.

El doctor Ahearn fingió reflexionar, pero todos sabían que era una farsa. Hasta Sean quiso tomar en brazos al bebé. Después le admitió a Mary: «Quería verle bien la cara. Me daba miedo que pudiera parecerse a mí. Estaba sudando. No se me había ocurrido pensar que podría estar engendrando hijos no deseados. Debes de pensar que soy un auténtico imbécil».

Sean se recuperó enseguida y aquella noche volvió a las andadas como de costumbre. Todo el mundo sabía que no podía mantener la verga en los pantalones. Y estaba llenándose los bolsillos con la esperanza de convertir a Mary Maguire en una mujer decente. Cosa improbable.

El Bebé del Hotel du Barry nació en una época extraordinaria. La guerra por fin había acabado el año anterior y las clases adineradas estaban de celebración. La pobreza entre las clases más bajas seguía siendo el pan nuestro de cada día y no había alegría para los miles de soldados muertos ni para sus compañeros vivos, que regresaron del frente y se encontraron infravalorados y sin empleo.

Los puestos de trabajo en el Hotel du Barry eran muy codiciados y los empleados estaban muy orgullosos de su hotel. Había abierto sus puertas en 1907 y era una obra de pomposidad opulenta, aunque íntima: lámparas de araña de cristal, molduras doradas, escaleras curvas, barandillas de forja francesas, cortinas de brocado, columnas de mármol y mucho oro y bronce entre los espejos de pared, las palmeras, las estatuas y los frescos.

El hotel se alzaba con orgullo en una de las calles más prestigiosas de Londres y ocupaba varias manzanas que daban al Támesis. De noche estaba profusamente iluminado; un batiburrillo de arquitectura de estilo italiano y veneciano, con elementos griegos y renacentistas añadidos después. Al igual que una tarta de boda, era una obra maestra arquitectónica de proporciones descomunales. Sus nueve plantas estaban coronadas por chimeneas llenas de hollín. Las gárgolas de cobre verde contemplaban desde lo alto del tejado a los transeúntes que miraban boquiabiertos hacia arriba. La majestuosidad del hotel hacía que el resto de los edificios de la calle pasara inadvertido. Los inmensos bloques de la planta baja eran de granito noruego y rivalizaban con Stonehenge en la solidez en su estructura. El exterior estaba construido con piedra de Portland y dejaba en evidencia a otros hoteles con estuco en las paredes. Algunos nunca se recuperarían de aquello.

Por la noche, los empleados internos, en general los solteros o los muy jóvenes, dormían bajo los aleros en las habitaciones del ático. *Más cerca de Dios.* Durante el día, casi todo el personal habitaba un vasto mundo subterráneo. El hotel estaba construido en origen sobre un sótano doble. En el sótano superior había salones para banquetes, bóvedas, comedores privados, bodegas y asadores, junto con una sala de calderas, otra de ventilación, las cocinas, los baños, los talleres, las bombas y los tanques de agua. Debajo se encontraba el sótano inferior, que albergaba la cocina principal, así como una serie de comedores para grupos de empleados: ayudas de cámara, camareros, oficinistas, porteros, mensajeros y obreros.

Allí abajo el sistema de clases funcionaba a la perfección y ningún obrero tendría jamás el atrevimiento de poner un pie en el comedor de los ayudas de cámara. Casi todos los almacenes se encontraban en aquel nivel inferior y había habitaciones específicas para la porcelana, para la plata, para la vajilla y para la cristalería. Los chefs presumían por todo Londres de que tenían dos salas enteras para los aperitivos y cámaras frigoríficas diferenciadas para la carne y la caza. Los ayudas de cámara se enorgullecían de tener acceso a la colección privada de vinos y champanes del propietario del hotel. Se rumoreaba que el contenido estaba valorado en miles de libras. Sebastian, el ayuda de cámara personal del propietario, llevaba la llave de la bodega colgada del cuello. Con una cinta de terciopelo negro.

Eran tan estrictas las divisiones de clase que resultó fácil que el bebé abandonado desapareciera en aquel laberinto subterráneo y pasara inadvertido. No le faltaba de nada en su nuevo hogar. Cierto que sus pañales eran servilletas grandes, pero estaban tejidas con el mejor lino irlandés y llevaban bordado el escudo del Hotel du Barry; dos gárgolas de mirada maliciosa masticando un hueso de espinilla. Se decía que la inscripción en latín, *Mors vincit omnia*, significaba «Vivimos para servir». Pero bien traducido venía a decir «La muerte siempre gana». Era evidente que el ya fallecido fundador del hotel, el honorable Maurice du Barry, tenía un perverso sentido del humor. Sabía que su clientela tenía más dinero que sofisticación y era incapaz de descifrar la carta en francés del restaurante del hotel. Mucho menos una inscripción en latín.

El moisés del bebé era una inmensa sopera de plata de forma ovalada de estilo Luis XVI. Se alzaba con orgullo sobre cuatro patas decoradas y había sido suministrada por Christofle & Cie de París. Igual que las otras doscientas noventa y nueve mil piezas de plata del hotel, llevaba grabado el escudo del mismo. La señora Brown había acolchado la sopera con un par de chales de visón robados y al bebé parecía gustarle mucho. También hizo que desarrollara muy pronto el gusto por el lujo y, a muy tierna edad, la niña adquirió una predisposición natural hacia los aspectos más refinados de la vida. El primer sonajero de la niña se componía de tres cucharillas de plata grabadas atadas con una cinta de satén rosa. No era de extrañar que después le costara trabajo mantener el equilibrio de su chequera.

Mientras Jim Blade removía Londres en su intento por localizar a la madre caprichosa, el bebé abandonado fue bien recibido en el mundo subterráneo de aquellos que viven para servir. Nunca le

16

faltó un pecho suave sobre el que apoyar su cabecita conspiradora. Se hizo querer por todos. Era cuestión de despertar ternura o ser devorada.

Los rumores no tardaron en aparecer. Como les contó Sean Kelly a sus amigos borrachines en The Dirty Duck. —Esa zorra de la despensa, Shirley Smith, fue quien les dijo a todos que el bebé era de Mary Maguire. La pobre Mary aceptó las consecuencias. Igual que acepta todos mis actos despreciables. Y el jefe de ayudas de cámara del noveno piso, un tipo realmente extravagante, hizo correr el rumor de que al bebé lo había dejado en la cuerda de tender un asesino a sueldo que no había tenido el valor de liquidarla. —Hizo una pausa para dar un trago a su Guinness—. Y luego está la historia de que la madre era miembro de las más altas esferas de la sociedad. Probablemente porque la pulsera del bebé era de oro y con un acabado muy delicado. Ningún orfebre de Londres reconoció que fuera obra suya. Estimaban que venía del extranjero. El caso es que pasaron las semanas y la historia se enfrió. Sabíamos que era cuestión de tiempo hasta que tuviéramos que entregarla a las autoridades.

Un día el destino entró en escena. Era una historia que Mary nunca se cansaría de contar. —Aquel día me tocaba a mí cuidar del bebé. De modo que estaba haciendo mis tareas en el hotel y la llevaba a ella en mi carrito. Solía colocar la sopera de plata, su cuna, en el estante inferior y después ponía un mantel almidonado sobre el estante superior. Luego colocaba todas las toallas, el jabón y las sábanas encima. Allí abajo estaba bien protegida. Casi todo el tiempo lo pasaba durmiendo plácidamente. Cuando se despertaba yo ya estaba a punto de pasársela a una de las golfas de la cocina. Todas querían que llegase su turno para ejercer de madre. No estaba yo sola con el bebé. Gracias a esa zorra de Shirley Smith, se rumoreaba que yo había dado a luz en secreto. Ja. No negué el rumor, me sentía un poco halagada, porque el bebé era precioso y se portaba muy bien. Pero una mañana algo salió mal. Los carritos se mezclaron y la niña desapareció. La busqué por todas partes. Pensé que alguien se la había llevado y no paraba de pensar en la prostitución infantil. Suceden cosas asquerosas en esos callejones oscuros que hay junto al *pub* Pig and Thistle. Y entonces Sean me dijo que un botones me estaba buscando por todos lados. Resulta que el señor Du Barry me había llamado a su *suite* privada en el ático. No había estado tan asustada en mi puñetera vida.

CAPÍTULO 2

El rey de diamantes

Mary Maguire temblaba al tomar el ascensor hidráulico para subir al ático del señor Daniel Winchester du Barry. El jefe nunca la había convocado con anterioridad. Sebastian la hizo pasar e indicó con las cejas arqueadas que estaba metida en un aprieto muy serio. Ella no soportaba su aire de superioridad. «Se comporta como si yo fuera algo despreciable». Daba igual. Sebastian siempre había dejado claro que, como ayuda de cámara del señor Du Barry, estaba por encima del resto de los empleados que poblaban el laberinto.

Mary le oyó hablar con alguien tras una puerta cerrada. —Hemos encontrado a la señorita Maguire. Por fin. La tengo aquí. —No estoy visible —contestó una voz profunda de hombre—. Dile que espere.

El ático de Daniel du Barry era un reflejo del hombre en que se había convertido desde que regresara del frente en 1918. Desilusionado por la guerra y por el posterior ambiente festivo generalizado, se había abierto a nuevas ideas. El ático estaba lleno de esculturas contundentes, impresionantes muebles modernos y cuadros contemporáneos. Parecía una galería de arte. Incluso el recibidor estaba plagado de arte cubista y vorticista donde aparecían hombres representados como monstruos mecánicos que destrozaban el mundo. Mary se sintió abrumada por el poder de los cuadros, pero comprendió de manera instintiva lo que los artistas querían transmitir.

Transcurridos unos minutos de tensión, Sebastian hizo entrar a Mary por la puerta del salón de desayuno. —Adelante, señorita Maguire. Y, para variar, intente comportarse con decoro.

«Menudo imbécil estirado».

El señor Du Barry estaba sentado a la mesa de comer con una bata acolchada de satén verde. Mary advirtió su torso ancho y musculoso y su vientre plano antes de que se cerrara la bata y se atara el cinturón. Estaba sin afeitar, tenía ojeras y el pelo negro le brillaba gracias a alguna exquisita pomada. «Dios, qué peste tan agradable». En los pies, el señor Du Barry llevaba unas zapatillas con monograma. «Sí que se cuida bien el señor. Pero seguiría pareciendo miembro de la realeza aunque tuviera que llevar el uniforme mugriento del portero».

Daniel era el único hijo vivo de Maurice du Barry. Sus otros dos hijos soldados no habían sobrevivido al desembarco de Galípoli. Maurice, un hombre hecho a sí mismo, había añadido el «du» a su apellido en un esfuerzo por elevar su estatus social. Sin rastro de nobleza real, la presencia del «du» insinuaba que descendía de una larga estirpe de aristócratas. En realidad, Maurie Barry había fundado su imperio a partir de una exitosa cadena de burdeles antes de invertir en hoteles de lujo. Tras ganar una cantidad de dinero indecente, comprar a sus detractoras y casarse con una aristócrata guapa, pero sin dinero, nadie se atrevió a poner en duda su pasado.

El único hijo de Maurie que quedaba vivo aparecía ahora con regularidad en las páginas de sociedad y frecuentemente se le relacionaba con diversas bellezas. Pero nunca parecía llegar al altar. Daniel tenía reputación de ser ingenioso, educado, encantador y adinerado. También era un héroe de guerra condecorado y, como pensaba Mary de pie frente a él, «Dios, es cierto. Sí que parece una estrella de cine».

Al mirar a su alrededor, le costó creer la cantidad de libros que había en el apartamento; le recordaba a la biblioteca pública de Londres. Había ido allí una vez para usar el lavabo de señoras. Hasta el sofá se hundía bajo el peso de montañas de libros encuadernados en cuero. Pues, al contrario que su difunto padre, que solo estudiaba las guías de las carreras de caballos, Daniel había estudiado en Eton y en la Universidad de Oxford y era un lector voraz.

Daniel du Barry era el atormentado rey que gobernaba su reino desde la novena planta. Sus dedos largos jugueteaban con un cuchillo de plata y su noble entrecejo aparecía fruncido. Al principio Mary creyó que estaba solo, pero luego advirtió a un apuesto joven con esmoquin negro recostado en un sillón de orejas. Al fijarse mejor, Mary se dio cuenta de que el caballero era en realidad el dibujo recortado a tamaño real de un hombre rubio. Tenía los brazos móviles doblados sobre los reposabrazos. Entre sus dedos ardía un cigarrillo encendido y frente a él reposaba una taza de café solo. La figura pintada era tan real que Mary creyó que sus penetrantes ojos azules la miraban con odio. Sus iris eran dos brillantes zafiros pegados a los globos oculares pintados. Incluso llevaba en la solapa un clavel blanco auténtico. Mary no había visto en su vida algo tan extraño. Y eso viniendo de una chica que había cambiado las sábanas de numerosas herederas aturdidas por las drogas.

Daniel se levantó. Medía bastante más de metro ochenta y Mary tuvo que echar la cabeza hacia atrás para mirarlo. «Dios, me va a dar tortícolis». Él señaló secamente la sopera del bebé. Estaba colocada justo en medio de su elegante mesa de comedor. —Bueno, Mary —declaró Daniel con tono medido—. Ya sabes por qué estás aquí. Exijo saber por qué tu bebé estaba escondido bajo mi carrito de bebidas. Has roto las normas de la casa. El personal no puede mantener a sus hijos en las instalaciones. Y lo que es más, el Hotel du Barry no es un depósito de hijos ilegítimos.

Se quedó mirándola con dureza hasta que Mary rompió el silencio con sus llantos. Esperaba ablandarlo con el efecto de las prerrogativas femeninas. Había aprendido hacía mucho tiempo a producir lágrimas a voluntad. Daniel suspiró y le hizo un gesto para que se sentara. Se frotó la frente y frunció el ceño. —¿El padre de tu hijo tiene intención de casarse contigo?

Mary le daba vueltas a la cabeza sin parar. Si admitía que el bebé no era suyo, se armaría un gran escándalo. Todo el personal sufriría las consecuencias. Jim Blade estimaba que la economía estaba en crisis y las clases medias y superiores estaban reduciendo el número de empleados de sus casas. Perder un trabajo ahora sería fatal. Pero, si decía que el bebé era suyo, podría achacar sus actos al estúpido amor maternal y tal vez librar a los demás del castigo. Mary tomó aliento y se limitó a decir la verdad. —No conozco al padre, señor. —¿No sabes quién es el padre? Vamos, Mary. Dime su nombre y colgaré a ese desgraciado de las pelotas hasta que suplique el privilegio de casarse contigo. —No es un miembro del personal, señor. Puede que fuera un hombre casado.

Mary agachó la cabeza con timidez y se tapó la cara. Su actitud era de vergüenza y arrepentimiento. Observó a Daniel con cuidado a través de sus dedos entreabiertos. Él estaba inclinado sobre la sopera con mirada de compasión. Le acarició la mejilla al bebé con delicadeza. La piel de la niña era tersa, pues había sido alimentada con lo mejor que su hotel podía ofrecer. Se le humedecieron los ojos.

Mary se dio cuenta entonces de que podría convencerlo. —Señor, ¿quién es ese hombre sentado ahí? —preguntó. —Matthew Lamb. Sin duda lo conocerás. —No, señor. —Era ambicioso. Codicioso. Renunció a su trabajo como gerente de hotel para convertirse en *gigolo*.

Mary asintió. —Conozco a esa clase de gente. —Matthew era listo, discreto, agradable y muy varonil. —Daniel hizo una pausa y le dio la espalda a Mary—. Pero lo maté. —¡Lo mató! —Estrelló el Duesy que le regalé por su cumpleaños hace unos meses. —¿Duesy? —Un automóvil Duesenberg. Un regalo absurdo. Matthew era un conductor terrible. Se estrelló contra un muro de ladrillo y murió en un infierno. Su acompañante sobrevivió, pero no recordaba nada. —Ah. —Un amigo mío, que es psiquiatra, me sugirió que encargara un retrato de Matthew en miniatura. Como parte del proceso de duelo. La teoría es que uno ha de llorar hasta el punto de no retorno y después resurgir. En su lugar, encargué un muñeco a tamaño real con los brazos móviles. Ambos acabamos de regresar de una fiesta que se alargó un poco. Es probable que aún parezca ebrio. —En absoluto, señor.

Una pequeña mentira. Ya había decidido ignorar la enorme copa de *brandy* que tenía en la mano.

Daniel dejó la copa. —Tengo un palco privado en la ópera para mi uso exclusivo. Es una tradición familiar. Anoche representaban *La Bohème*, la favorita de Matthew. Siempre le gustaron las exageraciones. —Pero a usted lo catalogaron como «el soltero más buscado de Londres». —Mary, creo que te refieres al «soltero más codiciado». Aunque supongo que es lo mismo. Soy un hombre deseado por toda Europa. Las mujeres suelen arrojarse a los brazos de hombres que no muestran interés o no están disponibles.

Mary consideró que no sería conveniente señalar que las mujeres también solían arrojarse a los brazos de hombres asquerosamente ricos. Incluso aunque Daniel pareciese un ogro, seguiría siendo codiciado. Se le ocurrió que Daniel du Barry podía ser un poco ingenuo. Tenía que llegar al fondo del asunto. —Pero ¿la gente no se queda mirando con extrañeza a su señor Lamb? —La discreción lo es todo. Verás, Matthew cabe a la perfección doblado dentro de un maletín especialmente diseñado. Sebastian lleva el maletín al teatro, despliega a Matthew y lo coloca en las sombras del palco. Así podemos disfrutar de la ópera en privado. Como solíamos hacer... antes de que muriera.

Daniel dejó escapar un extraño sonido gutural y agachó la cabeza. Mary estaba aterrorizada. Era el sonido de un animal herido. Unos sollozos desgarradores emergieron de lo más profundo y primario de su ser. Ella no sabía qué hacer. Al fin y al cabo, era su jefe, habitante de las regiones superiores de la sociedad, donde el aire era prístino y perfumado. Y, como héroe de guerra condecorado, desprendía dureza y virilidad. Por otra parte, ella era la pobre Mary Maguire. Una chica sin familia ni hogar que pudiera llamar propios. Y una futura desempleada. No le quedaba nada que perder. De manera que dio un paso hacia delante y lo tocó con indecisión.

Daniel no había anticipado aquel gesto de amabilidad y su angustia aumentó. Mary no tenía manera de saberlo, pero hacía semanas que nadie tocaba a Daniel. Se sentía solo, abandonado y deseoso de contacto humano. Lloraba por la madre que había muerto en el parto. Lloraba por sus dos hermanos mayores y sus camaradas, que habían caído en Galípoli y Flandes. Lloraba por la inutilidad, el horror y el asco de la guerra. Y al final se rindió y lloró por Matthew Lamb, sabiendo plenamente que el objeto de sus afectos no había sido merecedor de su amor. Daniel era un loco que aullaba en un pozo sin fondo.

A Mary se le erizó el vello de la nuca. Le sorprendía que no hubieran acudido corriendo todos los empleados del hotel. Si no lograba tranquilizar al señor Du Barry, sin duda lo harían. Todos con la boca abierta, sobresaltados, cotillas. Sin nada mejor que hacer, se sentó con cautela sobre la rodilla de Daniel y acercó la cabeza de este a su pecho prominente. Él no se resistió y acomodó la cabeza sobre sus senos. Ella comenzó a darle pequeños besos en la coronilla, lo acunó con cariño y emitió los mismos sonidos relajantes que empleaba cuando lloraba el bebé. —Ya pasó, ya pasó. Shhhh. Todo saldrá bien. Ya lo verá. Shhhhh.

Daniel volvió a ser un niño, el cachorro no deseado que siempre había sido. Sus lágrimas mojaban el corpiño almidonado del uniforme de Mary. Finalmente sus sollozos se sosegaron y se quedaron los dos abrazados, congelados en el tiempo y el dolor, mientras la luz sombría de la mañana se colaba por la ventana del ático.

Mary oyó en la calle el sonido de los frenos al chocar dos automóviles. Una limpiadora barría en el rellano de fuera y un obrero pasaba silbando por delante. El bebé yacía en su colcha de visón robada y balbuceaba. Pasarían años hasta que tuviera que enfrentarse al peso de la angustia de los adultos.

Todo quedó en silencio. Daniel du Barry se aferraba a Mary Maguire como un hombre que se ahoga. La luz del sol bañaba la piel suave de la chica y encendía su pelo rojo. «Es exquisita», pensaba él, «como un ángel prerrafaelista».

Improbable. Tal vez como un ángel caído.

Por primera vez en semanas, Daniel sonrió con timidez. Fue una sonrisa de confianza. Mary le devolvió la sonrisa. El salón del desayuno quedó en silencio y la escena solo la contemplaron los ojos fríos y brillantes de Matthew Lamb. Él no lo sabía aún, pero sus días estaban contados.

Lo primero que Daniel le dijo a Mary cuando esta se bajó de sus rodillas fue: —A la luz de los acontecimientos, voy a tener que liberarte de tus tareas.

Ella tomó aliento y contó hasta cinco. —Ya suponía que iba a despedirme, señor, pero quiero que sepa que siempre estaré agradecida al Hotel du Barry. Es el único hogar real que he conocido.

Al ser huérfana, Mary había aprendido a no esperar nada. Había jugado su mejor carta y había perdido. Las lágrimas de verdad amenazaban con brotar, pero estaba decidida a no llorar. Hizo uso de su dignidad y se volvió casi invisible.

Daniel parecía perplejo. —No, no —se apresuró a decir—. No lo entiendes, Mary. Me refiero a que buscaré a alguien que se encargue de tus tareas esta mañana. No tengo intención de prescindir de ti. De hecho, pensaba que podríamos desayunar juntos. No soporto comer solo y tenemos que hablar de este...

Señaló vagamente con la mano hacia la sopera. —¿Tu bebé tiene hambre? —preguntó—. ¿Necesitas intimidad para darle de comer? Y, por el amor de Dios, no vuelvas a llamarme señor.

Mary no mintió. —Ya no puedo alimentarla. Come con biberón.

Tras decir eso, Mary agarró dos servilletas de lino de la mesa y salió al pasillo, donde se apresuró a cambiarle el pañal sucio al bebé. Le preocupaba que un pañal apestoso pudiera enfadar a la niña y arruinar aquel ambiente de reconciliación.

Poco después el bebé estaba tomando un biberón caliente y mirando a Daniel con sus enormes ojos. Como le dijo después

Mary a Bertha Brown, «El pobre desgraciado no tenía ninguna oportunidad».

Daniel miró a Mary directamente a los ojos. —¿Qué piensas hacer con el bebé? —Enviarla a un orfanato. Yo no puedo mantenerla. —En un principio podría estar bajo mi tutela. Luego, si aun así quisieras darla en adopción, yo podría darle mi apellido y criarla como si fuera mía. Estoy a punto de casarme con Edwina Lamb, la hermana de Matthew. Será un matrimonio de conveniencia, un acuerdo de negocios, por así decirlo. Ahora mismo estamos aclarando el tema con mis abogados. —Ah. —Como hombre casado, podría ofrecerle a tu bebé un hogar estable. Por razones evidentes, la señorita Lamb y yo no tendremos descendientes, así que tu bebé será mi única hija. Esta es una información confidencial. No me respondas ahora. Tómate unas semanas para pensarlo. No deseo aprovecharme de tu desafortunada situación. —Muchas gracias, señor. Quiero decir, señor Du Barry.

Él sonrió. —Llámame Daniel. He aprendido que la muerte no discrimina entre clases. El soldado de infantería muere igual que el general. «La muerte siempre gana». —Oh. —Mira, te seré sincero. Ansío tener un hijo y disfrutar de la estabilidad de la vida en familia. Un hombre llega a una edad en la que teme estar convirtiéndose en un soltero convencido. Yo estoy cansado de cenar solo y de beber en mi club hasta dejar de sentir. —Pero, con tu dinero, puedes hacer lo que quieras. ¿Por qué atarse a una esposa? Ojalá yo fuera un hombre como tú.

Daniel se encogió de hombros. —En el mundo en el que vivo, cualquier cosa es aceptable, siempre y cuando uno ponga buena cara. Piensa en el concepto que hay detrás de este hotel. Es obra de un fabulador y sin embargo la estructura del hotel es de acero frío y duro. El hotel es una mezcla de estilos europeos e ingeniería americana, pero su apariencia no revela la verdad. —Ajá.

Daniel hizo un gesto violento. —Mira por ejemplo nuestro Salón Tucán. Está diseñado para seducir: tonos pastel, columnas de mármol rosa y cortinas de seda. El hotel se presenta como un palacio para el placer y el lujo. Los clientes atribuyen a mi hotel una belleza suntuosa que no posee. Ignoran el propósito mercenario del hotel. El Taj Mahal es verdaderamente hermoso, pero el Hotel du Barry siempre será un mero aspirante.

Mary se humedeció los labios. Había todo un mundo ahí fuera que ella desconocía. —Nunca he oído hablar del Hotel Tarj Mall. —Está en la India. Y suele describirse como un monumento a un gran amor, más que un hotel.

Sonrió con ternura. Mary se rio. Le gustaba que Daniel no le hiciera sentir insignificante por su falta de conocimientos. Aunque no tuviera ni idea de lo que decía, disfrutaba con la suave cadencia de su voz profunda y su inteligencia. Podía aprender muchas cosas solo escuchándolo. —Sigo sin entender lo de la apariencia —dijo ella. —En mi círculo social, la apariencia es lo único que importa. Si hago un mínimo esfuerzo y me adecúo a las convenciones sociales, me dejarán en paz con todos los Matthew Lamb de este mundo. Ese fue el gran error de Oscar Wilde. Adoptó un punto de vista moral cuando podría haberse retirado a Francia unos meses y dejar que se olvidara el escándalo. Al fin y al cabo, para el público era conocido como un respetable hombre casado y con hijos. Por desgracia su integridad jugó en contra de su bienestar. —¿Quién es el señor Wild? —Un escritor y dramaturgo genial. Condenado por la sociedad tras declarar su amor a otro hombre. —Ah, entiendo. ¿Y la hermana de Matthew Lamb no desea un marido para ella sola? —Fue ella la que sugirió que nos casáramos. Eddie gana dinero, estatus y prestigio sin tener que renunciar a su libertad. Es lista y ambiciosa como su hermano, y yo puedo proporcionarle los medios para hacer lo que se le antoje. —Sí, sería fantástico saber que nunca tendrás que volver a cocinar, limpiar y hacer la cama. Jamás.

Daniel hizo sonar la campanilla del servicio. —Mary, ¿tú sabes escribir a máquina? —No. —Una pena. Necesito una nueva secretaria. La que tengo ahora mismo sigue aquí, pero apenas acierta con las teclas. No aguantará mucho. Es una antigua amante de mi difunto padre. Extremadamente encantadora y educada. No estaría bien despedirla, de modo que deseo contratar a alguien más joven para que se encargue de la mecanografía. Mildred seguiría ocupándose de contestar al teléfono y organizar mis citas diarias. ¿Sabes? Deberías pensar en aprender a escribir a máquina.

Sebastian era un cotilla desvergonzado y, con los años, había perfeccionado sus habilidades al servicio de la familia Du Barry. Así que, antes incluso de que Mary abandonara el ático de Daniel, la buena noticia había llegado hasta los sótanos del hotel, de boca en boca entre todos los empleados hasta que el último friegaplatos se enteró de que Mary Maguire y el bebé estaban a salvo de los caprichos del destino.

Más tarde, aquella misma noche, el personal del hotel organizó una fiesta en el laberinto para celebrar la noticia. Corrían tiempos difíciles y no podían dormir pensando en la posibilidad de perder el empleo. Así que interrumpieron sus tareas y saquearon la despensa, así como la colección de vinos de Daniel du Barry. Sean Kelly había robado un duplicado de la llave de la bodega. El jefe de cocina preparó apresuradamente montones de comida que hicieron las delicias de todos. Mary era la heroína del momento. Había salvado el trabajo de todos.

Por suerte, a Daniel aún le quedaban varias cajas de champán Caterina Anastasia Grande Imperial en su bodega privada. Sebastian dormía con la llave bajo la almohada. Le producía pesadillas, pues pensaba que el personal iba a robarle. Y así fue. Pero no eran codiciosos y solo se llevaron unas pocas botellas para ocasiones especiales. Incluso Sean había desarrollado un paladar refinado. —Danny tiene buen gusto, ¿verdad? —dijo tras apurar una copa del mejor champán del jefe—. Estas burbujas son lo mejor. Tan ligeras que se te meten por la nariz y te hacen cosquillas en el cerebro. Podría morir de alegría bebiendo esto.

Mientras los demás brindaban, Sean manoseaba con lascivia los generosos pechos de Mary en la habitación de las sábanas y se entregaba a darle placer. Ella sabía que era su manera de agradecerle su ingenuidad. Sean todavía no había aprendido a expresar su admiración con rosas y bombones.

Juiciosamente, Mary no mencionó a Matthew Lamb ni a su hermana. Ella siempre mantenía la mente despierta, incluso en pleno éxtasis sexual. Mientras Sean la besaba, la chupaba y la acariciaba, también la interrogaba. Le ponía celoso que el jefe pudiera tener alguna intención con su chica. Entre gemidos, Mary le informó de que «el apartamento del señor Du Barry es muy sombrío».

Sean sentó a Mary en una estantería baja, le levantó la falda y le separó las piernas. —¿Cómo es el sitio? —No se parece al resto del hotel. Tiene paredes normales, obras de arte horrorosas y cuadros muy raros. Es sorprendente, sí. No puedo creer que le gusten esas cosas cuando su padre construyó este hotel tan bonito y elegante.

Se decía que el estilo no era otra cosa que mera publicidad. Sin embargo, Mary tardaría algún tiempo en desarrollar el gusto por la decoración modernista, el cubismo y el futurismo.

Sean le demostró su afecto y ella gimió. —¡Ah, oh! Me encanta que hagas eso. Hazlo más fuerte, Sean. Ohhhh… sí. Otra vez.

El éxito de Mary había impulsado su decisión de empezar a pedir más. Más de todo.

CAPÍTULO 3

Deseo, amor y mentiras

Celebraron una reunión en el laberinto y el personal decidió por unanimidad que había que pagar a los socios delincuentes de Jim Blade para que falsificaran el certificado de nacimiento del bebé. Bertha organizó una colecta. Todos fueron generosos, aunque no pudieran permitírselo. El bebé era uno de ellos e iban a encargarse de su bienestar. Mediante métodos viles quedó registrada de manera oficial como ciudadana del Imperio británico.

El personal decidió llamarla Joybelle Hortense Maguire. Fue una decisión democrática. Todos escribieron sus nombres favoritos en pedazos de papel y sacaron los dos nombres ganadores del sombrero de fieltro de Jim. Como el bebé había sido abandonado por su madre el catorce de junio, Bertha Brown fijó la fecha del catorce de abril como cumpleaños ficticio. La señora Brown informó al personal de la cocina de que fue «una decisión muy inspirada, aunque esté mal que yo lo diga. Tiene todos los rasgos de un Aries. Aries es un signo de fuego gobernado por el agresivo planeta Marte. Joybelle Hortense Maguire será cabezona, caprichosa y sofisticada. Y a la vez, inocente y pura».

Todo el mundo sabía que la señora Brown consultaba su horóscopo todos los días. También devoraba novelas románticas y tenía predilección por las heroínas inquietas y obstinadas.

*   *   *

Todo fue deprisa después de que Daniel du Barry recibiera la documentación falsa y, a su debido tiempo, decidió que el bebé sería bautizado como Caterina Anastasia Lucinda du Barry. Podría haber sido peor. A Daniel se le había ocurrido el nombre mientras se emborrachaba con champán Caterina Anastasia Grande Imperial la noche antes de su boda. Y Lucinda era el nombre de su madre.

El personal no tardó en acortar el nombre de Caterina Anastasia Lucinda du Barry y llamarla Cat du Barry. Todos se declararon satisfechos. Daniel ya había recuperado la sobriedad para entonces.

Las invitaciones al bautizo de Cat du Barry fueron tan codiciadas que Daniel podría haberlas puesto en el mercado de valores y haber ganado una fortuna. La revista *Tatler* hizo predicciones sobre la lista de invitados, mientras corrían los rumores sobre cómo llevaría la nueva señora de Daniel du Barry el hecho de tener un bebé que no fuera suyo.

Daniel invitó a Mary tanto al bautizo del domingo como a la fiesta de después, pero ella declinó asistir a las celebraciones en el Jardín de Invierno de la azotea del hotel. —Eres muy amable por invitarme a celebrarlo contigo, Daniel, pero preferiría celebrarlo con el resto de los empleados y dejarte a ti con la señora Du Barry. —Mary sonrió—. Debe de estar impaciente por hacerse cargo y poder desempeñar su papel de madre, ¿verdad?

Daniel no mordió el anzuelo y ocultó la sonrisa mirando por la ventana de su estudio. —¿Sabes una cosa, Mary? Me gustaría que tú y el resto de los empleados formaseis parte de las celebraciones. Todos os habéis desvivido por ayudar a Caterina. Además, las cosas se están poniendo serias. —¿Serias? ¿Va a haber más guerra? —No, pero la gente sigue llorando a sus seres queridos. Y algunos economistas predicen una importante crisis financiera en Gran Bretaña para el próximo año. Podría organizar una fiesta de bautizo improvisada para el personal en el Salón Tucán. Quizá un baile por la tarde para tomar el té. Con champán, por supuesto. ¿Qué te parece, Mary?

Mary se mostró encantada. «Todo esto y ni siquiera tendré que ser amable con esa vaca estúpida». Las cosas no se estaban poniendo serias en absoluto.

El bautizo en la iglesia fue un evento glamuroso. La que fuera Eddie Lamb llevaba un precioso vestido de lana blanco adornado con plumas blancas de avestruz. Llegó tarde y se le había olvidado el sombrero. Su melena rubia brillaba bajo la pálida luz del sol cuando se detuvo y sonrió beatíficamente a la prensa allí congregada. El Bebé del Hotel du Barry había aparecido sin cesar en los periódicos londinenses. No solo era una historia con final feliz que había empezado como una tragedia, sino que además la historia había ido acompañada de fotografías de sus atractivos protagonistas.

Los dobladillos de las faldas iban subiendo en 1919 y los tobillos de Edwina fueron fotografiados desde todos los ángulos posibles al detenerse en lo alto de los escalones de la iglesia. Por suerte no tenía los tobillos anchos. —Caballeros, no tengo nada más que añadir, salvo decir que mi marido y yo nos sentimos bendecidos por poder formar nuestra familia con este precioso bebé. Les aseguro que recibirá todo nuestro amor y cariño.

Edwina inclinó la barbilla y abrió mucho los ojos frente a las cámaras voraces. Estaba convirtiéndose en una de las mujeres de sociedad más fotografiadas de su generación.

Acompañando a Edwina iba Gloria von Trocken, la única amiga que le quedaba. Gloria era la coartada de Edwina en lo referente a los amigos. A sus demás camaradas los había dado de lado al cazar a Daniel du Barry.

Gloria era un poco regordeta, pero tenía una sonrisa encantadora y descendía de una amplia familia de aristócratas empobrecidos. Eso significaba que tenía pedigrí y una finca descuidada en el campo, donde Eddie solía relacionarse con invitados de alta alcurnia.

Cuando Edwina entró en la casa del Señor, le susurró a Gloria:

—Mary Maguire es una zorra de clase trabajadora que ha engañado a mi marido para ganarse su simpatía. No puedo creer que la haya convertido en su secretaria. Incluso tiene a esa vieja pretenciosa de Mildred enseñándole a escribir a máquina. Así que ahora Mary queda libre de castigo mientras que yo me tengo que hacer cargo de su mocosa ilegítima. Pero no por mucho tiempo. Danny no lo sabe aún, pero va a ir derecha a un internado.

La congregación ya estaba lista y a la espera, y todos volvieron la cabeza cuando Edwina comenzó a recorrer el pasillo. Ella miraba hacia los lados y saludaba con la cabeza a varias caras conocidas.

—Están aquí todos los que asistieron a nuestra boda. No sabía si vendrían, dado que los bautizos pueden ser un auténtico aburrimiento. Pero el nuestro será fabuloso, porque Danny va a celebrar una suntuosa comida. Este hombre sí que sabe dar una fiesta. Recuérdame que te cuente luego cómo fue nuestra fabulosa luna de miel. Conocí a un hombre maravilloso, un americano. Casado, por supuesto, pero ¿a quién le importa?

Daniel esperaba nervioso en el altar de la iglesia. «Gracias a Dios que he contratado a una buena niñera. La estricta Betty será muy útil en situaciones como esta».

Tras la intensa pelea que había tenido aquella mañana, le preocupaba que su esposa pudiera no presentarse. Edwina no se decidía sobre qué ponerse y él, exasperado, se había ido a la iglesia con Mary Maguire, el bebé y Betty.

Caterina Anastasia Lucinda du Barry estaba preciosa con su blusa de bautismo blanca bordada. Un periodista de *Vogue* ya había decretado que el vestido de satén era herencia de la familia Du Barry. En realidad, Maurie du Barry lo había adquirido subrepticiamente en la venta de una herencia y se lo había regalado a su esposa. Los tres muchachos Du Barry habían sido bautizados con esa vestimenta. Maurie no era tonto y se había dado cuenta de que las mejores familias británicas embellecían su historia con plata ancestral y objetos caros que daban fe de su poder, su privilegio y su estatus. Por suerte esos objetos se les podían comprar a los aristócratas arruinados. Y en la casa de subastas Christie's se podían adquirir lotes enteros de reliquias familiares.

Betty y Mary se turnaron para sujetar en brazos al bebé. Unas friegas con aceite de oliva, un poco de agua bendita y ya fue considerada católica. Mary fue incapaz de contener la emoción y lloró de alegría.

Todos se dieron cuenta de que no había muy buena relación entre la nueva secretaria de Daniel du Barry y la señora Du Barry. De modo que, cuando Edwina se negó a dejarse fotografiar con el bebé, Mary —que era la supuesta madre de la niña— se ofendió. Pero Daniel logró calmarlas antes de que las cosas fueran a peor.

A los parientes de Daniel por parte de su madre no les había hecho mucha gracia que se casara con aquella belleza rubia de la alta sociedad, pero estaban demasiado bien educados para difamar a Edwina. De hecho siempre habían albergado la secreta esperanza de que se casara con una aristócrata de campo a la que le gustara montar a caballo y cazar, como a ellos. Sin embargo, la buena educación no les impidió cuchichear entre ellos bajo el pórtico de la iglesia. —Quieren mantenerlo en secreto, pero le he oído decir a mi mayordomo que la señorita Maguire es la verdadera madre. —Quizá eso explique por qué Edwina se comporta de manera fría con ella. —Quién sabe. Mary es una muchacha maravillosa y su hija será admirable. —Mary es además muy lista. La niña heredará su cerebro y su belleza. —Siempre que no herede la promiscuidad de su madre. —Tonterías. Corre el rumor de que la violó un hombre casado. —¿Sí? Yo he oído que el padre es alguien cercano a la Corona.

Blablablá. Todos disfrutaban con un buen chismorreo.

Todos se mostraron alegres y sociables durante el bautizo, excepto una mujer con cara de pocos amigos situada en la parte de atrás. Nadie sabía quién era o de dónde había salido. Como iba vestida con elegancia y poseía unos modales imperiosos, ninguno se atrevió a preguntarle.

Cuando Bertha Brown lloró en el bautizo, el doctor Ahearn intentó distraerla. —La costumbre de ungir a los bebés con aceite se remonta a la antigüedad, cuando los atletas eran embadurnados con aceite antes de competir para fortalecerlos y hacer que fueran más flexibles. De modo que es una manera simbólica de fortalecer al bebé frente a los desafíos que le deparará la vida. A veces incluso funciona.

Bertha se echó a llorar de nuevo.

Mary se inclinó hacia delante y le confesó: —La primera vez que vi a esa zorra de Eddie Lamb, me di cuenta de lo que era. Ya tenía las pelotas de Daniel en el bolso. No está mal, ¿eh? Sobre todo teniendo en cuenta que a él le gustan más los hombres que las mujeres. He oído que Eddie le echó la zarpa durante el funeral de su hermano. Tiene a Daniel bien agarrado. Pero entiendo que se decantara por ella: Eddie se parece a su hermano. Pecho plano, los mismos ojos azules y fríos y ese estúpido corte de pelo de colegial. No me extraña que Daniel acabara casándose con ella. No sabe nada de mujeres y mucho menos de zorras egoístas y perversas que solo van detrás del dinero.

Mary no era dada a suavizar las cosas.

Daniel fue el perfecto anfitrión durante la fiesta de bautizo celebrada en el Jardín de Invierno del Hotel du Barry, aunque deseaba escabullirse y asistir a la fiesta que tenía lugar en el Salón Tucán, en la planta baja. Edwina no se despegó de su brazo e insistió en que le presentara solo a los invitados más influyentes. Su belleza, su elegancia y su estilo encandilaron a todos mientras esquivaba con aplomo las preguntas sobre su hija adoptiva. —Daniel y yo nos sentimos privilegiados por tener la oportunidad de criar a esta niña después de que haya tenido un comienzo tan desafortunado. —Oh, señora Du Barry, pobre criatura. ¿Cómo puede una madre abandonar a su criatura?

Edwina puso cara compasiva. —*Lady* Blythe, tengo grandes esperanzas puestas en el futuro de Caterina. Representa la promesa de paz del nuevo siglo.

Daniel quedó impresionado por la cantidad de champán Caterina Anastasia Grande Imperial consumida por su esposa. «Debe de tener mucho aguante. ¿Me habré casado con una mujer capaz de beber más que yo?».

Más tarde, mientras Edwina vomitaba en el lavabo de señoras y Gloria le sujetaba el pelo, sollozaba. —Joder, Gloria, ¿cómo he acabado con un bebé llorón y meón? La idea de limpiarle el culo a un bebé me da náuseas. No tengo instinto maternal. —Tonterías. Es que no has tenido tiempo para acostumbrarte. Y la niña es una monada. —Cierto. Pero su vulnerabilidad me asusta. El doctor Ahearn me dijo que el cráneo de los bebés es suave y delicado. Su cerebro puede sufrir terriblemente si se los agita como si fueran un Martini. No quería tomarla en brazos dentro de la iglesia por miedo a que se me cayese. Oh, Dios…

Gloria intuía que ahí se escondía una mentira, pero estaba decidida a pensar bien de su mejor amiga. —Eddie, tienes que calmarte. Tienes a Betty para limpiarle el culo y encargarse de ella. No le pasará nada terrible. —Es demasiada responsabilidad… Oh, no. —Eddie vomitó de nuevo.

Pasados unos minutos se incorporó y se limpió la boca. —Ya está. Me encuentro mejor. Pero ¿por qué has tenido que contarme lo de Daniel? No puedo creer que esté ahí fuera en la azotea con ese oficial tan guapo. Dios. —Se estremeció—. Todo Londres debe de estar riéndose de mí. —No seas tonta, Edwina. Solo los amigos más cercanos conocen la verdadera naturaleza de tu matrimonio. En el vestíbulo del hotel he oído a una mujer decir: «Dios mío, ojalá pudiera tener la vida maravillosa que lleva Edwina du Barry». —¿De verdad? —Sí, de verdad. Así que, vamos, lávate un poco. Luego te presentaré a un caballero encantador y con título que se muere por conocerte. Se codea con la familia real.

* * *

Fue en el Jardín de Invierno donde Daniel conoció al amor de su vida. Michael estaba de pie de espaldas a la fiesta, contemplando la vista desde los ventanales. No se dio la vuelta, solo sonrió al ver el reflejo de su anfitrión cuando este apareció junto a él. —Daniel, no me conoces, no estoy en tu lista de invitados. Mi hermana necesitaba acompañante. El muy cabrón la dejó plantada.

Se dio la vuelta y le ofreció la mano. —Debería presentarme. Soy Michael James. —¿Lord James? ¿El joven que acaba de ocupar un asiento en el Parlamento? —Sí. Mi padre murió el año pasado y es su legado. Es un trabajo asqueroso, pero alguien tiene que hacerlo. Quizá sea como heredar un imperio hotelero, ¿verdad?

Se sonrieron con una complicidad que ninguno de los dos entendió del todo. Daniel se quedó perplejo. «Siento como si lo conociera desde siempre. Quizá no sea un cliché, después de todo».

Agarró una botella de champán y dos copas. —Michael, deja que te enseñe la vista desde el punto más alto del Hotel du Barry. Es sensacional. ¿Quieres olvidarte de este jaleo durante un rato? —Es una idea magnífica. Los corchos del champán salen disparados como balas. —Entonces, vamos. Es por aquí.

En lo alto de la azotea reinaba un silencio agradable que ni Michael ni Daniel consideraron necesario llenar con palabras vacías. ¿De qué hablan dos héroes de guerra cuando ya se ha declarado la paz y se ha asentado el polvo? No van a ponerse a hablar del precio del armamento. Y lo más probable es que estén medio borrachos antes de poder hablar con seriedad.

Para Daniel era un gran alivio poder hablar con otro oficial que hubiera experimentado también el horror de la guerra. A cambio, Michael podía contarle su historia a un hombre que entendía las consecuencias de haber matado a sangre fría. Incluso antes de que Michael se marchara, ambos ya sabían que habían forjado un vínculo de por vida.

Mientras tanto, en el Salón Tucán, el champán Caterina Anastasia Grande Imperial corría sin cesar y los embriagaba a todos. Sean Kelly enseñó a Mary Maguire a bailar el tango. El personal no tardó en emborracharse y empezar a bailar sobre el suelo de mármol al sexi ritmo afrolatino de la orquesta de Tommy Zingernagel.

Sean sabía que, si quería destacar por encima de los chicos de alquiler del Soho, como había hecho Matthew Lamb, y convertirse en un *gigolo* de éxito, era esencial que estuviera al tanto de los últimos bailes. Por suerte tenía un ritmo y un estilo naturales, así como un círculo de debutantes que vivían para bailar. Y ahora iba armado y estaba ansioso por lograr la oportunidad de ascender en el escalafón social. Pues Sean Kelly era uno de los pocos hombres de Londres que se habían molestado en averiguar con exactitud qué buscaban las mujeres en un hombre. Por lo tanto, cuando se presentara la ocasión de huir con las esposas e hijas de otros caballeros, Sean Kelly estaría preparado. Por así decirlo.

Aquel domingo por la tarde, cuando el saxofonista de Tommy Zingernagel se soltó con un ostinato arrebatador, Sean se olvidó enseguida de sus aspiraciones. Con Mary Maguire entre sus brazos y su dulce aliento en el cuello, sentía que estaba en el paraíso. Le sorprendía que bailar con Mary en un lugar público le diese ganas de arrodillarse allí mismo. Se estremeció. «Jesús. Contrólate, o acabarás comprando menaje y un anillo de boda».

Cada vez que Sean acariciaba sin ganas a una flacucha mujer de la alta sociedad, fingía que era Mary la que gemía entre sus manos. Se imaginaba con claridad sus rizos pelirrojos, sus ojos verdes y perversos, aquella cinturita y esos pechos generosos. Aquella fantasía siempre aumentaba su excitación y, sin pretenderlo, satisfacía a sus clientas de pago. Aquella tarde en la pista de baile fantaseó con la idea de decirle a Mary lo mucho que la amaba, pero sospechaba que semejante confesión podría complicarle la vida. Así que siguió pagando a Mary Maguire por los servicios prestados.

Así todo estaba en orden.

Mientras Sean bailaba con Mary y meditaba sobre los peligros del amor verdadero, Mary estaba preocupada por la mujer con cara de pocos amigos que había visto en el bautizo. «Nadie sabía quién era. Es demasiado vieja para ser la madre de Cat. ¿Quién narices es?». Le angustiaba que la mujer fuera un hada malvada, enviada para envenenar la infancia de Cat con maleficios.

Mary Maguire se había criado con cuentos de hadas horripilantes. En el orfanato consideraban que las fábulas más oscuras eran instructivas para la moral. Si las chicas se comportaban mal, bien podían acabar con los pies cortados como aquella niña pequeña que tanto deseaba los zapatos de baile rojos. A Mary el mensaje le había quedado claro y siempre evitaba ponerse zapatos rojos. También había desarrollado aversión por las capas y capuchas rojas.

En apariencia el bebé era feliz y Mary albergaba la esperanza de que la vida de Cat du Barry se desarrollase con tranquilidad, como en una de esas películas románticas americanas. La trama preferida era: huérfana abandonada es adoptada por un héroe de guerra increíblemente rico que, tras una cómica confusión, se casa con una rubia arrebatadora y todos viven felices para siempre. «Dios, ojalá la vida fuese así de simple».

CAPÍTULO 4

Espías, chivatos y proxenetas

Al igual que el Vaticano, el Hotel du Barry aspiraba a convertirse en una pequeña ciudad independiente. Y solo Henri Dupont, conserje del hotel, entendía plenamente la integridad de todas sus partes. Observaba a diario la actividad de las tiendas de moda, de la barbería, del gimnasio y del cine. Henri conocía los secretos de todos y, cuando las debutantes acaudaladas se quedaban embarazadas, él organizaba una boda apresurada en la capilla del hotel. Se aseguraba de que no se supiera que la chica en cuestión había cedido a la presión paterna y había jurado amor eterno a un muchacho al que apenas toleraba. Las bodas de penalti en el hotel se celebraban a tal velocidad que se daba por hecho que los bebés habían sido concebidos en un arrebato de pasión durante la luna de miel en climas más cálidos.

Había pocas cosas que Henri Dupont no pudiera proporcionarles a los nuevos ricos del hotel, un término mancillado que se refería a las personas que habían sacado provecho durante la guerra. Henri guardaba un ejemplar de la Guía nobiliaria de Debrett bajo el mostrador de recepción para poder identificar de inmediato a aquellos que habían comprado títulos nobiliarios con ganancias ilícitas. Lo sabía todo sobre chanchullos económicos, tanto legales como ilegales. Pero ponía el límite en la violencia, la prostitución infantil, la violación y el bestialismo.

Henri se devanó los sesos pensando en el origen de Cat y pasó horas revisando el libro de huéspedes del hotel junto a Jim Blade. ¿Habría habido una debutante embarazada que se había negado a casarse? No, no en los últimos tiempos. Al final casi todas las chicas cedían a la vergüenza impuesta por sus padres.

Se preguntaba si la madre de Cat sería una heredera de las minas de carbón que con frecuencia se alojaba en el hotel durante semanas. Miranda Smith-Greaves entendía el funcionamiento del Hotel du Barry y podría haber dejado a una recién nacida no deseada colgando en la cuerda de la ropa. Miranda se creía además con derecho a cualquier cosa. Al llegar lo había llamado a su *suite* de lujo. —Señor Dupont, que retiren de inmediato esas flores tan horrendas. Insisto en que me traigan tulipanes de Ámsterdam. Las rosas inglesas son tremendamente vulgares.

Henri hizo que le llevaran varias docenas de tulipanes holandeses a Londres en avión privado. La factura fue astronómica, pero Miranda estuvo encantada de pagarla y se declaró satisfecha. Así que Henri adquirió la costumbre de llenar su *suite* con carísimas flores de importación. También se dedicó a estudiar con atención las fotografías de la familia Smith-Greaves que aparecían en *Tatler*, en busca de cualquier parecido con Cat. Había advertido que Miranda Smith-Greaves necesitaba echarse siestas cortas para aguantar el día entero y siempre parecía que se acababa de levantar. ¿Sería tal vez una especie de rasgo genético? Quizá fuese el motivo por el que Cat se quedaba dormida constantemente. Henri deseaba con toda el alma que su intuición fuese incorrecta. Porque, si era cierto que los hijos heredan la inteligencia de sus madres, entonces Cat estaba en apuros.

Cuando iban justos de tiempo, Henri no dudaba en presentar los tulipanes ingleses como si fueran holandeses. Tampoco dudaba en rellenar las botellas de Château Lafite con vino de menor calidad. Tenía un almacén secreto en el laberinto donde guardaba todos los envoltorios usados, cajas y botellas vacías para tales emergencias. —Es una mina de oro y así mi esposa puede disfrutar del lujo —le confesó a su camarada Jim Blade.

Jim se sintió incómodo. —No me cuentes ese tipo de cosas. Se supone que debo acabar con la corrupción dentro del hotel.

Henri se rio con tanta fuerza que estuvo a punto de caerse de su silla. —Mira quién fue a hablar, tú con tus negocios sucios en la sala de calderas.

Jim se encogió de hombros. —Entiendo lo que dices. Pero, por el amor de Dios, asegúrate de ser discreto.

Henri Dupont era muy discreto, pero, cuando fumaba un cigarrillo poscoital durante las conversaciones de alcoba, le contaba a su esposa historias de grandes excesos. En una ocasión le contó a la señora Dupont: —Así que le dije a nuestro bailarín de *ballet* mundialmente famoso: «Señor, entiendo su petición. Aquí en el Hotel du Barry vivimos para servir y, sí, puedo conseguirle una cortesana con pies hermosos». Al parecer, querida, las bailarinas desarrollan unos pies horrendos de tanto bailar en puntas. Juanetes grotescos, callos, dedos torcidos, lo normal. Francamente, me sorprendió más que pidiera una mujer que descubrir que era un fetichista de los pies.

La señora Dupont se rio nerviosamente y Henri la besó antes de meterle en la boca otra trufa de chocolate francés. Mimi se preguntaba si estaría engordándola a propósito. Había engordado casi veinte kilos desde el día de su boda.

Mildred, la secretaria personal de Daniel, murió cuando Mary Maguire logró dominar el arte de la mecanografía. Daniel se aseguró de que Mildred tuviera los recursos económicos para morir con la misma elegancia con la que había vivido y acompañó personalmente a Mildred, en una limusina del Hotel du Barry, a la *suite* más lujosa de un hospital privado para enfermos terminales de Londres. Antes de su llegada, Henri Dupont había llenado la estancia con las flores favoritas de Mildred. También contrató a una esteticista y a una peluquera del hotel para que arreglaran a Mildred cada mañana. Su melena blanca aún era abundante y había mantenido la esbeltez de la juventud. Aunque frágil, todavía tenía la mente despierta y su nariz patricia era capaz de oler a la gente auténtica. Adoraba a Mary y su afecto era correspondido.

El día antes de su muerte, Mildred despidió a la esteticista y le dijo a Mary: —He hecho las paces con el mundo y ya estoy preparada para irme. Por favor, trae a Cat y a Choupon para despedirme mañana por la mañana. Y tomemos una botella de champán Caterina Anastasia Grande Imperial, para poder emborracharnos un poco antes de irme. —Por supuesto, Mildred.

A la mañana siguiente, Mary metió al caniche francés de Mildred en el hospital dentro de una cesta de pícnic de Fortnum & Mason. Las enfermeras fingieron no advertir aquellos ojos negros brillantes que las miraban desde debajo de la colcha de satén de Mildred. Mary y Cat estaban sentadas a un lado de la cama y Daniel al otro.

Franz Liszt sonaba en el gramófono y Mildred le ordenó a Mary: —Pon de nuevo ese movimiento, por favor. Es mi pasaje favorito de Liszt. ¿Sabes, Danny? Tu padre fingía detestar la música clásica, pero en muchas ocasiones pillé a Maurie llorando a oscuras durante los conciertos. La *Novena sinfonía* de Beethoven siempre le producía ese efecto. Ahora que me voy debo decirte que… él te quería mucho, pero era incapaz de expresar sus emociones.

Mildred cerró los ojos.

Sin embargo, dos minutos más tarde se incorporó de golpe y declaró imperiosamente: —Danny, Maurie acaba de pedirme que te dé un mensaje. Ha dicho: «Divórciate de esa horrible mujer. Es un Armagedón con medias de seda y será tu muerte».

Mildred cayó hacia atrás sobre sus almohadones de plumas, suspiró y se marchó a encontrarse con el creador. Justo a tiempo.

Los años pasaron volando y el tercer cumpleaños de Cat se celebró tanto en el laberinto como en la novena planta. El personal coincidía en que el Bebé del Hotel du Barry estaba creciendo bien. Su naturaleza dulce y cariñosa y sus buenos modales aseguraban que hasta la más dura de las doncellas de la cocina estuviera dispuesta a pasar tiempo respondiendo a las mismas preguntas interminables que plantean los niños a los adultos. Y tampoco venía mal que la niña se pareciese a una ilustración de Lucie Attwell, con su sonrisa descarada, sus mejillas regordetas, sus largas pestañas y su pelo rubio y revuelto. El color de sus ojos se había oscurecido hasta adquirir un asombroso tono violeta e incluso los desconocidos admiraban a Cat por la calle. Así que a Edwina no le sorprendió que las mujeres de la alta sociedad anduvieran todo el día detrás de ella. —Señora Du Barry, su hija es adorable. ¡Y qué ojos! Jamás había visto un color tan exquisito.

Edwina quitaba importancia a su admiración, pero en el fondo estaba encantada. Jim estudiaba con disimulo la fisionomía de Cat con la esperanza de hallar algún parecido con las mujeres jóvenes que frecuentaban el hotel, pero no tuvo éxito. Habían pasado tres años y seguía sin pistas. Los extraños ojos violeta de la niña la diferenciaban. No cabía duda, Cat du Barry era única.

Reforzado por su relación con Michael, Daniel fue capaz de aguantar los cambios de humor de Edwina. Ambos hombres compartían el interés por los mismos deportes: navegación, tenis, natación y esgrima. También se les solía ver en la ópera y en el teatro. Mientras tanto, Eddie pasaba casi todos los fines de semana en la finca que Gloria von Trocken tenía en el campo. Se congració y pronto comenzó a relacionarse con caballeros libertinos, nobles y miembros de la realeza. Edwina y Daniel aparecían con frecuencia en las páginas de sociedad de *Tatler*, aunque en las altas esferas se rumoreaba que tenían un matrimonio de conveniencia y llevaban vidas separadas. En realidad, a nadie le importaba lo más mínimo. Históricamente, el matrimonio británico entre miembros de la alta sociedad siempre había estado basado en el estatus más que en la pasión o el amor verdadero.

Mary y Edwina lograron establecer una alianza forzada, una especie de tregua según la cual ambas se esforzaban por ser civilizadas cuando estaban en público, por el bien de Daniel y de Cat. De ese modo se mantenía la ilusión de un matrimonio de éxito. Así es la vida.

Bertha Brown cerró su libro de contabilidad con un suspiro. El Hotel du Barry se preparaba para la noche y sus empleados del turno de día acababan de marcharse. Abajo, en el laberinto, la cocina de las doncellas había quedado en silencio, tanto que Bertha oía a los gatos de la cocina mientras llevaban a cabo sus asuntos nocturnos en la despensa. Nigel estaría buscando roedores entre los sacos de harina.

Oyó entonces pasos en la escalera. —¡Señora Brown, oh, señora Brown! —Santo Dios, ¿qué sucede, Lizzie? —El señor Du Barry me ha pedido que le entregue un mensaje. Ha dicho que era muy importante y que se lo entregara de inmediato.

Bertha se quitó las gafas de leer. —Cálmate, querida. Dime de qué se trata. —Me dice: «Por favor, pregúntale a la señora Brown si puede recibirme en su despacho. Ahora sería un buen momento si le viene bien». Dios. Pero yo no sabía que usted tuviera un despacho y he estado buscándola por todas partes.

Bertha abrió un cajón del aparador de la cocina y guardó en él el libro de contabilidad. —Al señor Du Barry le gustan las bromas. Probablemente haya dado por hecho que sabías que la cocina de las doncellas es mi despacho. —Oh. Estaba muy asustada. Pensé que me había equivocado y que se enfadaría conmigo. Quizá hasta me despidiera. —Toma aliento, Lizzie, y escucha, por favor. Dile al señor Du Barry que sigo en mi despacho, por si quiere bajar a verme. ¿De acuerdo? —Sí, señora Brown. —Y no te preocupes. Dile que te ha costado encontrarme. No te meterás en líos. —Bien. Pensaba que había sido usted despedida y pronto también lo sería yo.

Bertha pasó la mano por la mesa de pino. —Te contaré un secreto. Yo tengo la misma edad que el señor Du Barry y mi madre, que era pastelera, trabajaba para su padre en el Hotel du Barry de Brighton. Mi madre me contó que esta misma mesa se usaba en la cocina del personal en Brighton. Decía que Maurie du Barry no era un esnob y que, cuando Danny era pequeño, tomaba el té sentado a esta mesa todas las tardes con el personal. Y, si su niñera le decía que no podía comerse otra deliciosa galleta de chocolate, él cerraba los ojos. —¿Y eso? —Porque Daniel pensaba que nadie podría verlo si tomaba otra galleta de la fuente. —Oh. —Lizzie, lo que quiero decir es que… es tu jefe y haces bien en mostrarle respeto, pero también es humano, como nosotros. No es más que un hombre. Un buen hombre. —La entiendo, señora Brown. Le daré el mensaje.

Lizzie volvió a desaparecer escaleras arriba.

Mientras esperaba, Bertha estuvo sacando brillo a un par de vasos de cocina y guardó un trozo de queso Cheshire y unas galletas. También colocó sobre la mesa una jarra con jerez para cocinar. Luego abrió un cajón, sacó una polvera y, con el reverso de un cuchillo de plata como espejo, procedió a empolvarse la nariz.

Para cuando llegó Daniel, estaba sentada a un extremo de la mesa haciendo punto. «Uno del derecho y uno del revés, uno del derecho y uno del revés».

Daniel alcanzó la jarra y sonrió. —Como en los viejos tiempos. Supongo que ya sabes por qué estoy aquí. —Tengo mis sospechas, pero prefiero que me lo digas tú.

Daniel le pasó un vaso lleno. —Se trata de Edwina. —Entiendo. —Esta tarde hemos perdido a otra niñera. Ha hecho la maleta y ya se había ido cuando he regresado de Dublín. —Lo sé. —Dios, las noticias vuelan. Nuestra red de espías debe de estar en marcha otra vez.

Bertha dejó su labor. —Danny, sé realista. Vives en un hotel. Los cotilleos ayudan a mantener el interés humano que motiva a las cocineras, a las doncellas, a los ayudas de cámara y a los botones para levantarse de la cama antes de que amanezca y ponerse a trabajar.

Daniel dio un generoso trago de jerez. —Tienes razón. Como de costumbre. Escucha, necesito tu ayuda. No sé qué hacer. En tres años he tenido diecinueve niñeras. Betty, nuestra primera niñera, no tenía nada de malo. Era maravillosa y yo quería que se quedara, pero Eddie la despidió en cuanto abandoné la ciudad por negocios. Bertha, ya no sé qué hacer. —¿Edwina las despide a todas o algunas se marchan por voluntad propia? —Casi todas se marchan por sus cambios de humor y al resto las despide. Eddie hace el trabajo sucio cuando yo estoy fuera por negocios, visitando los otros hoteles.

Estuvo toqueteando la punta del cuchillo del queso hasta que Bertha se lo quitó. —Probablemente tenga algo que ver con el tipo de niñera que contratas. —¿A qué te refieres? —Tienes preferencias por las chicas listas, atractivas y educadas de buena familia.

Daniel volvió a agarrar el cuchillo del queso. —Sé sincera conmigo, Bertha. Puedo soportarlo. Supe desde el principio que no aprobabas mi matrimonio.

Mientras Bertha meditaba sus palabras, oyeron una pelea y unas risas en las escaleras del servicio. Alguien recibió una bofetada y una voz de hombre se lamentó. —No seas así, Deidre. Solo intentaba acariciar tu coño. Tienes que desearlo, o no me habrías dejado meterme bajo tus bragas. —Aparta tus zarpas de mí. No soy ese tipo de chica.

Bertha se acercó a la puerta y gritó en dirección a las escaleras: —¡Vosotros dos, separaos! Estoy manteniendo una reunión importante aquí abajo. —Dios, lo siento mucho, señora Brown. —Lo siento, señora. No volverá a ocurrir. —Más vale que no. Y será mejor que empieces a tratar a mis chicas con respeto o iré a por ti. Te voy a tener muy vigilado, Alfred. —Sí, señora. Haré lo posible, señora.

Daniel sonrió y se sirvió otro jerez.

Bertha regresó, se sentó y retomó su labor. —Muy bien, Daniel. Creo que Eddie se siente en cierto modo amenazada por las niñeras que contratas. —Jesús. ¿Y qué voy a hacer? No puedo contratar a paletas solo para complacer a mi esposa. Quiero que a mi hija la eduquen mujeres fuertes, inteligentes y capaces. —Como Mary Maguire, ¿verdad? —sugirió Bertha con una sonrisa. —Eso es. ¿Sabías que Mary ha terminado ya las clases nocturnas y está tomando clases de elocución con Harold Stein? Solo espero que ese cabrón pretencioso no acabe con su singularidad. Francamente, no sé qué haría sin ella. Cuando las cosas se tuercen, Mary siempre me hace reír.

Ambos se quedaron callados. «Uno del derecho y uno del revés, un punto suelto. Maldición».

Procedentes de la despensa oían los chillidos agudos de los ratones al ser atrapados por los gatos de la cocina. Bertha se estremeció.

Daniel apuró el vaso. —¿Qué debería hacer, Bertha? Quiero que Cat crezca en una familia estable. —¿Aunque sea una mentira? —Bueno, sí.

Bertha dejó su labor, se inclinó hacia delante y lo miró a los ojos. —¿Por qué no me dejas a mí escoger a las niñeras de entre mis empleadas? Solo hay una Mary Maguire, pero tenemos a otras jóvenes brillantes que matarían por la oportunidad de mejorar su situación y convertirse en niñeras. —No había pensado en eso. —Debido a la guerra, tenemos escasez de hombres jóvenes. Muchas de mis chicas nunca encontrarán marido ni podrán renunciar al trabajo. Ninguna mujer quiere ser una solterona vieja de caderas débiles y piernas doloridas.

A Daniel se le iluminó la cara. —Podemos formarlas y después asignarles periodos de dos semanas, así Eddie no tendrá oportunidad de agotarlas. Después, cuando tengan experiencia y referencias, podrán conseguir un trabajo como niñeras con la gente adinerada. —Levantó su vaso y brindó con Bertha. Ella asintió y chocó su vaso con el de él.

* * *

48

Y así Cat fue criada y cuidada por las mejores chicas de Bertha, que se iban rotando. Como consecuencia, la niña pasaba mucho tiempo en el laberinto. Daniel se enorgullecía de la inteligencia de su hija, pues a sus cinco años era mucho más madura que el resto de los niños de su edad. En cuanto a Edwina, se sentía infinitamente superior a las chicas de clase trabajadora que se presentaban con regularidad en la novena planta. Por lo tanto, Daniel logró al fin experimentar la tan ansiada armonía doméstica.

Sin embargo, Bertha tenía pesadillas con el futuro. No conseguía localizar el problema, pero algo iba mal. Decidió morderse la lengua. Según había experimentado, Daniel du Barry tendía a ignorar los consejos no pedidos. Era mejor esperar a que le preguntara su opinión.

A Mary le gustaba pasar tiempo con Cat y, al hacerlo, ayudaba a llenar el vacío dejado por Edwina. Uno de sus pasatiempos favoritos era observar a la gente en Hyde Park. Mary señaló a un perro que pasaba con su dueño. —Elijo, vamos a ver... a ese chucho desaliñado que está haciendo pis sobre las rosas. ¿Cómo se llama? ¿Y qué es lo que hace cuando su dueño se va a trabajar? —Mmm... ese es Roger. Roger es un perro travieso. Mordisqueó los mejores zapatos de domingo de la señora Brown. —¿Por qué, Cat? —Ella no es muy amable con Roger. No le quiere como el señor Brown.

Cat pasaba casi todo su tiempo con los amigos de Daniel, los huéspedes del hotel y el personal. Cuando Daniel estaba fuera por trabajo, Michael cuidaba de ella y la llevaba de excursión al Museo Británico, al teatro y al zoo. Eddie toleraba a Michael porque tenía unos modales impecables, como era de esperar en un lord. También se desvivía por incluirla en los eventos sociales celebrados en su casa de Belgrave Square. Por lo tanto, Eddie conoció a todos los políticos británicos, embajadores extranjeros y a sus séquitos.

A los cinco años, Cat ya estaba familiarizada con el funcionamiento del laberinto del hotel. Sabía que Sean Kelly siempre le contaría historias graciosas y respondería a sus preguntas sobre los asuntos secretos de los adultos. Había llegado a creer que las debutantes de Londres no expulsaban orina, sino perfume Mitsouko. Buscó a Sean para que se lo confirmara.

Él se lo explicó: —Las debutantes orinan como cualquier otra persona, pero no necesitan utilizar el papel higiénico del hotel. ¿Por qué? Porque se limpian con trocitos de terciopelo rojo. Con monograma, por supuesto.

Con su naturaleza curiosa, Cat intentaba averiguar qué había sucedido cuando la descolgaron de la cuerda de la ropa. Así que bajó ella sola al laberinto y fue a visitar a Bertha Brown a la cocina de las doncellas.

Bertha le ofreció a Cat un pedazo de pastel y le dijo: —Al principio las cosas iban bien. Eras un bebé muy tranquilo y nos querías mucho. Nuestra única preocupación era que dormías más que la mayoría de los recién nacidos. También solías quedarte dormida cada dos por tres. Se te cerraban los ojos y dormías durante unos minutos. El doctor Ahearn te llevó a un prestigioso pediatra y lo único que dijo ese pendejo fue: «Unos bebés duermen más que otros». No encontró ninguna causa física para tu problema. —Bertha negó con la cabeza—. Tiempo después, el doctor Ahearn realizó algunas investigaciones y concluyó que tenías un extraño desorden psicológico. Dijo que ser presa del subconsciente en situaciones de estrés y buscar refugio en el sueño no es cosa de risa.

Al día siguiente, Cat se presentó en el despacho del doctor Ahearn y él retomó la historia: —El caso, Cat, es que te malcriamos y nos turnábamos para esconderte de los ojos curiosos de los huéspedes del hotel y de los jefes. Decidimos que sería cuestión de tiempo que Jim encontrara a tu madre. Jim tiene una mente retorcida. Es el tipo más listo que he conocido. Hasta Scotland Yard le pide ayuda en ocasiones para resolver algunos casos difíciles. Nuestro personal creía que si Jim no lograba encontrar a tu madre era porque no existía. Todos tenían una teoría. Uno de los rumores que circulaban era que te había dejado en la cuerda de tender una huésped del hotel, probablemente una debutante soltera. Pero otros insistían en que eras el retoño ilegítimo de un duque sin corazón o de un miembro de la realeza.

Cat no deseaba en absoluto convertirse en miembro de la familia real. Estaba feliz donde estaba. Ser la única niña residente en el famoso Hotel du Barry y tener a Daniel du Barry como padre no era moco de pavo. Él no disimulaba el hecho de que Cat era la niña de sus ojos y eso a ella le daba una fuerte sensación de seguridad, que ayudaba a compensar el frío desapego que experimentaba con Edwina.

Nadie del personal le dijo a Cat que sus comienzos en el hotel se habían mantenido en secreto, pero ella comprendió de manera intuitiva que lo que sucedía en el laberinto no se compartía con los de la novena planta. Además le encantaba la idea de poseer información clandestina y sospechaba que Daniel sabía más de lo que decía.

Cuando llegó el momento de que Cat comenzara los estudios, Daniel decidió no arriesgarse y contrató a tutores en vez de a institutrices, por lo tanto Edwina se comportó, aunque sí que tenía tendencia a incordiar. —Caterina, tienes que dejar de escabullirte cuando se supone que debes centrarte en tus libros. Una joven dama tiene que formarse si quiere triunfar en el mundo. Ningún caballero quiere tener por esposa a una mujer que solo sabe garabatear en un cuaderno de bocetos o hablar del precio de las salchichas de cerdo.

Cat disimuló un bostezo. Ya había aprendido a fingir que prestaba atención mientras pensaba en algo más interesante. Había descubierto cómo hacerlo observando el modo en que Daniel manejaba a Edwina cuando esta era incapaz de callarse. Cat también evitaba a Edwina con sus viajes al laberinto. La señora Du Barry sospechaba que los sótanos eran antros infernales de depravación y en raras ocasiones se aventuraba a bajar allí.

El Hotel du Barry le proporcionaba un sinfín de distracciones. En vez de hacer sus deberes de aritmética, a Cat le encantaba asomarse a la ventana del aula del hotel y dibujar a los comerciantes que pasaban por el callejón. Los comerciantes y los proveedores se esforzaban por cumplir con las peticiones del hotel. Corrían tiempos difíciles y dar servicio a los hoteles Du Barry daba mucho prestigio. Daniel ofrecía recomendaciones especiales a los proveedores tenaces y leales. Por lo tanto, el escudo del Hotel du Barry se consideraba un sello de calidad para cualquier negocio. Sin embargo, a Cat le parecía que la imagen de unas gárgolas devorando unos huesos daba la impresión de que el hotel se dedicaba a servir restos humanos.

Cat tenía por costumbre pasarse por el despacho de Mary a última hora de la tarde y hacer sus deberes en el antiguo escritorio de Mildred. Y Mary la animaba a hacerlo. Con frecuencia escuchaba las conversaciones telefónicas de Mary y le encantaba cuando trataba con comerciantes recalcitrantes. —Señor Sylvester, si no deja de gritarme, ¡le colgaré el teléfono! Así está mejor. Veamos, sé de buena tinta que las tuberías de cobre supuestamente nuevas que instaló en el cuarto de baño del señor Du Barry son de antes de Cristo. Creo que ambos sabemos que las compró usted baratas en alguna parte y eso es inaceptable para el Hotel du Barry. Así que esto es lo que va a hacer. Va a volver y a quitar las tuberías y las reemplazará por otras. Luego haré que las inspeccionen y, si todo está bien, entonces, y solo entonces, autorizaré el pago… No… No. No hay peros que valgan. —Mary dio un trago a su taza de té y dio la callada por respuesta. No duró mucho—. Excelente, le esperamos a las diez en punto. No se retrase.

Colgó el teléfono, dio una calada al cigarrillo y le guiñó un ojo a Cat. —Mira, ya sé que he sonado un poco grosera, pero el señor Sylvester lleva una semana dándome largas. A veces has de fingir seguridad para conseguir que se hagan las cosas. No es más que un truco, así que asegúrate de tenerlo todo controlado antes de intentar hacer algo así.

Fue Mary quien le enseñó a Cat que a veces una joven tenía que dejar de mostrarse amable e imponerse, incluso aunque eso supusiera crearse enemigos y ser despreciada por todo el mundo. Fue una lección que nunca olvidaría.

El Jardín de Invierno del hotel, una imponente catedral de cristal, aparecía con regularidad en las revistas de moda. En pleno invierno, los jardineros del hotel cultivaban fresas y plantas tropicales en el invernadero. En Navidad, el Jardín de Invierno se veía resplandecer en el cielo nocturno. Los padres llevaban a sus hijos a la calle para contemplar el espectáculo del Jardín de Invierno y admirar los adornos navideños del hotel.

Para cuando cumplió siete años, Cat ya sabía cómo escaparse por la escalera de incendios y pegarse a la madre de otro niño. Era sorprendente que nadie se fijara en aquella niña pequeña de ropa cara cuando se juntaba con los demás niños.

Durante las vacaciones, la fachada del hotel lucía iluminada por cientos de luces de colores. En Nochebuena, las mujeres enjoyadas de la alta sociedad se contoneaban por la alfombra roja. Las saludaba con gestos de admiración la variopinta colección de espectadores reunidos a su alrededor. —¡Caramba! Mira eso. —Sí. ¿Has visto los diamantes que llevaba esa golfa? —Podrías empeñar esos diamantes y vivir como un príncipe. —Ni se te ocurra, viejo.

Estrellas de cine, magnates, mafiosos, artistas, cortesanas, aristócratas, miembros de la realeza y estafadores; todos asistían a las fiestas del hotel. Cat vio a un famoso bailarín de *ballet* ruso subir dando saltos por las inclinadas escaleras. Lo conoció una vez en el teatro con Edwina. —Señora Du Barry, qué ojos purpura tan hermosos tiene su hija. Muy raros. Como violetas en la nieve. Pequeña, ¿quierres ser bailarina de *ballet*?

Cat respondió con timidez porque así lo dictaban los buenos modales y los penetrantes ojos azules de Edwina. —Oh, sí, señor.

Una gran mentira. Pero ya había descubierto que los adultos no querían ver a un cínico en un niño inocente. Cat no soportaba las aburridas clases de *ballet* que Edwina le obligaba a tomar y ya había decidido convertirse en artista de algún tipo. Quizá escultora, pintora o alfarera. Al mismo tiempo disfrutaba con la idea de ser detective; tan respetada, ingeniosa y lista como su héroe, Jim Blade.

Daniel había instaurado una tradición de Navidad y Año Nuevo según la cual los espectadores callejeros podían disfrutar de ponche caliente y pasteles de las cocinas del Hotel du Barry. Era la mejor fiesta callejera de la ciudad para aquellos que no tenían ningún sitio al que ir en aquellas noches. Las personas sin hogar y sin dinero aparecían en multitud. Muchos eran antiguos soldados que no habían logrado encontrar trabajo desde que regresaran a Inglaterra. Se emborrachaban a lo grande, pero normalmente guardaban las formas, solo porque respetaban a Daniel. Al fin y al cabo él era uno de los filántropos más generosos de Londres. Mientras la economía se estancaba y retrocedía, Daniel hacía uso de la fortuna Du Barry e intentaba aliviar parte de su desesperación diaria. También celebraba una comida especial de Navidad para ellos seguida de una representación navideña.

Edwina le dijo a su peluquero: —Gustav, me he casado con un sensiblero. Daniel no para de encontrar nuevas formas de gastarse nuestro dinero. Como si no se hubiese gastado ya suficiente en esa maldita comida navideña para los pobres, ahora quiere construir una escuela para los habitantes de los barrios pobres. ¡Los barrios pobres! Siempre ha habido gente pobre en Londres y su vida siempre ha sido sucia, salvaje y breve. Jesús, debe de gustarles ser pobres, de lo contrario harían algo al respecto.

Gustav guardó silencio, pero poco después se olvidó de diluir el blanqueador de peróxido para el pelo y Edwina acabó con el cuero cabelludo quemado y con migraña. Vaya, vaya.

Edwina se quejó a Daniel mientras este leía *The Times* durante el desayuno. —Estás malcriando a Caterina y pasa demasiado tiempo con gente inferior a ella. Siempre se escabulle para irse abajo con su cuaderno de dibujo, se dedica a dibujar a los empleados y a escuchar conversaciones de adultos. —No es motivo para alarmarse, querida. —¿De verdad? ¿Sabías que tu hija se relaciona habitualmente con Bertha Brown y esas golfas cotillas de la cocina? Son de lo más vulgar. Y Cat además pasa tiempo en compañía de Jim Blade y sus desagradables camaradas de Scotland Yard. Hoy les he vuelto a ver, en la sala de calderas, enseñándole a Caterina a apostar en las carreras de caballos, aunque yo le había dicho claramente que se estuviese quieta y esperase a que llegase la profesora de *ballet*.

Daniel untó de mantequilla una tostada. —No tiene nada de malo. Bertha es como una madre para ella. Y Jim tiene un profundo conocimiento de la naturaleza humana. Mi hija adquirirá una educación general. En cualquier caso, creo que deberías dejar las clases de *ballet*. Es evidente que las odia.

Edwina se estremeció al oír aquella referencia a la maternidad, pero decidió centrarse en su queja principal. —Educación general. Ya. No me hagas reír. Los tutores de Caterina son demasiado radicales e indulgentes. No le imponen disciplina y está adquiriendo un tipo de educación más propia de un chaval. —Para eso les pago. Cat es madura para su edad y necesita estimulación intelectual.

Edwina dejó caer su servilleta y lo miró con rabia. —¡Por el amor de Dios, Danny! Está desenfrenada y necesita que la controlen. Hay que enviarla a un prestigioso internado donde aprenda cosas de chicas, modales y bailes de salón. Hay que quitarle la asertividad, tiene que relacionarse con sus semejantes y aprender a adaptarse.

Como de costumbre, Daniel dobló el periódico, se terminó el café y se levantó. Le dio un beso a Edwina en su rubia coronilla. Le gustaba tener un poco de emoción por las mañanas. Eso le mantenía alerta.

Era la octava navidad de Cat. En la calle, con la nariz metida en una taza de ponche de *brandy* y con las manos llenas de pastelitos de carne, se sentía como si hubiese muerto y estuviese en el paraíso. La ocasión era especialmente emocionante porque Edwina no tenía ni idea de que estaba en la calle.

Cat se había acostumbrado a la peste a humedad y a animal de los demás espectadores y le resultaba muy familiar. El olor se parecía al de sus cerditos de Guinea. Le gustaba deambular alrededor de la alfombra roja, achisparse y oír las conversaciones. Un mendigo le dijo a otro: —El vino caliente de este año lleva demasiado clavo. Voy a quejarme a Danny. Hace que no sienta los dientes. —Típico. Danny nos da de comer gratis y lo único que haces es quejarte. La razón por la que no sientes dolor es que llevas seis vasos de vino.

Henri Dupont estaba en lo alto de las escaleras saludando a la clientela adinerada. Fingió no ver a Cat entre la multitud de espectadores. Cuando Edwina le preguntaba, tenía por costumbre negar todo conocimiento de su paradero. Sin embargo, avisó al detective del hotel. —Jim, la niña está ahí abajo. Vigílala, ¿quieres? No queremos que se la lleve algún pedófilo oportunista. —Por supuesto, camarada.

Jim Blade se mezcló entre la multitud, localizó a Cat y se hizo con un vaso de vino caliente. Su trabajo en aquella época del año era especialmente gratificante. Le encantaba la Navidad, pues no solo representaba una excusa para emborracharse, sino que además era temporada alta de apuñalamientos, suicidios y todo tipo de homicidios familiares. Las fiestas encendían las hostilidades que la gente había mantenido bajo control a lo largo del año. El adulterio, el divorcio, la prostitución, los flirteos y las aventuras descaradas con mujeres casadas y amantes estaban a la orden del día. Los amantes se atacaban con un celo difícil de creer. El hotel era un claro ejemplo de ello. Jim chasqueó la lengua y canturreó: —Noche de paz... noche de amor...

Le guiñó un ojo a Cat y la niña se acercó para poder darle la mano. Contemplaron en agradable silencio a una actriz resplandeciente que subía contoneándose la escalera del hotel. El vestido largo y ajustado que llevaba le obligaba a dar pequeños pasos de *geisha*. Su trasero curvilíneo parecía tener vida propia y sus pendientes de diamantes brillaban con fuerza bajo las luces.

Cat suspiró con placer. —Mary sabe caminar así. Me enseñó a hacerlo en clase de postura. Pero esas chicas lo hacen con libros en equilibrio sobre su cabeza. Yo lo hago con la Biblia familiar.

Jim sonrió. —Dudo que esa actriz haya tenido mucho trato con la Biblia.

La multitud aplaudió y vitoreó mientras la mujer subía. —Me parece que no lleva ropa interior —comentó Cat—. ¿Y eso? —A lo mejor no se le ha secado a tiempo la colada.

Ambos se carcajearon.

La rubia oxigenada era una fantasía hecha realidad, la *femme fatale* del sueño de cualquier hombre. Jim se terminó el vino y se relamió. La actriz se volvió con elegancia en lo alto de las escaleras y les lanzó un beso a todos antes de entrar en el vestíbulo del hotel. Jim sospechaba que todos los hombres la deseaban y las mujeres anhelaban ponerse en su piel. La multitud emitió un suspiro de deseo colectivo.

Todo iba muy bien hasta que un ayuda de cámara del hotel se abrió paso entre la multitud. Jim notó que algo pasaba. —¿Qué sucede, Alfred? —Es la señora Du Barry, señor. He estado buscando por todas partes a la señorita Cat. —¿Y? —La señora me ha pedido que encuentre a Cat y que la lleve de vuelta a la novena planta. Considera que Caterina ya debería estar en la cama.

Cat frunció el ceño y se quedó mirándose los zapatos. La Nochebuena ya había terminado antes incluso de empezar. No podría desaparecer por el laberinto para su cena especial con el personal. Había ayudado a Ziggy, el jefe de pastelería, a preparar los dulces tradicionales de Navidad: bolitas de coco, tarta Linzer y *Lebkuchen*. Había glaseado las tartas Sacher y, mientras trabajaban, Ziggy le había enseñado la letra de *Noche de paz*. Le había dicho: —En Austria cantamos *Stille Nacht* en Nochebuena. Deberíamos cantarla esta noche todos juntos. Y bebernos el excelente licor que nos ha suministrado el señor Du Barry.

Jim le puso la mano en el hombro a Alfred y este pareció nervioso. —Sabes que es Nochebuena, ¿verdad, Alfred? —Sí, señor. —Es cuando el pueblo trata de esparcir la alegría. Haciendo cosas como cuidar de los amigos o asegurarse de que nuestros seres queridos se lo pasen bien. —¿Y bien, señor? —Tengo una proposición que hacerte, Alfred. Imaginemos que decido librarte de esa fea deuda que acumulaste anoche durante la partida de póquer. Y a cambio tú decides esparcir un poco de puñetera alegría navideña, ¿te parece? —Pero la señora Du Barry se pondrá furiosa. Puede que incluso me despida.

Jim miró el reloj. —Te preocupas demasiado, chico. No entiendes cómo funcionan las cosas. El Hotel du Barry es muy tradicional. Funciona con el consagrado sistema de espías, chivatos y proxenetas. Con un mínimo esfuerzo puedo hacer que vigilen todos y cada uno de los movimientos de la señora Du Barry. —¿Así que hay ojos por todas partes? —Eso es. Ya me han informado de que la señora está cumpliendo con su papel de anfitriona en el Jardín de Invierno. Saludando a todo el mundo. No tendrá tiempo ni para rascarse y desde luego no volverá a la novena planta hasta que el último invitado se haya marchado y empiece a salir el sol. —¿De verdad? —Sí, Alfred. Espabila. Lo único que tienes que hacer es decirle a la niñera de Cat que he prometido devolverla a la novena planta mucho antes de que ese gordo vestido de rojo se cuele por la chimenea. Entrega el mensaje, mantente alejado del Jardín de

Invierno y todo quedará resuelto. —Si usted lo dice, señor —contestó Alfred con una sonrisa. —Sí, lo digo. Esta noche la niñera de Cat es una de las chicas de la señora Brown. Gwendoline es de las buenas. —Entendido. Considérelo hecho. —Así me gusta. Y a cambio yo cancelaré tu deuda. Pero no te olvides de una cosa: apostar el salario que tanto te cuesta ganar es de idiotas. Sobre todo cuando juegas contra mí y los tipos de Scotland Yard. Y, ya que te doy consejos gratis, deberías plantar a tu última conquista. La señorita Gottfried comparte sus considerables encantos contigo y con un psicópata desequilibrado, Gary Smythe. No querrás acabar en el Támesis con botas de cemento.

Alfred se puso pálido. —Joder, no tenía ni idea. Me juró que yo era su primer y único amante. Estaba locamente enamorado de ella. Pero gracias por el consejo. Feliz Navidad, señor Blade. —Lo mismo digo, Alfred. Ánimo. Créeme, puedes aspirar a algo mejor que la señorita Gottfried.

Jim miró a Cat, pero a ella le distrajo una bandeja de pasteles que pasó por delante. Él agarró cuatro de la bandeja y aprovechó la oportunidad para confiscarle el ponche de *brandy*. Un par de jóvenes amantes que se besuqueaban se habían puesto delante de la niña, de modo que la subió sobre sus hombros para que pudiera ver. Ella no protestó por lo del ponche y se quedó embobada mirando a un par de chicas adolescentes muy pintadas que acompañaban escaleras arriba a un magnate texano del petróleo. Todo el mundo observó su subida con la respiración contenida, pero nadie le aplaudió cuando llegó arriba. Jim dejó caer los hombros.

Entonces una deslumbrante limusina de color negro apareció de la nada y, cuando el portero abrió la puerta trasera con un gesto dramático, de su interior salió una elegante pierna rematada por un zapato plateado. La multitud se echó hacia delante para intentar ver bien quién salía. No era otra que la famosa cantante de ópera italiana Sabina Quattrocelli. La multitud murmuró con admiración. La señorita Quattrocelli iba vestida con un sinuoso vestido de seda que rendía tributo a su voluptuosa figura. Sobre los hombros llevaba una elegante estola de piel negra, el mismo tono que su melena. Iba acompañada de dos guapos tenores británicos, vestidos también a la perfección.

Los tenores agarraron a la señorita Quattrocelli por los codos y la llevaron por la alfombra roja que iba desde la acera hasta las escaleras. Detrás iba su último amante, un conocido empresario teatral británico, vestido con una chaqueta negra hecha a medida, corbata blanca, sombrero de seda y guantes blancos. Y bajo el brazo llevaba al agitado chihuahua de la señorita Quattrocelli. La multitud se rio nerviosamente y hasta la pareja de enamorados se separó para tomar aire y mirar al perro tembloroso.

Los cuatro artistas permanecieron bajo las coloridas luces de Navidad, firmando autógrafos y saludando a la audiencia, mientras el chihuahua temblaba.

Era la noche antes de Navidad y todo iba bien en el Hotel du Barry.

CAPÍTULO 5

Mala hasta la médula

Daniel llevó a Cat a un lado y le apartó con cuidado el pelo de la cara. —Hay algo que debo decirte. Aunque creo que ya lo sabes. Yo te adopté cuando eras un bebé.

Cat sonrió. —Daniel, lo descubrí hace años, pero pensé que sería mejor fingir que no lo sabía. Como cuando me enteré de lo de Papá Noel, pero seguí fingiendo que estaba dormida cuando Mary y tú os chocabais por mi dormitorio intentando llenar los calcetines de regalos en la oscuridad.

Daniel le dio un beso. —Qué fresca. Pero entiendo lo que dices. Aun así, ¿sabes lo que significas para mí? —Sí. Y me alegra que fueras tú quien me adoptó y no otra persona.

Cat adoraba a Daniel con la devoción que solo las niñas muestran hacia sus padres. Había oído todos los rumores lascivos que circulaban sobre él, pero los ignoraba.

Al final de un largo día de trabajo, cuando Daniel había terminado de dar instrucciones a los gerentes de su hotel, le gustaba sentarse con su hija y leerle historias. Cuando era más joven, le leía cuentos de hadas, pero pronto fueron sustituidos por los versos de lord Byron y otras historias de viajes e infortunios. Cat pronto empezó a leer libros ella sola y Charles Dickens dio paso a las historias de Henry Fielding sobre mujeres casquivanas y hombres viriles. Mientras leía *Tom Jones*, Cat se dio cuenta de que los cuentos de hadas eran como sus sueños, porque escondían mensajes que suavizarían su transición a la vida adulta. Esperaba encontrar algún día a su propio Tom Jones; un joven tan viajado y taimado que pudiera hacer frente a su propia perversión. —Ya eres suficientemente mayor para escoger tú misma los libros de mi biblioteca —le dijo Daniel—. Es una cuestión de confianza.

Cat sonrió con suficiencia y él la miró a los ojos. —Sé lo que te propones, Cat. Pero intenta no devorar todos los libros atrevidos de una sentada. Hay mucha buena literatura de entre la que elegir. Piensa en cómo quieres amueblar tu mente. Y qué tipo de persona quieres ser cuando seas mayor.

Cat le dio un beso en la mejilla. —Ah, de acuerdo.

Edwina no tenía por costumbre rendirse. Una noche de invierno, esperó con paciencia a que Daniel terminara la cena y se pusiera cómodo en su sillón favorito. —Danny, tiene que ir a un internado. —No. El internado fue la peor época de mi vida. —Pero los tiempos han cambiado. La joven Celeste Jones… —No, Edwina. Y no vuelvas a sacar el tema.

Edwina se sentó en el reposabrazos del sillón y le estiró la corbata. Le puso los dedos largos y fríos en la nuca y comenzó a masajearle los músculos del cuello. Daniel se tensó, frunció el ceño y miró el reloj. Ella le revolvió el pelo. Él miró por la ventana. Edwina suavizó el tono. —Danny, le vendría bien. Mira lo bien que me fue a mí. Soy muy estable.

Daniel entornó los párpados. —Eso es discutible, Edwina. —¡Cabrón sarcástico!

Edwina se puso en pie de un salto y se bebió el resto del vino de un solo trago. Encendió un cigarrillo y aspiró el humo con grandes bocanadas. Daniel alcanzó su chaqueta y, con infinito cuidado, se ató la bufanda de seda al cuello y se puso los guantes de piel. —Solo son las ocho y ya estás borracha. No volveré hasta mañana por la mañana. Si hay alguna emergencia real, podrás localizarme en mi club.

Ella apagó el cigarro hasta que se le pusieron blancos los nudillos. —Todo Londres sabe que pasarás ahí la noche con tu chico de alquiler. —Doy por hecho que te refieres a Michael. No sé si ser un lord británico es lo mismo que ser un chico de alquiler. Eddie, ¿por qué estás tan arisca? Te cae bien Michael y no te ha dado motivo de queja. —Me siento menospreciada. Estoy segura de que la gente habla de nosotros a nuestras espaldas. —Has de aprender a que no te importe y aceptar que siempre tendrás enemigos. Y mira quién habla. Oí a los chóferes del hotel hablar sobre el boxeador americano con el que te fuiste la otra noche al Ritz. Podrías ser un poco discreta. —Haces que parezca la zorra de Babilonia. Y no te atrevas a marcharte antes de que haya acabado de hablar. Siempre consigues tener la última palabra.

Daniel se encogió de hombros y recogió su sombrero.

Mientras se dirigía hacia la puerta, Edwina agarró un viejo jarrón de cristal y se lo lanzó. Había sido un regalo de boda de una de las exnovias de Daniel. El agua empapó la lujosa alfombra y las rosas del invernadero salieron disparadas por la habitación. Pese a su delgada complexión, Edwina podía lanzar objetos pesados con una facilidad sorprendente. Daniel se agachó y salió de manera apresurada. El jarrón golpeó con fuerza la puerta al cerrarse y se hizo añicos. Él bajó las escaleras silbando una alegre polonesa.

Sebastian se detuvo a medio camino en las escaleras. —¿Va todo bien, señor? —Sí. La debacle habitual. Ocúpate de los cristales rotos cuando entres.

No todo era de color de rosas estando con Edwina, pero en cierta manera compensaba la familia que él había perdido. Porque Daniel todavía echaba de menos los desayunos ruidosos que disfrutaba con su padre, siempre testarudo, y sus dos hermanos, siempre en desacuerdo.

Sebastian entró en el apartamento y atravesó la alfombra pisando los cristales rotos. Edwina estaba llorando en el sofá, aporreando los cojines con los puños. No advirtió su llegada, de modo que entró en el comedor y esperó.

Escuchó mientras Edwina hacía una breve llamada telefónica, pero no distinguió lo que decía. Colgó el teléfono e hizo sonar la campanilla del servicio. Varias veces. Sebastian dejó pasar cinco minutos antes de aparecer con expresión solícita. —¿Sí, señora? —¿Dónde diablos te habías metido? Tráeme un Martini. Doble. Y esta vez no te olvides de las aceitunas.

Sebastian era especialista en prepararlos justo como a ella le gustaban. Eso implicaba un exceso de ginebra helada y quizá un exiguo chorrito de vermú en la coctelera. A veces a la ginebra solo le enseñaba de pasada la etiqueta del vermú. Después añadía tres aceitunas verdes en las que ella insistía, pero que nunca se comía.

Edwina estaba enfurruñada mientras esperaba su Martini. Primero su hermano la dejaba sola y ahora Daniel nunca estaba a su lado. Si al menos le interesara más la alta sociedad. Era una vergüenza que se negara a asistir a casi todas las fiestas. A pesar de eso, ella había cultivado la amistad de diversos hombres amables y caballerosos ansiosos por acompañarla en ausencia de su marido. Porque a Eddie du Barry le gustaba pasárselo bien.

El vestuario, la apariencia y la elección del momento oportuno eran de vital importancia en el mundo de Edwina. Como le había informado a la esteticista del Hotel du Barry aquella misma mañana; —Si tengo que pasarme la puñetera vida colgada boca abajo como un murciélago para evitar las arrugas, así lo haré.

La esteticista había asentido con la cabeza. Nadie podía acusar a Toffy Tits de no estar dispuesta a superarse en su búsqueda de la belleza. Le puso más barro a Edwina en la cara y le colocó rodajas de pepino heladas sobre los ojos. —Relájese e intente no hablar, señora Du Barry. Se le echará a perder la mascarilla. —Y de ese modo no tendría que escuchar a otra esposa rica malcriada parlotear sobre tonterías.

Edwina agarró el Martini de la bandeja de plata de Sebastian y se lo bebió en tres tragos. Después se llevó la hielera al cuarto de baño y llenó el lavabo de agua helada. Metió la cara en el agua hasta que se le quedó casi azul. Eso la calmó un poco y otorgó un tono de porcelana a su piel. Se cepilló los rizos con fuerza hasta que se le cargaron de electricidad estática. Su último amante era un hombre más joven y debía cuidar su aspecto al máximo. —¡Sebastian, prepárame otro doble! —gritó mientras se pintaba la cara.

Para cuando Sean Kelly llamó a la puerta del apartamento, Edwina ya había recuperado la compostura. Se restregó contra él y lo besó con pasión. Su perfume Mitsouko estuvo a punto de hacerle perder el sentido.

Edwina lo miró con coquetería. —¿Te gusta tu nuevo apartamento, cielo?

Sabía que sus ojos parecían muy azules bajo esa luz porque había ajustado la lámpara para crear ese efecto antes de que él llegara. También había dejado abierto *Crimen y castigo*, de Dostoyevsky, sobre el sofá para insinuar que, aunque Sean había llegado tarde, ella había aprovechado bien el tiempo.

Sean se quitó el abrigo de cachemir italiano y los guantes de cuero. —Es fantástico. Gracias. La lámpara de araña le da un toque elegante. Aunque no estoy tan seguro del color azul pastel de las paredes. ¿No te parece un poco femenino para la residencia de un soltero? —En absoluto, cariño. Además, es mi color favorito. También le he encargado una docena de camisas de seda al mejor sastre de Jermyn Street.

Sean le desabrochó hábilmente los botones de perlas del vestido de seda y acarició sus pechos pequeños. Era la única manera de callarla. Le bajó la prenda por los hombros, apartó a Fyodor Dostoyevsky del sofá y declaró con frialdad: —Hay que castigarte. Y estoy de humor para ello. Déjate las medias puestas, el liguero, los diamantes y los zapatos. Inclínate sobre el sofá y abre las piernas. Más abiertas. Ahora tócate. Despacio. Así. Otra vez. Concéntrate, Eddie. Imagínate que te están mirando. Pueden mirar, pero no tocar. Oh, sí. Así me gusta. Ahora entrégate a mí y prepárate para recibir tu castigo. Eres mala hasta la médula y sabes que lo mereces.

Edwina se rio como una colegiala traviesa. Sean estaba representando su fantasía sexual favorita y su mente ya estaba anticipando el clímax. Ningún otro hombre le había dado libertad sexual y lo amaba por ello. Sean había sabido lo que deseaba incluso antes que ella.

Sean suspiró y le dio varios azotes en el trasero para calentarla. A Edwina le gustaba el sexo un poco salvaje y ya había tomado bastante ginebra. Parecía que iba a ser una noche muy larga.

La voz de Edwina sonó amortiguada por los cojines mientras murmuraba desde las profundidades del sofá: —He encargado la moto que mencionaste. La traen mañana a las diez. ¿Te viene bien?

Una pregunta estúpida. Las cosas iban mejorando. Era evidente que su nueva amante estaba decidida a responder afirmativamente a todos sus caprichos. Le pellizcó los pezones con mucha profesionalidad. Ella gimoteó de placer. Él bostezó, se bajó los pantalones y se preparó para garantizar la completa sumisión de la mujer. Al colocarse encima de ella, se felicitó porque nunca más tendría que arrastrarse ante la alta sociedad. Pronto tendría su propio mayordomo y después un cocinero privado.

Aunque la esposa de Danny era su última clienta, Sean estaba confeccionando una agenda de mujeres acaudaladas. Lo consideraba un seguro de rentas. Si Edwina se enteraba, sería hombre muerto. Se palpó el bolsillo de la camisa para comprobar que el librito estaba a salvo. Allí seguía, pegado a su corazón.

Las últimas conquistas de Sean eran enemigas declaradas de Edwina y ya habían intentado superar su puja. Si se cansaba de él, no supondría un problema. Su reputación estaba asegurada y subía como la espuma. Pensó en Mary Maguire y aceleró el ritmo. Edwina respondió. Si no dejaba de gemir, tendría que taparle la boca con la mano. «No, ni hablar». La última vez que se corrió, le mordió con tanta fuerza que le hizo sangre. Todavía tenía las marcas de los dientes en la mano. «Jesús, es probable que nos esté escuchando todo el hotel, apostando cuántos asaltos serán necesarios para que la señora quede satisfecha».

A veces Sean tardaba horas en dar servicio a Edwina por todo lo que hablaba. Era sorprendente la cantidad de conversación que necesitaba. Quizá porque pasaba mucho tiempo sola. Sebastian le había dicho: —Cuando esa vaca pretenciosa se convirtió en la señora Du Barry, dejó de lado a sus antiguos amigos. No podía dejarse ver en público con personas inferiores a ella. Gloria von Trocken es la única que queda de aquella época.

Con frecuencia, Edwina tenía que comer sola. Daba igual, pensaba seguir siendo rica de manera indefinida y había luchado mucho por conseguir el respeto de la élite social. Pero de ninguna manera permitiría que un aquelarre de mujeres hiciera correr rumores que pudieran hacer daño a Daniel o a Cat. Porque la antigua Eddie Lamb era experta en defenderse a sí misma y había crecido en una familia que no siempre jugaba según las reglas.

Escondida detrás de las cortinas, Cat empezó a inquietarse. Sean había prescindido de sus tácticas habituales y parecía que no tenía intención de perder el tiempo en el dormitorio. Cat estaba atrapada. Iba a tener que permanecer escondida hasta que Sean terminara su trabajo. Qué aburrimiento. Había albergado la esperanza de poder irse con él al laberinto para que le contase más historias de cuando Daniel la adoptó. Le había contado los detalles jugosos de cómo Daniel llegó a creer que ella era hija de Mary Maguire. A Cat le encantaba oír hablar de aquellas reuniones secretas en el laberinto, de la votación para escoger sus nombres y de la falsificación de los documentos oficiales; era su propio cuento de hadas. Pero ahora parecía que Sean tenía otras cosas que hacer. Y, como de costumbre, ella se aburría cuando estaba cerca de Edwina. Así que bostezó y se puso cómoda para echarse una siesta.

Poco después de que Cat cumpliera doce años, la señora Brown la seleccionó para ser la chica de la mermelada el Domingo de la mermelada. Era el día en que Fortnum & Mason entregaba las cajas de naranjas de importación para la fabricación de mermelada, para uso exclusivo de las doncellas durante el desayuno.

No solo eso, sino que además las doncellas inscribían su valioso producto en el Concurso anual de mermelada del Hotel du Barry, una competición celebrada entre los chefs en los diferentes hoteles Du Barry. Incluso el chef del hotel de Brighton había preparado algunos botes en ocasiones. Y eso que no era un hombre conocido por su sentido de la diversión.

La codiciada receta de la mermelada de las doncellas había sido transmitida desde la primera ama de llaves, cuando el Hotel du Barry de Londres abrió sus puertas. La receta estaba escrita con letra de caligrafía en un libro de recetas encuadernado en cuero que se guardaba bajo llave.

A lo largo de los años, muchos chefs del Hotel du Barry habían intentado rogar o incluso robar la receta, aunque sin éxito. Era sacrosanta y la chica de la mermelada era la suma sacerdotisa de la ocasión, pues solo se le permitía a ella el privilegio de leer la receta y asegurarse de que todo iba según el plan. Participaban todas las doncellas al servicio de la jefa de limpiadoras, ya fuera cortando naranjas, pesando los ingredientes secretos o elaborando etiquetas para los tarros de cristal esterilizados.

La noche antes del Domingo de la mermelada, Mary encontró a Cat acurrucada en posición fetal dormitando detrás del sofá del estudio de Daniel. Mary la acarició con ternura. —¿Qué sucede, niña?

Cat se despertó. —No puedo hacerlo. La fastidiaré y será un desastre. No habrá mermelada en la cocina de las doncellas durante un año. Las decepcionaré y no podrán participar en el Concurso de mermelada del Hotel du Barry.

Mary se levantó la elegante falda de tubo, se sentó en el suelo y cruzó las piernas. —Tienes miedo escénico, eso es todo. Bertha no te habría escogido si no pensara que estás preparada. A mí nunca me eligieron porque Bertha opinaba que me importaba un bledo esa tradición. Y tenía razón. —Mary, cualquier cosa podría salir mal. Esta misión es demasiado grande para mí. Yo era feliz cortando las naranjas. —Lo harás genial. Llevas seis años ayudando con la mermelada, ¿no es cierto?

Cat asintió y se sorbió la nariz.

Mary le acarició el pelo con ternura. —No es una cuestión de vida o muerte, niña. Cosas peores ocurren. No es más que una fiesta para celebrar el cambio de estación. —Supongo. —¿Qué te enseñé sobre vencer los temores? ¿Cuál es nuestro credo?

Cat sonrió. —Soy Cat du Barry y no tengo miedo. Soy la dueña de mi propio destino.

Mary se puso en pie y se alisó la falda. —Así me gusta. Y no lo olvides, Sean va a llevarnos a cenar; solo a ti y a mí. Esta noche a las siete en punto. En algún sitio glamuroso. —No lo he olvidado, Mary. Y me invitaréis a vuestra fiesta de compromiso, ¿verdad? No será solo para adultos.

Mary enarcó las cejas. —¿Y quién te ha dicho que iba a prometerme? —Sean. —Ese hombre tiene mucho morro. Mira, yo quiero mucho a Sean, pero no pienso casarme con él hasta que no cambie su comportamiento. Tiene que ser decente y lo sabe. —Sean dice que está «contemplando otras opciones laborales». —No dice la verdad. Te veo esta noche, niña. Maldita sea. Casi se me olvida, Jim Blade me ha dado un consejo para ti. —¿De qué se trata? —El domingo, ve a la cocina de las doncellas temprano y esconde todo el jerez y el oporto. Se guarda en la despensa. Y no te olvides de esconder también el mejor coñac de Daniel.

Bertha tiene unas pocas botellas almacenadas en su armario especial de Navidad. —¿Qué es lo que pasa? —Irene Brewster está pasando un mal momento. Hace unos días se emborrachó y estuvo persiguiendo a ese gerente idiota del servicio de habitaciones. Con un cuchillo de carnicero. —Dios. No sabía nada. —Pero no te preocupes porque algo pueda ir mal, ¿de acuerdo? Lo harás bien.

Mary todavía sentía a Sean en su piel. Había pasado la hora de la comida en una habitación de hotel en el Ritz con él y regresó al trabajo con las mejillas encendidas y el paso acelerado. Con frecuencia llamaba a Sean cuando le apetecía tener sexo. Hacía tiempo que el dinero había dejado de cambiar de manos. Sean era un experto en complacer a las mujeres y a ella le gustaba experimentar con él. Al fin y al cabo era un profesional y además muy discreto, o eso era lo que ella le decía. La verdadera razón era que, pese a todos sus esfuerzos, todavía amaba a ese cabrón escurridizo.

El Domingo de la mermelada transcurrió sin incidentes. Irene Brewster consiguió mantenerse sobria y la mermelada de las doncellas ganó el codiciado premio del Hotel du Barry. En una cata ciega, los jueces –Henri Dupont, Sebastian, Bertha Brown, Jim Blade y tres miembros del personal del Hotel du Barry– la consideraron ganadora indiscutible en todas las categorías.

Jim puso los ojos en blanco y lamió la cuchara hasta dejarla limpia. —Dios mío, es sensacional. Quiero meter el hocico en el bote y lamerlo todo.

Cuando Henri saboreó la mermelada de Cat, murmuró: —Sublime. Exquisita. Un sabor con cuerpo y algo suave e indescriptible debajo. No sé qué diablos le ha puesto el chef, pero esta es la mejor mermelada que he probado. Jamás.

Cuando anunciaron el ganador, los chefs de los otros hoteles Du Barry se quedaron perplejos. ¿Cómo era posible que aquellas golfas hubieran hecho algo así?

Poco sabían ellos que Cat había añadido en secreto algunos ingredientes extra a la receta original. Incluidas cinco botellas del coñac francés *premium* de veinte años de Daniel.

CAPÍTULO 6

Los pecados de la carne

Cada vez que Cat tenía que pasar tiempo con Edwina, la necesidad de quedarse dormida era abrumadora. Edwina no soportaba sus incesantes bostezos, pero tenía que morderse la lengua en público. Mientras compraban las dos en Harrods, muchas de las damas mejor vestidas se detenían para hablar con ellas. Una de las anfitrionas más famosas de Londres se volvió hacia Edwina. —Aquí tiene mi tarjeta, señora Du Barry. Ha de traer a su encantadora hija a mis veladas musicales. Todos los jueves por la tarde a las tres, durante la temporada de eventos.

Edwina quedó tan satisfecha que hubo un silencio incómodo antes de que respondiera. —Qué maravilla. Estaremos encantadas de asistir, *lady* Ascot.

Edwina no paró de sonreír hasta que *lady* Ascot despareció, entonces murmuró: —Y no creas que vas a librarte de esta, jovencita.

Cat frunció el ceño. Era difícil llevarse bien con Edwina, pero Daniel le había dejado claro que tenía que esforzarse más. —Cat, no es para tanto. Solo quiero que dejes de llevarle la contraria a Eddie. Nunca ha superado del todo la muerte de su hermano. Podrías mostrarle algo de compasión y ayudarla en algunos de sus actos benéficos. —Eso puedo hacerlo. Pero ¿sabías que la mayoría de las chicas de mi edad que acuden a esas cosas son niñas mimadas y maleducadas?

Daniel asintió. —De eso se trata. No quiero que crezcas pensando que tienes derecho a todo. Tendrás la oportunidad de observar su comportamiento y aprender cómo no hay que comportarse.

Edwina estuvo encantada cuando Cat empezó a cooperar. Tener una hija atractiva era una ventaja y eso ayudaría a convertirla en una dama que almorzaba con otras damas. Entonces a ella la invitarían a participar en los cotilleos en el salón de belleza. El conocimiento era poder. Qué alegría.

Ser la señora de Daniel du Barry le abría muchas puertas, pero Edwina quería triunfar por derecho propio y planeaba abrir su propio salón, al que acudirían los mejores artistas, músicos, escritores e intelectuales de toda Europa. Le contó a su nuevo peluquero: —Me convertiré en la respuesta de Londres a Elsie de Wolfe. Cierto, ella escribió la biblia sobre la decoración de interiores, pero yo sé hacer mucho más que casarme con un rico. Al diablo con el beis de Elsie. Es deprimente. Resulta evidente que ha elegido la opción más segura. Yo pienso ser mucho más atrevida.

Para ello, Edwina recorrió la biblioteca privada de Daniel y seleccionó varias frases y palabras intelectuales que poder introducir en su conversación. Y, cuando cenaba sola en los restaurantes del hotel, se aseguraba de tener siempre un libro encuadernado en cuero abierto sobre la mesa. Algo del tamaño y la categoría de *Guerra y paz*.

Daniel le dijo a su secretaria: —Hoy están en el teatro. Mi esposa se ha llevado a Cat a ver la nueva obra de Noël Coward. Edwina se está ablandando a medida que se hace mayor. Creo que se llevarán mejor ahora que Cat está haciendo más esfuerzos.

Mary resopló, pero guardó silencio. Daniel empezaba a perder su escepticismo y eso era peligroso. Ella no podía protegerle de todo. Recogió los libros de cuentas bancarias de Daniel. —Volveré enseguida. Me voy a Lloyd's. Ya que estoy allí, encargaré tus nuevos talonarios de cheques.

Mary se marchó. Le sorprendió que Sebastian se cruzara con ella en las escaleras y ni siquiera le devolviera el saludo. Qué

73

extraño. Aunque era cierto que Sebastian había ido volviéndose más frío con ella. Cuanto más se elevaba ella a ojos de Daniel, más frío se volvía Sebastian. «Quizá esté celoso. Quizá piense que estoy reemplazándolo. Dios. Y pensar que se supone que las perras son las mujeres».

Daniel se quedó mirando a Sebastian con expresión grave. —Mary me entregó un certificado de nacimiento oficial y toda la documentación legal. ¿Estás seguro de lo que dices? —Desde luego, señor. Le entregó documentos falsificados. La señorita Maguire le ha engañado deliberadamente en varias ocasiones. Es probable que no sea culpa suya. A uno no le queda más remedio que endurecerse si es huérfano. Mire lo que le ocurrió a Oliver Twist.

Daniel frunció el ceño. —Deduzco que varios de mis empleados formaron parte también de este extraño engaño. —Sí, señor. Principalmente Jim Blade, Bertha Brown, Henri Dupont y Sean Kelly. —Sebastian apretó los labios—. Los miembros más humildes del personal no conocían todos los detalles, pero sospechaban que algo raro había. —Entiendo. No sabía que el laberinto estuviese tan plagado de inmoralidad. ¿Quién habría dicho que el Hotel du Barry albergaba algunas de las mentes criminales más brillantes de Londres? Dime, ¿qué papel desempeñó la señora Brown en todo esto? —Ella fue el cerebro que ideó la nueva identidad del bebé. Fue una votación. —¡Una puñetera votación! —Sí, señor. El personal escribió sus nombres favoritos en trozos de papel. Y escogieron el nombre de Joybelle Hortense Maguire del sombrero del señor Blade. —Santo Dios. ¿Y cuál fue la contribución de Jim Blade a la farsa? —Utilizó sus contactos criminales para conseguir la falsificación de los documentos legales.

Daniel emitió un extraño sonido. Sebastian no sabía si estaba ahogándose o simplemente asqueado.

Daniel se acercó a la ventana y le dio la espalda a su ayuda de cámara. —Maldita sea, he subestimado a mi propia gente.

Parecía abrumado. Sebastian se quedó de pie sobre la alfombra que había frente a la chimenea. No sabía qué hacer. El reloj de la repisa anunció que había pasado otra hora.

Cambió el peso de un pie a otro. —Será mejor que vuelva al trabajo, señor. Dentro de poco la señora Du Barry pedirá el té de la tarde.

Era improbable. Pasadas las cinco de la tarde, Edwina pediría un Martini.

Al ver que Daniel no respondía, Sebastian decidió que debería marcharse. Cuando estaba cerrando la puerta, Daniel dijo: —Sebastian, pide al servicio de habitaciones que suban mi carrito de las bebidas. Y prepárame un vaso de ese tónico hepático tan asqueroso. No me encuentro muy bien. —Desde luego, señor Du Barry.

Cuando Mary Maguire regresó al Hotel du Barry, encontró a Daniel sentado en su estudio. —¿No deberías estar reunido con los contables? Concerté la reunión la semana pasada. —Lo he cancelado. Ha surgido algo importante y es necesario que lo aclare contigo. —Ah. —«Dios, ¿qué has hecho ahora Edwina?». —Se trata de la adopción de Cat. Han llegado a mis oídos ciertos detalles sorprendentes sobre el papel que desempeñaste en esa historia y, francamente, me sorprende haber sido engañado con tanta facilidad. En vez de sacar conclusiones precipitadas, creo que deberíamos sentarnos y hablar del asunto. ¿Jerez? —Sí, por favor.

«Se descubrió la historia. Ese asqueroso cabrón se ha ido de la lengua. Esa fotografía mía en *Tatler* la semana pasada ha sido mi perdición. Sebastian mataría por aparecer en *Tatler*. Mi maravillosa vida en el Hotel du Barry se ha terminado. Pero no es necesario que los demás caigan conmigo».

Daniel levantó el decantador de cristal y sirvió dos copas de jerez. Mary aceptó su copa e hizo de tripas corazón. —Daniel, lo que te han contado es más o menos cierto y admito la plena responsabilidad de lo que ocurrió. Fue decisión mía. Convencí a los demás para mentirte. Pero ellos son inocentes y deberían poder conservar sus empleos. No es justo que paguen por mi engaño.

Se bebió la copa y lo miró directamente a los ojos. Daniel le quitó la copa vacía y alcanzó el decantador de jerez.

Mary contuvo las ganas de lanzarse sobre la alfombra y echarse a llorar. Había trabajado muy duro para ser importante para Daniel y el Hotel du Barry y ahora todo se había acabado. Fin. Quizá no volviera a ver a Cat nunca más. Como decía aquella vieja del orfanato: «Qué red tan compleja tejemos cuando empezamos a mentir».

Era demasiado para soportarlo. Se sentía como un ratón atrapado en una jaula. Agachó la cabeza e intentó pensar con claridad. «Soy Mary Maguire y no tengo miedo. Soy la dueña de mi propio destino».

Cuando levantó la mirada, Daniel estaba frente a ella y sujetaba su copa de jerez llena otra vez. Sonreía. —Necesitas otra copa, Mary. Estás pálida. —Daniel, no tengo palabras. —No hace falta que digas nada. Y, por el amor de Dios, no me mientas más diciendo que el resto del personal es inocente. Fue un engaño grupal e inteligente. Y os estaré siempre agradecido a todos y cada uno de vosotros.

Mary se quedó mirándolo con la boca abierta. —¿Qué? —El asunto es maravilloso. Es como una farsa escrita por Molière. Sobre todo tu papel. Qué inventiva. Es una auténtica pena que no estuvieras aquí cuando Sebastian ha delatado a tus conspiradores. Habría valido el precio de una entrada de teatro.

Mary se dejó caer de espaldas sobre el sofá. —Maldita sea. —Hiciste lo correcto, Mary. Afrontémoslo, le diste a la niña una oportunidad en la vida y priorizaste a otros antes que a ti misma. El altruismo no abunda en la actualidad. Y, si hubieras actuado por egoísmo, yo nunca habría tenido el privilegio de criar a una niña tan maravillosa. —Hizo una pausa—. Doy por hecho que Cat sabe todo esto. —Desde luego —respondió Mary asintiendo con la cabeza. —Tiene más madurez que cualquiera de nosotros. Pero, Mary, debemos asegurarnos de que Edwina nunca se entere de esto. —¿Sebastian no se lo contará a ella también? —No. Sebastian es fiel a mí. Eddie le pone de los nervios. Me sorprende que no haya hablado mucho antes. Guardar este secreto debe de haber sido durísimo para él. Debía de sentirse como un traidor. En el fondo, Sebastian es un hombre íntegro, aunque a veces su integridad resulte inapropiada. —A Sebastian nunca le he caído muy bien, pero últimamente ha llegado al punto de ser grosero.

Daniel suspiró. —Está volviéndose más gruñón con la edad. No pretendo excusar su esnobismo, Mary, pero reconozco que sus pretensiones me resultan cómicas. Michael lo imita muy bien. —Daniel, Sebastian adora a Cat, pero a veces es muy brusco con ella. Me preocupa. —Es un soltero convencido y las mujeres le desconciertan. Déjamelo a mí y no lo pienses más.

Se dio la vuelta para que Mary no pudiera ver la expresión de sus ojos. Le habían enseñado a no mostrar jamás vulnerabilidad. Su padre era un fiel defensor de pegar a los niños malos con una correa de cuero y, si lloraban, entonces les pegaba más. A él se le daba muy bien ocultar sus emociones, pero Mary sabía interpretarlo incluso aunque le diera la espalda. Y el profundo amor que sentía por su hija siempre la conmovía.

Daniel había pasado a ser una persona muy importante en su vida. No solo porque hubiera cambiado su mundo para mejor; se sentía unida a él. Su destino era el de ella. Había rechazado algunas propuestas matrimoniales de caballeros encantadores. Sus admiradores no tenían nada de malo, pero Sean Kelly era el único hombre al que deseaba y jamás había podido renunciar a él. Además casarse significaría con toda probabilidad tener que dejar su trabajo y la idea de dejar a Daniel solo en las garras de Edwina le quitaba el sueño. Incluso cuando bebía y se ponía difícil, sufría por él. Y últimamente bebía mucho. Mary quería además permanecer en la vida de Cat al menos hasta que pudiera cuidarse sola. Daniel y Cat eran su familia y no podía abandonarlos.

Más tarde, cuando se preparaba para marcharse aquel día, Daniel le dijo: —Pronto será tu cumpleaños, ¿qué quieres que te regale? ¿Te gustaría elegir una joya o un cuadro para tu apartamento?

—Gracias, pero no. Preferiría que me llevases otra vez a la Tate Gallery, luego quizá podríamos tomar algo en algún sitio elegante. —Pero ¿por qué a la Tate? —¿Recuerdas cuando me mostraste la obra de los maestros renacentistas? Me inspiró. Me encantó cómo hablabas de los pintores, de sus ideas y de lo que pasaba en sus vidas. No me canso de ese tipo de cosas.

Daniel sonrió. —Deberías habérmelo dicho antes. Me preocupaba que te hubiera parecido un pedante. Me encantaría ir a la Tate, pero a condición de que luego cenemos juntos. ¿Por qué no invitas a Sean a la cena? Invito yo, por supuesto. Sé que el chef del restaurante Jacques Deville prepara una sublime langosta termidor. —Eso sería fenomenal. —¿Fenomenal? —Es una palabra que estoy probando. Estoy decidida a comportarme más como una dama.

Daniel le abrió la puerta. —Mary, a una mujer como tú no le hace falta hablar como una anfitriona de la alta sociedad. Tú eres única. Ellas no. La verdad es que no creo que necesites clases de protocolo. Tienes más estilo que la mayoría de las mujeres que conozco. Piénsalo.

Mary sonrió mientras se dirigía hacia el ascensor hidráulico. —Buenas noches, Daniel.

Al día siguiente, cuando Edwina fue a buscarla, Cat se escondió en un armario del dormitorio de Daniel. A través de la rendija la vio dar vueltas por la habitación. —Caterina, sal de donde quiera que estés. Lo digo en serio. ¡Ya verás cuando tu padre llegue a casa, jovencita!

Cat luchó contra las ganas de dormir, pero ya se le estaban cerrando los párpados. Retrocedió dentro del profundo armario y se tumbó. Se quedó dormida oyendo cómo los pasos de Edwina se alejaban.

Se despertó unos veinte minutos más tarde. Al principio no supo dónde se encontraba, pero después se dio cuenta de que estaba tumbada contra una bolsa de cuero Gladstone. Tenía extraños jeroglíficos grabados en el lateral y varios agujeros pequeños a ambos lados. Intentó abrirla, pero no logró forzar el candado, así que centró su atención en un maletín plano y alargado que había oculto bajo una pila de viejos zapatos deportivos cubiertos de polvo.

Sacó el maletín del armario, lo colocó sobre la cama y lo abrió. Dentro encontró el dibujo doblado a tamaño real de un guapo hombre rubio. Tenía bisagras en los brazos y sus ojos de zafiro la miraban fijamente. Lo colocó en varias posturas y después se puso a hablar con él. Parecía estar escuchándola y sus ojos azules la seguían por la habitación. Era de lo más satisfactorio.

Esa noche, cuando Edwina ya había salido, Cat le preguntó a su padre: —¿Quién es él? —Alguien a quien quise. Mucho. Fue hace mucho tiempo. Matthew Lamb es el hermano de Edwina. Lo conocí porque él buscaba trabajo. Era inteligente, amable e ingenioso, pero, como muchos otros soldados, se quedó sin trabajo al volver a casa, así que lo formé personalmente para ser uno de los gerentes del hotel. Después cambió de trabajo. —¿Por qué no viene a visitarnos?

Daniel tenía la cara tensa. —Matthew murió en un accidente de coche. Se relacionaba con personas de mala fama. Gente poco respetable. Su acompañante sobrevivió, pero no recordaba nada. —¿Puedo quedarme con tu señor Lamb?

Daniel encendió lentamente un cigarrillo y se acercó a la ventana antes de responder. Miró sin ver la puesta de sol. —Si quieres, Cat, pero creo que será mejor que lo tengas escondido en tu antigua habitación. Edwina se quedaría destrozada si lo viera. Ella no tiene ni idea de que encargué que hicieran el muñeco. Y nunca, jamás, le preguntes por Matthew. Se disgusta mucho si alguien menciona su nombre. Era el hombre más importante de su vida, estaban muy unidos. Quizá demasiado.

Y así Matthew Lamb se encontró rodeado de juguetes abandonados, juegos de mesa, palos de hockey rotos y toda la parafernalia que acumulan las niñas y después olvidan. A Cat ya no le interesaban los juegos infantiles, porque había descubierto *El amante de lady*

Chatterley en la biblioteca de Daniel y le gustaba leérselo en voz alta a su nuevo amigo. Se imaginaba que las descripciones eróticas de los encuentros sexuales hacían que sus ojos azules brillaran con más intensidad.

En algún lugar del cementerio de Kensal Green, Matthew Lamb se revolvía en su ataúd. No era ese el destino que habría escogido para sí mismo.

A medida que se hizo mayor, la curiosidad de Cat por Matthew Lamb fue creciendo. Una tarde de invierno, cuatro años más tarde, bajó al laberinto en busca de Bertha Brown.

Bertha estaba dando instrucciones a las doncellas para preparar las bandejas del desayuno. —Chicas, prestad atención. Mavis, deja de enseñarnos el anillo y concéntrate.

A las doncellas les costaba trabajo concentrarse en el trabajo. El anillo de compromiso de Mavis inspiraba admiración y celos a partes iguales. Wilma puso los ojos en blanco. —No es tan grande como el Ritz, ¿no? Si fuera mi hombre, le diría que me comprase otro más grande.

Bertha fingió no oírla. —Entonces dobláis las servilletas así y las colocáis a un lado, así.

Las chicas se rieron, dejaron caer los cubiertos y los pusieron mal. Belinda se había hecho un corte en el dedo y estaba exprimiendo al máximo la situación. —Oh, mirad esto, chicas. Ya he perdido un litro de sangre. Y es el puñetero dedo del anillo. Me he quedado fuera del mercado de por vida. —Belinda, vigila tu lenguaje —le dijo Bertha—. Te he pedido muchas veces que no digas palabrotas delante de Cat.

Belinda hizo todo lo posible por parecer avergonzada. —Lo siento, señora Brown.

En cuanto Bertha se dio la vuelta, Belinda le dio un pellizco a Cat y ambas se rieron.

Bertha se apartó de la cara la melena negra teñida y se apretó el delantal en torno a las anchas caderas. —Chicas, vamos a seguir. Nos quedaremos aquí hasta que lo hagáis bien.

Cat se sentó en una silla de la cocina, abrió su bloc de dibujo y comenzó a dibujar a los gatos de la cocina.

Al final las doncellas pudieron marcharse. Se quitaron el delantal, encendieron sus cigarrillos y desaparecieron. La cocina quedó en silencio y Cat oyó gritar a Belinda desde las escaleras del servicio. —¡Oh, es el nuevo recepcionista! Yo lo he visto primero, chicas. ¡Ven aquí, guapo! No seas tímido, no mordemos. Todavía.

—Tengo de sobra para todas, señoritas —respondió una voz de hombre—. Hagan fila por la izquierda. Guarden su turno. Satisfacción garantizada o les devolvemos su dinero.

Más gritos, silbidos y risas procaces.

Bertha frunció el ceño. —Ha empezado en la recepción esta mañana. Otro muchacho de Yorkshire bien engreído. ¿En qué piensas, cielo? —Quiero saberlo todo sobre Matthew Lamb. —Oh. —Bertha midió con cuidado las hojas de té. Dos cucharaditas y una para la tetera. Se entretuvo preparando las tazas y los platos. Tenía las mejillas pálidas por debajo del colorete. Cortó dos porciones de pastel, sirvió leche en las tazas y guardó silencio.

Cat colocó los tenedores sobre la mesa de la cocina. —Por favor, háblame del señor Lamb. —¿Qué sabes ya? —preguntó Bertha tras soltar un profundo suspiro. —Sé que Daniel estaba enamorado de él. Pero ¿a qué viene tanto misterio? Lleva muerto mucho tiempo. —A veces es mejor no remover el pasado. —Pero me prometiste que, cuando cumpliera dieciséis años, dejarías de tratarme como a una niña. —Yo y mi bocaza. Es justo. Matthew Lamb no caía bien entre los empleados. Era un gerente muy capacitado, pero le faltaba don de gentes. Se creía mejor que todos nosotros. Se daba aires de grandeza.

Bertha comenzó a servir el té. —Cuando Matthew murió en aquel accidente de coche, circularon historias y la prensa amarilla extendió rumores infundados sobre su estilo de vida. Como su vehículo ardió, tuvieron problemas para identificarlo. Fue un asunto turbio que se convirtió en un escándalo. El doctor dice que Danny tuvo una crisis nerviosa, agravada por las pérdidas que ya había experimentado durante la guerra. Había perdido a sus dos hermanos y a casi todos los soldados que estaban bajo sus órdenes. Y entonces, para rematarlo, poco después de volver de la guerra, Matthew Lamb, su mejor amigo, muere en un terrible accidente.

Cat tenía los ojos como platos. —Nunca ha dicho nada del ejército. —Como muchos soldados retirados, a Daniel no le gusta hablar de la guerra. —Háblame del accidente de Matthew Lamb, por favor. —La última vez que Daniel vio a Matthew fue en un club nocturno del Soho la noche que murió. Algunos dijeron que Matthew estaba drogado, pero otros aseguraron que había bebido. Aun así el camarero juraba que estaba sobrio. Los amigos de Matthew contaron a la prensa que había sido una trampa. —¿Una trampa? —Decían que a Matthew le habían dado una bebida con droga antes de salir del club y montarse en su coche. —¿Y qué pasó con su acompañante? ¿Quién era? ¿Era Daniel? —¿Daniel? No. —Bertha se limpió los labios color escarlata con la servilleta. Añadió dos azucarillos a su té—. De hecho era una mujer. Una chica de la calle. —¿Una prostituta? —Sí. Había recurrido a la prostitución como carrera. No es de extrañar, dada la situación después de la guerra. En su momento es probable que le pareciera buena idea. —¿Y eso? —Muchas chicas habían sido abandonadas por soldados y esa era su única opción. Muchas jóvenes se quedaban solas con hijos ilegítimos a los que vestir y alimentar. —¿Era la novia del señor Lamb? —No lo sé. Reconozco que Matthew siempre fue muy discreto con respecto a sus mujeres. Se rumoreó que a la chica la mantenían dos hermanos acaudalados. Menuda pieza estaba hecha. —¿Cómo se llamaba? —preguntó Cat con la boca llena. —Cat, querida, no deberías comer y hablar al mismo tiempo. —Perdón, es que la tarta está deliciosa. Por favor, háblame de ella. —No recuerdo su nombre, era falso. Los nombres franceses eran típicos entre las rameras. A los caballeros les encanta tirar el dinero con chicas llamadas Gigi, Colette o Mimi. Hace que se sientan cosmopolitas. Bueno, el caso es que después del accidente desapareció. Por completo. Como era increíblemente guapa, destacaba entre la multitud. Así que, créeme, el personal se habría enterado si siguiera por Londres. Jim barajó todas las posibilidades.

Cat asintió mientras apretaba las migas de tarta con los dedos para después chupárselos. —Daniel me dijo que nunca le preguntara a Edwina por su hermano. ¿Por qué?

Bertha se encendió un cigarrillo y dio una profunda calada. —Es difícil de decir, la verdad. Edwina es una criatura extraña.

Cat cortó otra porción de tarta y la envolvió en una servilleta. Bertha permaneció sentada a la mesa de la cocina. Miraba a la pared. El cigarrillo olvidado colgaba entre sus dedos y la ceniza caía sobre la mesa. Cat le quitó el cigarrillo y lo apagó. —Por favor, dile al chef que la tarta estaba increíble. Y dale las gracias.

Bertha volvió en sí y regresó al presente. —Lo haré. Y asegúrate de no quedarte mañana hasta muy tarde con Susie y Milly. —¿Cómo lo sabes? —Yo lo sé todo, pequeña. A mí no puedes engañarme. De hecho, sé lo que vas a hacer incluso antes de que lo sepas tú. Incluso Jim, que es un cínico, se fía de mi intuición. No tiene nada de malo que vayas a un baile por la tarde, pero bajo ninguna circunstancia acabes en el *pub* con esas dos. Quiero que me lo prometas. —Te lo prometo.

Bertha adoptó una actitud severa. —Si un chico te trata de forma irrespetuosa, aléjate. Y asegúrate de tener siempre dinero para el taxi de vuelta a casa. Una joven dama no arruinará su reputación si se marcha en cuanto vea problemas. Y recuerda sentarte todo lo lejos que puedas del taxista. No querrás suscitar esa clase de familiaridad.

Cat se rio y le rodeó el cuello a Bertha con los brazos. Aspiró su aroma inconfundible. Era una mezcla de lino almidonado, agua de rosas y colorete; el aroma de su infancia. Y todavía le hacía sentirse especial y a salvo.

El dibujo de Matthew Lamb ejercía un extraño poder sobre Cat. A veces iba a su antigua habitación por las noches solo para hablar con él. En la oscuridad distinguía sus ojos de zafiro, que reflejaban el brillo de las luces de la calle. A veces se lo llevaba a la azotea para poder contemplar la luna sobre Londres. Era el amigo perfecto: callado, atento y dispuesto a ir donde ella quisiera. Podía contarle a Matthew Lamb sus secretos más profundos y oscuros y él no la delataría.

Cat estaba devorando a escondidas la colección de libros eróticos y prohibidos de Daniel. Se los ocultaba a Edwina escondiéndolos en números de la revista *Ladies' Home Journal*. A Edwina le entusiasmaba que Cat por fin mostrase interés por los asuntos femeninos. Pero lo que no sabía era que el marqués de Sade había desplazado a la erótica de D. H. Lawrence. *El amante de lady Chatterley* ahora le parecía soso. El sadismo francés y las novelas sexualmente explícitas de Henry Miller le parecían mucho más interesantes.

Cuando un juez del Tribunal Supremo apareció muerto y colgado del picaporte de su habitación de hotel, Cat le dijo a Jim Blade: —Es evidente que se estaba masturbando y se pasó. Es probable que estuviera usando la autoasfixia para intensificar el orgasmo. Pobre hombre. Y siento pena por su esposa, dado que el hombre iba vestido con ropa interior femenina y zapatos de tacón dorados. Talla cuarenta y cuatro. ¿Qué tienen los corsés negros baratos que a los hombres les gustan tanto?

A Jim no se le ocurrió una respuesta apropiada. Le angustiaba la posibilidad de no haberla protegido lo suficiente. ¿En qué momento la chica se había vuelto tan cosmopolita y vivida? Era evidente que había estado hablando con alguien. «¿Con quién? Voy a encontrar a ese maldito canalla. Y, cuando lo haga, separaré sus miembros uno a uno, le arrancaré las uñas con unos alicates oxidados. Pasaré sus testículos por la picadora y le daré de comer su cerebro a las ratas de la bodega. O, mejor aún, colgaré a ese hijo de perra de un gancho para la carne en la cámara frigorífica. Que se desangre lentamente hasta morir. Gota a gota».

En ocasiones, Jim Blade fantaseaba con la venganza. Esas fantasías le hacían compañía en sus momentos más oscuros. A veces, en su rol de detective profesional, había podido dar rienda suelta a sus instintos asesinos. Le hacía sentirse bien.

Tumbado en la cama un domingo por la mañana, Jim se volvió hacia su amada. —Estoy muy preocupado por la niña. No creo haberla protegido lo suficiente; ha visto demasiado. Hay demasiados asuntos sórdidos en este hotel. Sabe tanto de perversión sexual como la madama de un burdel del Soho.

Bertha ahuecó una almohada. —No te preocupes, Jim. Los niños nacidos durante y después de la guerra tuvieron infancias más cortas. Presenciaron acontecimientos horrendos. A Cat no le pasa nada. Sabe que la queremos todos mucho. —No para de hacer preguntas sobre Matthew Lamb. —Lo sé, se ha quedado su retrato. Sigue escondido en su antigua habitación.

Jim se incorporó. —Ese cabrón da tantos problemas muerto como cuando estaba vivo. —Su curiosidad es natural. Y ese dibujo llamaría la atención de cualquier chica de dieciséis años. Es misterioso y sexi. Cat no tiene ni idea de que Matthew Lamb era pérfido como una rata de alcantarilla. Y tampoco sabe toda la historia sobre esa zorra francesa sin corazón.

Jim frunció el ceño y notó un dolor agudo en la tripa. —Dios, espero que nunca lo descubra. No le habrás contado demasiado, ¿verdad? —No seas estúpido, Jim por supuesto que no. Pero su curiosidad es normal. —¿Ha dicho algo sobre querer ser mi sustituta? —No. —Ahora le ha dado por seguirme a todas partes. Quiere saber cómo buscaría a una persona desaparecida. ¿Sabes lo que creo? —¿Que es algo relacionado con su madre biológica? —Sí. No es solo por las preguntas. Ha bajado muchas veces al laberinto. Ha estado revisando los antiguos libros de recepción. Creo que está intentando averiguar qué debutantes se encontraban en el hotel la mañana en que fue abandonada.

Bertha se giró para ponerse más cómoda en la cama. —Es natural que sienta curiosidad por su madre. Solo es una fase. En cuanto a lo del trabajo de detective, Danny cree que Cat tiene verdadero talento y debería ir a una escuela de arte en vez de acabar trabajando en los hoteles Du Barry. ¿No deberíamos apoyarle en eso? —Los retratos de Cat son fantásticos. Tengo algunos colgados en la sala de calderas. Su retrato de Marvin Jones, mi corredor de apuestas, es un clásico. Captó a la perfección sus ojos astutos y su cara de hurón. —Jim, mataría por una buena taza de té —le susurró Bertha al oído—. De hecho, recompensaría generosamente al primer caballero que me ofreciera una tetera. Se ofrecerían a cambio perversiones sexuales. —Por supuesto, querida. Me encargaré de ello de inmediato.

Los muelles de la cama crujieron aliviados cuando Jim se puso en pie. Sin nada puesto salvo el reloj, atravesó la moqueta del dormitorio. Bertha contempló encantada su espalda peluda. Tenía la constitución de un oso pardo, cubierto de pelo por delante y por detrás.

Bertha estaba locamente enamorada de él. Su anterior marido nunca había cuidado de ella ni la había valorado. Ella descubrió tras su luna de miel que Bernie Brown solo amaba verdaderamente a la cerveza Guinness. También llegó a la conclusión de que la única razón por la que se le declaró fue que era un vago, odiaba ser chef y esperaba que ella lo mantuviera. Iba listo. Poco después a Bernie se le cayó la máscara, emergió su naturaleza violenta y fue despedido del hotel Ritz por emborracharse repetidas veces en el trabajo. Resultó que aquel guapo cabrón había estado tirándose a la clientela del Ritz. Y una joven viuda solitaria, que vivía sola en una mansión de Brighton, se había enamorado de él. Bertha se sintió aliviada al despertarse una noche y descubrir que Bernie la había abandonado y se había marchado a Brighton con solo una muda limpia y su mugriento cepillo de dientes.

No era de extrañar que los héroes de las novelas románticas favoritas de Bertha se parecieran a Jim Blade en algún sentido. Él veneraba el suelo que pisaba y ella no tenía más que mencionar que deseaba algo para que se lo consiguiese. Pese a la naturaleza inconformista de Jim, ella confiaba en él plenamente y él le concedía espacio suficiente para ser ella misma. En resumen, encajaban a la perfección.

Bertha se acurrucó bajo la colcha. Le encantaban las mañanas de domingo en la cama. Era su día libre y pensaba aprovecharlo al máximo.

CAPÍTULO 7

Oscuridad y espejismos

Pronto llegó esa época del año en la que hacer planes para las tan ansiadas vacaciones de verano. Antes de marcharse a casa aquel día, Mary fingió estar ocupada recolocando los archivos e intentó que la pregunta pareciera casual. —Bueno, Daniel, entonces, ¿vas a reservar ya tus vacaciones de verano? —Sí. Pero no nos iremos a Venecia Cat y yo solos.

Mary torció el gesto y siguió revolviendo los papeles. —Ah, entonces, ¿Edwina también va? —Dios, no. Ir de vacaciones juntos nos deprime a ambos. Seremos Cat, Michael y yo. Pensaba invitarte a ti también, Mary. Como ha cumplido dieciséis años, a Cat le interesa más la compañía femenina y yo ya no soy suficiente para ella, gracias a Dios. Está ansiosa por que vengas. Y yo también. Pero, claro, lo entenderé si ya has hecho otros planes.

Mary relajó los hombros y sonrió. —Me encantaría. Pero tengo que irme o llegaré tarde a mi clase de elocución. Mi profesora se enfada mucho si llego dos minutos tarde.

Daniel ayudó a Mary a ponerse el abrigo y ella se puso un sombrero *cloche*. Después recogió su bolso. «Llega el verano y el señor Kelly estará muy ocupado con Edwina. Pobre cabrón».

Aquel verano formaron una familia poco corriente: los dos guapos y distinguidos caballeros ingleses, la chica rubia de dieciséis años y su acompañante pelirroja. Venecia estaba preciosa aquel día, brillante bajo la luz del sol, perezosa y tranquila. Cuando el grupo desembarcó en el Gran Canal, todos los comensales que desayunaban en el restaurante del hotel se fijaron en los nuevos vecinos. El inglés de pelo oscuro susurró algo y los otros tres se rieron mientras subían las escaleras desde el canal.

Había algo extraño y a la vez maravilloso en los recién llegados. Iban vestidos con ropa blanca de verano a la última moda. Los hombres llevaban trajes de lino hechos a medida y se comportaban con la seguridad que solo los ricos pueden permitirse. La mujer y la joven lucían vestidos de seda que revelaban sutilmente sus cuerpos delgados, aunque curvilíneos.

Después del crac económico, los dobladillos habían caído desde las rodillas de los locos años veinte. La pérdida del optimismo y de la alegría se había traducido en prendas sensuales y ajustadas que acariciaban las pantorrillas y devolvían la atención a los tobillos de las mujeres. Lejos quedaban ya los vestidos anchos sin cintura de las *flappers*, y las revistas de moda proclamaban que la cintura y los escotes habían vuelto por todo lo alto. Y solo algunas mujeres astutas devotas de la moda se hacían la pregunta evidente: pero ¿acaso se habían ido alguna vez?

A Mary Maguire el concepto de la moda femenina le parecía ridículo, pero siempre lograba vestirse con elegancia y no dar demasiada importancia a su apariencia. Como resultado, lucía con estilo sin esforzarse. En Venecia se aseguró de que Cat y ella tuvieran a mano los últimos sombreros parisinos para proteger sus pieles blancas del sol abrasador.

Los espectadores advirtieron que, pese al calor, las dos damas no parecían sudar, simplemente resplandecían. Eran encantadoras. La joven tenía los ojos de un extraño color violeta, el pelo rubio y revuelto, y su cuello esbelto se veía acentuado por los pendientes de perlas que colgaban de sus orejas.

Mary Maguire contó las maletas y empujó con el pie una bolsa Gladstone de cuero marrón. —Sí, están todas. Daniel, no puedo creer que hayas traído la vieja bolsa de medicamentos de Maurie. Está harapienta y su sustituta tenía mucho estilo; los artesanos de Louis Vuitton siguieron todas tus especificaciones.

Daniel sonrió. —Esa bolsa no estaba a la altura. Para empezar, le faltaban los agujeros de bala. Mientras que esta bolsa vieja tiene carácter y valor sentimental. Mi padre nunca iba a un safari ni a ninguna parte sin ella.

Michael agarró la bolsa de medicamentos, la examinó desde todos los ángulos y la subió por las escaleras junto a otras dos maletas muy pesadas. —Eh, trátala con cuidado —dijo Daniel—. Ya no es tan resistente como antes.

Entonces, para disgusto de los comensales del hotel, los otros tres recogieron sus maletas, desaparecieron en el interior del *palazzo* y dejaron a dos sirvientes encargados de llevar el resto de su equipaje.

A la hora de comer, el grupo de ingleses reapareció en el Gran Canal y se dirigió hacia el restaurante del hotel. A la chica no parecía preocuparle su aspecto y era ajena a las miradas lascivas que le dirigían los jóvenes camareros venecianos. Su padre, sin embargo, era plenamente consciente del interés que despertaba su hija.

Daniel rodeó con el brazo los hombros desnudos de Cat mientras subían las escaleras y, cuando sonrió y dejó al descubierto sus dientes blancos y afilados, hasta el camarero más osado apartó la mirada. En el restaurante eran todo susurros. —¿Quién crees que es la pelirroja? —Bueno, resulta evidente que es la madre de la chica. —No. No lleva anillo. —Quizá sea la querida. Es un bombón. —Podría ser la institutriz. —Demasiado bien vestida.

Parte del atractivo de los recién llegados era que formaban un grupo muy unido y no parecían necesitar a nadie más.

Un gondolero pasó cantando con su góndola mientras las aguas del canal se tragaban los pilares de madera. El calor veraniego intensificaba el ligero olor a cloaca tan característico de Venecia. El azul del cielo parecía casi artificial. Ese era el problema de Venecia: era tan hermosa que corría peligro de convertirse en una extraña fantasía que habitaba solo en el imaginario colectivo.

Gloria von Trocken entró en el restaurante. Saludó un instante a Daniel y se sentó a una mesa de texanos con los que se alojaba. Antes de que pudiera pedir siquiera un aperitivo, sus acompañantes empezaron a interrogarla. —Gloria, cielo, ¿quiénes son esos ingleses? ¿Y de qué los conoces? —El de pelo oscuro es Daniel du Barry, propietario de la cadena de hoteles británicos, irlandeses y continentales. Está casado con una amiga mía y esa es su hija. El chico rubio es un lord inglés y la pelirroja es la secretaria personal del señor Du Barry. —¿Y dónde está la señora Du Barry?

Gloria sintió que no le quedaba más remedio que mentir. —Oh, se ha retrasado por un asunto personal. Pero sin duda se reunirá con su marido y su hija dentro de poco.

Era improbable. Nadie podía arrastrar a Edwina hasta la vieja Venecia. Se encontraba en ese momento causando revuelo en París con Sean Kelly y un puñado de fieles que la seguían.

Los texanos intentaron sacarle más información, pero Gloria se negó e intentó no pensar en lo que estaría haciendo Eddie, ya que tenía tendencia a las imprudencias cuando bebía. Y últimamente Eddie bebía a lo loco.

El *maître* les susurró a los texanos: —Gracias al señor Du Barry hemos podido conservar nuestro teatro. Desempeñó un papel fundamental en la restauración después del incendio y trajo expertos desde Roma. Ahora el lugar luce mejor que antes. El señor Du Barry también ha invertido su fortuna en el problema del hundimiento de la ciudad. Por alguna razón, Venecia es muy importante para él. Se está gastando mucho dinero en la reforma del viejo *palazzo* de aquí al lado. Una auténtica fortuna.

Los acompañantes de Gloria escucharon con descaro mientras Cat leía en voz alta su guía de viaje. —En su *palazzo*, lord Byron tenía ocho perros enormes, cinco gatos, un cuervo, un halcón, un águila, dos gallinas de Guinea, cinco pavos reales, una grulla egipcia y tres monos en total libertad.

Michael se recostó en su silla y entornó los párpados frente al sol vespertino. —En Oxford escribí un ensayo sobre lord Byron.

Daniel le quitó la copa de vino a Cat y le dio otra rebajada con agua. —¿Sabías que estuvieron a punto de expulsar a Michael? Se pasaba el tiempo celebrando fiestas de disfraces y apostando en las carreras.

Cat dejó a un lado su plato. —Michael, por favor, dinos cómo era de verdad lord Byron. Vamos, tú debes de conocer al menos algunos de sus secretos.

Daniel sonrió y le dio un codazo a Michael. —Adelante, muchacho.

Mary miró a Daniel. Estaba muy guapo y bronceado. Nada más salir de Londres se había relajado y, cuanto más se alejaba de Edwina, más recuperaba su antigua personalidad. Ella se alegraba de ver que su salud había mejorado, al igual que su humor, y ahora volvía a mostrarse alegre y divertido. Danny no parecía necesitar tónicos para el hígado ni pastillas para el dolor de cabeza cuando estaba lejos de su esposa. En compañía de las tres personas que más lo querían, había logrado controlar su afición a la bebida y estaba decidido a hacerles felices.

Michael sonrió, se aflojó el cuello de la camisa y le dijo a Cat: —Haré lo posible por satisfacer tu procaz curiosidad, jovencita.

Todos los que se encontraban alrededor se inclinaron ligeramente hacia delante, con los oídos bien abiertos. Incluso los ajetreados camareros giraban el cuello. La vitalidad del grupo de Daniel iluminaba la terraza.

Gloria deseó poder estar en su mesa, rodeada por el círculo mágico de su conversación. El clan Du Barry siempre le había fascinado. Michael se tomó su tiempo y meditó sus palabras con cuidado. Era el contrapunto ligero e intangible a la oscuridad y el misterio de Daniel.

Agarró el tenedor y pinchó una aceituna. —Lord Byron invirtió mucho tiempo y energía en mantener su reputación de mujeriego incansable. ¿Sabéis que tenía un pie deforme? Bueno, pues pese a eso era un hombre bastante atlético. También se vestía con elegancia y siempre estaba arrebatador. En esa época a los hombres no les asustaba ser unos pavos reales. Llevaban pantalones ajustados que resaltaban sus genitales y algunos incluso chaquetas a medida con hombreras para tener un físico más masculino.

Cat señaló hacia el *palazzo* situado enfrente. —¿De verdad perteneció a lord Byron? —Sí. Una noche en Venecia, cuando salía de una fiesta que le había aburrido mucho, saltó al canal completamente vestido y nadó hasta ese *palazzo*. Con el farol en una mano y braceando con la otra. Byron era un nadador sublime, una vez nadó en el Gran Canal durante cuatro horas bajo el sol. Se abrasó la espalda y se le peló.

Cat pinchó un trozo de tomate. —Puag. Entonces, ¿le gustaban de verdad las mujeres o solo le gustaba acostarse con ellas? —Ambas cosas. Si le parecía que una mujer era inteligente, conversaba con ella sobre temas tabú. Caroline Lamb no fue la única mujer que fue detrás de él sin cesar. Byron cultivaba un aire romántico y melancólico, como Danny. —Sonrió a Daniel—. Pero Byron además tenía muchas amigas, incluyendo a la excéntrica condesa Marina Querini Benzon. A sus sesenta años, se había vuelto bastante rechoncha y, durante los meses de invierno, se escondía lonchas de polenta caliente en el corpiño. Si te sentabas a su lado en una góndola, veías el vapor salir de su escote. En su juventud había sido muy salvaje, como Byron. Y es probable que él se identificara con sus extravagancias.

Cat intentó esconder su *prosciutto* bajo un panecillo. —He leído que Byron era cruel con las mujeres.

Michael apuró su copa. —Byron no soportaba cenar con mujeres y muchos expertos han concluido que odiaba a las mujeres, pero en realidad era porque le encantaban las alitas del capón. El protocolo exigía que a las damas se les cedieran las alitas y que los caballeros se quedaran con los muslos. A Byron le enfadaba ver a una mujer devorando su comida favorita. Podía llegar a ser muy infantil.

Mary se rio. —¿Byron era tan «loco, malo y peligroso» como dicen?

Michael se sirvió más vino. —Bueno, tenía tendencia a la depresión y a las rabietas apasionadas. Por tanto buscaba distraerse de sus miedos divirtiéndose con ambos sexos. Nadie estaba a salvo. Los deseaba a todos: niñas de doce años, mujeres sofisticadas y chicos de rasgos apolíneos.

Mary contempló el rostro impávido de Cat. —Cat, no has comido nada. No estarás siguiendo alguna estúpida dieta, ¿verdad? —No, es que hace demasiado calor para comer.

Michael se encendió un cigarrillo. —Quizá esté imitando a Byron. ¿Sabéis? Byron se mataba de hambre de manera regular, comía solo una pasta asquerosa de pan, verduras y vinagre. De pequeño había sido gordito y después se transformó en un apuesto imán para las damas. Pero la dieta no era solo por vanidad, su pie tullido se resentía menos cuanto más delgado estaba.

Daniel le tocó el hombro a Cat. —Al menos termínate la ensalada. Después iremos al Palacio Ducal. Casanova estuvo prisionero allí antes de protagonizar una huida espectacular.

Michael le dio un golpe a Cat con el pie. —No perdamos tiempo. Cómete la maldita ensalada para que podamos irnos de aquí. Cat, te encantará el Palacio Ducal. Es muy gótico y el interior está lleno de frescos magníficos en el techo. —Y luego, por supuesto, tenemos el puente de los Suspiros —añadió Daniel—. Los suspiros tenían lugar cuando los prisioneros condenados contemplaban por última vez la vida mortal.

Cat atacó su ensalada con vigor. —Suena genial. Me daré prisa.

Michael miró hacia el canal. —¿Sabéis? Thomas Mann escribió que Venecia era un lugar de muerte y desengaño. Qué montón de tonterías. Venecia está llena de vida y pasión. Aunque no tengas interés en ninguna de esas dos cosas, siempre puedes contemplar palacios magníficos y admirar las obras de arte. Al diablo París, yo quiero morir en Venecia.

A primera hora de la mañana del día siguiente, Gloria ya estaba sentada cuando Cat entró en el restaurante del hotel. La chica tenía el pelo recién lavado y de punta, pero estaba maravillosa. Eran las dos únicas comensales del lugar. Gloria la invitó a sentarse y empezaron a hablar. Nunca había pasado tanto tiempo con la hija adoptiva de Edwina y sentía curiosidad. —Esta vez no tenemos cocinera —dijo Cat—. Están reformando nuestro *palazzo* y además nos gusta desayunar aquí. Es genial ir a restaurantes diferentes cada noche. —Mi plato favorito es el *Pollo alla Buranea*, procedente de la vecina isla de Burano —dijo Gloria. Le resultaba difícil no dejarse llevar por la juventud de Cat—. Los lugareños dicen que sus casas están pintadas de colores llamativos para que los pescadores puedan emborracharse y, aun así, encontrar el camino de vuelta a casa con sus esposas.

El ingenio natural de Cat y sus buenos modales la convertían en una acompañante agradable. Además era muy culta. A Gloria le sorprendió, porque normalmente no soportaba estar con jovencitas. Su piel perfecta y su actitud infantil le molestaban terriblemente. Además, Eddie no paraba de quejarse de los defectos de Cat, así que fue desconcertante descubrir que su amiga no le había dicho la verdad sobre la hija de Daniel. ¿Estaría celosa? Gloria estaba tan absorta en su conversación que no vio a Daniel hasta que lo tuvo casi encima. Él no parecía especialmente contento de encontrarse tan cerca de la mejor amiga de Eddie, pero, por suerte, tenía unos modales impecables. —Buenos días, Gloria. No esperaba encontrarte aquí en Venecia. —No quería tener que aguantar el gentío de los Campos Elíseos en esta época del año, pero he oído que Eddie se lo está pasando muy bien. —Eso creo. Uno nunca está solo en París. ¿No estás de acuerdo, Gloria?

Gloria se rio nerviosamente. Sabía que Sean Kelly era buen amigo suyo, pero también sabía que Daniel despreciaba a la multitud decadente y libertina que rodeaba a su mujer. Porque Eddie no soportaba su propia compañía y necesitaba siempre tener público.

Cat era ajena a aquella conversación tácita. —¿Qué ha sido de Michael y de Mary? —le preguntó Gloria—. ¿Van a venir?

Daniel señaló al camarero. —Mary bajará en unos minutos y Michael está enfermo. Algún virus estomacal, quizá por haber nadado ayer en esa agua estancada. Ya se lo advertí. Ya ves, Gloria, a lord Michael le gusta nadar en las mismas aguas que a su héroe, lord Byron. —Puedo recomendarle un médico veneciano —contestó Gloria—. Está acostumbrado a tratar a extranjeros y habla un inglés excelente. —Gracias, pero Michael se niega a ver a un médico. Siempre ha tenido buena salud y no cree en los matasanos, como él los llama. Ha estado rebuscando otra vez en mi bolsa de medicamentos, así que probablemente intente curarse con pastillitas rosas inútiles y agua con gas. Yo ya me he rendido y le he dejado solo. Bueno, Cat, ¿qué te gustaría hacer hoy? —¿Podemos ir a ver al famoso maestro que sopla el cristal? —No veo por qué no. Tengo que terminar un importante pedido para nuestro nuevo hotel en Montecarlo, así que me viene bien. Oh, aquí está Mary.

Mary Maguire iba vestida con un atuendo informal, pero desprendía esa clase de estilo que no puede comprarse. Su camisa sin mangas dejaba al descubierto su delicada espalda y Gloria se sintió eclipsada. Como de costumbre. El clan Du Barry siempre le producía ese efecto.

Daniel, Cat y Mary viajaron a Murano en la motora Celli de Daniel. Cat estaba aprendiendo a gobernar la embarcación y Daniel estaba de pie tras ella con las manos en sus hombros, gritándole instrucciones por encima del ruido del motor. —¡Cat, cuidado! Vas demasiado deprisa. Modera la velocidad, por el amor de Dios, o acabaremos en el agua.

Cat le dirigió una sonrisa perversa, pero aminoró la velocidad. —A la orden, mi capitán.

Daniel se inclinó hacia delante y giró el timón hacia la izquierda. —¡Y apártate de esa barca! Nosotros dejamos más estela que las barcas pequeñas. Es de mala educación hacer que se tambaleen. —Siento mi temeridad, capitán, me esforzaré por hacerlo mejor.

Mary se rio y se echó hacia atrás. La brisa le revolvía el pelo y el sol calentaba su espalda desnuda. Echaba de menos a Sean, pero todo era perfecto. Estarían los tres solos durante casi todo el día. Era un auténtico placer. Su barco surcaba las olas con elegancia y levantaba una espuma que acariciaba su cara. Sentía que cada célula de su cuerpo iba relajándose, la suciedad de Londres era ya un recuerdo lejano.

Una motora de mayor tamaño se dirigía directa hacia ellos y su capitán era ajeno al peligro. —¡Todo a la izquierda, Cat! —gritó Daniel.

Cat se apresuró a desviar el curso del barco y se libró de chocar con la otra embarcación por cuestión de centímetros. Mary se tambaleó y se aferró a la barandilla. El capitán del otro barco se quedó perplejo, apagó el motor y gritó hacia ellos. —¡Lo siento mucho, amigo! No sé en qué estaba pensando.

Daniel se encogió de hombros y levantó la mano. No se atrevía a hablar por miedo a lo que pudiera decir.

Anna, la hija de Gregorio, los condujo hasta el taller. Al entrar, Daniel susurró: —Nadie habla con el maestro aquí. Está muy concentrado en su trabajo.

A Daniel le parecía que habían entrado en el infierno de Dante. Al contrario que el resto del edificio, que era contemporáneo y luminoso, el taller había mantenido sus orígenes oscuros. Los trabajadores se movían en silencio. Eran lentos y pesados en sus movimientos y llevaban la ropa sudorosa de los obreros de la fundición. Sus caras sucias no mostraban expresión alguna y ni siquiera se molestaron en mirar a los visitantes. A Daniel le recordaban a los caballos de trabajo. Recordaba el día en que, de niña, Cat se le había acercado corriendo tras ver a unos ponis ciegos de las minas de carbón. Había llorado desconsolada.

Se quedó hipnotizado por el rugido del horno. Tuvo una premonición y el pánico le atenazó los intestinos. Deseaba salir de allí, tenía la impresión de haberlo vivido ya. Algo iba mal. ¿De qué diablos se trataba? Apretó las manos hasta que las uñas se le clavaron en la piel y el dolor le devolvió al presente. Se concentró en la cara de su hija, que reflejaba el brillo del horno. Su asombro y fascinación por el acto de la creación le tranquilizaron y se sintió ridículo por haber permitido que un ataque de pánico le hiciese perder el control. Rodeó a Cat con el brazo y ella le sonrió.

Nadie hablaba. Los trabajadores conocían los ritmos de Gregorio y un simple movimiento de cabeza o de mano bastaba para mantener la rutina. Los movimientos del maestro no eran los de un anciano; sus manos eran firmes y fuertes y parecía inmune al calor del horno. Sumergió una barra metálica en el cristal fundido y le dio vueltas. Empezó a dar forma al cristal con unas pinzas alargadas, después infló el jarrón hasta alcanzar la proporción correcta soplando por el tubo de metal. A intervalos un ayudante iba recalentando el cristal. —Los colores que está usando hoy son los azules fríos y las tonalidades plateadas de la luz de primera hora de la mañana —explicó Anna a los visitantes—. A Gregorio le inspiró el vuelo reciente de un avión sobre el océano. Su trabajo está inspirado en elementos de la naturaleza.

Cat estaba fascinada por las manos del maestro. Costaba creer que esos dedos cortos y rechonchos pudieran producir un trabajo tan frágil.

Gregorio le entregó la pieza terminada a un ayudante, saludó con la cabeza a Daniel y miró a Mary lentamente de arriba abajo. Anna la miró y se encogió de hombros con gesto de disculpa, pero Mary sonrió. «El viejo está a dos pasos de la tumba, pero sigue pensando que es su deber mostrar admiración por las mujeres. Cierto, los hombres venecianos son diferentes a los caballeros londinenses. ¿O será que los venecianos tienen más en común con los irlandeses? ¿Qué estará haciendo Sean ahora mismo en París? No merece la pena pensar en eso».

Al dejar el taller entraron en un frío patio. Anna señaló una mesa tallada de manera tosca situada a la sombra de una parra.

—Por favor, siéntense. He preparado algo de beber.

Gregorio salió del taller y se sentó a la cabecera de la mesa. Daniel y él hablaron del encargo en un rápido italiano, después Daniel le pasó un cheque doblado y ambos se estrecharon la mano.

Apareció entonces la nieta de Gregorio con una bandeja de copas de vino y el anciano descorchó con pericia una botella, que después procedió a servir. Cat llevó la copa hacia la luz y admiró los delicados dibujos en torno al tallo. La exquisita copa de cristal brillaba y proyectaba los destellos color rubí del vino tinto. Aunque era inanimado, el cristal parecía tener vida propia.

Gregorio le dijo algo a Daniel en italiano y él lo tradujo:

—Estas copas están hechas con cristal veneciano del siglo dieciocho. Cada una es única. Gregorio cree que los objetos hermosos están hechos para utilizarse. Si uno tiene el privilegio de poseer cosas así, entonces, por derecho, deberían ser utilizadas y no guardadas.

A Cat le entró miedo y, con mano temblorosa, volvió a dejar su copa sobre la mesa. El maestro advirtió el temor en su cara y dijo en un inglés titubeante: —El cristal está hecho para romperse. Yo soy viejo. Ya no voy a museos. Son lugares tristes, llenos de cosas robadas de otros países y de otras épocas. No son más que salas llenas de avaricia y maldad. Si le robas un objeto a su época y a su gente, el objeto muere. Deja de tener significado. Deja de tener vida.

Levantó la copa de Cat y se la ofreció. —Este vino es bueno. Lo hizo mi nieto, es su primer viñedo. Es un guapo bastardo, a las chicas vuelve locas.

Cat apretó la copa con fuerza y Gregorio alzó la suya para brindar. —Caterina, solo una vez vi ojos de tu color. Una joven, hace años en París. Era lo que lo ingleses llamáis una zorra con clase. —Se refiere a una cortesana, ¿verdad? —dijo Cat. —Sí. Tenía dos clientes. Hermanos. La mantenían en una casa enorme de los Campos Elíseos. Celebraban fiestas tan espectaculares que todo París ansiaba asistir.

Dos hermanos. Cat intentó recordar aquel cotilleo del laberinto, pero había sido hacía mucho tiempo y no se acordaba. Se inclinó hacia delante. —¿Era guapa? —Cuando se reía, iluminaba la habitación. Una diosa. Una musa. Conocí a hombres dispuestos a pagar cualquier cosa por pasar la noche con esa mujer, pero ella se quedó con los dos hermanos. En Francia eso le confería virtud. Ja, ja. Una vez me pasé días enteros recreando con cristal el magnífico color de sus ojos. Solo me queda un jarrón de aquella colección y debe ser para ti, Caterina.

Cat apenas podía respirar. Los ojos color violeta eran algo muy raro. Nunca había conocido a alguien con ese mismo color de ojos. Sería demasiada coincidencia que esa mujer fuera su madre, pero a lo mejor estaban emparentadas. —Gregorio, ¿conoces el nombre de la cortesana? ¿Y qué fue de ella?

Daniel miró fijamente a Gregorio y negó con la cabeza de manera casi imperceptible. Mary se dio cuenta y se puso nerviosa.

Gregorio frunció el ceño. —No lo recuerdo. La vi solo una vez. Un cliente me dijo que tuvo un final trágico. Tuberculosis o un trágico accidente. No lo recuerdo. Bueno, ¿quién quiere más vino?

Daniel se puso en pie de un salto. —Gracias por tu hospitalidad, Gregorio, pero debemos marcharnos ya.

Cuando se iban, Anna sacó una caja de madera llena de paja. Gregorio retiró la paja y sacó un precioso jarrón de cristal violeta azulado. —Para ti, Caterina.

El enorme jarrón brillaba con la luz del sol y proyectaba prismas de luz sobre las paredes de estuco blanco. Cat se quedó con la boca abierta. Su forma orgánica ascendía desde una base redonda y remataba en una voluptuosa forma curva. Gregorio asintió y le acarició el pelo con ternura. Se señaló la mejilla con el dedo para indicar que tenía que darle un beso rápido y a Cat le sorprendió descubrir que su piel anciana parecía un pergamino frío.

Aquella tarde, mientras regresaban por la laguna, Cat contemplaba el horizonte con unos prismáticos y gritó por encima del ruido del motor. —¡Daniel, veo a Michael! ¡Está nadando otra vez! ¡Nos está saludando!

Daniel le quitó los prismáticos. —Michael no nos está saludando, está en apuros. —Su voz sonaba dura—. Rápido, dame los mandos.

Daniel acercó el barco hacia el lugar donde habían visto a Michael y apagó el motor. Se quitó la camisa y los zapatos y saltó por la borda. Se dio prisa, pero Michael ya había desaparecido. —¡Michael! —gritó—. ¡Michael!

Cat se quedó mirando al agua. —Cat, pon en marcha el barco, pero no te acerques demasiado —le ordenó Mary—. Podría estar flotando justo por debajo de la superficie.

Cat asintió, demasiado nerviosa para hablar.

Mary se quitó los zapatos. —La laguna es perversa. Parece un cuerpo de agua tranquilo, pero Daniel dice que es peligrosa. Hay corrientes cambiantes y canales ocultos. Alejémonos más. Tú quédate en el barco y sigue mirando. Yo voy a meterme.

Mary se quitó la falda y saltó a la laguna.

Con un nudo en el estómago, Cat fue trazando con el barco círculos cada vez más amplios y así Mary y ella fueron examinando las aguas. Aparecieron dos barcos de pesca y cinco hombres más se sumaron a la búsqueda. Michael no apareció.

La superficie vidriosa de la laguna permanecía opaca. Celosa de sus secretos, reflejaba solo los colores de la puesta de sol.

CAPÍTULO 8

Esto también pasará

Daniel se negaba a admitir la derrota incluso después de que Mary regresara al barco. Se quedó en el agua pese al dolor de los calambres que sentía en las piernas. Mary le lanzó un salvavidas y se asomó por un lateral. —Has hecho todo lo posible —le dijo—. Ha oscurecido, no vemos nada. Debes volver. Iremos a la orilla y denunciaremos la desaparición de Michael. Por favor, sube al barco.

Daniel se quedó mirándola con la mirada perdida. —Danny, debes regresar al barco. Tu hija tiene frío y está asustada. No podemos hacer nada más aquí.

Cat apareció junto a Mary. Tenía lágrimas en la cara. —Estás helado. Por favor.

Daniel subió al barco por la popa. Mary lo envolvió con dos mantas y le ofreció una petaca de *whisky*. Él se bebió el *whisky*, pero no dijo nada. Se quedó mirando hacia el agua sin ver nada en realidad.

Cat se hizo con el control del barco y los tres volvieron a la orilla.

Después de que la policía se marchara, Mary preparó un baño caliente e insistió en que Daniel se metiera en la bañera. A él no le quedaban fuerzas para luchar y obedeció. Mary estaba bajando las escaleras cuando Daniel gritó con voz afligida: —¡Mary, no me dejes!

Cat se sobresaltó, pero Mary no perdió un instante. —Ya voy, Daniel. No tardaré ni un minuto.

Se detuvo con la mano en la barandilla. —Cat, llama por teléfono al hotel, pide hablar con Stephane, el *maître*, y dile que le envíe un poco de sopa a Daniel. Pídete algo para ti, yo no tengo hambre. Luego toma mi bolso y ve a la tienda de la esquina a por una buena botella de *whisky* y otra de vino. Esta noche Daniel necesitará unas cuantas copas. —Ahora mismo.

Mary se inclinó y le acarició la cara con ternura. —No desesperes, Cat. Danny no se derrumba por cualquier cosa; es el mejor y el más valiente. Sé que ahora mismo estás asustada, pero yo ya le he visto así una vez en el pasado. Sé lo que hay que hacer y todo saldrá bien, ya lo verás.

Cuando Cat regresó, el *palazzo* parecía desierto. Oyó entonces el murmullo de las voces procedentes del cuarto de baño de Daniel.

Subió las escaleras sin hacer ruido y se asomó por la rendija de la puerta de cristal policromado. Habían apagado la luz eléctrica y la estancia estaba iluminada solo por un candelabro de plata deslustrada. En el centro de la habitación había una enorme bañera con patas, cuyos grifos de latón antiguos y tuberías intricadas brillaban a la luz de las velas. La ventana estaba abierta a las estrellas y una suave brisa veraniega hacía oscilar las llamas. De pie entre las sombras, Cat veía todo el cuarto de baño reflejado en un antiguo espejo decrépito que colgaba sobre el lavabo de mármol.

Mary estaba sentada al borde de la bañera, enjabonándole a Daniel la espalda con una esponja marina. Su expresión era de ternura y Daniel tenía los ojos cerrados. Ella le hablaba como si fuera un niño. —Shhhh, ya pasó, ya pasó. Todo saldrá bien. No ha sido culpa tuya. —Yo lo he matado. Igual que maté a Matthew. No tengo cuidado, Mary. Descuido a las personas. Me olvido

104

de ellas. Me distraigo y miro hacia otro lado. —Tonterías. Eres el hombre más cariñoso que conozco. Pero, por alguna razón, nunca has entendido por qué tanta gente te adora y depende de ti. Yo lo sé porque hablo con ellos todos los días. —No puedo seguir. Me pasa algo malo desde esa maldita guerra. Oigo una furgoneta que petardea y de pronto estoy de nuevo en el frente. No es normal.

Mary empapó la esponja y la escurrió sobre su espalda ancha. —¿Qué es normal, Danny? Eres la persona más cuerda que conozco.

Él se rio y su rostro se relajó durante unos segundos. —Oh, puede que parezca que tengo el control, pero me voy ahogando lentamente, igual que Michael. Me casé con una viuda negra por razones equivocadas y ella me está devorando entero. Sin duda mis enemigos dirían que me merezco todo lo que me pasa, pero, ¿sabes una cosa? No me merecía a Cat y aun así he tenido la suerte de ser su padre. —Es una chica maravillosa y estás haciendo un gran trabajo con ella.

Abajo un gondolero silbaba mientras pasaba remando por el canal y, en los aleros, las palomas arrullaban antes de irse a dormir. La voz de Daniel sonó grave y urgente. —Mary, abrázame sin más.

Ella se acercó más y Daniel se acomodó entre sus pechos. Cuando echó la cabeza hacia atrás, Cat vio que había estado llorando. Mary le rodeó la cabeza, le dio besos en la frente y lo meció con suavidad. Daniel emitió un fuerte suspiro y cerró los ojos. Su angustia era casi tangible.

Cat parpadeó para contener las lágrimas. Su padre era un hombre orgulloso y, al espiarlo y presenciar su vulnerabilidad, había traicionado su confianza. Tenía que salir de allí. Esperó hasta que un grupo de borrachos desembarcó en el muelle de abajo y, aprovechando sus gritos, volvió a bajar por las escaleras.

Cerró con fuerza la puerta de entrada y desanduvo sus pasos, haciendo ruido con los tacones sobre los peldaños de madera hasta regresar al rellano situado frente al cuarto de baño. —¿Mary? Ya he vuelto. Todo arreglado. Stephane va a enviar a un camarero con nuestra cena. He pedido comida de más por si acaso ya tenías hambre.

Oyó unos movimientos acelerados y después Mary dijo: —Gracias, has hecho bien. Bajaré en unos minutos.

La patrulla de búsqueda se disolvió cuando la policía concluyó que el cuerpo de Michael no aparecería. Sugirieron que tal vez apareciera cuando las corrientes cambiaran más adelante.

Stephane le confesó a Gloria von Trocken, mientras esta desayunaba a la mañana siguiente: —Dudo que encuentren alguna vez al lord inglés. Corre el rumor de que estaba ya medio muerto incluso antes de irse a nadar. Unos turistas alemanes lo vieron tambalearse por las escaleras del *palazzo* Du Barry con una toalla. Dicen que estaba pálido como un fantasma y no parecía capaz de enfrentarse a las corrientes cambiantes. —Se estremeció—. Hay muchos cuerpos en la laguna; es un cementerio acuático sin fondo. Venecia tiene muchos secretos siniestros. Nadie sabe con seguridad dónde van todos esos cuerpos. Se rumorea que en el cementerio de San Michele hay tumbas individuales con más de una persona dentro. El detective de nuestro hotel dice que ocurre en mitad de la noche. Zas. Y otro cuerpo anónimo se suma a la tumba recién cavada.

Los demonios salían del agua negra del canal y subían por las escaleras del *palazzo* Du Barry. Dejaban huellas húmedas en el mármol y cieno en los peldaños. Se reían y gritaban, agitaban los picaportes, cerraban de un portazo los armarios y despertaban a los perros del vecino. Mary sentía su presencia, porque el fantasma de Matthew Lamb estaba sentado al pie de su cama y la miraba con ironía. Sus ojos de zafiro brillaban con maldad. —Daniel nunca tendrá el valor de volver a amar. Ahora mi hermana lo tendrá todo para ella. Eddie, Danny, Sean y tú envejeceréis juntos. Los sueños olvidados, el amor no correspondido y la frustración sexual mantendrán viva la tensión. Eddie te escupirá en la cara, se lo comerá vivo y bailará sobre su tumba. Asúmelo, Mary Maguire, Daniel es hombre muerto.

Mary se despertó con un respingo cuando el fantasma de Matthew se esfumaba. Gritó: —¡No te vayas! Ayúdame. Solo Michael y tú sabéis cómo salvar a Danny.

Demasiado tarde. Matthew Lamb había desaparecido.

Al final del pasillo, Cat nadaba bajo el agua. Una cola de sirena le permitía recorrer las profundidades de la laguna. Tenía los pechos desnudos y el pelo adornado con algas y perlas. Seguía viendo a Michael a lo lejos, pero, cada vez que se acercaba, él desaparecía. Al final consiguió agarrarlo. Él se dio la vuelta y se quedó mirándola. Tenía la cara consumida, quedaba solo una calavera con las cuencas de los ojos vacías y algunos mechones de pelo rubio. Cat soltó un grito y el agua estancada llenó sus pulmones.

Se despertó empapada en sudor y se asomó al balcón. La luz del dormitorio de su padre seguía encendida. El reloj del pasillo dio las dos. «Iré a ver si necesita algo». Pero, mientras se vestía, la luz de la habitación de su padre se apagó. Cat oyó que Daniel abría la puerta y volvía a cerrarla intentando no hacer ruido. Después de lo que había visto aquella noche, pensó que lo mejor sería concederle intimidad.

Daniel du Barry bajó por las escaleras del servicio y se dirigió hacia los muelles. No podía dormir porque, cada vez que cerraba los ojos, veía a Michael. No era el hombre al que había amado. Era el hombre al que no había conseguido salvar. La criatura había dicho: —Me dejaste morir, Danny. Muchos hombres mueren a tu alrededor. Piénsalo.

El bar situado junto al muelle estaba repleto aquella noche. El local estaba iluminado por unas pocas bombillas desnudas y el suelo estaba pegajoso por el alcohol derramado. Nadie iba allí buscando un ambiente cultural. Un grupo de marines estadounidenses llenaba el establecimiento con su bravuconería y su testosterona apenas reprimida. Los venecianos los miraban con desconfianza y se aseguraban de no cruzarse con ellos. Estafadores, prostitutas y chicos de alquiler se acicalaban para cuando empezaran a aflojar el dinero.

Daniel se compró una botella de *whisky* y se sentó a una mesa mugrienta. Prefería pasar el rato con los vivos asquerosos antes que acosado por los muertos.

Un marine borracho se tambaleó hasta su mesa. —¿Hablas inglés, amigo? —Sí. —¿Sabes dónde puedo conseguir un poco de sustancia blanca ilegal? —Lo siento, no puedo ayudarte. Solo he venido aquí a emborracharme.

El marine se quedó junto a la mesa y acercó su cara a la de Daniel. —No me gusta tu tono impertinente. ¿Quién diablos te crees que eres? —No pretendía insultarte —respondió Daniel secamente—. Soy británico, algunos hablamos así.

Daniel podía contar los pelos que tenía en las fosas nasales y oler su aliento rancio. Dio un gran trago de *whisky*. Le raspó la garganta y quiso gritar mientras le caía en las tripas. Áspero, muy áspero.

El marine dio un puñetazo en la mesa. —Mira, amigo, no eres mejor que yo, así que no intentes hacerte el listo conmigo. Yo he visto mucha más acción que tú en tus cenitas de etiqueta. —Te equivocas. Fui oficial en la pasada guerra y pasé casi todo el tiempo en el frente. Vi mucha acción en el este. Así que vamos a zanjar esta discusión, ¿te parece bien? —Imbécil arrogante. ¡No me vengas con «te parece bien»!

Y, sin más, el marine le dio un cabezazo a Daniel seguido de un puñetazo en el estómago. El dolor fue intenso, pero a Daniel se le despertó el corazón. Solo veía fuego cuando le devolvió el golpe al marine. Con fuerza. Una y otra vez. Le cegaba una rabia roja, pero con los puños encontraba su objetivo. Dios, qué agradable resultaba. Siguió golpeándolo, incluso cuando otros dos marines de Estados Unidos saltaron sobre las mesas y se abalanzaron sobre él. Pelear aliviaba el dolor de su corazón y la negrura de su mente. Solo deseaba atravesarles el cráneo con el puño y hacer papilla su cerebro.

Era un perro rabioso, vicioso y acorralado, con la terrible tentación de arrancar a bocados una oreja o dos, pero, en su lugar, se concentró en romperles la nariz y dislocarles las costillas. Oyó un satisfactorio crujido al golpear con el puño la mandíbula de un marinero. Entonces intentó desencajarle el pie. No le hizo falta más que media vuelta para oír un fuerte crujido.

Ya había dos marines inconscientes, pero, por suerte, le quedaban más. Estaban ocupados empujando a la gente y apartando las mesas de su camino solo para llegar hasta él. Una manada de perros furiosos. Seguían viniendo, impulsados por el alcohol, las drogas y la claustrofobia. Y él los venció a todos.

Daniel no sentía sus lesiones, pero sí saboreaba su sangre y su sudor. Estaba decidido a derramar toda la sangre que pudiera, pero, cuando su adversario había caído, se iba a por el siguiente. El asesinato no era su meta. Sintió frío, agarró una jarra de *whisky* de la barra y dio varios tragos rápidos. Le quemó la garganta, pero se sintió vivo otra vez. Sí, estaba pasándoselo bien. Se lanzó por encima de dos mesas y aterrizó encima de un marine obeso que todavía tenía la mano metida en la falda de una prostituta. Ella intentó golpear a Daniel en la cabeza con una botella de *whisky*, pero un estafador local la desarmó y la empujó a un lado. Daniel y el marine se engancharon. Eran como dos luchadores de sumo. Ninguno se rendía. Entre ambos reunían suficiente alcohol como para provocar un incendio.

Cuando el marine tumbó a Daniel bocarriba, se sentó encima de él y le colocó una navaja en la yugular, los marineros europeos saltaron sobre los muebles destrozados. —Jesús. Detened a ese cabrón antes de que mate al inglés. —¡El jodido barman está llamando a la policía! Daos prisa, chicos.

Tres marineros le quitaron al marine de encima a Daniel y le dieron una paliza. El hombre se quedó hecho un ovillo a los pies de Daniel con una sonrisa idiota y perdió el conocimiento.

Reinaba el caos.

Al día siguiente, Gloria von Trocken estaba al teléfono con Mary Maguire. —Mary, Edwina me ha pedido que te llame porque Daniel no responde a sus llamadas. —Por el amor de Dios, ¿cómo se ha enterado? —Ha salido en las noticias de la BBC. Probablemente porque se han visto implicados cuarenta marines. Y unas siete prostitutas de la localidad. Dicen que dos marines fueron golpeados en la cara por sus compañeros con vasos de cristal. Al parecer es el bar más peligroso de Venecia y allí mueren asesinados marineros constantemente. Los periodistas lograron hacerse con el nombre de Daniel y se dice que él comenzó la pelea. ¿Puedes decirme cómo está, para que yo pueda tranquilizar a Eddie? —Daniel tiene un hombro dislocado, varias magulladuras, cortes, un brazo roto y las costillas fracturadas. No causará problemas durante unos días. —Supongo que esa es su manera de llevar el luto. —Sí. Necesitará un buen abogado para salir de esta, pero siempre tiene un par en la recámara. —Mary, Eddie siente que tiene que estar junto a Daniel ahora mismo. Teme que no quiera hablar con ella. Mira, sé que esto es una imposición, pero, ¿podrías hacer algo? —Todavía no sé si vamos a quedarnos más tiempo en Venecia o si regresaremos a Londres la semana que viene. Así que no creo que sea buena idea que Edwina venga a Venecia. ¿Por qué no me lo dejas a mí? Haré todo lo posible.

Mary suspiró. «Es evidente que Edwina quiere formar parte del drama. Pero sin duda se dará cuenta de que Daniel no aceptará que sea su ángel protector».

Cat se sentía impotente ante la pena inconsolable de su padre. No había nada que pudiera hacer para aliviar su dolor y él se había retirado al complejo mundo de las emociones adultas. Lo veía allí, pero no podía sumarse a él. Michael era de la familia y ella era incapaz de aceptar que no fuese a verlo más. Jamás volvería a contarle historias de la alta sociedad, imitando a los pretenciosos para hacerle reír. Había formado parte de su vida y no podía concebir su ausencia. Nada volvería a ser lo mismo. Se daba cuenta de que Daniel necesitaba tiempo para llorar, de modo que intentaba dejarlo a solas con Mary hasta que se reunían para cenar cada noche.

Daniel le había regalado la *Historia de mi vida* de Giacomo Casanova, así que se quedaba leyendo durante horas y solo volvía a la realidad para ver cómo iba progresando su padre. Eso les daba algo de lo que hablar durante la cena. Incluso en medio de su dolor, Daniel disfrutaba hablando de Casanova y lo hacía de manera culta e ingeniosa.

El piso noble ocupaba una planta entera de aquel *palazzo* de trescientos años de antigüedad. Cat disfrutaba de un apartamento para ella sola y se había sentido seducida por sus exquisitos detalles. Había querubines, ninfas, sátiros, cariátides, ángeles y animales colgados sobre las puertas, soportando el peso de una excesiva cantidad de oro y mármol. Imponentes frescos y cuadros ocupaban los nichos, adornaban las paredes y abarrotaban los techos abovedados. La flora y la fauna esculpidas inundaban los pocos espacios que quedaban libres y un damasco rosado y desgastado decoraba las paredes. Los enormes ventanales reflejaban las ondulaciones del agua del canal.

Los pronunciados balcones animaban a Cat a soñar despierta, contemplando toda Venecia ante sus ojos. Se parecía a un grabado medieval. Seguía con la mirada los giros serpenteantes del Gran Canal mientras avanzaba hacia el Canal di San Marco. Cuando los artesanos y trabajadores que restauraban el *palazzo* se marchaban a sus casas por las tardes, a Cat le gustaba tumbarse en el frío suelo de mármol del salón de baile y observar las ondulaciones del agua reflejadas en los frescos de la pared. Se quedaba allí hasta que caía la noche y Mary aparecía para decirle que era hora de vestirse para la cena.

Cat se daba cuenta de que el *palazzo* no era otra propiedad más de Daniel. Era una obra de extrema belleza que había sido víctima del deterioro. A Daniel siempre le había conmovido su imponencia arquitectónica y tenía el dinero suficiente para afrontar los gastos crecientes de su restauración. Los ingresos de sus hoteles de lujo y las inversiones de su padre en acerías, refinerías, fábricas de armamento y astilleros le proporcionaban los medios suficientes para devolver la elegancia a aquel mundo abandonado.

Estaban restaurando meticulosamente los frescos del salón de baile. Algunos estaban cubiertos de alquitrán, que habían tenido que quitar. Cat contemplaba asombrada cómo aparecían frescos que llevaban años escondidos detrás de los cuadros. Ayudaba a limpiarlos con trapos mojados en agua destilada y productos de limpieza.

La jefa de restauradores era una mujer glamurosa con el pelo hasta la cintura teñido de rubio. A Cat le maravilló descubrir que era una malhablada. Marguerite mezclaba y combinaba los colores como un alquimista celestial, pero maldecía como un marinero francés del rango más bajo. Aquella mujer parecida a la Venus de Botticelli profería en italiano los insultos más groseros a sus trabajadores, todos hombres, si no estaban a la altura de sus altísimas expectativas. A cambio, los trabajadores peleaban entre ellos y se mostraban muy susceptibles ante cualquier afrenta imaginada a su honor o integridad. Del mismo modo, poseían un gran sentido del humor, pues, si se hubieran tomado en serio alguno de los insultos, aquello habría acabado en un baño de sangre. Curiosamente, al finalizar la jornada de trabajo, se iban todos juntos a algún bar de la zona.

Una mañana, Marguerite permitió a Cat que la ayudara a preparar y aplicar la pintura. Cat lo hizo bien a la primera. —Tienes muy buen ojo para el color y una admirable dedicación al detalle —le dijo Marguerite—. Si quisieras ayudarme, te pagaría. Mis trabajadores son fantásticos la mayor parte del tiempo, pero no sirven para nada cuando tienen resaca.

Cat se mostró encantada. —No es necesario que me pagues. Daniel se ocupa de todo. Dentro de unas semanas comenzaré a estudiar en la escuela de arte Slade de Londres. La experiencia de que me enseñes tú será recompensa suficiente. No a todas las chicas les ofrecen una oportunidad así. Y Daniel estará encantado de que me implique en su proyecto favorito.

Cat mejoró su italiano, aprendió el dialecto veneciano y algunos insultos muy fuertes que no se atrevía a usar. Guiada por Marguerite, combinaba muestras de colores y aplicaba con cuidado la pintura en las zonas designadas. Los frescos volvieron lentamente a la vida. Una ninfa juguetona de pechos desnudos fue la primera que se reveló ante sus ojos. Se hacían compañía mientras la oscuridad descendía sobre el Gran Canal y los miedos de Cat salían a jugar.

Mientras trabajaban, Cat le habló a Marguerite del Hotel du Barry y de todo lo que sucedía en el laberinto. También habló de Edwina, de su complicada relación y de la tragedia de Matthew Lamb. —Daniel lo amaba de verdad. Al parecer tuvo una crisis nerviosa cuando Matthew murió en un accidente poco después de que acabara la guerra. —¿Sabes, Cat? El apellido Lamb me resulta familiar. Mi madre, Desiree Emmanuelle, era bailarina erótica en Montmartre y, cuando yo era pequeña, me quedaba allí viéndola bailar con otras bailarinas. Recuerdo que en el teatro conocí a un joven inglés apellidado Lamb. Era muy guapo. Había ido a ver a su hermana, que acababa de empezar a trabajar como chica del coro. No era una gran bailarina, pero ya había llamado la atención de un hombre extremadamente rico, cuando no llevaba encima más que una sonrisa provocadora y un abanico de plumas de avestruz. Se llamaba Eddie y yo diría que ahora se ha reinventado para convertirse en la señora de Daniel du Barry.

Cat se quedó mirándola perpleja. —Pero Edwina me dijo que ganó una beca universitaria y se licenció con honores.

Marguerite intentó no sonreír. —Cat, no creo que Eddie Lamb haya sido sincera sobre su pasado.

Cat agarró un pincel y se entretuvo en limpiarlo. —Tengo que saber la verdad sobre ella. No porque quiera causarle problemas o fastidiar el matrimonio de mi padre. Solo quiero entender por qué Edwina se comporta como lo hace. —Me parece justo. Bueno, Eddie nunca pasó de la tercera fila del coro. Poseía un temperamento artístico, pero no el talento necesario. Aun así era exquisita y todos los hombres la deseaban. Era increíblemente atractiva en el escenario y, cuando las luces iluminaban su rostro perfecto, resultaba cautivadora.

Cat resopló. —¿Así que se convirtió en prostituta o cortesana?

Marguerite pareció incomodarse. —Siempre ha habido relación entre las coristas pobres y los hombres que buscan favores. —Mira, yo crecí en un hotel y hay pocas cosas que no haya visto u oído. —No quiero decepcionarte. Suceden muchas cosas feas en el ámbito teatral. —Por favor, tengo que saberlo. Y quizá sea mejor que me lo cuentes tú, Marguerite. —De acuerdo. Mi madre tuvo la suerte de convertirse en una estrella, pero, en otras circunstancias, quizá habría tenido que venderse. En los ambientes bohemios lo llaman «prostitución amable». —En el Hotel du Barry tenemos chicas de la calle, cortesanas, *gigolos* y «principiantes con talento», como las llama Jim, pero es un mundo muy competitivo y desde luego nada amable.

Marguerite se quedó pensativa mientras removía una lata de pintura. —Bueno, digamos que un caballero te lleva a cenar después del teatro. Y accidentalmente, o a propósito, tú derramas vino tinto sobre tu vestido de crepé blanco. Se estropea. Tú te pones triste, lloras un poco y el caballero se ofrece a comprarte un vestido mucho más bonito de una prestigiosa tienda. O, si es muy rico, puede que te lleve al taller de Chanel para que te hagan uno a medida. Y eso es solo el principio. —¿Y qué ocurre después?

—Después, si juegas bien tus cartas, puede que te ayude con el alquiler o se ofrezca a pagarte las facturas. Y, cuando tienes eso, te das cuenta de que has estado vendiéndote demasiado barata, así que te buscas a un hombre aún más rico y él te coloca como su querida. Los franceses son más indulgentes que los británicos para esas cosas. ¿Lo entiendes, Cat? —Sí. ¿Y de qué tipo de hogar procedía Edwina? —Sus padres eran de clase obrera. Estaba muy unida a su hermano. Cada vez que lo veía entre el público, se le iluminaba la cara y destacaba más. Era como si hubiera encendido un interruptor. A mí me daba la impresión de que era el hombre más importante de su vida. Y, por cierto, Eddie nunca fue a la universidad. —Tiene muchos cambios de humor. Aunque esté contenta durante el desayuno, no sabes cómo se encontrará más adelante ese mismo día. No es fácil estar cerca de ella. ¿Era así cuando trabajaba en el coro?

Marguerite lo pensó con cuidado antes de responder. —Eddie siempre fue muy volátil. Cuando las cosas iban bien, era la chica más encantadora del mundo, pero, cuando se sentía traicionada o abandonada por un amante, se convertía en un demonio.

Cat se estremeció. ¿Y esa era la mujer con la que Daniel había decidido casarse? Una excorista volátil y ambiciosa que pasaba de ser encantadora a convertirse en un demonio. No era de extrañar que él no tuviera prisa por regresar a Londres. A saber cómo se la encontrarían a su vuelta. Sin Michael cerca para contentarle, podría liberar toda su ira. ¿Y entonces, qué?

CAPÍTULO 9

La caída de los dioses

El verano desapareció, el otoño dio paso al invierno y comenzó discretamente un año más. Las cosas que solían alegrar a Daniel ya no le llamaban la atención. La ópera no le conmovía y las obras de teatro le aburrían sobremanera. Seguía asistiendo a las subastas de arte de Christie's, junto a Cat o Mary, pero no se emocionaba cuando ganaba una puja. Ni siquiera le duró la satisfacción cuando logró captar a los políticos vacilantes para que apoyaran sus proyectos filantrópicos. Mientras que, en el pasado, Michael y él celebraban cualquier victoria política.

Daniel pronto se dio cuenta de que ya no percibía el color con toda su intensidad; todo a su alrededor le parecía monocromático y sin brillo. Sus cuadros favoritos ya no le decían nada. Mary le concertó una cita con un especialista de Harley Street para que le revisara los ojos. —Señor Du Barry, a su visión no le pasa nada. Físicamente es usted capaz de ver todo el espectro de color. Espero que no se lo tome a mal, pero le sugiero que consulte a un psiquiatra. La incapacidad de percibir color a veces puede ir ligada a una enfermedad del alma o a una profunda melancolía.

Los amigos y conocidos de Daniel no advirtieron ningún cambio en él, pues cuando estaba con ellos se comportaba como el hombre que siempre habían conocido, pero después se quedaba agotado por el esfuerzo de mostrarse alegre. Por fuera parecía gregario y encantado con la vida. Ocultaba su nihilismo tras una fachada de cortesía y modales impecables, pero él sabía que se le había helado el corazón. Se preguntaba si sería capaz de vivir otros cuarenta o cincuenta años. Se imaginaba que el mundo se convertiría en un lugar más duro y cruel y la idea le desanimaba. Los únicos momentos en los que parecía sentirse como antes eran los que pasaba a solas con Mary Maguire o con su hija. Con ellas podía dejar de fingir. Cat le daba una razón para vivir, pero le aterrorizaba que algo pudiera sucederle.

Una tarde de invierno, sonaba en el gramófono un concierto de Schubert mientras Daniel se servía otro *whisky*. El sonido apaciguador de los chelos inundaba su estudio y el fuego crepitaba en la chimenea. Contempló las calles de Londres a las cinco de la tarde y vio a la multitud que se dirigía hacia el metro envuelta en abrigos gruesos y oscuros, bufandas y sombreros. Parecían cansados y tristes, con los hombros caídos. Le pareció tremendamente injusto que algún mendigo sin hogar pronto se acurrucara junto a un conducto de aire caliente para dormir mientras que él lo hacía bajo una colcha de plumas. Utilizar su dinero para dar comida y cobijo a los pobres todavía le proporcionaba cierta paz, pero no lograba deshacer el nudo que sentía en el estómago cada vez que veía a alguien buscando comida en los cubos de basura.

Estaba haciendo todo lo posible por recuperarse, pero el vacío le llamaba y no le dejaba escapar. Seguía con la restauración de su *palazzo* en Venecia, había aumentado sus proyectos filantrópicos e intentaba buscar consuelo en el trabajo constante. Con el tiempo esperaba poder mirar atrás y contemplar la pérdida de Michael con la misma tristeza con la que ahora veía la muerte de Matthew Lamb.

Fue más o menos en esa época cuando la esposa de Daniel comenzó a cultivar una camarilla de psiquiatras. Los invitaba a sus veladas semanales y les presentaba a sus acaudaladas conocidas. Asistir a las veladas musicales de la señora Du Barry se convirtió en un pasatiempo muy lucrativo para los médicos que abrían sus consultas privadas. Edwina presentaba a médicos, psiquiatras y cirujanos plásticos a mujeres ricas que buscaban recetas, terapia o narices nuevas. En concreto, Edwina se hizo muy amiga del doctor Rubens, uno de los loqueros más reputados de Gran Bretaña. Se preguntaba si tendría que pedirle algún favor y sugerirle que evaluara la salud mental de su marido.

En el pasado, cuando estaba deprimido, Daniel subía al Jardín de Invierno de la azotea del hotel y se maravillaba con lo absurdo de aquel edificio de cristal. Le encantaba ver a los jardineros plantando semillas o reproduciendo plantas fuera de temporada. Sudoroso en aquella atmósfera del invernadero, se reía por la absoluta arrogancia que suponía cultivar plantas de verano en un clima helado. Solía emocionarle que las fresas pudieran existir aplicando solo la cantidad justa de calor y luz. Con frecuencia, Michael y él se sentaban allí en silencio, bebiendo champán de primera calidad y viendo la puesta de sol sobre la cúpula de la catedral de Saint Paul.

Cuando el invierno descendió sobre Londres, el insomnio de Daniel aumentó. Solía levantarse de la cama en mitad de la noche y tomar el ascensor hidráulico hasta el Jardín de Invierno, donde permanecía hasta que salía el sol e iluminaba su palacio de cristal. De nuevo se encontraba con la lengua áspera y la boca como el suelo de la jaula de un loro. Sentía el cuerpo rígido por haberse quedado dormido sobre el suelo de mármol. Ocultando una botella de *whisky* vacía bajo la chaqueta, intentaba regresar a su apartamento antes de que lo viera algún miembro del personal.

Sin que su jefe lo supiera, Mary Maguire había ordenado a todo el personal mantenerse alejado del Jardín de Invierno hasta que Daniel hubiera regresado a su ático. Se aseguraba de que ningún empleado se le acercara hasta que se hubiese afeitado y arreglado. Nadie se atrevía a despertar la ira de Mary desobedeciendo sus órdenes, de manera que Daniel nunca entendió por qué los pasillos estaban vacíos, sin limpiadoras ni doncellas. Le sorprendía el hecho de que, a primera hora de la mañana, solo viese alejarse a sus empleados.

Mientras Londres se veía cubierto de nieve y niebla, el Jardín de Invierno seguía realizando su magia. Los naranjos perfumaban el aire y las rosas dejaban caer sus pétalos con languidez. Las plantas tropicales del exótico este florecían tranquilas y los gatos del hotel merodeaban entre las palmeras, con sus ojos de tigre que brillaban en la noche cuando acechaban a los ratones. Pero Daniel era incapaz de apreciar la que sin duda era la mejor azotea de la ciudad.

Visitaba con frecuencia el estudio de su hija en la novena planta. Le encantaba verla transformar bultos de arcilla húmeda en formas humanas reconocibles. Su trabajo apareció en la revista *Vogue*, para deleite de todos los miembros del Hotel du Barry.

El talento en alguien tan joven es algo excepcional. La señorita Caterina Anastasia Lucinda du Barry es una estudiante de primer año de la escuela de Bellas Artes Slade. Ha recibido su primer encargo y actualmente trabaja en el busto de un importante actor británico cuyo nombre no podemos revelar. Cuando esté terminado, será realizado en bronce en la fundición Sheinberg y se exhibirá en la Real Academia de Arte Dramático.

Incluso Eddie se declaró satisfecha.

Cat quitaba importancia a esa atención y centraba toda su energía en su arte. Pasar horas en el estudio le ayudaba a mantener alejados a los demonios.

Cuando Daniel se sentó para que le hiciera un retrato, Cat insistió en que posara con esmoquin, pero le permitió dejarse la pajarita deshecha. —¿Puedo al menos echarle un vistazo? —preguntó él. —Todavía no.

Mientras Cat trabajaba, Daniel le contaba historias sobre la Gran Guerra. Durante años había evitado cualquier pregunta sobre su vida en el ejército, pero ahora deseaba que su hija entendiera la decrepitud moral del conflicto. —Cat, no creas lo que lees en los libros de historia. La batalla de Fromelles fue un absoluto desastre. Errores tácticos, confusión, escaso liderazgo. Nos aniquilaron sin piedad. Ni siquiera frenó a los alemanes. ¿Recuerdas esa foto que tenía yo antes en el escritorio? Todos esos muchachos están muertos. Ninguno llegó a cumplir los veintiún años. Vi cómo le volaban la cabeza a mi mejor amigo y no hubo nada que pudiera hacer por ayudarlo. Nada.

Cat dejó el pincel, se sentó en el reposabrazos del sillón de Daniel y apoyó la cabeza sobre su hombro. Escucharon en silencio la lluvia que caía sobre el tejado del ático.

Transcurridos unos minutos, se acercaron a la ventana y vieron la noche caer sobre Londres. Era un ritual que Cat y Daniel habían compartido durante años. El vasto edificio de enfrente parecía una casa de muñecas en la que poder observar con discreción cómo sus habitantes realizaban sus actividades nocturnas. En la acera de enfrente vieron al prestigioso diseñador de zapatos Thomas Rodd apagar las luces de su emporio y dar las buenas noches a las chicas de su tienda. En el apartamento situado sobre el emporio de Rodd, una joven arropaba a su hijo pequeño en la cama y le daba un beso de buenas noches. Apagó la luz, pero todavía veían su silueta en la puerta del dormitorio, vigilando al niño. En otra ventana, una chica se relajaba con un baño de burbujas mientras comía bombones de una caja rosa. En la puerta de al lado, una alocada melodía americana sonaba en el gramófono de un joven. Vestido solo con unos calzoncillos blancos, el muchacho chasqueaba los dedos al ritmo de la música y bailaba en su pequeña cocina. Parecía animado y, de vez en cuando, paraba para dar un trago de una botella de vino. Cuánta vida. Abundaba la felicidad temeraria.

Una lágrima resbaló por la mejilla de su padre, pero Cat fingió no darse cuenta. Al final, lo único que veían era su propio reflejo y el fuego en el cristal de la ventana. Daniel se movió solo cuando Sebastian entró con el carrito de las bebidas.

Bertha Brown siempre era bienvenida en el estudio. Cuando Cat le mostró la evolución del trabajo, se quedó con la boca abierta.

—¡Es maravilloso! Has captado a la perfección el espíritu de Daniel. Lo has representado en el lienzo. Eres muy lista, cielo, pero da un poco de miedo. Es tan realista que parece que va a ponerse a hablar. Me recuerda a algo. —Es la misma postura que la del retrato de Matthew Lamb. —Ah.

Bertha se quedó estudiando el cuadro. El jefe miraba fijamente al frente sin sonreír. Tenía un brazo colgado descuidadamente sobre el respaldo de la silla y su pajarita negra deshecha resaltaba sobre el blanco almidonado de su camisa, que realzaba su torso ancho. Cat había enfatizado el físico juvenil que Daniel había conservado gracias a sus entrenamientos de polo y de boxeo. Su pelo oscuro mostraba solo una pizca de gris en las sienes y las arrugas que lucía eran las producidas por la risa. Seguía pareciendo el hombre guapo, poderoso y viril que había sido siempre. ¿Por qué entonces el retrato resultaba tan inquietante? Era su expresión. Daniel miraba más allá del lienzo con una expresión de lástima y desesperanza. Bertha deseaba apartar la mirada, pero no podía. Los ojos de Daniel eran los de un hombre que había visto demasiado. En ese instante comprendió aquello que Daniel se había esforzado tanto en ocultar y le dio ganas de llorar.

La mañana anterior a la fiesta anual del Jardín de Invierno del Hotel du Barry, Daniel anunció desde detrás de *The Times*: —Eddie, espero que hayas pensado en lo que te dije sobre divorciarnos. Mis abogados han sugerido presentarte como la esposa traicionada. Henri Dupont puede buscarme a una cortesana que llevarme a nuestro hotel de Brighton para un encuentro falso. He hablado con

Jim sobre la posibilidad de contratar a un detective privado en tu nombre y a un fotógrafo que presente pruebas de mi supuesta infidelidad. Cuando llegue a la prensa, a ti te compadecerán y yo quedaré como un cerdo adúltero.

Edwina derramó el té sobre el mantel. —¿Cómo te atreves a hablarle al personal de nuestros problemas íntimos? —Eddie, no podemos seguir así. El divorcio no tiene por qué suponer un suicidio social.

Edwina se acercó y le tocó el hombro. —Cariño, te aferras demasiado a la opinión de Eduardo de que el divorcio no supone un impedimento social. Sé que es un buen amigo, pero esa divorciada americana será su perdición. Wallis Simpson es como una cobra jugando con un canario. Sus únicos temas de conversación son las antigüedades y las compras.

Daniel alejó su silla de ella. —¿Y qué quieres decir con eso? —Un divorcio mancilla a aquellos que son tan estúpidos como para aceptarlo. Y es absurdo que un asunto del corazón, o mejor dicho de la entrepierna, precipite una crisis constitucional. Es evidente que la familia real tiene neurosis ocultas sin resolver. Deberían buscar el consejo profesional de alguien como el doctor Otto Rubens y solucionarlo.

Daniel entornó los párpados. —¿Estás insinuando que tengo que ir a un loquero? —Bueno, sí, cariño. Creo que sería muy beneficioso para tu salud.

Silencio. Daniel pasó la página del periódico y se quedó mirando la fotografía de un leopardo de las nieves hincando los dientes en un conejo blanco. ¿O era un gato salvaje? Era difícil saberlo, ya que la nieve era demasiado blanca. Del color de la rabia fundida.

Edwina estaba cansada y molesta. Le gustaba leer libros de psiquiatría antes de irse a dormir y la noche anterior se había quedado leyendo hasta muy tarde buscando temas de conversación

122

para la fiesta del Jardín de Invierno. Le daba cierta ventaja con la gente que tenía más formación que ella. También resultaba útil poder identificar y etiquetar lo que le sucedía a su círculo social más inmediato. El nivel de disfunción a su alrededor era tan elevado que a veces se preguntaba si sería ella la única persona cuerda de la habitación.

Había concertado una cita en el salón de peluquería porque quería un nuevo *look* para la fiesta. Mientras Valmont Dupres Paris, anteriormente conocido como John Brown, la conducía hacia su silla, ella anunció: —Mi marido está peor. Desde que su mejor amigo se ahogó en Venecia, no hace más que hablar de las injusticias sociales. Su conciencia social está fuera de control. Francamente, me preocupa que pueda estar alejándose de la realidad. Tiene asuntos sin resolver tanto con su difunto padre como con la madre a la que nunca conoció.

Valmont la miró a través del espejo. —Lo más probable es que siga con el duelo. —La gente que está de luto no suele recorrer las calles en mitad de la noche metiéndoles cheques en los pantalones empapados de orina a los borrachos que duermen tirados por ahí. ¿Quién se cree que es? ¿El maldito Papá Noel?

Valmont agarró unas tijeras y las examinó con detenimiento. —Caterina estuvo aquí ayer. Se ha puesto muy guapa, pero me di cuenta de que no estaba tan alegre como de costumbre. Una clienta me dijo que había presenciado el ahogamiento. ¿Es cierto?

Edwina rebuscó en su bolso y bostezó. —Sí. Pero la muerte es un hecho de la vida. Los cerdos de Guinea de Caterina murieron cuando tenía siete años, así que la muerte no es algo nuevo para ella. Y hace tres años perdió a un par de peces de colores, por el agua sucia, así que debería estar acostumbrada. Es ridículo que siga angustiada por Michael. ¡Ay! Ten cuidado, me estás arrancando el pelo de raíz.

Dio una calada al cigarrillo y, cuando Valmont se inclinó para ajustarle la silla, le echó el humo en la cara. —Caterina está muy rara. Pasa todo el tiempo con sus amigos bohemios o encerrada en su estudio. Ni siquiera me permite entrar ahí. El otro día trajeron más arcilla para esculturas. No tengo ni idea de lo que hace con ella. Debe de estar comiéndosela.

Mientras enumeraba las minucias de su vida, Edwina iba tirando la ceniza del cigarrillo sobre el suelo de linóleo. Valmont suspiró mientras fingía escucharla. Lamentaba el día en que había aceptado a la señora Du Barry como clienta, aunque era una mujer influyente entre la alta sociedad y le había conseguido muchas nuevas clientas. Por lo tanto, ahora Valmont podía permitirse contratar a más personal y renovar el salón. Tendría que hacerlo, ya que ella había estropeado su suelo nuevo. «Quitaré el linóleo y lo sustituiré por baldosas. Entonces tendrá que buscar otra manera de volverme loco».

Cuando ella le exigió que le ondulara el pelo, Valmont se negó.

—No, señora Du Barry. No pienso hacerle algo tan horrible. Le quedaría fatal y ahora tengo una reputación que mantener. La revista *Vogue* me declaró *El maestro zen del pelo*. Es absurdo.

Edwina lanzó la ceniza hacia un cenicero. —Pero muy halagador. —Cierto, pero no sé qué es peor, las *flappers* de la década pasada intentando parecer estudiantes de Eton o mis clientas actuales, que aspiran a parecer marionetas con el pelo ondulado y lleno de laca.

Le mostró una fotografía reciente de Jean Harlow con el pelo rubio oxigenado y rizos gruesos y cortos. Antes de que Eddie tuviera tiempo de reaccionar, Valmont chasqueó los dedos para llamar a su aprendiz. —Adolph, prepara a la señora Du Barry para su asombrosa transformación.

Edwina estaba sentada frente al espejo de su tocador examinando su peinado desde todos los ángulos. Era una genialidad, una auténtica genialidad. Gracias a Dios que le había dejado a Valmont salirse con la suya.

El resto del día lo había ocupado con la manicura, la pedicura, un masaje, la lectura del tarot y un devaneo vespertino con Sean Kelly. «Muy bueno para la piel». Ahora lo único que tenía que hacer era maquillarse y ponerse su vestido de satén blanco escotado por la espalda. Lo había diseñado exclusivamente para ella nada menos que Elsa Schiaparelli, y era perfecto.

Llamaron a la puerta del tocador y Daniel entró con aspecto nervioso. —Eddie, ayúdame con esta maldita pajarita, ¿quieres? Es nueva y no consigo ponerla derecha. Maravilloso peinado, por cierto. Te pega mucho. —Valmont es un auténtico genio.

Edwina le pasó la pajarita por el cuello y, con unos movimientos diestros, consiguió el resultado deseado. Daniel se miró en el espejo. —Gracias. Escucha, ¿has pensado en nuestra conversación?

Ella se quedó sentada frente al espejo y agarró un pintalabios rojo. —Sí. *Lo que Dios ha unido, que no lo separe el hombre.* —No seas ridícula. Ninguno de los dos somos creyentes y el divorcio no tiene el mismo estigma que hace diez años.

Edwina se pintó los labios, se chupó el dedo índice para quitar el exceso de la parte interior y se revisó los dientes en busca de manchas. Después se secó los labios y se aplicó otra capa. —La respuesta es no. —Eddie, por favor, sé razonable. Si nos divorciamos, podrás volver a casarte. Podrías tener un matrimonio de verdad y no preocuparte por mantener las apariencias.

Ella lanzó el pintalabios. —Me da igual que sea de verdad. A mí me gusta estar casada contigo, cariño. Ahora déjame en paz para poder terminar de arreglarme. No debemos llegar tarde ante nuestros invitados. —Pero, Eddie… —Ya basta. Déjame en paz. —Escucha, no podemos seguir así. Lo sabes tan bien como yo. —¡Fuera, Daniel!

Daniel se marchó. Abrió la puerta de golpe y a punto estuvo de chocar con Sebastian, que estaba parado en el pasillo. —¿Va todo bien, señor? —No, Sebastian. Hace mucho tiempo que no va bien.

* * *

Visto desde abajo, el Jardín de Invierno era como un planeta por descubrir, con su brillo misterioso sobre el Támesis. Parecía trascendente e inalcanzable, con sus cientos de velas desafiando a la oscuridad.

Daniel había instalado tres impresionantes lámparas de araña de cristal, del siglo dieciocho, que había importado de Venecia y las había surtido con cientos de velas blancas. Las lámparas de araña eran de una opulencia perversa y recordaban a una época en la que el estilo, la clase y el ingenio eran primordiales. Los invitados murmuraban con admiración al entrar en el Jardín de Invierno y dejarse seducir por el exceso cálido de la luz de las velas.

Daniel y Edwina pasaron la primera hora el uno junto al otro, saludando a los invitados en la puerta. El único momento en el que Daniel experimentó auténtico placer fue cuando un político Tory le estrechó la mano y murmuró: —Señor Du Barry, agradezco su generosidad al invitarme esta noche, dado el altercado que tuvimos recientemente con su proyecto para los barrios pobres. Por favor, tenga por seguro que mi departamento al fin ha hecho sus deberes y el proyecto saldrá adelante el año que viene. Le diré a mi ayudante que telefonee a su secretaria y concertaremos una cita.

Mary Maguire advirtió que Edwina estaba resplandeciente. Sin duda su pelo platino hacía que las rubias naturales se sintieran poco arregladas en comparación. Mientras recibían a sus invitados, Daniel y Eddie no se dirigieron ni una sola palabra, pero, dado que eran una pareja tan perfecta y expertos en las conversaciones triviales, solo unos pocos invitados detectaron el abismo que se abría entre ellos.

El champán manaba de una fuente especial creada con hileras de copas. Un camarero tenía que hacer equilibrios encima de una escalera cada vez que había que reponerla; siempre estaba muy ocupado, porque los invitados querían saciar su sed con aquella bebida de primera calidad. Los camareros ágiles pasaban con fuentes llenas de canapés mientras Jeremy Lucknow y su banda de *swing* calentaban el ambiente para bailar. Los vestidos que llevaban las mujeres eran radicalmente opuestos a los que se habían visto en anteriores fiestas del Jardín de Invierno. Las prendas hasta las rodillas y los cortes de pelo estilo chico habían sido reemplazados por vestidos hasta los tobillos que fingían cierto recato mientras dejaban al descubierto escotes por delante y por detrás. Como Valmont había predicho, casi todas las mujeres llevaban el pelo ondulado y lacado. Como de costumbre, los hombres iban ataviados con trajes de pingüino, pero los caballeros más extravagantes lucían elegantes cabelleras cubiertas de brillantina y chaquetas blancas.

Sean Kelly y Mary Maguire fueron de los primeros invitados sobre la pista de baile y Mary sintió la mirada de Edwina clavada en su nuca mientras ejecutaban sin esfuerzo un *foxtrot*. Las jóvenes cubiertas de perlas y diamantes convencieron a Jeremy Lucknow para que tocara música adecuada a los últimos bailes procedentes de América. Se impusieron los ritmos latinoamericanos y hubo peticiones de tango y rumba.

Daniel le dio un toque en el hombro a Sean Kelly y dijo: —Sean, ¿me harías el favor de pedirle a Eddie que bailara contigo la próxima canción? Se niega a bailar conmigo y no quiero que se ponga a beber. Está de muy mal humor. —Encantado, Daniel.

Daniel se relajó y se volvió hacia Mary. —*Mademoiselle*, ¿me concede el honor de bailar conmigo?

Mary le sonrió. —Por supuesto, *monsieur*. —Estás maravillosa, Mary. Ese diplomático australiano de ahí acaba de chocarse con un camarero porque no dejaba de mirarte.

Mary sonrió con humildad. El vestido le había costado un ojo de la cara, pero había merecido la pena. Su modista se había pasado horas poniendo alfileres y decorando la seda, y ella había estado a punto de volverse loca. Pero allí estaba, como una diosa griega con algo parecido a una túnica clásica, aunque en realidad fuese una obra de arte arquitectónica.

Daniel era un bailarín maravilloso, pero a Mary le distrajo la risa de tonteo de Edwina mientras Sean se movía con ella por la pista de baile.

Terminó el baile y cambió la música. Sean y Eddie vaciaron la pista con un tango cargado con tanto erotismo que las invitadas más cotillas concentraron todo su veneno en Eddie. Inconscientemente habían decidido que el ritmo afrolatino era como un rito de fertilidad y aquello las escandalizaba en lo más profundo.

El tango era el baile favorito de Eddie; sus movimientos dramáticos y su sexualidad descarada proporcionaban una manera socialmente aceptable de desafiar las convenciones. Eddie absorbía con placer las miradas celosas de las mujeres y eso le otorgaba una energía tremenda. Sean tenía que moverse a toda velocidad para seguirle el ritmo.

Por desgracia, para cuando Sean consiguió separarse, Daniel ya había cedido a Mary a un actor italiano endiabladamente guapo. Intentó llamar la atención de Mary, que daba vueltas entre los brazos de aquel hombre, pero ella lo ignoró por completo mientras alentaba al italiano a susurrarle palabras cariñosas al oído. Mary sabía que Sean estaba luchando por controlar sus celos. «A este juego pueden jugar dos, querido».

Sean divisó a Cat, que estaba intentando zafarse de un diplomático demasiado cariñoso. De modo que abrió una botella de champán y susurró: —Eh, niña, ¿te apetece tomar el aire? —Desde luego.

Sean ignoró la mirada de odio del diplomático y condujo a la chica hacia la seguridad de la azotea.

Mientras bebían champán, Cat percibió la profunda tristeza de Sean. Sabía que no debía mencionar nada, así que en su lugar centró la atención en la siniestra negrura del Támesis, que reflejaba la luz proyectada por el Hotel du Barry. El sonido de un *blues* de Menfis llegaba hasta la azotea. Sean le quitó la copa y la colocó sobre la cornisa. —Bailemos, niña. La noche es joven y debemos aprovecharla. Luego habrá fuegos artificiales. Eddie me ha dicho que Daniel y ella han tenido otra pelea. —Ya. Entiendo.

Cat se estremeció. Su vestido no era muy apropiado para la fría noche invernal, pero le encantaba estar en la azotea, lejos del humo del tabaco y del ruido del Jardín de Invierno. Su modista había confeccionado el vestido según sus especificaciones y había sido un éxito. Se había inspirado en una fotografía de la esposa de Salvador Dalí en la que aparecía con un fabuloso vestido de noche de terciopelo y una langosta esculpida en la cabeza. Cat había renunciado a la tentación de la langosta y en su lugar se había concentrado en diseñar un vestido de terciopelo azul noche que cubriera sus pechos y su cuello, pero que dejase al descubierto la espalda hasta la cintura. Para compensar tanta piel al aire, llevaba varias pulseras en un brazo y los pendientes de diamantes de Lucinda du Barry.

Sean le dio una mano y colocó su mano derecha caballerosamente sobre la tela de su vestido, justo por debajo de la espalda desnuda. —Estás deslumbrante, niña. Esos viejos cotillas no te quitan el ojo de encima. Dime una cosa, ¿quiénes son esos dos chicos guapos que han estado flirteando contigo toda la velada?

Cat puso los ojos en blanco. —Los hijos de lord Haslip. Me sorprende que les hayan permitido venir esta noche, porque han sido expulsados de Oxford por un escándalo. Algo relacionado con la joven esposa de uno de los catedráticos.

Sean guio a Cat alrededor de una pila de tumbonas para no tropezar. —Probablemente se parezcan a su padre. Lord Haslip es un mujeriego desde hace tiempo. —Antes me aterrorizaba. Siempre hacía cosquillas a las niñas de un modo que me parecía inapropiado. —Si ese viejo vuelve a intentarlo alguna vez, házmelo saber, Cat. Debería advertirte que Eddie está ansiosa por casarte con alguien de la aristocracia.

Ella se rio. —Eso no va a pasar.

Sean la hizo girar y bailaron rápidos y ligeros el *foxtrot* atravesando la azotea. Su aliento caliente se adivinaba en el aire helado.

La tristeza de Sean se cristalizó antes de ascender y desaparecer en la oscuridad. Y enseguida volvió a ser él mismo y le habló a Cat de los últimos escándalos con las debutantes hasta hacerle reír.

La luna, vieja y perversa, se reía con disimulo. La noche era joven, sí, y no había acabado aún con el clan del Hotel du Barry.

❧

CAPÍTULO 10

Una luz que se apaga

Más o menos una hora después de que terminara la fiesta del Jardín de Invierno, el portero del Hotel du Barry oyó un grito procedente de arriba seguido de un fuerte golpe. Dejó su chocolate caliente, se puso su gorra de plato y salió de la estrecha caseta escondida frente al vestíbulo del hotel.

George miró a un lado y a otro de la calle. Nada. Un indigente que dormía sobre una rejilla de ventilación abrió un ojo, advirtió la presencia de George y volvió a dormirse. Silencio. La nieve caía despacio y, a lo lejos, un perro ladraba y se oía el ruido de un barco remolcador. George escuchó con atención. Nada. Era demasiado pronto incluso para que el lechero hiciera su reparto. Estaba a punto de retirarse de nuevo al calor de su caseta cuando, por el rabillo del ojo, advirtió una extraña forma oscura encima de un Rolls-Royce aparcado.

Se acercó y contempló la escena con horror, pues tendido sobre el Rolls, bocarriba, se encontraba el jefe. El techo del automóvil había amortiguado el impacto de la caída. Daniel no parecía estar muerto, solo echando una siesta. Su rostro transmitía paz y el clavel de su solapa seguía fresco.

Dos policías, acompañados por un pálido Sebastian, entraron en el apartamento del ático. Les costó trabajo despertar a Edwina.

Después de que Sebastian aporreara la puerta de su dormitorio durante lo que pareció una eternidad, apareció, medio dormida, con un provocador pijama de satén negro que dejaba al descubierto sus pechos casi al completo. El agente Brown se sonrojó hasta la raíz de su melena pelirroja. El sargento Williams se centró más en la peste a ginebra. Dio un paso atrás. ¿Qué había hecho la señora Du Barry? ¿Bañarse en una cuba llena de alcohol? Dios, las mujeres ricas eran todas iguales. Si no era opio o cocaína, era alcohol.

Edwina se tambaleó y tuvo que agarrarse a la repisa de la chimenea. —Ha sido una noche larga y me he tomado las pastillas para dormir. No entiendo qué hacen aquí. Dígame otra vez cuál es el problema, agente. —Lo siento, señora Du Barry, pero hemos encontrado muerto a su marido frente al hotel. —Eso no es posible —murmuró—. Se habrán equivocado de persona. Daniel está durmiendo en su dormitorio. —Su marido ha sido identificado por el portero y por su ayuda de cámara. Lo siento, señora. Su marido ha muerto.

Edwina se agarró a la repisa y gritó. Fue un alarido animal. Se dio la vuelta y tiró toda la cristalería de la repisa con ambas manos. El cristal veneciano se estrelló contra las baldosas. Sebastian dio un salto hacia atrás cuando un pesado cenicero de cristal explotó a sus pies. —Mi marido no ha muerto. Díganme que está pasando realmente. ¡Díganmelo!

Agarró un pedazo alargado de cristal, corrió hacia el agente Brown, lo agarró del pelo y apretó el cristal contra su cuello. Él se quedó muy quieto y con cara de pánico.

Sebastian hizo todo lo posible. —Señora, si lo suelta, iré a buscar sus sedantes.

Ella lo agarró con más fuerza. —¿Quiénes son estos impostores, Sebastian? ¿Por qué me mienten estos cabrones?

El sargento Williams se colocó detrás de Edwina y le retorció la muñeca hacia atrás hasta que soltó el cristal. Nunca había presenciado una fuerza tan descomunal en una mujer. Se preguntó qué habría tomado. No podían ser pastillas para dormir, porque estaba bien despierta y era peligrosa.

132

El sargento y Sebastian centraron su atención en el agente Brown. Sebastian le puso una servilleta en el cuello para intentar cortar la hemorragia.

Mientras estaban de espaldas, Edwina agarró un cuchillo afilado del carrito de la cena. —¡Cuidado! —gritó Brown—. Se está cortando las venas.

Williams la agarró, pero Edwina se zafó y le dio un rodillazo en los testículos. Él se dobló de dolor y ella saltó detrás del sofá todavía con el cuchillo en la mano. —Daniel no está muerto. Daniel está durmiendo. Matthew no está muerto, está durmiendo. Michael también. Shhhh, todos duermen.

Jim Blade echó la puerta abajo, evaluó rápidamente la situación y le hizo una llave de cabeza a Edwina. A veces su trabajo le proporcionaba una inmensa satisfacción. Ella dejó caer el cuchillo y dejó el cuerpo flojo, pero Jim no se dejó engañar. —¡Ve a despertar al doctor Ahearn, dile que es una emergencia! —le gritó a Sebastian.

Edwina le clavó los dientes en la mano, pero él no la soltó. La sangre comenzó a gotear sobre sus pechos desnudos. Jim le dio la vuelta, la tumbó bocarriba y la aprisionó contra la alfombra situada frente a la chimenea. Ella le lanzó un escupitajo. —Cabrón. Quítame las manos de encima. ¡Cómo te atreves!

Jim se estremeció, pero no la soltó. Deseó poder atarla de pies y manos con las cuerdas de las cortinas. Edwina echó la cabeza hacia atrás y puso los ojos en blanco. «Vivirá. Se ha rasguñado las muñecas, pero no es grave. Pero ¿qué diablos ha tomado además de ginebra?»

El doctor Ahearn entró corriendo, vio a la esposa del jefe y a Jim enredados, sacó una jeringuilla hipodérmica cargada y se la clavó a Edwina en el brazo. Ella gritó y se retorció antes de desmayarse. Luego, él se puso en pie y se secó el sudor de la frente. —Eso la mantendrá tranquila durante unas horas.

Después de que el médico le vendara las muñecas, Jim la tomó en brazos y la dejó tumbada en el sofá. Había sangre por todas partes. Sebastian le abotonó a Edwina la chaqueta del pijama y la tapó con una manta de cachemir. Los dos policías la miraban desconfiados desde una distancia prudencial.

El doctor Ahearn se incorporó y cerró su bolsa. —La reacción de la señora Du Barry parece extrema, pero últimamente se comportaba de un modo extraño. He estado tratando su insomnio y otros asuntos que no estoy autorizado a revelar. Ahora mismo está en *shock* y no se le puede interrogar. Lo que necesita ahora mismo es descansar y recuperarse. Avisaré a sus superiores cuando se encuentre bien para soportar un interrogatorio policial.

Los policías se marcharon.

Mientras bajaban por las escaleras, Williams dijo: —Danny du Barry era un buen hombre. También conocí a su padre. Maurie era un tramposo y un estafador, pero hasta sus enemigos lo admiraban. —Desde luego ganó mucho dinero. —Maurie tenía pelotas. Los Du Barry son gente lista, pero para mí es un misterio por qué un muchacho tan brillante como Danny se casó con esa arpía.

Brown se tocó con cuidado la herida del cuello. —Quizá para él también fuese un misterio. A lo mejor por eso se ha tirado desde el tejado. —Si seguimos así, voy a plantearme seriamente jubilarme antes de tiempo. Estoy demasiado mayor para estas cosas. Necesito una copa. Vamos al muelle.

Cat se despertó esa mañana con una leve resaca. Aquella última copa de coñac había sido un gran error. Pero el diplomático francés había resultado ser un muchacho bastante decente después de todo y le había costado resistirse a su invitación a tomar una última copa. Besaba bien, pero no la había presionado. Además, Cat tenía un motivo oculto para desear la compañía de Lucien Dupree. Sentados en el bar del Hotel du Barry, le había hablado a Lucien de la desaparición de su madre y él se había ofrecido a utilizar sus contactos para ver si era posible localizarla. Cat estaba tumbada en la cama soñando despierta mientras esperaba a que la doncella encendiera el fuego y le llevase el té.

Llamaron a la puerta de su dormitorio y Bertha entró con cara compungida. Ella se incorporó. —¿Qué sucede, Bertha? —Han encontrado a Daniel abajo. Todavía no sabemos qué ha ocurrido. Es posible que se cayera del tejado.

Cat salió de la cama con un brinco. —¿Está grave? ¿Han pedido una ambulancia? ¿Deberíamos ir directas al hospital? —No, cielo. Lo siento… pero Danny ha muerto.

Bertha la rodeó con los brazos, la sujetó con fuerza y la meció con ternura.

La metrópolis quedó en silencio mientras el cortejo fúnebre avanzaba hacia la catedral de Westminster. El tráfico estaba congestionado, pero nadie tocaba el claxon. Todos sabían que Daniel du Barry había tenido una muerte terrible. Los rumores recorrían la ciudad y los teóricos de la conspiración se reunían en los *pubs*. Hombres, mujeres y niños flanqueaban la carretera para ver pasar el coche fúnebre de Daniel, pero la tristeza los dejaba sin palabras. Si Danny podía morir así, entonces podía ocurrirle a cualquiera. Los hombres adultos lloraban sobre sus cervezas. La extrema riqueza no había logrado proteger al mejor de todos. En el club de Daniel ondeaba la bandera a media asta y los jefes del ejército efectuaron en su honor una salva de veintiún disparos.

La catedral de Westminster estaba llena de personas de todos los estratos sociales. La gente de la calle se mezclaba con los ricos y el personal del hotel compartía banco con estrellas de cine, aristócratas, miembros de la realeza, diplomáticos, magnates, políticos y barones. Cat estaba sentada con Mary y con Bertha en vez de con Edwina. Las lenguas hablaban, pero Edwina las afrontó con descaro.

Se dio cuenta de que Sean había llegado tarde y se había sentado en el banco reservado justo detrás de Mary y Cat. Se inclinó hacia delante y le susurró algo a Cat al oído. Edwina giró el cuello e intentó escuchar. «¿Por qué tiene que consolar a esas dos? Debería cuidar de mí. Y que todo el mundo vea que no estoy sola en el mundo».

Mientras los dolientes llenaban la iglesia, Mary los observaba desde detrás de su velo negro. «¿Quién lo conocía realmente? Todos admiraban a Danny, pero no entendían lo frágil que era. Por el amor de Dios, no hay más que ver a su viuda, vestida de satén negro que pegaría más en un escenario. Si no encontramos un testamento más reciente, esa mujer lo heredará todo. ¿Y qué será de nuestra Cat? Se quedará sin dinero hasta que cumpla la mayoría de edad. Oh, Danny, ¿cómo has podido marcharte de esta manera?».

Sean le acarició el hombro y le ofreció su pañuelo. Edwina lo miró con odio, pero él era ajeno a su presencia.

Mary agachó la cabeza para ocultar sus lágrimas. Lloraba por el hombre al que siempre había querido y el hombre en quien se había convertido. Lo recordaba hablando con entusiasmo de sus diversos proyectos filantrópicos, explicándole el arte italiano del Renacimiento o emborrachándose con *whisky* para buscar pelea a las tres de la mañana. Pero sobre todo recordaba a Danny como un hombre que se preocupaba demasiado por los demás.

Miró a la hija de Daniel, sentada a su lado. Cat tenía el rostro inexpresivo y agarraba con fuerza la mano de Bertha.

Bertha le acarició la mejilla. Era difícil saber en qué pensaría la chica. Llevaba días callada. «¿Tendrá idea Cat de lo que le espera?».

CAPÍTULO 11

Las damas hacen cosas insólitas

Cuando su padre estuvo enterrado, Cat se encerró más en sí misma. Se refugió en un sueño que duró días. Nada despertaba su interés y se pasaba las horas acurrucada en posición fetal en el suelo de su estudio o dormitando bajo la lámpara de araña del Jardín de Invierno.

Mary celebró una reunión en el laberinto en la que se acordó que alguien debería estar con Cat las veinticuatro horas del día. El personal se turnó para vigilarla, pero las únicas personas para las que Cat se despertó fueron Sean Kelly, Jim Blade, Mary Maguire, el doctor Ahearn, Henri Dupont y Bertha Brown.

Sean fue capaz de mantener su atención contándole historias sobre sus escapadas de juventud a Dublín. —Y allí estaba yo, niña, con los pantalones enganchados a la verja de hierro y nueve policías pisándome los talones. Brenda gritaba como una loca. Estaba borracha, como de costumbre. ¿Qué podía hacer yo, Cat? Bueno, pues la cosa fue así…

Belinda estaba escuchando a escondidas y así llegó hasta el laberinto la noticia de que Cat iba mejorando. Era la primera vez que alguien la oía reír desde la muerte del jefe.

Mary fue convocada al apartamento privado de los Du Barry. Sebastian abrió la puerta. Le temblaba la barbilla y no parecía tan arrogante como siempre. Sintió pena por él. —Es una trágica pérdida, Sebastian. Debes de echarlo mucho de menos.

Él estaba demasiado triste para hablar y se dio la vuelta.

Cuando entró al estudio de Daniel, a Mary le sorprendió ver a Edwina descansada y radiante. Era evidente que ya había superado el duelo y estaba como siempre. Le hizo un gesto para que se acercara a un taburete bajo situado al otro lado del escritorio. —Bueno, señorita Maguire, supongo que debería darle las gracias por organizar el funeral. Fue sorprendente el número de personas que dio por hecho, equivocadamente, que yo lo había organizado todo. No esperaba tanta afluencia de público.

Mary se sentó incómodamente en el taburete. —Daniel era muy querido por muchos y yo sabía lo que habría deseado. —Qué modesto por su parte, querida. Sin duda aprendió a prestar atención a los detalles cuando se formó como doncella del Hotel du Barry. Qué afortunada ha sido al aterrizar de pie como un gato. Del orfanato directa a un suntuoso hotel. En su caso podría verse como una formación superior, una manera de limar las asperezas de sus duros comienzos.

Mary permaneció impasible.

Edwina colocó dos tazas de té de Limoges. —Siempre ha sido una abeja muy atareada, señorita Maguire. Pero yo estaré también muy ocupada de ahora en adelante, ya que me haré cargo activamente del imperio Du Barry. —Entiendo.

Se quedaron calladas mientras Edwina servía el té. Hundió las pinzas de plata en el azucarero y sacó un azucarillo. —¿Uno o dos? —Tres, por favor.

Y eso viniendo de una mujer que nunca tomaba azúcar. Ambas removieron sus tazas con más energía de la que era necesaria. Mary sintió que un ataque de risa amenazaba con salirle de dentro.

Edwina mordisqueó una galleta digestiva. Mary advirtió una mancha de pintalabios rojo en la taza. Daniel solía decir que el pintalabios de Edwina estaba por todas partes: en toallas, servilletas, sábanas, vasos e incluso en su ropa.

138

Decía: —Los animales marcan su territorio con orina porque eso asusta a sus competidores. Mi esposa lo hace con manchas de pintalabios. A veces, cuando me quito la chaqueta en público, alguien me dice que tengo pintalabios en el cuello de la camisa y no tengo ni idea de cómo ha llegado hasta allí.

Edwina y Mary bebieron el té en completo silencio. Mary oía a Sebastian ahuecando los cojines de la terraza. Resultaba raro que hiciera él algo así, teniendo a tantas doncellas disponibles. El único sonido en el estudio era el de Edwina mordiendo la que Mary supuso que sería su segunda galleta, aunque en realidad era la sexta, ya que había empezado a comerlas antes de que ella llegara. —Con la muerte de mi marido, su puesto se ha vuelto redundante —dijo Edwina finalmente—. Sin embargo, estoy dispuesta a ofrecerle otro puesto en el hotel. —¿De verdad?

Edwina agarró otra galleta. —Sí. Estoy dispuesta a ofrecerle su antiguo puesto como doncella en el Hotel du Barry.

Dio un gran mordisco a la galleta. —¿En serio? —Mary ocultó su sonrisa detrás de la taza de té. Intentó flexionar las nalgas para aliviar la incomodidad del taburete. Edwina estaba preparada para saltar sobre su presa y acabar con ella, pero Mary se mordió la lengua y esperó.

Edwina se limpió con la lengua las migas de los labios mientras metía un cigarrillo en una elegante boquilla. —Sí. Ha de admitir que es una oferta generosa. Como es lógico, el sueldo será inferior a lo que está acostumbrada. —Encendió el cigarrillo lentamente—. Sin embargo, como ya sabe, es la mejor oferta que recibirá, dado que nunca estuvo cualificada para ser la secretaria de Daniel.

Con un gesto teatral, Edwina le acercó una caja de cigarrillos azul esmaltada. Dentro había una carísima selección de cigarrillos de todos los colores. Mary escogió un cigarrillo turquesa con la punta dorada. Edwina cerró la tapa de golpe y a punto estuvo de pillarle los dedos.

Mary alcanzó el enorme encendedor que Daniel tenía en el escritorio. Pesaba al menos dos kilos y medio y requería de ambas manos para sujetarlo. Cuando encendió el cigarrillo, la llama era tan larga que casi le quemó las cejas.

Edwina le echó el humo en la cara y ella se preguntó si Daniel habría deseado alguna vez lanzarle a su esposa el pesado encendedor a la cabeza. Solo con pensar en Daniel se le encogía el corazón. Parpadeó varias veces y se le disiparon las lágrimas. —De hecho, Edwina, ya he recibido tres ofertas de trabajo. —Qué extraordinario. —No tanto. Tú eres una de las pocas personas que me subestima. El caso es que he aceptado la oferta del doctor Rubens. Soy su nueva ayudante personal. Es un puesto muy bien pagado e incluye un precioso apartamento encima de una de sus consultas. —Mary expulsó el humo con languidez hacia el techo.

El interminable silencio fue interrumpido por Sebastian, que golpeaba los cojines con fuerzas renovadas. —Estás mintiendo —dijo Edwina finalmente—. Conozco al doctor Rubens, asistió a mi última velada y anoche mismo lo vi en la cena de *lady* Astor. No me dijo nada de eso. —Eso es porque yo le pedí que no lo hiciera. Deseaba decírtelo yo personalmente. Llámale, si no me crees.

Edwina se sentía mareada. Intentó recomponerse y no lo logró. Mary se puso en pie y apagó el cigarrillo. —Debo irme. Gracias por el té, pero, dada tu maldad, me habría venido mejor una copa. Nunca nos hemos caído bien, pero, si tú te hubieras quedado sin nada, yo jamás te lo habría restregado por la cara. Buenos días, Edwina.

Mary salió con cuidado de no dar un portazo, decidida como estaba a mantener la educación. Sebastian le estrechó la mano. —Bien hecho y enhorabuena. Ella aún no lo sabe, pero en unas semanas me iré para ser ayuda de cámara de lord Harwood.

Mary salió del apartamento con paso ligero y, en vez de tomar el ascensor hidráulico, bajó deslizándose por el pasamanos de la escalera, como solía hacer cuando era doncella. Su comportamiento volvía loca a la señora Brown. Les imponían multas por comportamiento indebido y con frecuencia a Mary le habían reducido el sueldo. Se rio al recordar a su antigua yo.

Cuando alcanzó el segundo descansillo se chocó con Sean Kelly. Este se tambaleó hacia atrás y estuvieron a punto de caer por el hueco de la escalera. —¡Jesús, Mary! ¿Es que quieres que nos matemos? —¡Vaya, si es el príncipe en persona!

Le dio un beso en la boca y volvió a reírse.

Sean se apoyó contra el pasamanos con Mary todavía entre sus brazos. Aspiró su aroma, la echó hacia atrás y la besó con pasión. Era lo mejor que le había ocurrido en toda la semana, así que la besó en la cara, en el cuello y en el escote. A ella se le levantó la falda y quedó al descubierto la piel tersa que asomaba por encima de sus medias. Sean le acarició el muslo, pero ella le dio un manotazo y volvió a bajarse la falda. —Siempre aprovechando la oportunidad —dijo ella tras chasquear la lengua—. ¿Sabes qué? He aceptado la oferta de trabajo del doctor Rubens y acabo de presentarle mi dimisión a la señora. Soy libre. —Yo voy hacia allí. Me está esperando. Eddie se ha ofrecido a saldar mis deudas de juego. Si no, corro el riesgo de que me rompan las rodillas. —Francamente, chico, no te vendría mal dejar de usar las piernas durante un tiempo. Sin duda ella encontrará la manera de chuparle el tuétano a tus huesos magullados. Dentro de poco no quedará nada de ti salvo un par de zapatos carísimos sobre la moqueta.

Sean frunció el ceño. —A mí me lo vas a decir. Creo que ha contratado a alguien para que me siga. No hace más que preguntarme dónde he estado y a quién he visto. Eddie espera recuperar al máximo su inversión. —Obviamente sabe lo perverso que eres. —Mary, no siempre será así. Tú y yo… —Ya basta. Sabes bien que no puedo comprometerme mientras sigas ganándote la vida con esa agendita tuya. ¿Tienes idea de lo mucho que me duele? —Mary, yo… —Empieza a trabajar honradamente y entonces quizá te tome más en serio. Daniel me dijo que fuiste el mejor gerente que el hotel tuvo jamás. Decía que tu don de gentes era admirable incluso cuando eras botones y que un miembro de la familia real quiso contratarte cuando te ascendieron a ayuda de cámara. Curiosamente no mencionó nada sobre tu reputación como *gigolo* más

141

cotizado de Londres. —No seas así, Mary. Solo aprovecho lo que tengo. —Tonterías. Estás malgastando tu talento. Podrías vender tu colección de arte y comprarte un hotel o un restaurante. Sean, no hay nada que no puedas hacer si te lo propones.

Él intentó besarla, pero Mary lo apartó de un empujón. —Vamos, Mary, no seas tan dura conmigo. —Tú y yo no somos más que amigos. —No es eso lo que dijiste la última vez que te hice el amor. —Me pilló usted en un momento de debilidad, señor Kelly. Ahora debo irme.

Intentó pasar frente a él, pero Sean la aprisionó contra la pared y le acarició la mejilla. —Oh, Mary, te delatas cuando te sonrojas. No te vayas. ¿Y si me salto el castigo y nos vamos a ahogar nuestras penas en The Dirty Duck? —Claro. Ahora mismo me vendrían bien una copa o tres.

Edwina estaba fumando en la terraza cuando vio a Sean salir del hotel del brazo de Mary. Entornó los párpados al ver que estrechaba a Mary contra su cuerpo con un brazo y le daba un beso suave y tierno. Su expresión era una clara declaración de amor.

Eddie sintió que le resbalaban las lágrimas por las mejillas. Si la hubiese mirado a ella así solo una vez, se lo habría perdonado todo. Los observó a ambos hasta que doblaron la esquina y desaparecieron, entonces tiró el cigarrillo por el balcón y volvió a entrar.

Hizo sonar con rabia la campanilla del servicio y empezó a dar vueltas de un lado a otro. Sebastian se estaba tomando su tiempo. «Hijo de perra insubordinado». Al oír sus pasos en las escaleras, corrió hacia el pasillo. —¿El señor Kelly me ha dejado algún mensaje? —No, señora. —¿Estás seguro de que no había ninguna nota? ¿Una llamada? ¿Algo? —Muy seguro, señora. —No te quedes ahí parado. Haz algo. Llévate las cosas del té y prepárame un Martini muy seco. Doble, con cinco aceitunas. Luego pídeme dos sándwiches de beicon, uno de patatas fritas y un pudin de frutos secos y pasas con crema inglesa. Espera. También quiero un tazón de helado y dos pastelitos de chocolate.

Sebastian disimuló su sorpresa y adoptó una expresión de obsequiosa sumisión. —Sí, señora, ahora mismo.

Edwina se sentó, cruzó los tobillos y se quedó mirándose las uñas de las manos.

CAPÍTULO 12

Traedlo a mi tienda

Jim se dio la vuelta y se quedó mirando el reloj despertador.
A juzgar por la luz de la luna, sabía que solo eran las tres y cuarto.
Gruñó, recolocó las almohadas y se tapó con la colcha hasta las
orejas. Se giró y cerró los ojos con fuerza, pero seguía sin poder
dormirse. Sentía el agotamiento cruel en los huesos e intentaba
obligarse a dormir. Contar ovejas nunca le funcionaba, así que en
su lugar se imaginó en un ascensor hidráulico. Empezó por el
piso cien y se imaginó leyendo los números de las plantas mientras bajaba, con la esperanza de haberse quedado dormido en torno al piso treinta. No hubo suerte y, al dejar atrás el quinto piso,
sintió una mano en el hombro. Bertha estaba inclinada sobre él.
Su melena larga y suelta le hacía cosquillas en el torso desnudo.
—¿Qué sucede, cariño? ¿No puedes dormir? —No dejo de pensar
en Danny. —Cuéntamelo. —Sé que no fue un suicidio. Lo noto
en los huesos. —Explícate. —Si Daniel pensaba suicidarse, habría dejado solucionados sus asuntos. Habría actualizado su testamento en favor de su hija. Jamás habría dejado a Cat a merced
de Edwina. —Es cierto que eso se me había pasado por la cabeza.
—Un par de noches antes de su muerte, lo encontré en el Jardín
de Invierno. Yo estaba haciendo mis rondas nocturnas y él estaba
allí como de costumbre, sentado en la oscuridad. Solo. Contemplando la ciudad, buscando algo o a alguien. Tosí y él se volvió.
Me dijo: «Ah, Jim, no sabía que estuvieras ahí. Te mueves con el

sigilo de un gato. Siéntate conmigo, quiero que me des tu consejo sobre la soltería».

Bertha encendió la vela de la mesilla. —No te sigo. —Deseaba mi ayuda. Estaba dispuesto a fingir un adulterio para que Edwina le concediera el divorcio. Íbamos a hacerlo en su hotel de Brighton. Me dijo: «Eddie ha dejado claro que no quiere divorciarse, pero juro que nos divorciaremos. Haré lo que sea necesario para liberarme». —Ah. —Estaba tranquilo, seguro de sí mismo, como un hombre al borde de algo nuevo. Miraba al futuro con ilusión. —Pero esa fue solo una noche de tantas. —Cierto. Pero también me confesó que iba a comprar un yate para navegar hasta lugares exóticos el verano que viene con Mary y Cat. Iba a convencer a Mary para permitir que Sean Kelly fuera con ellos. En otras palabras, tenía planes. Estaba planificando con meses de antelación. Estaba anticipando una nueva vida y solo pareció abatido cuando me dijo: «Eddie se está poniendo muy difícil con lo del divorcio y no para de resistirse». —Bueno, si no fue un suicidio, ¿cómo murió? —No lo sé, pero pienso averiguarlo.

A Edwina le molestaba la insistencia del zapatero. Thomas Rodd llevaba días dejándole mensajes al conserje del hotel diciendo: «Necesito hablar en privado con la señora de Daniel du Barry». Un zapatero, de entre todas las personas, estaba exigiéndole que le dedicara su tiempo. Cierto que era conocido en las altas esferas como «El Botticelli de los zapatos», así que quizá no fuese un absoluto insulto. Tonterías, no solo era un insulto, sino que además estaba siendo de lo más presuntuoso. Quizá el señor Rodd fuese el diseñador de zapatos más talentoso de toda Gran Bretaña, pero no dejaba de ser un simple comerciante.

Al final la curiosidad pudo con ella y concertó una cita. Pensaba concederle ocho minutos y meterlo entre su cita con la vidente y su masaje facial. Ella creía firmemente en las videntes y en los curanderos. Podía aprender mucho de aquellos que estaban familiarizados con el otro lado, sobre todo aquellos que se encontraban en el lado oscuro.

Cuando Sebastian hizo pasar al señor Rodd al estudio, Edwina se sorprendió. Fabricar zapatos era básicamente un trabajo medieval y ella había dado por hecho que todos los zapateros eran hombres viejos con tripa, manos arrugadas, aliento a ajo y ojos diminutos. Pero el señor Rodd rondaría los cuarenta años y era bastante guapo. Su calzado era llamativo, pues llevaba botas de vaquero hechas a mano. Entró en el estudio e ignoró el taburete que ella le ofreció. En su lugar, eligió quedarse de pie sobre la alfombra de la chimenea.

Sorprendentemente, la vidente de Edwina había predicho:
—Un hombre alto, guapo y feroz con manos capaces irrumpirá en tu vida, Eddie. Y te volverá loca. —Edwina mantuvo la clásica expresión digna propia de la viudedad, pero se le había acelerado el pulso, se sentía excitada y un poco húmeda. La predicción de Celeste estaba haciéndose realidad. Esa mujer debía de ser bruja.

Cuando el señor Rodd habló, su voz sonó profunda y varonil.
—Solo dispongo de cinco minutos, ya que tengo una cita con una clienta americana, así que iré directo al grano, señora. Vivo justo delante de su hotel; desde aquí puede ver mi emporio y mi apartamento. Un hombre al que solo conozco de vista, que vive en una caja de cartón en el callejón de ahí abajo, insiste en que vio algo sospechoso la noche en que murió su marido. Mikey Barthe no tuvo el valor de ir a la policía y me pidió a mí que lo hiciera. Yo no estaba seguro de que la información fuese verídica, pero la conciencia me dice que es mejor mencionarlo. Luego, usted decidirá qué hacer.

Edwina agachó la barbilla, abrió mucho los ojos y lo miró fijamente. «Vaya, el señor Rodd es todo un hombre. Y qué hombros tan anchos». Era imposible no fijarse en que los pantalones hechos a medida enfatizaban sus muslos musculosos. Intentó concentrarse. —¿Y qué información crucial desea compartir ese hombre de la caja de cartón? —Esa noche vio a su marido en el tejado. —¿En serio? —Y el señor Du Barry no estaba solo. —¿Qué diablos quiere decir?

Mikey Barthe jura que vio con total claridad a dos personas sobre el parapeto. Estaban iluminadas por la luz que salía de lo que, según creo, es el Jardín de Invierno. Mikey dice que vio a un joven discutir con el señor Du Barry. Luego presenció un breve forcejeo y el joven empujó al señor Du Barry al vacío.

Edwina se llevó la mano a la frente y los ojos se le llenaron de lágrimas. —Señor Rodd... —Por favor, llámeme Thomas. —Thomas, ¿ese tal Mikey es el borracho que ha estado viviendo en el callejón desde hace un tiempo? ¿Ojos legañosos, pantalones manchados de orina y pelo negro y revuelto? Que suele merodear por la entrada del hotel. —Sí, ese mismo. —¿De verdad cree que es un testigo fiable? ¿No habrá alucinado? O quizá estaba tan borracho que vio a dos hombres en vez de a uno. Si voy a la policía y denuncio el asunto, ¿cabrá la posibilidad de que mi marido vuelva a la vida?

Y sin más rompió a llorar. Thomas se quedó mirándola con la boca abierta; todavía no sabía cómo manejar a una mujer que lloraba. Era evidente que aquella infeliz belleza no sabía qué más hacer. Era una criatura pequeña e indefensa.

Edwina lo miró con el rostro humedecido por las lágrimas. —Oh, Thomas, mi marido era tan bueno con todos esos mendigos, borrachos y holgazanes. Sin duda ellos también lo echan de menos. La semana pasada un borrachín fue a Scotland Yard y juró que a Daniel lo habían asesinado los espías alemanes. ¿Por qué no lo dejan descansar en paz? ¿Por qué la humanidad no para de buscar falsas verdades?

Thomas no entendió todo el torrente de palabras de la viuda, pero quedó conmovido en cualquier caso. Se metió la mano en el bolsillo de la pechera y le pasó un pañuelo perfectamente doblado. A su esposa le encantaba planchar y todos sus pañuelos tenían cuatro pliegues perfectos. Edwina se sonó la nariz y se lo devolvió.

Thomas Columbus Rodd experimentó la culpa acompañada de una erección no deseada mientras admiraba aquella trémula belleza pálida. Deseaba acariciarla y besar su boca hasta que se mostrara dispuesta a saciar sus aberrantes deseos. Se puso rojo. «Qué vergonzoso pensar algo tan sucio de la señora cuando el cadáver de su marido aún está caliente». Las lágrimas de la señora Du Barry habían acentuado el impacto de sus ojos azules como el mar. «Cualquiera se ahogaría en esos ojos». Thomas sintió un nudo en la garganta y murmuró: —Siento muchísimo disgustarla. Por favor, no se levante, ya me voy. Espero volver a verla en circunstancias menos angustiantes. Aquí le dejo mi tarjeta. Adiós, señora Du Barry.

Edwina contempló con párpados entornados sus botas de vaquero dirigiéndose hacia la puerta. En cuanto Thomas salió de la habitación, ella corrió hacia el balcón. Deseaba verlo alejarse por la calle. Obviamente, un hombre como él ya habría caído en las garras de alguna mujer manipuladora. Maldita sea. Admiraba su negativa a sentarse cuando ella se lo pidió. Los hombres arrogantes eran su especialidad. Con su pañuelo perfectamente planchado le había parecido un mastín amaestrado, pero aun así tenía la actitud desafiante de un perro callejero. Miró hacia el apartamento de enfrente. Se alegraría si pudiera ver a la señora Rodd haciendo algo tremendamente aburrido en su apartamento. A ser posible con los rulos puestos y un horrible delantal de flores. Se congelaría el infierno antes de que ella se dejase ver con algo parecido a un delantal. La prenda que ella elegía para estar en casa era un salto de cama de encaje.

Sebastian informó debidamente a Jim Blade de la visita del diseñador de zapatos. Ambos se sentaron en el laberinto y repasaron los detalles. Jim tenía un despacho arriba, pero en los meses más fríos prefería llevar sus asuntos en la sala de calderas. Era un lugar muy íntimo y guardaba allí una reserva de alcohol para sus amigos fulleros. En las paredes había pósteres de películas medio rotos, dibujos de Cat y fotografías amarillentas de carreras de caballos. Jim había amueblado el lugar con una mesa desgastada, sillas de madera y una pantalla baja que proyectaba una luz verde sobre la mesa.

A Sebastian le encantaba visitar la guarida de Jim, que era tan emocionante como una visita imaginaria al infierno. Se sentía privilegiado por poder beber el mejor coñac del hotel sentado en el lugar que frecuentaban los timadores profesionales y los detectives corruptos de Scotland Yard. Las calderas eran puro fuego y azufre, y transmitían calor y perversión por todo el laberinto. Le gustaba imaginar que era la sala de calderas de Jim la que generaba la energía necesaria para llevar a cabo todos los tejemanejes sórdidos que tenían lugar en el Hotel du Barry.

Aquella mañana, Susie había descubierto a tres debutantes y dos guardagujas en la misma cama en la 806. Se lo había contado a Sebastian. —Estaban todos desnudos. Salvo ese guardagujas tan sexi, que todavía tenía puestos los guantes de cuero amarillos del trabajo. A las chicas les gusta algo de cuero entre azotes y cosquillas.

Las chicas no se habían mostrado avergonzadas en absoluto. —Los guardagujas decían que las chicas se habían acercado a ellos en la estación de Waterloo. Habían ido a un club nocturno y habían estado bebiendo champán y viendo los trenes cambiar de vía a las dos de la mañana. Pero no culpo a esas debutantes. Casi todas las estudiantes de Oxford y Cambridge que he conocido son unas ingenuas. Pero ya te digo, Sebastian, esos guardagujas podrían meterse en mi cama cuando quisieran.

Susie y Sebastian habían estado carcajeándose con los detalles más jugosos. Sebastian ya echaba de menos el Hotel du Barry y ni siquiera se había marchado aún.

Jim terminó de liarse un cigarrillo y se quedó mirando un póster de Greta Garbo en el que aparecía echando humo hacia el techo. —Sebastian, repíteme cómo se llamaba ese hombre. —Thomas Columbus Rodd. Aparece escrito en grande en los toldos de todos

sus emporios. —No. Me refería al indigente. —Mikey Barthe.
—Sí, lo conozco. Antes era jugador profesional y vivía de su ingenio. Empezó a fracasar cuando su mujer lo abandonó. Ella lo mantenía haciendo la calle, era bastante buena. A Mikey se le acabó la
suerte y acabó en la calle. Supongo que le haré una visita.

Sebastian se había quedado pensativo. —Excelente. Si hubo
alguna irregularidad, debemos resolver el asunto.

Jim torció el gesto. Santo Dios, parecía que todo el mundo
quería ser detective privado.

Jim visitó el callejón varias veces, pero Mikey Barthe nunca
estaba en casa. Otros indigentes de por allí negaron todo conocimiento de su paradero. Sin embargo, después de darles algo de dinero y unos paquetes de cigarrillos americanos, se volvieron más
habladores. —No le he visto. Prueba en el túnel del Támesis. —A
Barthe le gusta la rejilla de ventilación que hay delante de Harrods.
—A Mikey le gusta pasar inadvertido. Es un verdadero caballero.
—No confía en nadie, pero confiaba en Danny. Solían mantener
largas charlas en los escalones del hotel a las cuatro de la mañana.
Cosas sobre el significado de la vida. —¿Para qué anda buscando a
Mikey? No se le ha visto desde hace más de una semana.

Jim hizo correr la voz. Peinó las calles y los callejones hasta el
Támesis, pero Mikey no aparecía. Hasta la una de la mañana,
cuando recibió una llamada del jefe de policía Walker. —Lo tenemos. —Genial, Bill. ¿Puedes acusarle de algo y mantenerlo en la
trena hasta que yo llegue? —De ninguna manera. Imposible.
—¿Por qué no? —Lo han sacado del Támesis cosido a balazos. El
asesino estaba loco o era un principiante estúpido. —Bill, ¿por qué
iba alguien a querer matar a tiros a un indigente borracho e inofen-
sivo? —Ni idea. Normalmente los indigentes borrachos se mueren
de frío o los mata su hígado. A no ser que sus semejantes los estran-
gulen, les prendan fuego o les den una paliza mortal. Ha sido una
semana brutal, es el tercer indigente muerto que encontramos.

Creo que tengo que cambiar de trabajo. Bueno, Jim, ¿y por qué estás tan interesado en Mikey? —Soy bondadoso. Sus amigos del callejón lo echaban de menos. —Sí, claro, eres un maldito mentiroso. Nos vemos esta noche en el Plumbers Arms. Me debes dinero, así que invitas tú.

CAPÍTULO 13

Sangre en los dientes

Jules Bartholomew, anteriormente conocido como Marcus O'Shannessy, caminaba con paso señorial por el pasillo. En el bolsillo de la pechera llevaba un sobre rosa perfumado dirigido a la señorita Caterina du Barry. Jules era demasiado orgulloso para pedir indicaciones. La orden de Edwina había sido: —Llévale esto a Caterina y espera su respuesta.

Increíble. ¿Qué clase de madre trataba con su hija de forma tan fría y formal? ¿Y qué le importaba a él? Mientras continuase al servicio de la viuda Du Barry, eso no era asunto suyo. Se felicitó por su buena suerte. Gracias a Dios su anterior mayordomo se había marchado, aunque sin duda Sebastian ya estaría arrepintiéndose de su decisión, porque en Londres lord Harwood tenía fama de ser un auténtico imbécil.

La señora Du Barry no se había molestado en comprobar sus referencias falsas y ahora Jules era considerado un mayordomo experimentado y de confianza. Ja. El hotel era un buen escondite. Él no era más que un muchacho al que le gustaban las cosas caras de la vida y el hotel cubría con creces sus necesidades actuales. Solo tenía que pasar desapercibido durante unos meses y entonces podría largarse de Gran Bretaña. Sería absurdo intentar enviar la mercancía mientras la policía tuviese vigilados todos los malditos muelles del país. «Paciencia, chico, espera el momento adecuado». Había lugares mucho peores que el Hotel du

Barry para esconderse. Además, a esos cabrones mentirosos nunca se les ocurriría buscarlo allí. «Jamás debería haber confiado en esos astutos canallas».

Era su primer día de trabajo e intentaba ignorar los objetos de lujo que le rodeaban, pero su instinto profesional se había despertado. Solo los casquillos de las lámparas valdrían una fortuna en los muelles; cobre de buena calidad y cristal embellecidos con pan de oro. Tampoco pudo evitar fijarse en que todas las habitaciones del hotel tenían cerraduras que podían forzarse con facilidad. «Increíble. Un botín de nueve plantas esperando a ser recogido».

Mientras recorría el largo pasillo, sonrió con suficiencia al pensar en lo aparentemente fácil que sería llevarse todo aquello. Menos mal que había dejado los pequeños robos. Desde ese momento se dedicaría solo al robo de grandes obras de arte. Por fin había entendido por qué tantos jóvenes de los reformatorios se interesaban por las clases de Historia del Arte. ¿Cómo si no iban a saber qué obras merecía la pena robar? O, más importante aún, cómo identificar a los viejos maestros que solo podían venderse con seguridad a coleccionistas privados. No podían venderse las obras famosas que todo el mundo había visto en la Tate, el Prado o el Louvre. Pero se las podía enviar a esos viejos ricos y estafadores de la alta sociedad que escondían el botín robado lejos de miradas indiscretas. Había algo enfermizo en el hecho de que esos cabrones se guardaran todo ese arte para ellos solos. Ni siquiera podrían enseñárselo a sus amigos en caso de que cuchichearan. «Santo Dios, ¿dónde está el estudio de la chica?».

Jules oyó a alguien toser detrás de él y se llevó un susto de muerte, pero logró darse la vuelta despacio y adoptó una actitud relajada. Instintivamente se llevó la mano derecha a la empuñadura de su pistola, pero entonces recordó que estaba escondida bajo las tablas del suelo de su buhardilla, así que mantuvo las manos en los bolsillos; la paranoia se percibía y lo último que deseaba era parecer un muchacho con un pasado oscuro.

Se encontró cara a cara con un enorme oso pardo.

Jim le mostró sus incisivos y preguntó: —¿Puedo ayudarle, señor? —Estoy buscando el estudio de Caterina du Barry.

Jim entornó los párpados. Se fijó en el elegante atuendo de Jules y en sus zapatos brillantes. Debía de ser el nuevo mayordomo de Edwina, al que había seleccionado sin consultar a los gerentes responsables de las contrataciones y los despidos. Lo primero que le dijo su instinto fue que aquel muchacho debía de ser un delincuente de primera categoría. No había más que ver como movía los pies de un lado a otro, sin duda buscando la salida más próxima. Sus esfuerzos por aparentar relajación le hacían parecer medio dormido.

Jules se quedó mirándolo. Aquel gigante debía de ser el detective del hotel; su extrema educación y su fingida humildad llamaban demasiado la atención. Normalmente no eran tan listos. Un paso en falso y Jules podría acabar clavado en la moqueta con una bota en la cara. Se quedaron mirándose un momento y ambos retrocedieron. Jim notó que el nuevo empleado era sospechoso, pero no tenía la actitud de un asesino despiadado. Sin embargo, en un lugar como el Hotel du Barry, era crucial aprenderse los pasos de baile de un potencial adversario. Lo mejor era mantener la educación, de modo que Jim le ofreció la mano y dijo: —Jim Blade, detective del hotel. Usted debe de ser el nuevo mayordomo de la señora.

Jules se acercó y le estrechó la mano al detective con fuerza. Con la fuerza suficiente para ser asertivo, pero no demasiado agresivo. —Sí. Soy Julian Bartholomew, pero me suelen llamar Jules. Encantado de conocerte.

Jim le soltó la mano a Julian e hizo crujir los nudillos. —Prueba en la última planta. El estudio de Cat es la última puerta a la derecha. Ya nos veremos por aquí. Por cierto, Jules, quizá quieras pasarte por la sala de calderas a medianoche. Hay partida de póquer. Solo dinero en efectivo. —Sería fantástico. Te veré entonces, Jim.

Jules subió los escalones de dos en dos, después recorrió el pasillo y se quedó parado frente al estudio. Como tenía por costumbre, acercó la oreja a la puerta y escuchó las voces de dentro. Captó las voces de mujer y el sonido inconfundible de la porcelana de calidad. Probablemente estuvieran tomando el té de la tarde. Calculó que habría cuatro o cinco mujeres allí y oyó que una de ellas gritaba: —¡Oh, señora Brown, se está quedando con nosotras! —Me temo que no, Belinda. Los caballeros tienen marcada preferencia por las chicas que hablan correctamente. Y harías bien en prescindir de las blasfemias y las groserías. Al menos en público. —Deme un respiro. A la mayoría de los hombres les da igual que sus polvos sepan articular dos frases seguidas. En el lugar del que yo vengo, los hombres solo piensan en comida, dardos, futbol, cerveza y coños. —¡Oooh, Belinda! —exclamaron todas al unísono.

Jules se estremeció. Siempre se había preguntado de qué hablaban las mujeres cuando estaban solas. Ahora solo deseaba taparse los oídos. No ganaría nada si seguía allí escuchando, así que llamó con fuerza. Se hizo el silencio, después entreabrió la puerta una joven pechugona con uniforme de doncella. Había conseguido convertir un conservador uniforme de hotel blanco y negro en el traje de una farsa francesa. Hasta su diminuto delantal con volantes dejaba claro que tenía ganas de sexo.

Belinda se quedó mirándolo con un interés descarado, se fijó en sus caros zapatos italianos y fue subiendo por los pliegues de sus pantalones grises e impolutos. Acarició con la mirada su torso ancho y admiró un instante su pelo negro, brillante y bien cortado. Sus ojos oscuros parecían somnolientos, pero ella sabía que tenía la mente bien despierta. En resumen, era un buen espécimen.

Ella se recolocó con languidez la cofia blanca almidonada. —¿Puedo ayudarle, señor? —Tengo un mensaje para Caterina du Barry, de su madre. —¿Su madre? Ah, se refiere a la señora Du Barry. —Sí. Soy su nuevo mayordomo. —Entiendo. Bien, adelante.

Belinda no se apartó de la puerta, de modo que Jules se vio obligado a pasar junto a ella para poder entrar y no le quedó más remedio que rozar su generoso pecho. Ella le guiñó un ojo y él se sonrojó. «Santo Dios. ¿Debería disculparme? No tiene sentido. Me ha tendido una trampa y ahora se ríe de mí. Las doncellas del Hotel du Barry están hechas de otra pasta. Voy a tener que estar atento».

Al entrar en el estudio encontró otros tres pares de ojos mirándolo. Centró su atención en la mujer más madura de la habitación. Una imponente mujer de pechos firmes, piel perfecta y pelo negro como la noche con un toque azulado. En cualquier otra mujer de su edad, el pelo teñido habría resultado del todo inapropiado, demasiado juvenil, pero ella lograba que le quedase bien. Tenía estilo y elegancia, era el tipo de mujer con clase que siempre había admirado en París. —Señora, tengo un mensaje para Caterina du Barry y me han dicho que espere una respuesta.

Bertha lo miró de arriba abajo. —¿Y cómo se llama, joven? —Julian Bartholomew. —Yo soy la señora Brown, jefa de amas de llaves. Y estas son Belinda, Susie y Mavis.

Las chicas se rieron nerviosas. La señora Brown les dirigió una mirada severa y las tres se callaron al momento.

Jules tragó saliva y se revisó el nudo de la corbata. —Encantado de conocerlas.

Bertha sonrió con suficiencia. Jules supo que acababa de ser evaluado y que la señora Brown ya había descubierto que estaba usando un nombre falso. Era probable que hubiese captado los vestigios de su acento irlandés. Una ceja arqueada y perfectamente depilada indicó que a la señora le hacía gracia y que, por el momento, había decidido reservarse su opinión. Jules se puso nervioso. «Joder, estas mujeres sí que saben cómo achantar a un muchacho arrogante». —Cat, es para ti —anunció Bertha sin dejar de mirarlo—. Es Julian Bartholomew, el nuevo mayordomo.

Una chica de unos dieciséis o diecisiete años salió de detrás de un enorme caballete. Caminó hacia él con pasos largos y un pincel en la mano. Jules intentó no quedarse con la boca abierta. Llevaba el pelo rubio recogido de manera informal en lo alto de la cabeza, lo que acentuaba sus extraordinarios ojos violetas. Se quedó mirándolo con interés cordial. Llevaba unos pantalones de hombre apretados con un cinturón ancho y la barbilla manchada de óleo. Tenía cara de tristeza y bolsas bajo los ojos. «Probablemente siga llorando la muerte de su padre». Cat sonrió con timidez mientras se limpiaba las manos en los pantalones. «Y ni siquiera sabe lo guapa que es».

Cat se acercó más a él. Debía de estar muy cerca de su metro ochenta y cinco y olía de maravilla. Jules aspiró su aroma y la cabeza le dio vueltas. Olía a melocotón y vainilla con un toque de almizcle oriental. La pasión le invadió; se estaba ahogando en su propio deseo. Por una vez su lengua de plata se le quedó paralizada. Por suerte, Cat estaba concentrada en abrir el sobre rosa y leer la nota. Un ceño fruncido cruzó su hermoso rostro. Las otras mujeres charlaban tranquilamente, pero él sabía que estaban contemplándolo.

Jules adoptó una actitud despreocupada y urbana. La humildad y la modestia no eran su estilo. Cuando practicaba expresiones faciales frente al espejo, se había decantado por una mirada de ligera superioridad y cierto sentido del humor. Al fin y al cabo, la única información de fiar sobre mayordomos la había encontrado en los relatos cortos de P. G. Wodehouse. Al principio había adoptado la personalidad del mayordomo de Wodehouse, el imponente Jeeves, pero le parecía demasiado adusto y estirado. Finalmente se había decantado por un aire de eficacia británica despreocupada, rematado con una actitud de «no me toques las narices». Eso le había resultado útil aquella mañana, cuando había tenido que ir a la farmacia a comprar los productos de higiene íntima de la señora Du Barry.

Cat hizo una pelota con la nota y la tiró a un lado. —Por favor, dígale a la señora Du Barry que estaré allí a las cuatro, como me pide.

Jules asintió con discreción y logró salir de la habitación. En el pasillo recorrió unos pocos pasos, se apoyó contra la pared, se aflojó la corbata y se encendió un cigarrillo. Todavía podía oler a Cat y, cuando cerraba los ojos, lo único que veía detrás de los párpados era el color violeta.

* * *

El Salón Tucán del Hotel du Barry estaba tan lleno de gente como siempre a las cuatro de la tarde. Las clientas adineradas se recostaban cómodamente entre las palmeras mientras mordisqueaban sin ganas los sándwiches de pepino antes de devorar tartas y bollos con mermelada y crema inglesa. También comían pastas, bizcochos y tartaletas de frutas. Tras un día agotador cazando y socializando, estaban desesperadas por quitarse los zapatos y apoyar sus pies cansados sobre el frío mármol. Maurie du Barry sin duda sabía lo que hacía cuando insistió en que todas las mesas del Salón Tucán estuvieran cubiertas con largos manteles blancos que llegaran hasta el suelo.

Las mujeres se sentían tranquilas mientras flexionaban los dedos de los pies y escuchaban al pianista tocar temas de Cole Porter. Aspiraban el delicado aroma del té Earl Grey en sus tazas de porcelana china y comían tarta con elegantes tenedores de plata. Aquellas que habían resistido la tentación del carrito de las tartas fumaban como carreteros para eliminar el apetito. Utilizaban las servilletas de lino para quitarse el pintalabios antes de dejarlas caer sobre su regazo, desde donde resbalaban hasta el suelo. Los camareros no paraban de recoger servilletas perdidas, dado que a ninguna dama se le ocurriría agacharse para algo tan vulgar.

Henri Dupont estaba de pie observando a la clientela y le dijo al *maître*: —Si se declarase aquí un incendio, estas malditas mujeres se negarían a separarse de sus tenedores de tarta. Se quedarían ahí sentadas quejándose del servicio. Esperando a que los bomberos les llevaran más agua caliente para su té Lapsang Souchong.

Edwina escudriñó el Salón Tucán y miró el reloj. Caterina llegaba ya dos minutos tarde. Si la chica no aparecía, cancelaría el té Lapsang Souchong y pediría un Martini. Al infierno con el té de la tarde. Como dueña del imperio Du Barry, ahora podía hacer lo que le viniese en gana.

Levantó la mirada y le sorprendió ver que Cat había llegado y estaba sacando una silla. Resultaba desconcertante que la muchacha pudiera moverse con tanto sigilo. Cat había renunciado a sus pantalones manchados de pintura en favor de unos blancos y una camisa de rayas. Se había atado un pañuelo rojo de estilo gitano alrededor de la cabeza y llevaba mucha bisutería.

Edwina suspiró. —Bueno, por fin te has decidido a llegar. Llegas tres minutos tarde. No entiendo por qué no puedes ponerte un vestido de mujer. Con un armario como el tuyo, eliges vestirte como una campesina. —Buenas tardes a ti también, Edwina.

Se quedaron mirándose por encima del centro de mesa floral y el silencio incómodo duró hasta que el camarero colocó una tetera y una fuente con sándwiches sobre la mesa. Cat lo conocía porque estudiaba con ella en Slade. —Cat, me encanta lo que estás haciendo con el encargo de Turner —le dijo alegremente—. El profesor Smith me ha dejado echar un vistazo. Estoy asombrado con tu dominio de la técnica.

Cat imitó el tono de una dama de la alta sociedad. —Eres muy amable, Tim, querido.

Ambos se rieron con disimulo.

Edwina le quitó a Tim las ganas de reírse con una mirada de hielo. Así que, con una adecuada muestra de servidumbre, el muchacho retomó su papel de camarero y, tras servir el té, se esfumó.

Edwina echó a un lado su bolso. —Bueno, Caterina, hablemos. Todo esto de la escuela de arte está muy bien, pero toca arrimar el hombro. —¿Arrimar el hombro? —Sí. Ya es hora de que empieces a formarte para ser gerente en nuestros hoteles. Estoy dispuesta a mantenerte económicamente con esta tontería de la escuela de arte, pero debes estar preparada para contribuir. —Entiendo. —Supongo que estás al corriente de la mala gestión fiscal del gobierno. Dirigir una cadena de hoteles es más arriesgado que antes, sobre todo con el reciente malestar social. Francamente, no sé por qué no arrestaron a esos manifestantes y los metieron en la cárcel. —Venga, vamos, Edwina. Esos desempleados recorrieron casi quinientos kilómetros para presentar su petición. Para intentar hacer entender a gente como tú que en los astilleros no hay trabajo. Quieren nuevas industrias en la zona y el gobierno va y les reduce el escaso dinero del paro. Las pérdidas económicas de las clases media y superior no son nada comparadas con la pobreza de los desempleados del noreste. —No te hagas la lista conmigo, jovencita. Veo que te ha salido la vena humanitaria. Eres igual que tu padre.

Cat se quedó mirando su taza de té. Se sentía pequeña e indefensa. Echaba mucho de menos a Daniel. Contuvo las ganas de subirse encima de la mesa para echarse una siesta y trató de disimular varios bostezos.

Edwina suspiró. —Oh, vamos. Lo único en lo que Danny y yo estábamos de acuerdo era en buscar una cura para tu enfermedad del sueño. Nunca conseguirás cazar a un lord británico o a un príncipe extranjero si sigues quedándote dormida como una adicta al opio. Se lo he consultado al doctor Otto Rubens y cree que puede ayudarte. Te daré su número de teléfono. —Lo pensaré. —Mira, no pienso convertirme en una madrastra retorcida. Sí que pensé en obligarte a dejar tus estudios de arte, pero entonces la gente hablaría y no queremos eso, ¿verdad? En lugar de eso estoy dispuesta a permitirte estudiar dos días por semana a condición de que trabajes cuarenta horas a la semana en uno de nuestros hoteles.

Cat luchó por mantenerse alerta cuando un abismo se abrió bajo sus pies. —Está bien que tu arte triunfe en algunos círculos —continuó Edwina—, pero no es un trabajo de verdad. —Podría serlo, Edwina. Me han encargado otra escultura. Con el tiempo, podría ganarme la vida solo con encargos. Personas más cualificadas que tú han declarado públicamente que tengo talento e impulso para triunfar. Dos días a la semana en Slade no son suficientes. —Vamos, no te engañes. Tu éxito actual probablemente no sea más que flor de un día. Hacer arte no es más que un *hobby*, parecido al bordado o a las maquetas de aviones. Puedes hacerlo en tu tiempo libre. La formación rara vez está relacionada con el éxito en la vida. Yo nunca he considerado que fuera necesaria una educación superior y mírame ahora. —¡Pero si me dijiste que ganaste una beca y te licenciaste con honores! —Tonterías. Yo no dije tal cosa. —Dijiste que sí. ¿Por qué ibas a mentir? —No seas tonta. Probablemente dije que vivía cerca de la Universidad de Londres.

Edwina dio un largo trago a su té y después suspiró profundamente. Se atragantó, el aire se le fue por el sitio equivocado y el té le salió por la nariz. Se quedó avergonzada, trató de recuperar la compostura y no lo logró. Las dos damas que estaban sentadas a la mesa de al lado dejaron de hablar y se quedaron mirándola con descaro mientras ella se secaba la cara con una servilleta y después sacaba la polvera.

Mientras Edwina se retocaba el maquillaje, Cat se acordó de Venecia y de su conversación con Marguerite. Recordaba que había dicho: «Cat, no creo que Eddie Lamb haya sido sincera sobre su pasado».

Santo Dios. Como guinda del pastel, ¿Edwina era mentirosa compulsiva?

Tim estaba pasando con el carrito de las tartas y Edwina chasqueó los dedos para llamarlo. —Pásame ese cenicero y consígueme un Martini doble, seco y con tres aceitunas verdes. Ya. —Enseguida, señora Du Barry.

Cat sintió que los párpados empezaban a pesarle y disimuló otro bostezo. El olor de los sándwiches de pescado le daba náuseas.

Una mujer cargada de perlas se les acercó. Su vestido era un ajustado tubo de lunares que le llegaba hasta media pantorrilla acompañado de un enorme lazo blanco en el cuello. Sobre su prominente pecho llevaba una piel de zorro con doble cabeza. Cat se distrajo al ver aquellos cuatro ojos de cristal mirándola. —Edwina, querida —murmuró la mujer—, cuánto me alegro de verte.

Edwina rodeó a Cat con un brazo y la apretó con cariño. Cat se quedó de piedra. En ese momento Edwina le retiró un mechón de pelo de la cara. —Ah, hola, Muriel, ¿conoces a mi talentosa hija, Caterina? —¡Vaya, cómo has crecido! Me encanta ese atuendo tan chic que llevas. Es muy parisino. —Gracias. —Cat se ajustó el pañuelo de la cabeza y sonrió a Edwina.

Muriel no había hecho más que empezar. —Según he oído, te estás convirtiendo en una artista de éxito. Espero que puedas venir a mi sesión de espiritismo el próximo jueves. Caterina, tienes que ver a mi hijo. Hamish está en su último año en Oxford. Es capitán del equipo de *rugby*.

Edwina estaba encantada. —Qué orgullosa debes de estar, Muriel. —Gracias —dijo Cat mientras se zafaba—. Pero, por desgracia, ya tenía otro compromiso anterior.

Edwina le dio una patada por debajo de la mesa. —Tonterías, iremos las dos encantadas. ¡Qué maravilla!

Muriel se acarició las pieles. —Excelente. Hamish se muere por conocerte, Caterina. Hasta pronto, entonces.

Se alejó con los zapatos repiqueteando sobre el suelo de mármol y las cabezas de zorro columpiándose sobre sus pechos.

Edwina se apartó de Cat al instante. —De ahora en adelante, mi niña, pasarás más tiempo con tus semejantes. Hamish puede presentarte a los futuros visionarios de Gran Bretaña. —No puedo creer que esa mujer y tú estéis intentando emparejarme con ese cabrón asqueroso. —Oh, no seas tan moralista, Caterina. Debes dejar de defender a los oprimidos y desamparados. Los cargos por violación nunca llegaron a juicio y Muriel organizó un aborto en una clínica muy buena. Hubo cierto intercambio de dinero. Y, seamos sinceras, la supuesta víctima es la encargada del guardarropa de un club nocturno de segunda, mientras que Hamish está a punto de heredar el título y las fincas de su padre, además de tener por delante un brillante futuro político. Juega bien tus cartas y podrías casarte con un marqués. —Dios. No puedo creer que me salgas con esas. —¡Oh, por favor! No seas tan burguesa. Muriel tiene grandes planes. Está intentando que internen al padre de Hamish en un hospital psiquiátrico. Al parecer le ocurrió algo turbio cuando era pequeño y por eso siempre ha sido emocionalmente frágil.

Cat se puso en pie y dio un puñetazo sobre la mesa. Varias damas dejaron sus tazas de té y se quedaron mirando. —Habéis perdido la cabeza. No tenéis brújula moral.

Edwina apretó los labios, pero no dejó de sonreír. —Siéntate, Caterina. Estás montando una escena. —Nunca he entendido por qué te casaste con Daniel. No te importaba lo más mínimo. El personal me dijo que, cuando te emborrachabas, te referías a él como Caja Registradora.

Edwina se recostó en su silla, encendió un cigarrillo y le dirigió una mirada de hielo. —Soy realista y me merecía una vida mejor. Al contrario que tú, yo entiendo el poder de los contactos sociales. Por desgracia, tu padre no insistió en que cultivaras un círculo social a tu altura, pero yo estoy decidida a que te cases con alguien de buena familia. Si desafías mis deseos, pondré fin a tus estudios artísticos. Siéntate. O convertiré tu vida en un infierno.

Cat se sentó. No le parecía casualidad que el humo del cigarrillo de Edwina fuese en su dirección.

Edwina se quedó mirando fijamente a las demás mujeres hasta que apartaron la mirada. —Volvamos al asunto. Dime, ¿para qué puesto deseas formarte dentro de nuestros hoteles?

Cat miró hacia el vestíbulo. —¿Puedo elegir cualquier puesto que quiera? ¿En cualquier hotel? —Bueno, creo que resultaría más prestigioso formarte para gerente de hotel que para lavandera.

Cat se inclinó sobre la mesa. —De acuerdo. Quiero que me forme Jim Blade, quiero ser su ayudante. Sé que Daniel estaba a punto de poner un anuncio para cubrir la vacante, pero no tiene por qué ser otro hombre. Al fin y al cabo, durante la guerra las mujeres hacían los trabajos de los hombres.

Edwina no alteró su expresión. Saludó alegremente cuando pasaron por delante un par de debutantes. Dientes equinos, trajes de dos piezas, aburridas faldas de *tweed* y perlas carísimas.

Edwina bajó la voz para susurrar: —Si al menos hicieras el esfuerzo de vestirte con el mismo estilo. En fin, volviendo al tema, no creo que le haga ningún bien a tu reputación social fraternizar con Jim Blade y sus amigos corruptos. Ese hombre no es más que un delincuente presumido. Quiero que te dediques a la gerencia. Podrías ocupar un puesto de prestigio en el Hotel du Barry de

Montecarlo. En aquella zona abundan los miembros de la realeza europea. Y muchos de esos chicos ahora están en edad de casarse.

—Deseo quedarme en Londres. Este es mi hogar y es donde vive mi verdadera familia. Y mi carrera tiene base en Londres.

Edwina resopló. —¿Tu carrera? No me hagas reír. Ensuciar con arcilla y óleos no es una carrera. —Bueno, Edwina, desde luego es más carrera que la que tenías tú como corista de tercera fila en un espectáculo de cabaré. En Venecia conocí a la hija de Desiree Emmanuelle. Está muy viajada, así que le pedí que me explicara qué significaba el término «prostitución amable».

Se hizo el silencio. Edwina se puso pálida. Le temblaban las manos mientras buscaba en su bolso otro cigarrillo. Cat sentía la pesadez en los párpados, pero controló la necesidad de bostezar.

El único sonido era el que hacía Edwina al succionar con fuerza el cigarrillo. Tim le puso delante un Martini, pero ella ni siquiera se dignó a dirigirse a él. El muchacho miró a Cat con compasión y se retiró.

Fue Edwina la que rompió el silencio. —¿Quieres trabajar con Jim Blade? De acuerdo, yo lo arreglaré. Pero quiero que sepas que estás cometiendo un gravísimo error. Te convertirás en el hazmerreír de Londres cuando la élite social descubra que has elegido convertirte en aprendiz de detective de hotel.

Cat no respondió, se limitó a quedarse mirándola fijamente. Sabía que, si Edwina la provocaba y le hacía perder los nervios, perdería también la ventaja. Como decía Mary: «A veces tienes que fingir que sabes algo para salirte con la tuya, pero cuidado con quién te enredas. Es todo un espejismo, niña, y el silencio puede ser muy poderoso. Piensa en la cara de póquer de Jim cuando hace una gran apuesta. Las pesadillas se crean en la oscuridad del silencio».

Edwina se bebió el Martini de un trago. —Estás cometiendo un gran error si crees que puedes sacarme de mis casillas. Pero, te lo advierto, si sigues resistiéndote a mis esfuerzos por asegurar tu futuro, simplemente te retiraré la paga. Desafíame y descubrirás lo asquerosa que puede ser la vida cuando no tienes dinero. Y ni se te ocurra marcharte, no tengo intención de darles más munición a estas zorras. Créeme cuando te digo que me obedecerás. Y, si no lo haces, me tomaré muchas molestias para garantizar tu obediencia.

Cat se quedó contemplando las profundidades heladas de los ojos azules de su madrastra. Eran más duros que los ojos de zafiro de Matthew Lamb. —¿Me estás amenazando, Edwina? —Por supuesto. Y no te olvides de que soy yo la que tiene el dinero. No heredarás nada hasta que cumplas los veintiuno.

Otra dama de la alta sociedad se les acercaba. Edwina agarró la tetera y la levantó alegremente sobre la mesa. —¿Más té, cielito? —preguntó en voz alta para que pudiera oírla todo el Salón Tucán—. Y dale ese capricho a tu madre y prueba estos deliciosos sándwiches de pasta de pescado. Solo estás de mal humor porque estás a dieta. Y me preocupa que estés adelgazando demasiado, cariño.

CAPÍTULO 14

Hay que ser amable

El doctor Otto Rubens estiró las piernas y admiró su nuevo calzado. Unas bonitas botas hechas a mano con el mejor cuero de importación, cómodas y con estilo al mismo tiempo. Ese Thomas Rodd sabía lo que se hacía. Volvió a mirar el reloj mientras sus dedos largos jugueteaban con la pluma de oro. ¿Dónde estaba? No la había visto en once horas y doce minutos.

Mary Maguire llamó y entró. —Buenos días, Otto. —Buenos días, Mary.

A Otto se le iluminó la cara y se estiró la corbata nerviosamente. No parecía haber suficiente aire en la habitación. Aquel día su diosa llevaba un elegante jersey de cachemir color esmeralda. Realzaba sus voluptuosas curvas y centraba la atención sobre sus ojos verdes. Tenía el pelo levantado y recogido en un moño francés. El doctor Rubens fantaseó con la idea de quitarle las horquillas y soltarle el pelo. Le había pillado. Mary estaba mirándolo a los ojos, así que miró para otro lado e hizo un gesto muy teatral para colocar la página del calendario del escritorio en la fecha correcta. Gracias a Dios que Mary no podía leerle la mente. ¿O sí podía? Tenía que sacar un tema de conversación cualquiera. —Hace frío, ¿verdad? Casi he tenido que venir al trabajo patinando. A este paso se va a congelar el Támesis. ¿Qué tenemos para hoy?

Cambió algunos papeles de sitio, aunque no era necesario, para intentar dar la imagen de psiquiatra de éxito preparándose para un día de traumas, angustias, histerias y ansiedades. Los treinta y cinco no habían tenido ningún impacto en su aspecto juvenil. Aquel día había experimentado colocándose la raya del pelo en el medio con la esperanza de parecer más maduro, pero eso no había logrado envejecer su cara de querubín ni disimular las pecas de su nariz.

Un cliente potencial le había dicho recientemente: —Doctor Rubens, me lo han recomendado mucho. Me gusta su actitud directa, pero no puedo confesarle a usted mis problemas. Me sentiría ridículo pidiéndole consejo a un psiquiatra que parece más joven que mi nieto para superar mi miedo a la muerte.

Otto esperaba que a Mary le gustase el corte de su traje nuevo, hecho a medida en Savile Row. Flexionó los codos ligeramente y dejó ver los puños de seda de su camisa. Se sintió avergonzado. Dios, estaba convirtiéndose en uno de esos muchachos enamorados incapaces de concentrarse en el trabajo.

Ella le sonreía. Dios. Debía de haberle preguntado algo. —¿Me estás prestando atención, Otto?

Sí, sí, sí. —Perdona, Mary. Estaba pensando en un paciente difícil. ¿Qué decías? —Aquí están los informes de los pacientes de hoy. Tu primera cita es con la señorita Caterina du Barry. Y tienes que firmar los papeles de la subasta. Ya me he asegurado de que todo esté en orden. —Excelente. Espero que no te importe que te lo pregunte, pero necesito saberlo. ¿Hay algo de verdad en el rumor de que eres la madre de la señorita Du Barry? —No. Cuidé de ella antes de que la adoptara Daniel du Barry. La señora Du Barry cree que Caterina es mi hija ilegítima. Danny no quería que Edwina supiese la verdad y yo quiero que siga siendo así.

«No me sorprende», pensó Otto. Recientemente había visto que Eddie podía pasar del amor al odio en un instante si se sentía traicionada. Había intentado por todos los medios disuadirle de que contratara a Mary, pero él había mantenido su decisión. Enviarle a Caterina probablemente fuese la manera que tenía Edwina de declarar una tregua. Otto ya sabía que el infierno se congelaría antes de que ella se disculpara.

Miró a Mary directamente a los ojos. —Lo entiendo. Mary, tienes mi palabra de que lo que me has dicho no saldrá de este despacho.

Durante años, el doctor Otto Rubens había sido destripado por numerosos pacientes; la gente con problemas tenía tendencia a proyectar su rabia hacia su psiquiatra. Otto había visto de primera mano que la línea entre la cordura y la locura era tan fina como una telaraña. Por tanto daba gracias a su suerte de que solo conociera a Edwina du Barry en sociedad.

Otto tenía muchas teorías respecto a la falsa sensación de superioridad de Edwina, pero todavía no había llegado al fondo de la cuestión. Era consciente de que a la viuda le atraía terriblemente, pero pensaba que tenía que ver con su reputación internacional más que con cualquier sentimiento profundo por parte de ella. Otto había estado ahuyentando a amas de casa ricas y aburridas desde que estableciera su consulta en Harley Street y se le daba muy bien evitar la seducción planificada. Pero la crueldad de Edwina seguía sorprendiéndole.

Mary le entregó un fajo de papeles y él intentó no quedarse mirando aquel magnífico escote cuando se inclinó sobre la mesa. Se abofeteó mentalmente. «¡Por el amor de Dios, Otto! Mary no ha mostrado ningún interés por ti y tienes que volver a la realidad».

Firmó el último documento y dejó la pluma a un lado. —Mary, por favor, llévales estos documentos a mis abogados y que empiecen con los procedimientos. Saben que tienes plena potestad para mover todo el papeleo. Echa un vistazo a las cláusulas diez y once y envíame a… ¿Cómo se llamaba la recepcionista?

Mary recogió los documentos y los metió en un maletín. —La señorita Sylvia Jennings. Por favor, haz un esfuerzo, lleva contigo más de dos años. —Sí, claro. Lo siento, tengo muchas cosas en la cabeza.

«La curva de tus senos generosos, el rabillo de tus ojos, que se arruga cuando sonríes. El rosa de tu piel. Tu rapidez, tu ingenio, tu inteligencia. El rojo de tu pelo. Como el otoño. El sonido de tus tacones al subir las escaleras. El deseo de hundir la cabeza en tu nuca. La necesidad de decir "sí, quiero". Solo para poder acabar con todos esos imbéciles que te pretenden. Quiero ponerte en el dedo un anillo de oro y aniquilar a todos esos perdedores del metro que te contemplan en el andén, que te devoran con sus ojos codiciosos. Quiero protegerte, defenderte, morir por ti. ¿Quién comparte tu cama, Mary Maguire? Necesito saberlo para poder flagelarme día y noche. Imaginar tu cabeza en la almohada de otro hombre me da ganas de arrancarle las patas a la silla y hacer agujeros en las cortinas. Esto es una locura. Soy un perro rabioso al que habría que sacrificar para que no sufriera».

La puerta se cerró y ella desapareció. Durante al menos dos horas. Quizá tres. Otto se recostó en su silla y rellenó la pluma con tinta negra. Escribió *Mary Maguire* en el papel secante. Después lo tachó y escribió *Señora de Otto Rubens* y *Mary Rubens*. Se le desbocó el corazón hasta que volvió en sí, arrancó el papel y lo hizo pedazos. Se retiró al hueco de la ventana y contempló la lluvia caer.

Su situación elevada sobre Harley Street le ofrecía una vista de pájaro sobre Londres. Más allá de las opulentas terrazas georgianas se encontraban Marylebone Road y Regent's Park. A lo lejos había un grupo de colegiales vestidos con impermeables oscuros que corrían hacia el museo de cera de Madame Tussauds. Parecían una fila de cucarachas negras. A él no le gustaban los niños y odiaba las figuras de cera, que le recordaban a los cadáveres que había diseccionado cuando estudiaba para ser cirujano. Después de meses vomitando en el lavabo de caballeros, había decidido especializarse en psiquiatría. El olor a formaldehído todavía le daba náuseas. Convertirse en psiquiatra fue una decisión acertada, pues se le daba bien descifrar los entresijos del cerebro humano, a no ser, claro, que se tratara de su propio cerebro. Le daba vergüenza reconocer que no podía curar sus pensamientos irracionales y sus obsesiones de colegial.

Le sorprendía haber perdido la objetividad tan deprisa después de contratar a Mary Maguire, porque hasta hacía poco se había tenido por un hombre racional. La había contratado por sus méritos profesionales y no tenía ningún otro motivo oculto. ¿Qué habría sucedido? Al investigar ese sentimiento llamado «amor», Otto no había llegado a ninguna conclusión satisfactoria. En su profesión no se ponían de acuerdo sobre lo que era realmente el amor. Finalmente había recurrido a un ilustrado veneciano, un autodenominado libertino y a veces jugador, violinista, alquimista, soldado, escritor, compositor, predicador y espía. En su tiempo libre, aquel camaleón había sido amante de cientos de mujeres.

Otto abrió el cajón del escritorio, sacó una libreta y encontró la cita en cuestión. Chevalier de Seingalt, también conocido como Giacomo Casanova, había escrito: «¿Qué es el amor?... Es una especie de locura que la filosofía no puede controlar; una enfermedad a la que el hombre es propenso en todas las etapas de su vida y resulta incurable si ataca en la vejez… Una amargura que no puede ser más dulce, una dulzura que no puede ser más amarga. Un monstruo divino que solo puede definirse con paradojas».

Otto frunció el ceño. «No me extraña que esté de mal humor».

Cat había conseguido mantenerse despierta concentrándose en el patrón de la alfombra persa del doctor Rubens. Se preguntaba por qué habría amueblado su consulta con tantas antigüedades. La habitación transmitía sobriedad y parecía un museo. Le recordaba a una fotografía que había visto del doctor Sigmund Freud sentado a su mesa. Quizá los psiquiatras se decantaban por un estilo decorativo específico: escritorios de madera robustos, librerías con puertas de cristal y objetos artísticos clásicos. O tal vez hubiera una biblia del estilo a la que los psiquiatras debían jurar fidelidad. «Concéntrate. Consultar a un psiquiatra es un asunto muy serio».

Borró la sonrisa de su cara. El doctor Rubens no parecía lo suficientemente mayor para ser psiquiatra, pero Mary lo tenía en alta estima, así que tal vez le sirviera de algo. Al fin y al cabo, había tratado con éxito a soldados traumatizados y gozaba de una reputación internacional por su investigación sobre fobias y desórdenes nerviosos. Quizá supiera por qué diablos se quedaba dormida.

Miró el antiguo reloj y contuvo un bostezo. Quedaban solo unos minutos y entonces podría irse a casa para echarse la siesta. El silencio se prolongó hasta que habló el doctor Rubens. —Dime, ¿en qué situaciones sueles quedarte dormida? —Cuando me siento muy nerviosa. El lugar es irrelevante. —¿Por qué estás nerviosa ahora? —Porque me estoy esforzando por no parecer una loca.

Otto sonrió para tranquilizarla. —¿Y qué me dices de la gente? ¿Alguien en particular te pone nerviosa? —Con mis amigos estoy muy relajada, pero siempre estoy nerviosa cuando estoy con la mujer de mi padre. —¿Alguien más? —El nuevo empleado. —¿Quién? —Su mayordomo. Julian Bartholomew. Tiene unos veintidós años, pero nadie sabe gran cosa de él. —¿Te cae mal? —Me cae bien, pero no sé por qué. A veces creo que me estoy volviendo loca.

Otto esperó, pero ella había vuelto a quedarse mirando la alfombra. Quizá a la muchacha también le afligiera el «monstruo divino» de Casanova. Pasó una página de su libreta. —Cuando estás triste, ¿qué te hace sentir mejor? —Esconderme entre la colada. —¿En algún lugar en particular? —El Hotel du Barry tiene cuerdas de tender en el patio. Cuando hace buen tiempo, están llenas de sábanas mojadas secándose al viento. Todo blanco. Es como refugiarse en un iglú en mitad de una tormenta de nieve. —¿Cómo te sientes cuando estás allí? —Segura, feliz. Es donde me encontraron. —¿Te encontraron? —Sí, solo tenía unas semanas de vida y mi madre biológica me había dejado tendida en una cuerda de la ropa. O buscó a alguien que le hiciera el trabajo sucio.

Otto palideció y dejó su libreta. —¡Dios mío!

Cat se rio. —No, no. No estaba colgada del cuello ni nada de eso. Estaba en una especie de columpio hecho con ropa interior. —Ah. —Otto chupó su pluma—. Vamos a hacer una asociación libre. Quiero que te imagines de bebé colgada entre las sábanas blancas. ¿Qué palabras te vienen a la cabeza?

Cat se quedó mirando las botas de Otto. Eran muy nuevas, brillaban y las suelas de cuero seguían intactas. Pasó un minuto.

—Abandono y seguridad. Rechazo y cuidados. —¿Por qué? —Porque el personal que me encontró se convirtió en mi familia. Mi madre me rechazó, pero ellos se jugaron el cuello por mí. Sobre todo Mary Maguire, el doctor Ahearn, Henri Dupont, Sean Kelly, Jim Blade y Bertha Brown. —¿Quién es Bertha Brown?

Cat se lo dijo. —¿Alguna vez sentiste que pudieras ser diferente a los demás niños?

Cat se miró el dorso de las manos y no dijo nada. Otto le concedió tiempo. El reloj siguió avanzando y el sonido de la lluvia sobre el tejado se volvió más intenso. El granizo golpeaba las ventanas. Echó otro leño al fuego, saltaron chispas de la chimenea y aterrizaron sobre la alfombra. El olor a lana quemada le provocó un escalofrío.

Cat parpadeó para retener las lágrimas. —Cuando tenía unos seis años, Daniel me contó el mito romano de Rómulo y Remo. Fueron abandonados cuando eran bebés y quedaron flotando en el río en una cuna. Después los encontró una loba que los cuidó. Pensé que Rómulo y Remo eran como yo y supuse que era algo habitual que las madres abandonaran a sus hijos.

Su tristeza era tangible. Otto mantuvo una expresión impasible, pero sonrió con la voz. —¿Bertha Brown comparte alguna característica con una loba?

172

Cat sonrió. —Dios, no. Es como una profesora estricta, pero amable. —¿Una profesora? —Las chicas de Bertha son traviesas, pero todos en el laberinto la respetan. Es dura, pero justa. —¿Qué es el laberinto? —Es así como llamamos al doble sótano. Es como una ciudad en sí mismo. Si atacaran Londres, cualquiera querría esconderse en el laberinto. Las tuberías y la calefacción son modernas y hay almacenes y escaleras secretas. También hay montones de cubertería de plata, cristalería, comida y vinos de lujo, bebidas espirituosas y champanes. —Suena de maravilla. Dime, ¿Mary es como una madre para ti? —No. Es más como una hermana mayor. Solo tenía dieciséis años cuando me encontró colgada de la cuerda y siempre me ha protegido. Tiene la mecha muy corta y no permite que nadie se meta conmigo. Al parecer en una ocasión noqueó a uno de los chefs del Hotel du Barry. —¿Lo noqueó? —Sí. El chef le dijo que yo era como un chucho extraviado. Dijo que nunca llegaría a nada, que ese era mi final. Le aseguró que en el mundo de los Du Barry solo llegaban lejos los perros con pedigrí. El chef llevaba semanas metiéndose con Mary y ella se hartó. Así que le propinó un gancho de derecha y cayó al suelo como un saco de patatas.

Otto sonrió. Esa era su chica, sin duda, o lo sería si tuviera el valor de hacer algo. Arriesgado. Tal vez le soltara un puñetazo. —¿Cómo te sientes cuando estás con Mary y con Bertha? ¿Tienes que resistirte a la necesidad de quedarte dormida? —No. Me siento muy alerta, en el buen sentido. —Sí. Me lo puedo imaginar.

Otto consultó sus notas. —¿De niña te llevabas bien con Jim Blade? —Sí. Jim siempre me ha ayudado. Tenía solo seis años la primera vez que fui sola al dentista. Daniel no quería que me convirtiera en una mocosa rica y malcriada, así que tuve que ir en metro. Estaba aterrorizada. Daniel me dio un mapa, algo de dinero y un paraguas. Me daba miedo quedarme dormida en el tren y perderme, pero lo conseguí y, cuando estaba ya subiendo los escalones del hotel, me di cuenta de que Jim estaba justo detrás de mí. Daniel le había pedido que fuera mi sombra durante todo el camino. —¿Jim sigue formando parte de tu vida? —Sí, lo veo todos los días. Estoy ayudándole en el hotel. —Pero pensaba que te dedicabas solo a ser estudiante de arte. —Edwina quiere que trabaje cuarenta horas semanales en el hotel y que pase solo dos días en la escuela de arte.

Otto se quedó perplejo. «¿Por qué estará siendo tan zorra Edwina?». —¿Y a ti eso qué te parece, Caterina? —Mire, usted conoce a Edwina en sociedad. ¿Todo lo que yo le diga aquí es privado o no? —Por supuesto. Ya he hablado de esto con Edwina y ella sabe que siempre mantendré la confidencialidad de un paciente. No toleraré ninguna intromisión por su parte. Eso fue un prerrequisito. —Lo comprendo. —Mira, Caterina, mi deber es cuidar de ti y de todos mis pacientes. Los psiquiatras hacemos juramentos sobre eso. Puedes confiar en mí enteramente. Nada de lo que digas saldrá de esta habitación. —Bien. Bueno, Jim y Bertha no quieren que renuncie a la escuela de arte. Así que ficho y después me escabullo y me paso el día en Slade. A última hora de la tarde, Jim se asegura de que Edwina me vea con él. Sé que esto suena muy turbio, pero estoy decidida a convertirme en artista profesional. He estado vendiendo mis cuadros para pagar las tasas de matrícula. —Dime una cosa, ¿Bertha y Jim reconocen tu talento? —Sí, todo el personal lo reconoce, así que no puedo decepcionarlos. —Antes has dicho que el personal es tu familia. ¿Qué miembro de la familia sería Jim? —Es el tío excéntrico. Jim es muy listo, pero finge ser un oso estúpido. Eso confunde a las personas y así bajan la guardia. Mi padre y Edwina no hacían más que discutir por el personal. Daniel decía que le confiaría a Jim todas sus posesiones e incluso su vida y Edwina gritaba que Jim no era más que un delincuente presumido. —¿Es posible que la señora Du Barry haga cambios en el personal? —Edwina no despedirá a Jim porque sabe que cualquier hotel de lujo en Londres, e incluso en Europa, se muere por contratarlo. Pero a Jim le encanta el laberinto y dice que está feliz saboreando toda la locura que hay allí abajo. Dice que los dramas que allí se suceden bien valdrían el precio de una entrada.

174

Otto sonrió, cerró la libreta y se estiró. —Por desgracia se nos ha acabado el tiempo. Creo que puedo tratarte con éxito, pero quizá nos lleve algún tiempo. ¿Eso te gustaría? —Sí. Mary cree que puede ayudarme. —Se quedó mirándose las manos—. Pero hay algo que me preocupa mucho. ¿Cree que estoy completamente loca? —No, Caterina, no lo creo. Según tus informes médicos, no hay razón física para que te quedes dormida constantemente. Ninguno de los especialistas que has visitado cree que seas narcoléptica. La narcolepsia suele tener otros síntomas como la pérdida del control muscular, alucinaciones, parálisis del sueño, sofocos, aceleración del ritmo cardiaco y ciclos de sueño únicos. Creo que lo tuyo podría ser un mecanismo de defensa, pero tendría que pasar más tiempo contigo para darte un diagnóstico adecuado. —¿Podría ser una especie de fobia? —Las fobias están de moda últimamente —contestó él con una sonrisa—. Pero ha estado sucediendo desde que Hipócrates, el famoso médico griego, estudió a un hombre que tenía fobia a las flautas. Desde entonces hemos avanzado hacia fobias aún más exóticas como la pteronofobia, que es miedo a que te hagan cosquillas con plumas, y la consecotaleofobia, que es el miedo a los palillos chinos.

Cat sonrió. —No sabía que existieran esas cosas. —Mira, la investigación de las fobias otorga a los doctores prestigio profesional. En las fiestas todo el mundo quiere hablar con el especialista en fobias y evitan al experto en incontinencia. Así que tranquila, Caterina, no nos iremos por el camino de las neurosis. Buscaremos algo mucho más tratable y accesible. —Lo comprendo. —Cat lo miró con timidez—. Y, por cierto, todos mis amigos me llaman Cat.

Después de que Cat se marchara, Otto se quedó en su balcón fumando y disfrutando del aire frío. «Madre mía, imagina tener a Edwina de madrastra. El potencial de Cat corre peligro a no ser que la cure y le enseñe a manejar el estrés. Pero yo sé cómo hacerlo y ella es muy inteligente y parece aprender rápido. Todo irá bien».

Apagó el cigarrillo. «Maldito tabaco. Tengo que dejarlo». Llevaba intentando dejar de fumar desde el día en que empezó. Ni siquiera su madre sabía que fumaba. Tampoco sabía que dos días a la semana iba a un estudio de baile del Soho, donde recibía clases particulares de flamenco con la señorita Perfecta González, anteriormente conocida como La Bella de Barcelona. Otto había deducido que la señorita debía de tener más o menos la misma edad que su hermana mayor, pero era un incendio forestal comparada con la pálida luz de Emma.

Durante su primera clase, la señorita González se había burlado de sus zapatos de cuero. —¡Zapatos ingleses! No puedes bailar flamenco con eso. Estúpido. Soluciona el problema y ve a ver al Thomas Rodd para que te haga unas botas de tacón cubano. Te mueves bien, pero nunca serás un hombre de verdad, un tigre orgulloso, con esos malditos zapatos de cuero calado.

Otto se quedó desconcertado, había llevado zapatos de cuero ingleses toda su vida. —¿Un tigre orgulloso? —Un tigre da la vuelta a cualquier situación para que le favorezca, siempre cae de pie. Es un felino, pero masculino; macho, orgulloso, sensual, rápido, temerario. Y, cuando baila flamenco, sus botas de tacón castigan el suelo. Así.

Recorrió el estudio dando taconazos y agitando las castañuelas con vigor por encima de la cabeza.

Desde entonces, Perfecta le había dado consejos sin que se los pidiera; le había educado no solo para sacar su tigre interior, sino para encontrar a la esposa adecuada. Según ella, debía ser una mujer sensual e independiente con fuego en el alma y una pasión por el sexo que te deje sin aire. Como era de esperar, eso le hizo pensar en Mary Maguire.

Pasadas varias semanas de clases particulares, el doctor Otto Rubens decidió que la señorita González había acertado en una de sus predicciones. Se sentía diferente; más masculino, sensual y temerario. Y solo podía atribuirlo a los cinco pares de botas de tacón cubano guardadas en su armario y a su creciente habilidad para bailar flamenco.

La señorita González parecía estar convirtiéndolo poco a poco en un auténtico tigre.

Placeres exquisitos

CAPÍTULO 15

Placeres exquisitos

Sean Kelly estaba en la cama, pero no estaba solo. Eran las tres de la tarde y estaba dando servicio a una clienta en su casa de Belgrave Square. No era su mejor hora, ya que últimamente le costaba mucha autodisciplina mantener una erección el tiempo suficiente para satisfacer a sus clientas. Había una regla no escrita según la cual debía demostrar más vigor que el marido de la mujer en cuestión y aguantar hasta que ella llegase al clímax. Recientemente le había ocurrido que la única vez en la que no tenía que pensar de manera consciente en su virilidad era cuando hacía el amor con Mary Maguire. En esos momentos era tal su energía que le preguntaba: —¿Estás cansada? Dímelo cuando hayas tenido suficiente, porque no me canso de ti, cariño.

La idea de hacerse rico ya no le servía de estímulo, mientras que antes, cuando pasaba por delante de su banco tenía una erección. En Lloyds tenía varias cajas fuertes con gemelos enjoyados, lingotes de oro y demás objetos de valor. Una legión de mujeres agradecidas había estado recompensándolo y, durante años, había reinvertido sus ganancias y cuadriplicado sus ingresos.

Daniel había sido su asesor financiero y, mientras paseaban por Sotheby's una mañana, le había dicho: —Sean, no me quedaré parado viendo cómo desperdicias tu futuro como hizo Matthew Lamb. Se gastó casi todo su dinero en vinos y esnifó una gran fortuna gracias a su traficante. El resto se lo gastó saliendo de fiesta con un grupo de parásitos y cortesanas parisinas. Pero tú puedes hacer algo mejor que Matthew. ¿Por qué no asegurar tu futuro invirtiendo en una empresa respetable? Criar caballos de polo, abrir un restaurante, un teatro o un hotel de lujo. Podrías tenerlo todo. —Daniel había hecho una pausa para examinar un magnífico óleo de Tiziano—. Pero solo si tu actual carrera se convierte en un medio para alcanzar un fin. Por desgracia, Sean, eres un poco vago. No me mires así. Eres capaz de hacer cualquier cosa, pero no te molestas en esforzarte. Admítelo.

Solían visitar juntos casas de subastas y galerías de arte. Daniel le había hecho desarrollar el gusto por el arte que se revalorizaría. —Hay una condición. No deberías comprar arte que no te gusta de verdad. No te conviertas en uno de esos imbéciles que solo compran arte porque es una buena inversión.

Por lo tanto, ahora Sean poseía una buena colección de arte que además le gustaba de verdad. En sus momentos más bajos, se distraía admirando el cuadro renacentista de *Susana y los viejos* que tenía colgado en la pared del dormitorio. Aquella belleza bañándose parecía hablarle, reclinada en su asiento. El artista había representado algo cercano a la pornografía, simplemente tratando el tema bíblico. La piel luminosa de la mujer, sus pechos turgentes y el pelo rojo le hacían pensar en Mary Maguire. Llevaba perlas en el pelo y sonreía solo para él. Con el tiempo, ambas mujeres se fundieron en una y solo veía a Mary, que lo observaba desde el otro lado del lienzo.

Había llegado a darse cuenta de que daba igual lo rico que fuera, porque solo podía ponerse una camisa de seda y disfrutar de una suntuosa cena cada vez. También sabía que le faltaba la actitud despiadada tan prevalente entre los prostitutos más exitosos de Londres. Había considerado empleos alternativos, pero aún no había encontrado ninguna carrera fácil, pero con clase, que fuese aceptable para la futura señora Kelly.

Mary Maguire dijo una noche mientras estaba borracha: —No pienso casarme con un delincuente, *gigolo*, jugador o traficante.

Quiero un hombre que gane dinero de manera honrada. Un albañil de Cockney tiene más posibilidades que esos mentirosos profesionales y fumadores de culo gordo que se llaman abogados.

Sean lamentaba no haber seguido con sus entrenamientos de boxeo, porque Mary Maguire tenía debilidad por los púgiles. Lo sabía porque hacía poco la había visto en un club nocturno con uno de los boxeadores de peso pesado con más éxito de Gran Bretaña. Llevaba puesto un vestido de noche verde esmeralda de satén con un escote muy pronunciado por delante y por detrás. El boxeador le había puesto la mano en la espalda desnuda mientras le susurraba al oído. Para empeorar las cosas, Sean sabía que Mary nunca llevaba bragas con los vestidos de noche elegantes, porque echaban a perder el efecto. Había tenido que hacer un gran esfuerzo para no saltar de su sitio y abalanzarse sobre aquel hijo de perra con el cuello gordo.

Pensar en los pechos de Mary cubiertos de satén le proporcionó a Sean fantasías eróticas suficientes para terminar el trabajo. En vez de tener a la señora Grayling, esposa de un pez gordo del Servicio de Seguridad, gimiendo debajo de él, se imaginó a su amada haciéndole gestos para que se acercara. Se levantaba el dobladillo del vestido hasta que pudo verle la entrepierna. Se entregó con vigor renovado a la tarea y, al hacerlo, llevó a la señora Grayling donde deseaba ir. Y más allá. La mujer gritó al alcanzar el clímax y fue tan grande el placer que se echó a reír. —Ooooh, Sean, ha sido una experiencia religiosa.

Sean le dio a Martha besos suaves y después pasó directo a la fase de mimos postcoitales patentados por él mismo. Le gustaba terminar cada sesión ofreciéndole a la mujer satisfecha el tiempo para disfrutar del contacto de la piel y volver lentamente a la realidad. «Este chico malo no tiene ni un minuto libre en el trabajo». Nada más empezar a abrazar a Martha por detrás, llamaron suavemente a la puerta. Su ayuda de cámara sabía que no debía interrumpir a no ser que se tratara de una emergencia. Y aun así, si no había respuesta, debía marcharse y regresar quince minutos más tarde, pero, por alguna razón, aquel día no captaba la indirecta.

Christian susurró a través de una rendija de la puerta del dormitorio. —Señor, dos policías de paisano están esperando abajo en la sala. Llegaron hace media hora y no puedo hacerles esperar más tiempo. —Christian, estoy ocupado, por el amor de Dios. Diles que no estoy en casa.

Sean se metió bajo la colcha y siguió rindiendo homenaje a los sustanciales encantos de la señora Grayling.

Christian se mantuvo firme. Ser ayuda de cámara de Sean Kelly Esquire nunca resultaba aburrido; incluso estaba pensando en entrar él también en el juego. —Saben que está usted aquí, señor. Le vieron entrar antes con su… amiga.

Martha salió de la cama de un salto y fue recopilando su ropa. Recogió las medias de seda de encima de la lámpara de noche y el liguero de encaje del morro de un oso polar disecado. —Es él. Tiene que ser él. El muy cabrón habrá pagado a un espía del MI5 para que me siga. ¡Lo sé!

Los nervios hicieron que empezara a correr de un lado a otro de la habitación. Sean se rio al ver su trasero desnudo dando botes de un lado a otro. Tropezó con la alfombra, pero logró salvarse al agarrarse a él. Se puso de rodillas. —No se divorciará, pero me ata en corto. Si tuviera valor, ¡mataría a ese imbécil!

Sean convirtió su risa en una tos. Un caballero siempre perdonaba a una dama. Le dio un beso en el hombro. —Shhhh. Estoy seguro de que tu marido no tiene nada que ver con esto. Probablemente sea por un robo reciente. Algún idiota me robó la moto Royal Enfield, así que relájate, Martha. Y tómate otra copa de champán mientras yo me encargo de todo.

Le dio una palmadita cariñosa en el trasero. Le gustaba mucho la señora Grayling. No le agotaba con su cháchara. Le gustaba el sexo. No se andaba por las ramas, iba al grano, gemía mucho y se corría como una poderosa locomotora a vapor. El diplomático extranjero de al lado se había quejado por los ruidos, pero Sean le había conseguido a Lucien Dupree entradas para algunos musicales con las entradas agotadas y había resuelto el problema. Dupree

181

incluso le había invitado a su gran fiesta de Navidad y le había presentado a todo el mundo. Como consecuencia, él había ganado algunas nuevas clientas. Era maravilloso comprobar que un pequeño soborno podía mejorar los contactos de cualquiera.

Sean se puso su bata de satén púrpura y sus zapatillas con monograma. Se echó al cuello un pañuelo de seda color crema, colocó un cigarrillo en una boquilla de jade –un *look* que le había robado a Daniel du Barry– y se fue a la sala.

Allí le recibieron dos caras frías. Era evidente que los policías no estaban tan relajados como en su última visita. Uno de ellos dijo: —Señor Kelly, hemos venido para pedirle que nos acompañe a comisaría para interrogarle. —No es necesario. Si se trata de más papeleo, me encargaré de ello mañana. —No se trata de su motocicleta, señor. —¿Ah, no? —Se trata de otro asunto y no se lo estamos pidiendo, se lo estamos ordenando. Tiene que venir a la comisaría. De inmediato.

Sean se tomó su tiempo para arreglarse mientras Martha se quedaba sentada en la cama, bebiendo champán con cara de enfado. Él ignoró su creciente paranoia y seleccionó un inmaculado traje gris topo y una camisa de seda color crema. Le pasó el cepillo a la ropa y después se metió un pañuelo de seda en el bolsillo de la pechera. Se hizo el nudo de la corbata varias veces y se colocó el sombrero con un aire elegante. Un caballero jamás debía parecer nervioso. De ese modo, cuando bajó los escalones de la entrada, parecía un hombre distinguido y elegante al que acompañaban sus guardaespaldas privados.

Su encantadora vecina lo saludó desde la ventana superior de su cocina y él le lanzó un beso. La señora Jones lo adoraba. Él le había dicho que era un empresario teatral y le había regalado entradas dobles para varias obras de teatro. A cambio ella le hacía pasteles y tartaletas de melaza. Pasaba momentos muy felices en la cocina de la señora Jones y se sentía valorado siendo el amigo y confidente de Jenny. Además, agradecía tener a una mujer en su vida con la que compartir intimidad sin tener que acostarse con ella.

En la comisaría, a Sean le sorprendió que le obligaran a formar parte de una serie de ruedas de reconocimiento. Inevitablemente eso le trajo recuerdos. Intentó mantener la dignidad, pero, la tercera vez que la policía le hizo subir a la palestra, ya había perdido la calma. Después le hicieron pasar a una pequeña habitación con una ventana de cristal opaco en una pared. Era imposible no preguntarse quién diablos estaría observándole desde el otro lado. Había tres detectives allí presentes y, durante casi una hora, Sean había estado respondiendo a preguntas repetitivas. Se había fijado en sus trajes, demasiado anchos a la altura de los hombros y demasiado ajustados en la cintura, y concluyó que no eran personal del Servicio de Seguridad.

El interrogatorio no iba a ninguna parte. Enseguida se dio cuenta de que no tenía nada que ver con la señora Grayling. «No les importa cómo me gano la vida. Ya lo saben». Obviamente querían que confesara sin tener que darle una paliza. O quizá la policía trabajaba de manera diferente en Londres. En Dublín solían ser más directos.

Cuando uno de los detectives se recostó sobre el respaldo de su silla, Sean sintió el sudor en las axilas. El líder del grupo acercó la cara a la suya. —Señor Kelly, le hemos traído aquí para que pudieran identificarle. —¿Quién? —Dos testigos voluntariosos. Ambos vieron a un segundo hombre en la maldita azotea. —¿De qué maldita azotea me está hablando?

Los tres detectives se miraron de reojo y el gordo se tiró un pedo. No se disculpó.

El más delgado le ofreció a Sean un cigarrillo e incluso se lo encendió. Poli bueno, poli malo. Estaba familiarizado con ese numerito. —Vamos, señor Kelly, no lo ponga más difícil. —Francamente, no sé qué es lo que pretenden.

El gordo sonrió con suficiencia. —Díselo, Johnny. Tengo que ir a cagar.

Salió de la habitación y la atmósfera mejoró. Johnny se apoyó contra la pared y, justo encima de su cabeza, Sean vio el grafiti más asqueroso que había visto en toda su vida. La sordidez y la crueldad de los dibujos eran imposibles de ignorar. Sintió náuseas. El delincuente que hubiera dibujado aquella mierda en las paredes debía de odiar a las mujeres. Y aquellos cerdos habían decidido dejarlo allí.

Johnny escupió en el suelo. —Un testigo dijo que estaba seguro al veinticinco por ciento de que era usted el que estaba en el tejado con Daniel du Barry antes de que muriera. Y el otro no se decidía. Usted no nos ha dicho dónde estaba aquella noche, así que evidentemente no tiene coartada. No nos andemos con rodeos; su falta de cooperación le convierte en sospechoso de asesinato. Ahora, me gustaría aclarar esto antes de que la cosa se ponga fea. Así que, por última vez, ¿dónde estaba usted aquella noche entre las dos y las seis de la mañana?

Sean dio una última calada al cigarrillo. «¿Qué diablos está pasando? ¿Están mintiendo para atraparme?». Apagó el cigarrillo en un cenicero lleno de colillas. Había marcas de gubia por toda la mesa y una esquina estaba rota. Sin duda los desperfectos se habrían producido cuando intentaban obligar a alguien a confesar. Pensaba que sus días de rufián habían quedado atrás, pero se equivocaba. —Pasé la noche en el Hotel du Barry —admitió—. Con una dama que conozco. —¿Número de habitación? —Era un apartamento privado.

El de la cara de hurón se inclinó sobre la mesa. —¿Y el nombre de la dama? —La señora de Daniel du Barry.

Los detectives se rieron con disimulo. —¿Qué le hace pensar que somos tan estúpidos como para creer que estaba en el apartamento privado de los Du Barry manteniendo relaciones sexuales con la esposa mientras su marido estaba en el edificio? —Presten atención, muchachos. La historia es la siguiente: yo asistí a la fiesta anual del señor Du Barry en el Jardín de Invierno, el famoso invernadero del hotel. Después de una fantástica fiesta, me fui a la cama con la señora Du Barry a eso de las tres de la mañana. Ella me había invitado a pasar la noche. —Joder. ¿Y qué pasa con el marido? —Tenían un matrimonio de conveniencia. Nunca llegaron a consumarlo. Era una cuestión de negocios. El señor Du Barry fue fiel al mismo hombre durante unos diecisiete años. —¿Y ese era usted, señor Kelly? —No. El señor Du Barry me consideraba un caballero y un amigo. Nunca le mentía y él lo agradecía. Me decía que era mejor que los canallas con los que solía irse su esposa. Ella tenía ciertas necesidades sexuales. Poco antes de que yo hiciera mi aparición, la señora Du Barry había sido hospitalizada porque a un *gigolo* que encontró en un club nocturno del Soho se le fue la mano. No todo el mundo sabe dar latigazos suaves.

Los dos detectives lo miraron con la boca abierta. Sean dibujó círculos de humo con la boca y fingió desinterés por la situación. «Parece que ya se han olvidado de mí». Johnny tiró el cigarrillo al suelo y lo apagó con el pie. —¿Se da cuenta de que vamos a cotejar esto con la señora Du Barry? —La señora Du Barry está muy alterada por los recientes acontecimientos y preferiría que no la metieran en esto. No se merece que la arrastren por el fango solo porque tuviera un matrimonio poco convencional. No quiero que la prensa amarilla se cebe con ella.

Johnny se hurgó los dientes con una cerilla. Obviamente había visto demasiadas películas de gánsteres. —Al contrario que usted, señor Kelly, nosotros no podemos permitirnos el lujo de comportarnos como caballeros. Así que tenga por seguro que interrogaremos a la viuda doliente. —Entiendo. Bueno, como no tienen cargos ni orden de arresto contra mí, me largaré de aquí.

Johnny señaló con la mano hacia la puerta. —Volveremos a vernos pronto, señor Kelly. He disfrutado con nuestra charla. Siempre es interesante saber cómo vive la otra mitad.

Más risas disimuladas. El hurón añadió: —No se vaya de excursión al extranjero. Puede que queramos volver a disfrutar de su encantadora compañía. Y lo buscaremos si es necesario.

Sean se puso la chaqueta, se ajustó el ala del sombrero y salió lentamente con las manos en los bolsillos. Los caballeros debían apresurarse solo en la cancha de tenis o en el campo de polo. Bajó los escalones de la comisaría, dobló la esquina y se apoyó contra la pared de ladrillo para recuperar el equilibrio. Se encendió un cigarrillo con manos temblorosas y se quedó mirando el río cubierto de niebla.

Ser interrogado por la policía no formaba parte de su plan maestro.

CAPÍTULO 16

Despiadado, pero elegante

Jim Blade estaba volviéndose loco. Varias veces a lo largo de un mismo día, Jules Bartholomew dejaba lo que estaba haciendo y subía a la novena planta. El cabrón nunca tomaba el ascensor hidráulico. Siempre utilizaba las escaleras de atrás y subía los escalones de dos en dos, a veces de tres en tres. Jim estaba en buena forma, pero no le entusiasmaba la idea de tener que seguir a alguien nueve tramos de escalera para arriba y para abajo. Jules tomaba siempre la misma ruta. Subía hasta la novena planta, se detenía para mirar una fotografía de su Alteza Real que había en el pasillo y luego volvía a bajar.

Al octavo día, le alegró advertir un cambio en el patrón. Una vez que llegó al noveno piso, Jules caminó hasta el final del pasillo sur. Al décimo día, había vuelto a pararse para mirar la fotografía del rey. Quizá estuviese planteándose su futuro como fotógrafo. Quizá fuese un monárquico convencido. Quizá aquel delincuente de tres al cuarto estuviese planeando un golpe importante. Jim quería agarrarlo del cuello y preguntarle qué diablos estaba haciendo. En lugar de eso, bajó a la cocina de las doncellas y se lo consultó a Bertha.

Ella le puso delante una taza de té. —Es bastante evidente, querido. —Para mí no. Vamos, Bertha, son más de las seis, ¿no crees que me vendría bien una copa de verdad?

Bertha agarró una botella de *brandy* para cocinar y dos vasos, luego retomó su lugar a la cabecera de la mesa de la cocina. Agarró uno de los calcetines de lana rojos de Jim, lo colocó sobre el soporte para zurcir y entornó los párpados para enhebrar la aguja. Jim sabía que no debía meterle prisa, así que sirvió el *brandy* y se preguntó por qué los calcetines siempre se le romperían por el dedo pequeño del pie. «Deberían romperse por el dedo gordo o por el talón. Dios, cómo me gustan los pequeños misterios de la vida».

Bertha clavó la aguja en el calcetín. —A Julian no le interesa su Alteza Real. El apartamento y el estudio de Cat están en la novena planta. Obviamente se ha encaprichado de ella. Quiere llegar a conocerla, pero le da miedo que lo rechace. Probablemente quiera encontrarse con ella en vez de tener que llamar a su puerta.

Jim se bebió el *brandy* y agarró la botella. La intuición femenina nunca dejaba de sorprenderle, pero en aquella ocasión se sintió avergonzado. «¿Cómo no me había dado cuenta de algo tan evidente?».

Bertha sonrió para sus adentros y siguió zurciendo. El silencio se prolongó. Él pensó en cambiar la junta vieja del grifo del fregadero de la cocina que no paraba de gotear. Vio como el gato de la cocina se lanzaba sobre un ratón en la despensa. Madge estaba tomándose su tiempo antes de matarlo. Torturaba a su presa, le clavaba las uñas, lo arrastraba por el suelo de la despensa. Le mordió el rabo solo por diversión y le masajeó los ojos con las uñas. La muerte tardaba en llegar.

Resultaba imposible ignorar la prolongada agonía del roedor.

Jim se puso en pie de un brinco. —¡No soporto esta crueldad! ¿Por qué los gatos no matan deprisa?

Agarró un rodillo de madera y entró en la despensa. Madge salió corriendo con el lomo erizado. Pum, pum, pum. Silencio. Más groserías. Después Jim salió y tiró al cubo de la basura un paquete de papel de periódico ensangrentado. Echó el rodillo manchado de sangre al fregadero, se sentó y se sirvió otro *brandy*.

Bertha dejó el calcetín. —No importa que Julian te caiga bien o no. Cat tiene que reconectar con la vida. Está muy nerviosa, como un caballo de carreras, y corre el peligro de instalarse en la pena y quedarse soltera. —¿Por qué a una chica tan guapa, lista y con talento iba a interesarle un idiota como él? —Mira, ambos sospechamos que tiene un pasado turbio y probablemente se esté escondiendo de la ley o de una banda, pero yo me he propuesto conocerlo mejor. Y te aseguro que Julian es un joven inteligente, amable y con talento.

—Dame un respiro, mujer. ¿Amable? ¿Con talento? En cuanto a la inteligencia, ese pequeño cabrón es tan astuto como una rata de alcantarilla. Tiene que serlo, de lo contrario no habría conseguido engañarte a ti. —Julian posee una gran inteligencia, agallas, iniciativa e integridad. He visto al cretino aristocrático con el que Edwina pretende emparejar a Cat y es horrible. Maleducado, lisonjero, con un ego desmedido. Es el jugador de *rugby* de Oxford que fue acusado hace poco de golpear y violar a una menor que trabajaba en el guardarropa. Cat lo odia. —Dios mío. Edwina no se detendrá ante nada con tal de hacerse con un título. ¿Y qué te hace estar tan segura de que a mí no me cae bien el maldito mayordomo?

Bertha arqueó una ceja elegante. —Pregúntale a Madge.

Jim se terminó el *brandy* y se levantó. —Bueno, solo espero que tengas buen ojo. Siempre te has dejado llevar por una cara bonita y unas palabras encantadoras. Francamente, creo que el señor Bartholomew es más astuto que una rata. Se pavonea como James Cagney, pero en realidad es Oswald, el puñetero conejo de la suerte. Ya he conocido a tipos como él.

Bertha le acarició la cara con cariño. —Yo también, cielo. Me recuerda a ti cuando eras un muchacho.

Jim frunció el ceño, recogió el sombrero y toqueteó el ala innecesariamente. —Bueno, entonces me voy a hacer mi ronda nocturna. Huelo problemas. El jefe del crimen organizado de Liverpool está arriba. Dice que la sauna debería estar despejada cuando sus lacayos quieran usarla. Es ahí donde prefieren celebrar sus reuniones de negocios. Menudos estúpidos.

En la puerta, Jim se volvió hacia atrás. —Bertha, tú sabes lo que yo siento por ti, ¿verdad?

Ella le lanzó un beso sensual.

* * *

Jules se quedó paralizado frente al apartamento de Cat. Tenía los nudillos a escasos centímetros de la puerta. Reunió valor y dio unos golpes rápidos sobre la hoja. Nada demasiado fuerte o pesado, solo unos golpes rápidos que resultaran informales, relajados y despreocupados. No eran el tipo de golpes que utilizaría un vulgar cabrón. «La manera de llamar a la puerta dice mucho de un hombre, así como su manera de dar la mano y de emborracharse. Uno de esos loqueros listillos que revolotean en torno a la señora Du Barry debería investigar sobre ello. Entonces tendrían algo que hacer además de lloriquear por el precio de una caja de Château Lafite».

No hubo respuesta a su llamada. Contó rápidamente hasta diez, suspiró aliviado y se dio la vuelta. Puso en práctica sus andares de mafioso mientras desandaba el pasillo. Era una variación de las zancadas tambaleantes popularizadas por James Cagney. Casi había dejado atrás la fotografía del rey cuando lo oyó. La puerta de Cat se había abierto. —Perdón —dijo ella—. Estaba subida a una escalera.

Jules quiso salir corriendo. —Obviamente estás ocupada. Volveré en otro momento.

Pero ella no se iba a dar por vencida. —No, por favor, me gustaría que entraras.

Jules se dio la vuelta e intentó recuperar su paso confiado, pero sentía como si tuviera las piernas de plomo. El tiempo parecía avanzar más despacio y él era un buceador que intentaba salir a la superficie. Apenas podía verla, hasta que ella lo miró directamente y él se perdió en aquellos ojos extraños. Supo entonces que todo saldría bien. Lo veía en su mirada; a ella le gustaba.

Por los ventanales se veía el cielo nocturno. A lo lejos se distinguía el tráfico londinense que circulaba alrededor del río Támesis. El inmenso apartamento de Cat era un lío de cajas, cuadros, esculturas y muebles cubiertos con guardapolvos. Los cuadros mostraban colores brillantes, modernos y atrevidos. Jules reconoció un Kandinsky y un magnífico Miró. «Dios, incluso tiene un Picasso y un Klee». La colección era un caleidoscopio de posibilidades infinitas. Para rematarlo, una escultura erótica de Henry Moore ocupaba el centro de la habitación; la mujer desnuda estaba arqueada hacia atrás entre los brazos de un hombre. Destilaba deseo en estado puro.

Jules sentía que había entrado en un mundo de posibilidades infinitas y no era solo porque las obras de arte fueran tan buenas que aumentarían inevitablemente su valor. «Normalmente no se encuentra una colección tan brillante de pintores vanguardistas en manos de alguien. El padre de Caterina sin duda sabía lo que hacía». Se olvidó de sí mismo y permitió que la vitalidad del arte se colara en su cuerpo. Estaba tan asombrado que al principio no vio que ella ya tenía compañía masculina. Sentado entre las sombras había un hombre extraordinariamente guapo. Fue entonces cuando advirtió el brillo de sus ojos de zafiro y se dio cuenta de que en realidad era el retrato de un joven rubio con los brazos móviles. —¿Quién es ese hombre? —Ah, es Matthew Lamb.

No le dio ninguna otra explicación. Él intentó olvidarse del extraño retrato, pero los ojos del señor Lamb parecían seguirlo por la habitación. No se inquietaba con facilidad, pero había algo siniestro en aquel dibujo. No ayudaba el hecho de que el hombre se pareciera tanto a su jefa, la señora Du Barry.

Cat retiró un guardapolvo. —Mira este cuadro. Es de un ruso llamado Marc Chagall. Daniel lo conoció en París.

Jules se sintió devorado por el cuadro. Los caballos tirados, las casas torcidas, los campesinos atónitos, todo eso le llamaba hacia el lienzo. *Déjà vu*. Tenía la impresión de haberlo visto antes, pero no había ido a ninguna galería o museo. Quizá lo hubiera visto en sueños. El cuadro despertaba la parte más primaria de su ser. Había allí una lógica abstracta a la que solo podía responder de forma emocional y eso le excitaba.

Hasta los muebles de Caterina eran interesantes. Era un nuevo tipo de diseño, con líneas limpias y atrevidas y estructuras sencillas. La artesanía y la funcionalidad se dejaban ver en aquellas librerías de madera que parecían edificios altos. El cromo y el cuero habían adquirido la forma de sillas simples, pero elegantes. En vez de sofás recargados, tenía sillones sencillos y robustos y un sofá elegante que consistía en dos simples curvas; práctico, elegante y soberbio.

Jules acarició un exquisito jarrón de cristal color violeta. No pudo evitarlo, la forma le parecía muy sensual. —¿Es veneciano, Caterina? —Sí, un maravilloso artesano de Murano me lo dio porque era del color de mis ojos. Gregorio mencionó a una modelo que también tenía los ojos violeta y eso me impulsó a intentar localizar a mi madre biológica con ayuda de un diplomático francés.

Jules no había esperado que fuese tan sincera. No se mostraba reservada en absoluto y, antes de que él pudiera evitarlo, le preguntó: —¿Y te dijo algo de interés? —No. Lucien dio con una actriz parisina de ojos violeta azulados, pero solo tenía veinticuatro años. Era imposible que me hubiera dado a luz.

Pareció tan desalentada que Jules pensó que sería cruel hacerle más preguntas. «Maldita sea, debe de ser muy duro para ella, ahora que solo tiene a Edwina como familia».

Cat se entretuvo buscando un lugar donde pudieran sentarse. Intentó ocultar una pila de libros tapándolos con un guardapolvo. Pero Jules ya había visto *El amante de lady Chatterley*. Arqueó una ceja y sonrió. Ella se sonrojó e intentó cambiar la dirección de su mirada señalando otro punto de la habitación. —Casi todos los muebles los trajeron de Alemania. Daniel lo llamaba diseño Bauhaus.

Jules sabía que la manera más rápida de ganarse el corazón de una mujer era tratarla como a una amiga y comportarse como si ya la conociera. Por desgracia, era la primera vez en su vida que no se le ocurría nada que decir. Y eso viniendo de un chico capaz de dejar sin palabras a las mujeres casadas de la parada del autobús. Si la magia de la música se escondía en el espacio que había entre las notas, entonces el genio de Julian Bartholomew se encontraba entre el momento de establecer contacto visual con una mujer atractiva y el despertar de su deseo. Sin embargo, en aquel momento tenía la lengua hecha un nudo y la mirada de Cat le ponía más nervioso. Se quitó la chaqueta y se remangó la camisa. —Pásame el martillo, Caterina, y yo te los colgaré. —Vaya, gracias. ¿Sabes? Iba a heredar la colección de arte de Daniel cuando cumpliera la mayoría de edad, pero Edwina consideró que yo podría darle algún uso. —Cat le dirigió una sonrisa perversa—. Dijo exactamente: «El arte moderno es demasiado vulgar. Prefiero tener un cuadro de flora y de fauna. Algo que haga juego con los colores de mi decoración».

Jules se subió a la escalera. —Debajo de esa ropa elegante y ese acento refinado se esconde una paleta. Perdón. No debería hablar así de la señora Du Barry. —No pasa nada. Ya lo sé. Venga, vamos a colgar aquel.

Habiendo traficado con montones de obras de arte, Jules sabía bien cómo manejar los cuadros. Intentó empuñar el martillo con aire masculino, con la esperanza de que Caterina se fijara en sus desarrollados bíceps y en sus manos fuertes y capaces.

No se parecía a las demás chicas porque no hablaba sin parar. En lugar de eso, ponía discos en el gramófono mientras trabajaban. Jules no tenía manera de saberlo, pero Cat estaba poniendo la música que Daniel había coleccionado a lo largo de años: ritmos de *swing*, baladas de *blues*, *jazz* americano y música popular de películas.

Después se sentaron y contemplaron el cielo nocturno. Jules se peleó con una botella de champán Caterina Anastasia Grande imperial. Logró quitar el corcho sin derramarlo por todas partes y sonrió cuando las burbujas acariciaron su lengua. —Es maravilloso. Borra cualquier pensamiento lógico. —Encontré una caja en nuestro almacén. No se lo digas a Edwina. —No te preocupes, no tengo por costumbre cotillear con la señora. Tus secretos están a salvo conmigo. ¿Hay algo más que quieras admitir? ¿Algún novio digno de mención? Por favor, dime que no sales con ese imbécil,

Hamish como se llame. El que parece un roedor sudoroso. —No salgo con él. Edwina no deja de intentar encasquetármelo. Su madre también está de acuerdo. Los Du Barry tenemos mucho dinero, pero ningún título, así que Eddie quiere pasar a formar parte de la aristocracia casándome con un futuro marqués, pero yo estoy decidida a terminar el curso en Slade y no salir corriendo hacia el altar. La capilla del hotel estaba llena el fin de semana pasado. Chicas de mi edad que se casan con chicos a los que apenas conocen.

«Excelente». Jules mantuvo una expresión impávida. Tenía que ir despacio, con cuidado. De lo contrario, podría asustarla y acabaría en los brazos de esos estúpidos aristócratas que Edwina tanto quería. «Es probable que Caterina aún sea virgen». Aquella idea le alarmó y, para disimular su evidente bochorno, examinó con atención la etiqueta del champán.

Cat dio un trago a su copa. —A mí me llamaron así por este champán. Era la bebida favorita de Daniel. —Entonces, ¿debería dirigirme a ti como Caterina Anastasia? —Dios, no. Llámame Cat, como todo el mundo.

Ella volvió a mirar hacia la ventana. Perfecto. Jules podía fingir que contemplaba la vista cuando en realidad admiraba su perfil. La visión periférica era un truco que había aprendido de niño, cuando su padrastro le enseñó a robar carteras.

Deseó poder quedarse allí sentado para siempre, bebiendo champán de primera calidad y disfrutando de su cercanía y su aprobación. En lugar de eso se puso en pie. —Se está haciendo tarde, Cat. Será mejor que me vaya.

Al llegar a la puerta sintió la necesidad irrefrenable de besarla, pero no tuvo valor. Tal vez lo abofeteara o se pusiera a gritar. Entonces el detective del hotel le daría una paliza. Se sentía incómodo en aquella situación. La miró con inseguridad y le sorprendió que ella le diese un beso en la mejilla. —Gracias por tu ayuda, Jules.

Le dedicó una sonrisa tímida y cerró la puerta antes de que él pudiera decir nada.

Se sentía eufórico y, por primera vez en su vida, las letras edulcoradas de las canciones de amor populares cobraban sentido.

Cuando lo pensó más tarde, Julian Bartholomew no recordaba cómo había vuelto a su habitación. Dio por hecho que había ascendido flotando por las escaleras hasta su dormitorio en el ático en estado de trance, pero no estaba seguro.

Sin embargo, Jim sí lo sabía, porque lo había visto salir del apartamento de Cat y meterse en el ascensor hidráulico dos minutos antes de medianoche. Por lo menos el muy idiota les había dado un respiro a las escaleras. Si hubiera entrado en la sombría escalera del servicio, Jim habría perdido la paciencia y le habría quitado el sentido de una paliza.

CAPÍTULO 17

El juego de la escalera

Al día siguiente, Jim estaba con Cat en una de las galerías superiores, contemplando el antiguo Salón Tucán del Hotel du Barry. Estaba vacío, salvo por una pareja francesa de luna de miel que fumaba Gauloises sin parar. La voz del hombre rebotaba en todas las superficies duras de la Habitación Azul y se oía con claridad.

—Esto es como el mar, Madeleine. Tu piel ha adquirido un peculiar tono verde azulado. —Si sigues así, guapo, esta noche dormirás en el suelo de la *suite* nupcial.

Edwina había redecorado y rebautizado el antiguo Salón Tucán. Había quitado todo salvo el suelo y las columnas de mármol blanco. Las mesas redondas estaban cubiertas por manteles de lino azul y las sillas, el papel de las paredes, la porcelana y las cortinas tenían un nauseabundo tono aguamarina. De las paredes colgaba una serie de cuadros de nenúfares azules verdosos. Los camareros no se sentían cómodos con sus nuevos uniformes color azul pastel y sus zapatos blancos. Abrillantaban una y otra vez la cristalería mientras los últimos rayos de sol iluminaban el humo azul del tabaco de los recién casados.

El *maître* le susurró al sumiller: —Es como estar atrapado bajo el agua. Estamos ahogándonos en el desafortunado gusto de la señora Du Barry. —Sí, es horrible. Odio ir de un lado para otro sin hacer nada.

Jim negó con la cabeza y se volvió hacia Cat. —Si Edwina sigue haciendo cambios drásticos como este, matará el espíritu de los hoteles Du Barry. La gente viene aquí para saborear la opulencia anticuada. No es casualidad que tu abuelo lo decorase como si fuera Versalles.

Cat se asomó por la barandilla de la galería y contempló la Habitación Azul. —¿Cuánta clientela del té de la tarde crees que hemos perdido? —El gentío de entre las tres y las cinco ha desaparecido. Sé de buena tinta que las damas del té de la tarde se han decantado por el Ritz. Por suerte, Edwina ha estado tan ocupada decorando esto que no ha tenido tiempo de fastidiar el resto del hotel.

Cat negó con la cabeza. —Es que no entiendo a Eddie. No se da cuenta de las cosas que para los demás son evidentes. Últimamente, cuando toma una decisión absurda y sale mal, se niega a aceptar los consejos de aquellos que saben. Al menos, cuando Daniel vivía, intentaba controlar sus impulsos. Esta Habitación Azul es hortera. —¿Sabes, Cat? El gusto de Daniel era austero y moderno, pero nunca impuso sus preferencias en los hoteles Du Barry. Siempre le consultaba a Henri la mejor manera de mantener el legado de Maurie. Mi trabajo era preguntar a los clientes y al personal del hotel para saber qué opinaban sobre posibles cambios. —Jim parecía nostálgico—. Danny era un hombre extraordinario, le encantaba hablar del significado de la vida mientras bebíamos cerveza. Henri me decía hace poco que echa de menos esas charlas. —Recuerdo que Eddie se enfadaba con Danny porque decía que ella tenía mejor gusto que vosotros tres juntos.

Jim sonrió. —Eso el tiempo lo dirá, ¿no? —Solía inventarse dramas para poder despertar a Sebastian y enviarlo abajo para interrumpir...

Jim y Cat se quedaron de piedra al oír el ruido de los tacones acercándose. Edwina apareció junto a ellos al instante. Miró a Jim con sus ojos azules y fríos, pero él sonrió con amabilidad y se apoyó en la barandilla con los brazos cruzados en actitud informal. Edwina parecía fastidiada y le pasó a Cat un brazo por los hombros. Lo mantuvo ahí con firmeza pese a que ella intentó zafarse. —Señor

Blade, si no le importa, tengo que hablar en privado con mi hija.

—Desde luego, señora. —Jim asintió secamente con la cabeza y desapareció al doblar la esquina para quedarse escuchando.

Edwina soltó a Cat, rebuscó en su bolso y sacó un cigarrillo de una cajetilla de plata. Se tomó su tiempo para encenderlo y después dio una calada. —Bueno, niña, esta vez sí que la has hecho buena. —¿A qué te refieres? —Mi mayordomo me ha dicho que has estado tomándome por tonta. —¿Tu mayordomo? —Sí. Julian me ha informado de que has estado escaqueándote del trabajo para ir a la escuela de arte. —¡Te lo ha dicho!

Cat estaba atónita. Jules le había dicho: «No tengo por costumbre cotillear con la señora». Obviamente le había mentido. Quizá hubiera estado a las órdenes de Edwina desde el principio.

Edwina se dirigió a ella con frío desprecio. —No esperarías salirte con la tuya, ¿verdad? —No me dejaste otra opción. —No seas estúpida, Caterina. Si hubieras defendido tu caso con convicción, me lo habría replanteado. Ya te dije que no pretendo ser la madrastra perversa. Ahora es demasiado tarde porque, a partir de mañana, trabajarás como fregona. —¡No hablas en serio! Tu lógica carece de sentido. Primero no querías que me juntara con mis amigos del laberinto y ahora me envías allí como castigo para trabajar de fregona. Al mismo tiempo niegas que te estés convirtiendo en la madrastra perversa. Es que no lo entiendo.

Edwina dejó el cigarrillo encendido en el borde de una mesita del siglo dieciocho para poder ajustarse la costura de la media. Cat sabía que estaba ganando tiempo para pensar en su siguiente movimiento.

Contuvo las ganas de bostezar y, en su lugar, puso en práctica la técnica de respiración profunda que le acababa de enseñar el doctor Rubens. «Inspira cuatro veces, cuenta hasta siete y espira en ocho tiempos. Otra vez». En su imaginación miraba por la ventana de un faro blanco que daba al Mediterráneo. Le invadió una inquietante sensación de calma y, en vez de intentar detener a Eddie, dejó que el silencio se alargara.

Edwina se estremeció, percibió que algo había cambiado en Cat y el silencio destruyó su ecuanimidad. —Te lo advertí, Caterina. Tú te lo has buscado. Y ahora experimentarás lo que es vivir en el escalón más bajo. Quizá no tengas en tan alta estima a tus amigos cuando no disfrutes del lujo de la novena planta.

El cigarrillo de Edwina se había consumido y el olor a barniz quemado inundaba el aire. Cat quitó el cigarrillo de la mesa y lo apagó en la suela del zapato. —¿Por qué estás siendo tan desagradable, Edwina? No entiendo tus súbitos cambios de humor. Tan pronto te muestras amable como te pones insoportable. —Caterina, sabes bien que me has traicionado y debes ser castigada. Ahora no puedes irle llorando a Daniel. Creo que un par de horas fregando servirán para que te des cuenta del error de tus acciones, pero solo hablaremos de tu futuro cuando haya recibido una disculpa sincera e incondicional. —Creo que estás reaccionando de manera exagerada, Edwina. —Oh, vamos, podría ser mucho peor. Aunque tardes más tiempo en entrar en razón, terminarás a las tres de la tarde. Eso te dejará tiempo para dedicar a tus pasatiempos. —No es un pasatiempo, es un posible trabajo. —No tengo nada más que decirte, Caterina. Mañana no llegues tarde. —¿A qué hora? —El chef te espera en la cocina del restaurante de la parrilla a las cinco en punto de la mañana.

Edwina se dio la vuelta y dejó a Cat sola en la Habitación Azul. Jim apretó los dientes. Ese cabrón cobarde había delatado a Cat. Y Bertha decía que tenía agallas, iniciativa e integridad. Tonterías. ¿Cuál sería la mejor manera de darle un escarmiento? Quizá podría romperle las rótulas en el patio de la colada. Con frecuencia Julian pasaba el rato allí fumando en vez de trabajando para la señora. Era arriesgado. Si Bertha se enteraba, le cortaría las pelotas.

A las cuatro cuarenta y cinco de la mañana siguiente Cat tomó el ascensor hidráulico para bajar al sótano. Su estado de ánimo iba cayendo con cada piso. Cuando el ascensor se detuvo en el sótano, tomó las escaleras del servicio para bajar a la cocina del restaurante de la parrilla. El personal, con los ojos cansados, la saludaba con sorpresa al cruzarse con ella en el pasillo. Las tuberías de la calefacción se habían congelado y el laberinto estaba helado. Las jóvenes doncellas se frotaban las manos con energía y daban saltos. Un camarero intentaba calentarse las manos sobre una tetera de plata.

Oyó al chef antes de verlo entrar en la cocina de la parrilla. Llenaba el marco de la puerta y a Cat le entraron ganas de reírse. Era una caricatura, un personaje salido de los cuentos de los hermanos Grimm. La oronda barriga le colgaba por encima de la cinturilla de los pantalones y la chaqueta le quedaba demasiado corta y ajustada. «Si es el mismo chef del que me habló Mary, entonces tengo un problema».

Pese al frío helador, el hombre sudaba por el esfuerzo de bajar las escaleras y respiraba entrecortadamente. Tenía la nariz hinchada y llena de poros abiertos y llevaba el pelo lacio peinado en cortinilla para intentar disimular la calva. Estaba de pie a varios metros de distancia, pero aun así Cat percibió la peste de su descuidada higiene personal. Tras él había cinco jóvenes aprendices de cocinero que estiraban sus cuellos flacuchos para intentar ver a la nueva fregona. Sus rostros macilentos mostraban una expectación perversa. Se daban codazos y se guiñaban el ojo entre ellos.

El chef se acercó más y la miró de arriba abajo. Se quedó mirando sus pechos. —Todo parece estar en orden, ¿no estáis de acuerdo, chicos?

Los muchachos se rieron disimuladamente. El chef emitió con la boca un sonido de succión húmedo, parecido al desagüe de una cocina al vaciarse. Podría haber sido admiración. —Me llamarás «chef» o «señor». Como estás en lo más bajo de la escalera, recibirás los peores trabajos, los más asquerosos. Nuestra fregona habitual está de baja por enfermedad. Menuda floja está hecha. Tu madrastra dice que no debería mostrarte favoritismos y que tienes que aprender disciplina. Ha acudido al lugar indicado, porque así es como trabajamos aquí. Tienes que ganarte mi simpatía y, hasta que yo diga que te has ganado mi aprobación, responderás al nombre que yo te ponga. —Yo solo respondo al nombre de Cat, Caterina o señorita Du Barry.

Los aprendices volvieron a reírse y el chef resopló. La rodeó una bocanada de aliento rancio y el estómago le dio un vuelco. El chef dejó de reírse y los muchachos se quedaron callados.

El chef pareció ensancharse y volverse inmenso. Se inclinó hacia delante y le respiró en la cara. —De ahora en adelante, te llamaremos «perro». —¿Perro? ¿Se ha vuelto loco? —Te recuerdo bien. La mocosa ilegítima de esa zorra, Mary Maguire. Tú eres el chucho malcriado desde que el señor Du Barry te acogió en su casa. Sé que no llegarás a nada. Al menos tu madrastra tiene la cabeza en su sitio, pero basta de cháchara. Johnny, llévate al perro a la bodega y enséñale cómo nos gustan las pelotas de patata. Somos muy exquisitos con nuestras pelotas, ¿verdad, chicos?

Los aprendices se rieron nerviosamente. Un joven lleno de granos dio un paso al frente y condujo a Cat fuera de la cocina. Tenía el cuello lleno de chupetones y ella se preguntó quién querría besar a un espécimen tan asqueroso. Mientras bajaban las frías escaleras, se dio cuenta de que la cocina de la parrilla no era la estancia más fría del hotel.

La gélida bodega era increíblemente sombría. Las paredes de arenisca azulada rezumaban humedad y el lugar apestaba a podrido. Una luz tenue iluminaba el centro de la sala y dejaba los rincones a oscuras con un aspecto amenazante. Bajo el haz de luz había un limón solitario y en descomposición rodeado de excrementos de ratón. Junto a un taburete de madera de tres patas se encontraban alineadas las cajas de patatas sucias. Johnny le puso un cuchillo en la mano y volvió arriba para trabajar sin decir una sola palabra.

A lo largo de los siguientes días, Cat peló montañas de verduras y preparó los ingredientes en crudo para la comida. Destripaba el pescado fresco y el olor se le pegó a la piel. No paraba de quitarse escamas de pescado del uniforme y del pelo.

Por la noche daba vueltas en sueños y soñaba que se asfixiaba bajo montañas de patatas. Cada vez que intentaba escapar, los aprendices del chef volvían a empujarla empuñando largos ganchos para la carne. El chef estaba en la puerta riéndose y su boca abierta dejaba ver una hilera de dientes podridos. No fue de extrañar que Cat dejara de desayunar.

Después del trabajo, subía a su apartamento y se preparaba un baño caliente, luego se quedaba allí metida, contemplando la pared del baño. A veces se quedaba dormida y solo se despertaba cuando el agua ya se había enfriado. Bertha la visitaba por las tardes y le subía la cena de la cocina.

Bertha se sentó al borde de la bañera y le lavó la espalda. —Hueles a caballa. Vamos a añadir un poco de aroma al agua. Perfecto. —Gracias. —Deja de ser tan testaruda, cariño. Vete a ver a Edwina, dile que lo sientes e intenta llegar a un acuerdo. —Ni hablar. —No vas a conseguir nada oponiéndote a ella. Julian me ha dicho que solo quiere una disculpa y después podrás volver a Slade como estudiante a jornada completa.

Cat lanzó la toallita de la cara contra la pared. —No menciones a ese chaquetero mentiroso y embustero. —Cat, no fue Julian, fue otra persona la que te delató. Sabes que Edwina utiliza a empleados descontentos como informadores. Jim ha estado preguntando por el laberinto y dice que fue uno de los muchachos de Derek. Y, como todos sabemos, Derek lleva años al servicio de Edwina. Es muy astuta. Sean está convencido de que antes pagaba a alguien para que le espiara y creo que tiene razón. Al parecer Edwina siempre sabía dónde estaba y el nombre de las mujeres con las que pasaba el tiempo. Gracias a Dios que por fin lo ha dejado. —Pero Edwina me dijo que fue Jules quien me delató. —¿Qué? ¿Y tú te lo crees? De verdad, cariño, a veces me dan ganas de zarandearte. Julian está destrozado porque no le hablas. Está muy preocupado por ti. —De acuerdo, te entiendo. Entonces, si no fue Jules, ¿quién fue? —Bien podría haber sido Dylan. Es un secreto a voces que está... enamorado de Edwina. —Joder. No sé cómo alguien podría enamorarse de Eddie. Es la persona más irracional que conozco, pero no pienso arrastrarme ante ella. —Cat, has perdido la perspectiva. No conseguirás nada de Edwina trabajando largos turnos como fregona en la bodega. Enfermarás. Por Dios, mira lo delgada que estás ya. —El olor de la comida me da náuseas. —Mira, te he traído sopa de pollo que he preparado esta tarde, por favor, tómatela. Le he dicho a Jim que iría a visitar a Edwina esta noche para intentar solucionar este desagradable asunto. Normalmente a mí me hace caso. Todavía no he hablado con Mary, pero lo haré.

Cat dio un respingo y el agua de la bañera se desbordó por los lados. Agarró a Bertha del brazo. —¡Para! Tienes que prometerme una cosa. —Cálmate, te escucho. ¿De qué se trata, cielo? —Bajo ninguna circunstancia les hables de esto a Edwina, a Mary, a Sean o a cualquier otra persona. Nadie debe intervenir en mi nombre. Nadie. Bertha, te agradezco mucho tu preocupación, pero debo librar mis propias batallas. —De acuerdo, Cat, tienes mi palabra.

Bertha suspiró, le dio un beso en la mejilla y se marchó.

Cat se secó. Temblorosa, corrió a su dormitorio y se quedó de pie frente al fuego. Acercó las manos a las llamas y al final los dientes dejaron de castañetearle. Deseó ser todavía una niña, vestida con el pijama, sentada en la rodilla de Daniel después del baño; mirando las llamas mientras él se inventaba historias maravillosas de castillos, princesas, guapos caballeros y madrastras perversas. Madrastras perversas. ¡Ja! Si al menos hubiera prestado más atención.

Edwina había escapado de su correa. Parecía haberse convertido en un feroz perro de caza y haber olvidado lo que era la compasión hacia el resto de los seres humanos. «¿Eddie siempre ha sido así? No, desde luego que no. Tal vez estar casada con Daniel le diera sensación de seguridad y pertenencia. Tal vez su extraño comportamiento sea una reacción postergada a la muerte de Daniel».

Cat estaba agotada, pero sabía que, si se iba a la cama en aquel momento, sucumbiría a otra pesadilla más.

Su madre estaba por ahí, en alguna parte, y desde la muerte de Daniel su deseo de encontrarla había crecido, pero ahora mismo no tenía energía para realizar lo que parecía ser una causa perdida. «Tengo que encontrar la manera de alejarme de Edwina. Tengo que encontrar tiempo para trabajar en mis encargos y ser independiente económicamente. Joder, es como jugar al juego de la escalera con una loca. Nunca sabes cuándo va a volver a atacar».

La falta de sueño significaba que a Cat le costaba trabajo permanecer despierta durante el trabajo. Para mantenerse alerta intentaba recordar todas las conversaciones que había mantenido con Daniel. Canturreaba canciones populares y ponía en práctica las técnicas de relajación patentadas del doctor Otto Rubens. Durante las consultas que había tenido con Otto, este le había enseñado a controlar su mente. También habían hablado de cómo solucionar la situación con el chef, pero ella no había seguido su consejo.

Le encantó descubrir que las técnicas de relajación funcionaban de verdad y ahora daba igual lo que hiciera el chef, porque ella ya no se quedaba dormida. Una nueva emoción había sustituido a la somnolencia. Esa emoción era la rabia. Cuando el chef se dirigía a ella como «perro», lo ignoraba. Él la pinchaba con sus dedos gordos. —¡Te estoy hablando, perro! Todas estas patatas están mal. Quiero *noses*. —¿*Noses*? —Sí. Quiero que sean *noses* francesas y elegantes. No horribles patatas inglesas. Quiero *noses*.

Cat no podía borrar la sonrisa de su cara. —Lo que usted quiere son *noisettes*. Patatas peladas hasta que tengan el tamaño de una nuez, para poder freírlas en mantequilla, ¿verdad?

El chef era más bajito que ella, pero bastante más gordo. Se inclinó hacia delante y su halitosis hizo que se le humedecieran los ojos. El estómago le dio un vuelco, pero se mantuvo firme, como Jim le había enseñado. «Es un juego de poder, Cat. No retrocedas jamás ante borrachos o locos, a no ser que te amenacen con el puño».

El chef la agarró del brazo y ella apretó los labios por el dolor. La boca del hombre se transformó en una línea fina y apretada.

—No toleraré que mis empleados sean respondones, perro. Si yo llamo a las bolas de patata *noses*, entonces son jodidas *noses*. —Alzó la voz—. Bajad aquí, chicos. Vamos a darnos un chapuzón.

Los aprendices bajaron por las escaleras con sus rostros taimados cargados de anticipación. Antes de que Cat pudiera moverse, tres muchachos la tenían agarrada. Forcejeó, pero le sujetaron los brazos mientras los demás le agarraban las piernas. Parecían disfrutar ejerciendo más fuerza de la necesaria. El chef daba palmas. —Vamos, muchachos. Vamos a poner a esta perra en remojo.

Cat se retorció mientras la llevaban al pilón y la sumergían en el agua fría y grasienta. Ella arañaba y pataleaba. Un aprendiz trató de meterle la cabeza bajo el agua, pero el chef gritó: —¡Para! Ya es suficiente. No queremos pasarnos, ¿verdad? No olvidemos que el perro es pariente de la jefa.

Los chicos se rieron con disimulo y se marcharon. Cat se dejó caer sobre un saco de patatas y lloró.

Después del incidente en el pilón, Cat reforzó su determinación. Y durante los tres días siguientes se presentó en la cocina del chef con un uniforme limpio y cuidadosamente planchado. El personal del laberinto le decía que abandonara, pero ella se negaba. Declaró que, si alguno le contaba a Mary o a Sean lo que estaba pasando, los encerraría en una habitación fría y dejaría que se murieran de frío. Nadie la creía, pero logró hacerse entender.

Jules le dijo a Bertha: —La señora Du Barry está apagada. Ha perdido el interés por las cosas que le divertían y hace días que no llama a su amante. Belinda me ha dicho que Edwina bajó al laberinto y preguntó cómo se iba a la cocina de la parrilla. Después cambió de opinión y volvió arriba. Cat y ella son igual de testarudas.

Al octavo día, cuando Cat se presentó en la cocina, Belinda estaba esperándola allí. —Has desconcertado al chef —le susurró—. El viejo cabrón no esperaba que regresaras después de tirarte al agua. Por el amor de Dios, Cat, vete a hablar con la señora Du Barry o al menos deja que Bertha hable con ella. Todos estamos disgustados y Henri, el doctor y Jim están deseando intervenir en tu nombre. Arréglalo. Este no es lugar para alguien como tú. Te lo ruego, deja ese cuchillo y márchate. —No, Belinda. Sé lo que estoy haciendo. —Si eso fuera cierto, cariño.

Una hora más tarde, el chef entró corriendo en la cocina y le puso a Cat una zanahoria pelada delante de las narices. —¿Qué coño es esto? —Supongo que es la hortaliza vulgarmente conocida como zanahoria.

El chef agitó la zanahoria delante de ella. —¿Cómo voy a preparar con esto zanahorias Vichy? —Quizá debería comprar zanahorias de mejor calidad. Yo no hago milagros. —¡No me respondas! ¡Chicos, bajad aquí! El perro quiere darse otro chapuzón. Johnny, trae el insecticida líquido y le quitaremos también las pulgas.

Cat agarró una pesada sartén del fregadero, la asió con ambas manos y la levantó por encima de la cabeza como si fuera una raqueta de tenis. —¡Al primer cabrón que me toque le atizo con esto!

Los aprendices se quedaron en la puerta mirándose los unos a los otros. No sabían qué hacer. El chef gritó: —¡Haced lo que os digo u os despido a todos! Por el amor de Dios, no es más que una zorra de cocina.

Pero, pese a sus amenazas, los aprendices permanecieron de piedra en la puerta. Johnny dejó la lata de insecticida, se cruzó de brazos y se negó a moverse.

El chef agarró a Cat del pelo y el dolor hizo asomar las lágrimas a sus ojos. Ella le dio un fuerte golpe en la cabeza con la sartén. Su cara registró una intensa sorpresa mientras caía lentamente al suelo. Intentó agarrarla mientras caía, de modo que ella le dio una patada en las pelotas. Con fuerza. El hombre se dobló de dolor al intentar protegerse los genitales y, al hacerlo, chocó contra un estante lleno de cacerolas de hierro.

Cat lo vio a cámara lenta. El estante se inclinó hacia ella y las cacerolas se soltaron de sus enganches. Se protegió la cara e intentó frenar la avalancha para que no la enterrara viva. Demasiado tarde. Una enorme olla de hierro le dio en la cabeza y enseguida perdió el conocimiento.

Lo último que pensó fue: «Soy Cat du Barry y no tengo miedo. Soy la dueña de mi propio destino».

CAPÍTULO 18

Las sombras tienen piernas

Mientras dormitaba, oía que alguien lloraba. Le dolía la cabeza, pero el dolor disminuyó cuando las jeringuillas hipodérmicas se clavaron en su piel. Las enfermeras de uniforme blanco aparecían y desaparecían de su campo de visión, pero seguía oyendo el llanto incansable de una mujer. A intervalos regulares alguien le levantaba los párpados y le enfocaba los ojos con una luz brillante. La manoseaban sin piedad. Le tomaban el pulso e introducían instrumentos fríos por sus orificios. Y ella seguía durmiendo. Le inyectaban líquidos y unas manos capaces le daban la vuelta y la lavaban. Los camilleros la levantaban para cambiarle las sábanas y ponerle vendas nuevas en la cabeza. Oía a los hombres murmurar y discutir. Abrió los ojos y vio a un grupo de médicos con bata blanca reunidos en torno a su cama. Pero, antes de que se dieran cuenta de que estaba consciente, volvió a caer en un sueño profundo.

El sueño la reclamaba y Cat sintió que volvía a ser un bebé otra vez, colgada en la cuerda de tender. Mary la mecía con suavidad. Y entonces el cielo se oscureció. Una sombra negra se cernió sobre el patio de la colada. El chef era un gigante obeso que bloqueaba el sol. Sus piernas eran como troncos de árbol y, a cada paso que daba, el suelo temblaba y se agrietaba. El personal se esfumaba. El chef llegaba y tiraba a Cat de la cuerda con un movimiento rápido. Ella salía volando antes de precipitarse hacia el suelo. —¡Abre tus alas! Ahora —gritaba Mary. El suelo estaba cada vez más cerca, pero ella batía torpemente las alas y ascendía hacia el cielo. El chef trataba de agarrarla, pero se enredaba en las cuerdas de la ropa y caía con todo su peso sobre la azotea del hotel. Sus nalgas destrozaban el invernadero del Jardín de Invierno y gritaba mientras los trozos de cristal se le clavaban en el culo gordo. La gente huía en todas direcciones mientras el chef saltaba de dolor de un lado a otro antes de caer de cara sobre la abadía de Westminster. El chapitel se le clavaba en el corazón y salía por el otro lado del cuerpo. El personal aplaudía mientras ella volaba sin esfuerzo hacia el sol. Los llantos cesaban.

Cat emergió del sueño. Todo estaba oscuro y solo había una luz débil al final del pabellón. Una enfermera rubia estaba escribiendo sentada a una mesa bajo una lamparilla verde. Cuando oyó que Cat se movía, dejó la pluma y corrió hacia ella. —¡Gracias a Dios!

Cat se dio la vuelta y cerró los ojos.

A la mañana siguiente, Cat se despertó con el sonido de los carritos al pasar y el inconfundible aroma de los melocotones madurados al sol. Entre los jarrones llenos de flores del invernadero había una cesta con doce melocotones perfectos. Cada uno de ellos descansaba sobre un lecho de papel de seda. Cat supo que Henri Dupont había estado haciendo de las suyas. Y en el piso más alto del Hotel du Barry, una heredera contemplaría de mal humor un plato de ruibarbo cocido y diría: —¿Qué es esta asquerosidad? Me dijeron que ya habían llegado mis melocotones de importación.

Cat se tocó la cabeza con cuidado. El dolor del cráneo había disminuido hasta ser una ligera molestia. Trató de incorporarse, pero el dolor aumentó. La enfermera rubia había desaparecido y, en su lugar, había una joven morena. —¿Quién era la mujer que lloraba? —susurró Cat. —Tu madrastra. Ha estado aquí todo el tiempo. La enfermera jefe bajó anoche e insistió en que se fuera a casa.

—¿Edwina estaba llorando? —Sí. Estaba desconsolada. La pobre mujer se culpa de tu accidente. También te han visitado a menudo el señor Blade y la señora Brown, pero por desgracia solo permitimos familiares en este pabellón. Y alguien dijo que la señorita Maguire estuvo aquí con el caballero que trajo los melocotones y alguien a quien llamaba doctor. Discutieron con tu madrastra. La señora Du Barry ordenó a la enfermera jefa que no permitiera que te visitaran. —Es muy importante que vea a la señora Brown, al señor Dupont, a Blade, a Kelly, al doctor Ahearn y a la señorita Maguire. Por favor. Significaría mucho para mí. Ellos son mi verdadera familia. —Veré lo que puedo hacer. Quizá la enfermera jefe pueda autorizar que te trasladen a otro pabellón. Entonces podrás tener más visitas. —Gracias.

La enfermera acarició los melocotones aterciopelados con gran delicadeza. —La tarjeta dice: *Mejórate. Henri Dupont.* Tiene mucha clase. ¿Cómo ha logrado encontrar fruta de verano en esta época del año? Nunca había visto melocotones tan hermosos. —Los traen de climas más cálidos. Henri puede conseguir cualquier cosa. —¿Cualquier cosa? —Sí. Cualquier cosa.

La enfermera se sonrojó y se rio nerviosa. —No tengo apetito y es una pena que se echen a perder —añadió Cat—. ¿Por qué no te los quedas y los compartes con el resto de las enfermeras? —Dios. Muchísimas gracias. Las chicas estarán encantadas. ¿Y qué hay de ese joven tan guapo? Seguro que te mueres por verlo. —¿Quién? —La hermana del turno de noche lo vio cuando subía por la tubería de desagüe en mitad de la noche. Era como esa foto de Douglas Fairbanks. La hermana le reprendió severamente, pero él la encandiló y ella le permitió quedarse un rato. Tenía algo de acento irlandés, pero un nombre inglés. En alguna ocasión sonó francés. Creo que dijo que se llamaba John Barthe, ¿o era Julian Brown? —¿Julian Bartholomew? —Sí, eso es. Al parecer estaba cuidando de ti como si fueras la Bella Durmiente o algo así. Dios, qué suerte, ¿no? Te gusta, ¿verdad? —No lo sé. —Riñas de enamorados, ¿eh? —Mire, es el mayordomo de mi madrastra. Así que es un poco incómodo y preferiría que ella no supiera que ha estado aquí o que tengo alguna relación con él. No quiero que las cosas sean más difíciles de lo que ya son. —Ah, lo comprendo. No te preocupes. Se lo diré a la hermana. —Gracias. Dígame una cosa, ¿el hombre al que ataqué con la sartén también está en el hospital? —Bueno, eh… Oh, creo que me llama un paciente. Tengo que irme.

Se esfumó con rapidez y sin hacer ruido con sus zapatos de suela de goma.

Cat abrió los ojos varias horas más tarde. Edwina estaba allí sentada, inmaculadamente vestida, pero con ojeras. Daba vueltas sin parar a una pulsera de oro que llevaba en la muñeca y miraba al vacío. Cat resistió el impulso de dormir respirando como le había enseñado el doctor Rubens. Cuando intentó incorporarse, Edwina se le acercó y le recolocó las almohadas. —¿Así está mejor, cariño? ¿Necesitas que te traiga algo?

Cat miró a su alrededor, pero no había nadie más en el pabellón. Se recostó sobre las almohadas e intentó no parecer sorprendida. Se miraron la una a la otra con desconfianza. Edwina fue la primera en hablar. —Caterina, quiero que sepas que me gustaría empezar de nuevo contigo. Estoy segura de que podemos llevarnos bien si nos lo proponemos. —Claro. Podríamos intentarlo. —Mira, yo nunca he entendido a las mujeres. Las mujeres siempre piensan mal de mí. Cuando trabajaba en el teatro, me culpaban de todo. Una chica incluso me acusó de haber prendido fuego a su apartamento. ¿Te lo puedes creer? No me extraña que me cueste menos ser amiga de los hombres. ¿Sabías que yo era gemela?

Cat negó con la cabeza. —Mi madre dio a luz a gemelos y siempre estuvo resentida conmigo. Solo quería un hijo, un hijo varón. Pero de pronto se vio con dos, así que a mí me rechazó por completo y solo cuidó de mi hermano. Él pudo quedarse en casa cuando a mí me enviaron al internado. Era demasiado joven, así que falsificó mi certificado de nacimiento para poder matricularme. No recuerdo que mi madre me abrazara jamás, a no ser que no le quedara más remedio. Me gustaba cuando me cortaba las uñas de las manos, porque me sentaba en su regazo y entonces tenía que tocarme. —¿Cómo se llamaba tu hermano? —preguntó Cat, aunque ya supiera la respuesta. —Matthew. Estábamos muy unidos. Él intentaba protegerme de la rabia de mi madre. Casi nunca nos separábamos cuando yo no estaba en el colegio. Murió en un horrible accidente de tráfico antes de que tú nacieras. —Debes de echarlo mucho de menos. —Sí, la pena nunca se va. Siempre está ahí. Como un dolor molesto. Éramos la misma persona dividida en dos seres distintos. —Lo siento. Y siento todo lo que ha ocurrido.

Edwina se sonó la nariz con delicadeza y adoptó un tono más resuelto. —Ya basta. No quiero aburrirte. Centrémonos en lo positivo. He decidido que no es necesario que trabajes en nuestros hoteles. Tú concéntrate en crear arte. La gente no para de decirme lo talentosa que eres. —Gracias, Edwina, pero, cuando herede los hoteles Du Barry, quiero encargarme del negocio personalmente. Daniel me dijo que un buen hotel es un organismo vivo y hay que entenderlo y cuidarlo para sacarle el máximo partido. También decía que Jim está en perfecta sincronía con los ritmos biológicos del Hotel du Barry. Así que me gustaría seguir trabajando para él al menos tres o cuatro horas a la semana. Ya he aprendido muchas cosas. —Como desees. ¿Sabías que, cuando nos casamos, Danny insistió en que los jardineros pusieran en el gramófono discos de Beethoven y de Tchaikovsky en el Jardín de Invierno? Les decía a los jardineros que las plantas responden a la música clásica y expresan su agradecimiento con un crecimiento vigoroso. —Es maravilloso.

Edwina se alisó la falda con cuidado. —Hay algo desagradable que debería contarte.

Cat luchó por mantenerse despierta. —Ya lo sé. El chef ha muerto.

Edwina se quedó de piedra. —¿Quién te lo ha dicho? —Nadie. Lo soñé. —Su muerte no tuvo nada que ver contigo. Perdió el conocimiento solo durante unos segundos después de que le golpearas. Luego se puso en pie y pidió una ambulancia para que fueran a recogerte. El doctor Ahearn lo trató y lo envió a casa. —Tengo la impresión de que hay algo que me estás ocultando, Edwina.

Edwina rebuscó en su bolso y se tomó su tiempo para encender un cigarrillo. —El chef descubrió que su esposa se había marchado. Se había ido a Francia con el *maître* de nuestra Habitación Azul. Al parecer se bebió una botella de *whisky* barato, se puso sensiblero y se tiró desde el puente de Londres. Es una auténtica tragedia. Resulta muy difícil encontrar buenos *maîtres*. Estoy intentando conseguir a uno del Ritz. —Ah.

Cat se dejó caer sobre las almohadas y se quedó mirando al techo. A los pocos segundos ya se había dormido.

Edwina recogió su bolso y se acercó con delicados pasos de bailarina hasta el balcón. El invierno estaba dando paso a la primavera y los árboles comenzaban a florecer. Tiró el cigarrillo encendido por el balcón y vio a dos pequeñas palomas picoteándose la una a la otra de manera salvaje.

Se imaginó al gran Sigmund Freud de pie junto a ella, explicándole que las palomas no eran más que hermanas celosas que luchaban de manera subconsciente por el poder. Con frecuencia mantenía conversaciones imaginarias con Freud. Él estaba embelesado por su belleza y su inteligencia. También estaba impresionado por su audaz perspicacia psicológica.

Siendo muy pequeña, Eddie Lamb había aprendido a refugiarse en un mundo de fantasía creado por ella misma y ahora, tras años de práctica, su capacidad para trascender la realidad estaba ya arraigada en su psique.

CAPÍTULO 19

Mujeres que beben solas

Era tarde y Edwina estaba acurrucada en la cama con el doctor Sigmund Freud y un ponche de *brandy* caliente. *La interpretación de los sueños*, de Freud, le proporcionaba estimulación intelectual y los temas de conversación que tanto necesitaba. Estaba ansiosa por realizar el viaje hacia el inconsciente y sobre la mesilla de noche había un cuaderno en blanco y una pluma. Todas las noches se iba a dormir con la esperanza de tener sueños reveladores, pero de momento no lo había logrado. De hecho no recordaba haber tenido nunca sueños agradables; las pesadillas la habían atormentado desde el internado. A veces la única manera de evitar los terrores nocturnos era mantenerse despierta toda la noche.

Se acurrucó más bajo la colcha y oyó que el Big Ben daba las tres de la madrugada. El hotel, por fin, estaba en silencio. Su bolsa de agua caliente seguía templada y tenía los pies ardiendo. Suerte para Julian que la bolsa de agua caliente estuviera haciendo su trabajo, porque no habría dudado en sacarlo de la cama para que fuese a rellenársela.

Edwina aguantó la respiración y se concentró en un nuevo sonido. No cabía duda de que alguien estaba metiendo una llave en la puerta de su apartamento. Dejó escapar el aliento despacio. Nadie sería tan estúpido como para intentar robarle. El hotel era tan seguro como el Lloyd's de Londres. Al fin y al cabo, ese tramposo de Jim Blade había contratado a unos policías para realizar el turno de noche y ella había cambiado hacía poco la cerradura de la puerta. ¿Quién podía ser entonces? Oyó unos pasos pesados que cruzaban la tarima. «Es un hombre». El intruso no hacía ningún esfuerzo por ocultar su presencia. Dios, se dirigía directo hacia su dormitorio. Edwina se encogió bajo la colcha.

Él abrió la puerta, se apoyó en el marco y encendió un cigarrillo. Obviamente había salido esa noche por la ciudad, porque llevaba puesto un esmoquin hecho a medida. Debía de haber estado lloviendo, ya que tenía los hombros húmedos y el pelo parecía mojado. Ella recordó cómo se le rizaba el pelo a la altura de la nuca. Deseaba tocarlo, besarlo, acariciarlo, llevárselo a la cama y quedarse allí piel con piel. Ansiaba que le hiciera el amor.

Él estaba observándola con los párpados entornados. Como de costumbre, intentaba evaluar la situación sin dejar al descubierto sus propios pensamientos. —Buenas noches, Eddie. Como en los viejos tiempos, ¿verdad? Yo de pie en la puerta y tú fingiendo sorpresa por mi intrusión.

Edwina bostezó y fingió aburrirse. —¿Qué haces aquí, Sean?

—Se me ha ocurrido hacerte una visita nocturna, ya que te niegas a responder a mis llamadas e incluso ignoras mi presencia en público. —Estoy muy ocupada últimamente. Y son las tres de la mañana. Además, no toleraré que fumes en la alcoba.

Edwina se recolocó el *negligé* para que sus pechos quedaran cubiertos.

Sean Kelly tiró la ceniza al suelo. —¿Desde cuándo, querida? Hemos compartido muchos cigarrillos postcoitales en esta habitación. Dime, ¿quién calienta tu cama últimamente? Confiesa. Es uno de los nuevos muchachos dublineses, ¿verdad? —Mis aventuras ya no son asunto tuyo. ¿Y quién diablos te ha dado la llave? —Eso sería chivarse. Pareces haberte olvidado de que hace tiempo yo fui uno de los gerentes del Hotel du Barry. —Márchate o llamaré a los vigilantes nocturnos.

Sean recorrió la habitación y se sentó en la cama. Se quitó el pañuelo de seda. —No hagas eso. Tengo algo que no puede esperar un minuto más.

Edwina se encogió contra el cabecero. —¡No me toques!

Sean le bajó la parte delantera del *negligé* y le acarició los pechos con suavidad. —Tengo que saber por qué te negaste a confirmarle a la policía el hecho de que yo estaba aquí, en tu cama, la noche en que Daniel murió.

Ella le dio un manotazo para apartarle la mano. —Porque no estabas aquí. Probablemente estarías por ahí con otra mujer. —¿Por qué me haces esto, Eddie? ¿No sabes que eres mi única coartada y me has convertido en sospechoso de asesinato? —Por supuesto.

Sean centró su atención en la parte más suave de su cuello. Normalmente a Edwina le encantaba que la acariciara, pero esa noche su tono era siniestro. —¿Qué pasa, Eddie? —le susurró—. ¿Qué te hizo decidir dejarme plantado? ¿No te prestaba suficiente atención? Tal vez un viaje a París te habría animado un poco.

Metió las manos por debajo de la colcha y fue acariciándola hasta llegar a la parte superior de sus muslos. Le separó las piernas. Ella no tenía poder para resistirse. Luchó por ignorar el calor que despertaban sus dedos. Le temblaba la voz y respiraba entrecortadamente. —Estoy intentando proteger el apellido Du Barry por el bien de mi hija. No puedo permitir que alguien sepa que éramos amantes, aunque no me importaría que supieran lo cabrón que eres.

Sean resopló. —Estoy seguro de que has tratado con cabrones peores que yo.

Edwina se incorporó. —Pienso volver a casarme y no puedo permitir que se sepa que estuve acostándome con un *gigolo* durante más de una década. No cuando podría casarme con un caballero con título de la alta sociedad británica o quizá con un brillante psiquiatra respetado internacionalmente.

Intentó apartarse de él, pero la aprisionó contra la cama, le quitó el *negligé* con facilidad y lo tiró al suelo. Edwina se estremeció e intentó cubrirse tirando de la colcha hasta el cuello. Sean se puso cómodo sobre las almohadas y cruzó las piernas. Ella supo que estaba intentando conseguir una reacción, de modo que fingió no darse cuenta de que sus zapatos mojados estaban empapando la colcha blanca de satén.

Él metió la mano otra vez bajo la colcha y se abrió camino hasta la unión de sus muslos. —Eddie, ¿has informado al doctor Otto Rubens de tus intenciones? Pese a su marcada masculinidad, eres capaz de espachurrarlo como a un gorrión y escupir sus plumas. Quién sabe, igual le apetece la experiencia. ¿O acaso tiene deseos suicidas? —No seas tan cruel. ¡Y deja de hacer eso!

Él respondió arrancando las sábanas antes de devolver los dedos al calor de su entrepierna. Edwina estuvo a punto de ceder antes de apretar las piernas con fuerza.

Él se apoyó sobre la almohada. —Te encanta que te toque así, ¿verdad, Eddie? Ya estás húmeda y lubricada. Admítelo. Quieres sentirme dentro de ti, ¿verdad? Lo único que tienes que hacer es decir que sí.

Ella lo apartó. —¡Para! Tú y yo hemos acabado. Voy a dejar atrás todos los escándalos. Imagina que la gente descubriera que he estado teniendo una aventura amorosa con uno de los mejores amigos de mi marido. —Creo que estás adornando los hechos, Eddie, querida. —De acuerdo. Imagina que la gente descubriera que me había enamorado de Sean Kelly, un canalla inmoral que proporciona servicios sexuales a mujeres de la alta sociedad, pero que además no puede resistirse a acostarse con zorras de clase trabajadora. —Dime sus nombres. Vamos, te desafío. —Bueno, tenemos a tu vecina, Jennifer Jones. Y también tenemos a Mary Maguire, claro, y a esa camarera tan vulgar llamada Brenda que trabaja en el Fox and Hounds. ¡Déjalo ya!

Sean sonrió y siguió acariciándole los pechos. —*La dama protesta demasiado, me parece*. Debo decir que estás muy bien informada, pero te falta algún detalle. Te estás volviendo descuidada, cariño. Que lo sepas, Jenny Jones es lo más cerca que he estado nunca de tener una hermana pequeña y la protegería frente a cualquier cosa.

Así que dile a tu informador que se mantenga apartado de ella o lo localizaré y le sacaré los ojos con un tenedor.

Edwina puso los ojos en blanco. —No has dicho nada de las otras dos. —Brenda es la dueña de The Dirty Duck, no una camarera del Fox and Hounds. Crecí con ella en Dublín. Es una muchacha agradable y nos conocemos desde siempre. En cuanto a Mary Maguire, eso es asunto mío y no permitiré que la difames. Así que déjalo. —¿Sabes, Sean? Siempre me he preguntado por qué no habrá una palabra en inglés para definir a un hombre que es una zorra. —No seas malhablada, Eddie. No puedo evitar que las mujeres me deseen. Me gusta verlas felices y satisfechas. Es mi debilidad, no puedo decir que no. —Le lamió lentamente el pezón izquierdo—. ¿Sabes? Siempre he sospechado que tenías a alguien siguiéndome. Dime, ¿quién te hace ahora el trabajo sucio? Es un empleado del Hotel du Barry, ¿verdad? —No es asunto tuyo. No hago más que protegerme.

Sean centró la atención en el pezón derecho. —¿De qué? —De un hombre que no tiene ningún escrúpulo moral. Un hombre que espera que sacrifique mi reputación para salvar la suya.

Él se encendió otro cigarrillo. —Yo no tengo ninguna reputación que merezca la pena salvar y nunca he fingido ser mejor de lo que soy. ¿Estás planeando llevarme a juicio por el asesinato de Danny? Ni siquiera tú llegarías tan lejos. —Tú mataste a Danny porque deseabas casarte conmigo y hacerte con la fortuna Du Barry. Estabas borracho en ese momento y los celos te pudieron. Sin duda te arrepentiste cuando recuperaste la sobriedad.

Edwina le tiró del pelo y alcanzó su ponche. Él dejó caer el cigarrillo en su vaso.

Sean se levantó de la cama, se quitó la chaqueta del esmoquin y la tiró sobre la cama. —Joder, Eddie, ¿se trata de una broma enfermiza? Si te hago el amor ahora, ¿desaparecerá tu ira? —Se quitó la pajarita y comenzó a desabrocharse la camisa—. ¿O quieres un polvo de castigo, conmigo de rodillas, rogándote que no me delates? ¿Qué diablos está pasando? ¿Estás enfadada porque no respondí cuando dijiste que me querías? —No te lo tengas tan creído. Nunca estuve realmente enamorada de ti. ¿Cómo iba a estarlo cuando no parabas de pegarme? —Eso es mentira. Solo te daba en el culo porque insistías. El sadismo no es mi estilo, pero ese hermano tuyo tiene mucho que explicar. No me extraña que seas tan retorcida. —¿Cómo te atreves a mencionar a Matthew? —No seas tan picajosa. Es cierto y lo sabes.

Ella tiró la chaqueta del esmoquin al suelo. —¿Sabes, cariño? Todavía tengo las fotografías que se sacaron después de que me dieras una paliza.

Sean perdió el control, la agarró por los brazos y la zarandeó. —Cualquier fotografía que tengas es un montaje. ¿O son las mismas fotografías que se tomaron después de que ese bestia te enviara al hospital? ¡Jesús! Y pensar que fui tan estúpido como para hacer que se tragase los dientes porque me dijiste que te había violado y humillado.

Edwina contempló las marcas de sus brazos con un asombro fingido. —Eres un bruto, mira lo que me has hecho. Sabes que me magullo con facilidad. Como un melocotón.

Sean se puso en pie con los puños apretados y lívido de ira. —Nunca pensé que te rebajarías hasta ese punto. Es evidente que te subestimé, eres mucho más perversa de lo que pensaba. Imaginemos que voy a juicio por el asesinato de Daniel. Cualquier fotografía trucada que utilicen como prueba no cambiará nada, porque al final será tu palabra contra la mía. Así que te desafío a que seas mala. —¿En serio? ¿Qué me dices de esas cartas incriminadoras que escribiste? Las tengo todas. «Quiero que tu marido desaparezca, Eddie. No puedo soportar la idea de que te toque». —¡Entrégamelas ahora mismo o lo lamentarás!

Edwina se rio y agarró un cigarrillo. —Me parece que no. Sabía que en algún momento querrías recuperarlas. Demasiado tarde. Tus cartas de amor están en una caja fuerte del banco junto con otros objetos de valor.

Sean le arrebató el cigarrillo y dio una calada. —Ambos sabemos que mis cartas eran solo un juego. Formaba parte del servicio a cambio de una tarifa. Eres una frígida y solo los juegos y las bofetadas te excitan. De nuevo esto se remonta al sádico de tu hermano. La mayoría de los psiquiatras lo llamarían incesto. —¡No metas a Matthew en esto! —No. Porque él fue quien te fastidió la vida. Si no hubiera sido por Matthew, nunca habrías conocido a Daniel. Y Danny representaba el dinero fácil y la vida de lujo a la que siempre habías aspirado, así que llegaste con él a un acuerdo prematrimonial por adelantado, un negocio, y después renegaste. ¿Por qué?

Edwina se secó una lágrima. —Yo quería a Danny. Había sido sincero desde el principio y no me importaba que no me amara, pero yo quería ser la que le hiciera feliz. —Mentirosa. Y no me vengas con lágrimas de cocodrilo. Una fuente de confianza me dijo que con frecuencia te referías a él como la Caja Registradora. Después la vanidad pudo más y pensaste que tendrías mayor poder sobre él si lo seducías para que cambiara sus preferencias sexuales. Eso fue injusto y estúpido por tu parte, Eddie.

Ella se sonó la nariz. —Por favor, para. —Buena idea. No tengo estómago para esto.

Ella lo miró a los ojos. —Puede que dijera cosas precipitadas sobre Daniel cuando estaba borracha, pero lo amaba de verdad. Pensaba que envejeceríamos juntos. Era demasiado orgullosa para llorar como todos y ahora estoy angustiada y ataco a todo el mundo, incluso a ti. —Le tocó la cara con mucha suavidad—. Lo siento mucho, Sean.

Él se tensó al instante. —Eddie, tu comportamiento pasa de castaño oscuro. El personal ahora te tiene miedo y oigo historias sobre ti por toda la ciudad. No te has comportado como una viuda doliente. —Oh, Dios. ¡Todo Londres está hablando de mí! Pero bueno, no fue un asesinato. Daniel se suicidó y ha dejado tras de sí un buen desastre. Sufría terriblemente, pero su orgullo no le permitía admitirlo. Esa maldita guerra seguía acompañándole y nunca superó la pérdida de su familia. Tú, al igual que el resto de sus amigos, nunca llegaste a ver al verdadero Daniel du Barry. Era un gran actor y ocultaba el hecho de que se estaba rompiendo por dentro. ¿Sabes? Insistí mucho para que fuera a ver a un psiquiatra, pero se negaba.

Sean volvió a sentarse sobre la cama y se frotó la frente. —Jesús, Eddie, no sabía nada de eso, pero no nos vayamos del tema. Soy sospechoso de asesinato y necesito que me des una coartada.

Ella lo miró con sorna. —Vamos, querido. ¿Sean Kelly un asesino? Al negarte una coartada no te estoy enviando a la horca. Conseguirás librarte de los problemas con tu labia, como haces siempre. Imagínatelo como un contratiempo. —¡Un contratiempo! ¿Estás loca? —Mira, si cooperas nos protegerás a Cat y a mí de una vida de insinuaciones y vergüenza. Si me caso con alguien de buena familia, no solo seré capaz de proteger su reputación, sino también asegurar su futuro. No querrás ver a Cat marginada por la alta sociedad, ¿verdad?

Sean se quedó mirándola con atención. —Mi detector de mentiras se ha disparado y está en alerta roja. ¿Por qué no confío en ti, Eddie?

Edwina le dio un beso en la boca. —Estás siendo un paranoico. Y desde luego necesitamos una copa. —De acuerdo. Traeré el coñac, pero todavía no he acabado. De ninguna manera.

Abandonó el dormitorio y Edwina oyó sus pasos en dirección al comedor. Bien. Eso le daba tiempo para pensar. Se levantó de la cama, se puso una bata de terciopelo blanco y se recostó en la *chaise longue* para que sus atributos quedaran al descubierto de manera recatada y a la vez seductora.

Edwina se bebió su copa en dos tragos y Sean le sirvió otro coñac. Después se levantó, dejó su copa sobre la repisa de la chimenea y se quedó mirándola en silencio. Al ver que no decía nada, le puso ambas manos sobre los hombros y la miró fijamente a los ojos. —Tu ira ha estado fuera de control. Necesito una coartada. No me la niegues, te lo ruego. Podría acabar ahorcado. —No has confesado el asesinato del chef. Las mentes más suspicaces creen que fuiste tú. —¿Qué? —Te oyeron preguntarle al pagador la dirección del chef. —Es cierto, quería darle una paliza. Humillar a Cat es inaceptable. Ella es débil, pero Jim me disuadió, me dijo que le correspondía a él tratar con el chef y que yo no debía meterme. Y tenía razón. —Tonterías. Siempre has sido muy protector con Caterina. Es una de las pocas cosas que te redimen. Esto es lo que yo creo que pasó, Sean. Perdiste los nervios y asfixiaste al chef o lo ahogaste. Una vez me dijiste: «Un hombre puede ahogarse en quince centímetros de agua». Después te llevaste al chef al Puente de Londres y lo lanzaste al río para que pareciera un suicidio.

Sean se quedó mirándola con la cara pálida.

Edwina sonrió y le acarició la mejilla. —No te preocupes. No tengo intención de dejar que te ahorquen por dos asesinatos, por tentador que resulte. No te daré una coartada, pero tengo un plan maravilloso. Llevo días pensándolo.

Sean se mostró incrédulo. —¡Me jodes y ahora tienes el descaro de anunciar que tienes un maldito plan! —Correcto. Tienes que abandonar Gran Bretaña al menos durante un año, mientras se resuelve todo este asunto. Al final tendrán que admitir que fue un suicidio y no un asesinato. ¿Sabes una cosa? Preveo que, dentro de dieciocho meses, no será más que otro escándalo más del Hotel du Barry.

Edwina atravesó la habitación y tocó la base del marco de un cuadro erótico. El panel de la pared se deslizó y reveló una caja fuerte escondida. Giró la manivela, sacó un maletín y lo depositó sobre la cama. —Si liquidaras tus activos levantarías sospechas. Cariño, aquí hay suficiente dinero para que vivas durante algún tiempo. Puedes marcharte de Londres con un nombre falso. Quizá puedas irte a Australia y montar un negocio, un hotel de lujo o un burdel exclusivo. Haz lo que quieras con este dinero, pero no pongas un pie en Inglaterra hasta que la ley declare que el caso está cerrado. Porque, si lo haces, te entregaré a la policía.

Sean se dejó caer sobre la cama.

Edwina metió la mano en el maletín y sacó una pequeña tarjeta blanca. —Toma esto. Llámale mañana. Él te conseguirá los papeles falsificados y un pasaporte. Yo te concederé ventaja evitando a la policía durante cuatro días más. Mi médico puede volver a sedarme. Al fin y al cabo, sigo llorando por Danny y el accidente de mi hija me ha debilitado. Eres sospechoso del asesinato de Danny y sin duda aparecerán más testigos si ofrezco una recompensa generosa. Corren tiempos difíciles y la gente de la calle está desesperada.

Lo estrechó contra sus pechos desnudos y le acarició el pelo con cariño. La imagen reflejada en el espejo le gustó, de modo que lo abrazó con más fuerza y deseó poder capturar el momento con una cámara para la posteridad. Un pequeño recuerdo de un hombre al que todavía amaba.

Sean se apartó de ella. «Jesús, está lo suficientemente loca como para delatarme. Esta mujer hará cualquier cosa con tal de quedar bien con la alta sociedad británica y yo solo soy un obstáculo para ella. Quizá no fue solo Daniel quien tuvo una crisis nerviosa».

—De acuerdo, Eddie, lo entiendo. Y ahora te lo ruego. Por favor, no me hagas esto. Si huyo de Inglaterra, será como declararme culpable. ¿Qué quieres de mí? Haré cualquier cosa si te olvidas de este plan descabellado.

Ella le rodeó con los brazos y lo besó con pasión en los labios. Sean vio las lágrimas en sus ojos. —Es demasiado tarde, querido. Vete antes de que cambie de opinión y llame a la policía. Te daré cinco minutos para decidirte.

Edwina metió los pies en unas zapatillas de plumas blancas y abandonó el dormitorio.

Sean se sentó en la cama y se llevó las manos a la cabeza. Pasaron nueve minutos. El reloj del pasillo dio la hora. Se levantó, se puso la chaqueta, recogió el maletín y se marchó. Sus pasos al alejarse resonaron por el apartamento silencioso.

Edwina oyó cerrarse la puerta, después corrió al dormitorio y abrió la ventana. Agitó las cortinas para librarse del humo del tabaco y escondió bajo la cama la cigarrera y el pañuelo de seda de Sean. Se roció con perfume francés y después llamó al servicio de habitaciones. —Soy la señora Du Barry. Traigan una botella de nuestro mejor champán y dos copas. Ahora mismo.

Se libró de las copas de coñac, después volvió a pintarse los labios de rojo, se empolvó la nariz y se miró en el espejo.

Llamaron suavemente a la puerta del apartamento. Adquirió una pose sensual sobre la cama y dijo: —La puerta está abierta. Tráiganlo al dormitorio.

El muchacho somnoliento que llevaba la bandeja se parecía sorprendentemente a un joven Sean Kelly.

Edwina dio una palmadita sobre la cama. —Ven, Dylan, hazme compañía, me siento triste.

La cantidad de perfume caro que flotaba en el aire hizo que a Dylan le diera vueltas la cabeza, pero se concentró en su tarea. Sus ojos verdes contemplaron las piernas desnudas de Edwina y después admiraron su rostro exquisito. —¿La señora desea que le descorche la botella?

Ella agachó la barbilla y lo miró con coquetería. —Mmmm, por supuesto, pero necesito algo más que una copa de champán. Ya sabes lo que quiero, Dylan, así que no perdamos tiempo con formalismos.

Le agarró de la corbata y tiró lentamente de él hacia la cama.

Dylan sonrió y se apresuró a quitarse la chaqueta.

CAPÍTULO 20

Hechos ruines

Henri Dupont se levantó temprano y se puso su máscara de conserje. Antes de irse a trabajar, se detuvo en el dormitorio para darle un beso de despedida a su esposa. Ella estaba tumbada bocarriba sobre la cama de matrimonio, con la melena rubia extendida sobre la almohada de satén y sus preciosos labios carnosos moviéndose con suavidad mientras roncaba. Mimi era el orgullo y la alegría de Henri. Con su naturaleza dulce, su piel sedosa y sus mejillas rosadas, era sin duda *un manjar delicado para cualquier rey.*

Al llegar al vestíbulo del Hotel du Barry, consultó el libro de huéspedes y se volvió hacia su ayudante. —¿Preparado, Charlie? —Sí. —¿Qué personaje de Shakespeare dijo: *¿Qué es más noble para el alma, sufrir los golpes y las flechas de la injusta fortuna o tomar las armas contra un mar de adversidades?* —¿El rey Lear? —No. Hamlet. Justo antes de hacérselo pasar mal a Ofelia. —Maldita sea. —Charlie, ¿de qué me sirve darte entradas para el teatro Old Vic si no prestas atención? Toma notas si es necesario. Cuando te conviertas en conserje, tendrás que saber un poco más que nuestros huéspedes sobre arte. No es demasiado difícil, la verdad. —Las bellas artes no eran precisamente una opción cuando yo era pequeño en Sheffield. —Mira, yo solo sé de arte porque mi padre era actor. Y tú lo estás haciendo bien. Solo tienes que estudiar y aprenderte unas cuantas citas impresionantes. Entonces todos pensarán que sabes más de lo que sabes. Es lo que hago yo. Así que vayamos con tu informe matutino.

Henri había advertido que Charlie llevaba la corbata arrugada y las gafas algo torcidas, pero había decidido dejarlo correr. Si los estándares sartoriales de su compañero habían sufrido un revés sería porque algo habría sucedido durante la noche.

Charlie anunció inexpresivamente: —El cliente de la 241 dice que le robaron la cartera de la habitación y no puede pagar la cuenta. Encontré a la debutante de la 37 tirada en el suelo bocabajo en un charco de vómito a las cuatro de la mañana. Una experiencia cercana a la muerte. Al doctor Ahearn le costó hacer que volviera en sí. Juraba que le habían adulterado la bebida en un club nocturno del Soho, pero el doctor dice que había probado varias drogas.

Henri inspeccionó sus cutículas. —Eso no es bueno. —Pues la cosa empeora —respondió Charlie con un suspiro—. Una de las chicas de la señora Brown fue atacada por el pez gordo borracho de la 117. Y en la *Suite* nupcial *premier* infringieron varias normas del hotel, pero lo tengo bajo control. Estaban utilizando el cuarto de baño con fines perversos.

Un político de mediana edad pasó frente al mostrador con una rubia taciturna menor de edad bajo el brazo. Cualquiera se daría cuenta de que no era su esposa. El político los saludó alegremente y se tocó el ala del sombrero. Era evidente que había pasado un buen rato, no así su acompañante.

Henri observó con tristeza cómo la luz del sol se reflejaba en la superficie abrillantada del mostrador del conserje. A veces soñaba que vivía en un faro. Solos Mimi y él bebiendo cantidades ingentes de Château Lafite y viendo los barcos pasar a la luz de la luna.

Charlie tosió educadamente y Henri regresó a la realidad. —Muy bien, Charlie. Quiero que hagas unas llamadas. Averigua si el huésped de la 241 es el mismo estafador que intentó timar a los del Savoy. Así podré informar a Jim Blade. —¿Y qué hacemos con la debutante drogada de la 37? —Líbrate de ella. Infórmale de que una rata mordió a una doncella en su cuarto de baño esta mañana. Necesitó una vacuna. Y dile que vamos a enviar a alguien a atrapar al bicho. Tienes que aparentar estar avergonzado. Ofrécele una *suite* de lujo en el Savoy o en el Ritz. Con gastos pagados por nosotros. No podemos ofrecerle otra habitación aquí porque estamos completos. —Pero no lo estamos. Se quedarán vacías un par de *suites* dentro de una hora. —Charlie, como ayudante del conserje, debes aprender a mentir y parecer sincero y compasivo a la vez. —Lo siento, Henri. Estoy un poco cansado y no me había dado cuenta. ¿Y qué debo hacer si monta un escándalo? —Adelántate a eso y ofrécele un generoso descuento. Aceptará, porque no ha parado de beber desde que llegó. —Lo sé. Ha vuelto a pedir Caterina Anastasia Grande para desayunar. —No necesitamos otro escándalo. ¿Qué diablos les pasa a esas niñas ricas? —Ni idea.

Henri tamborileó con los dedos sobre el libro de huéspedes. —¿Quién fue atacada por el de la 117? ¿El cabrón intentó propasarse sexualmente? —Susie. No la violó, pero tiene moratones por todas partes y el ojo izquierdo bastante hinchado. La señora Brown está furiosa y quiere que lo castren. —Típico de nuestra Bertha. No se anda con medias tintas. Dile al de la 117 que en el Hotel du Barry no toleramos el acoso a nuestros empleados. Si quiere evitar que lleguemos a juicio, podemos hablar de una compensación económica. Siendo juez de la Corte Suprema, no querrá mala prensa. Lo conozco bien y no tiene pelotas para decir que lo hemos chantajeado. —¿Cuánto dinero pedimos? —Que decida Susie. Pero, créeme, no hay razón para que el juez Weston no le pague a la chica sus próximas vacaciones. Un viaje al continente con todos los gastos pagados. —Henri se acarició la barbilla—. Este verano Susie no tendrá que conformarse con un campamento Butlin's. —Pero ¿qué le digo a la señora Brown? Ella quiere llevarlo ante las autoridades. —Dile que, si Susie quiere presentar cargos, la ayudaré en todo lo que pueda. Pero vamos a esperar y yo averiguaré si prefiere zanjar el asunto de manera privada.

Charlie asintió y tomó nota.

Henri se ajustó la corbata de seda y puso derecho el pañuelo que asomaba por el bolsillo de la chaqueta. A veces solo la elegancia y el estilo aliviaban el dolor provocado por la inmoralidad humana. Puso su cara de conserje. —Ahora realizaré mi inspección matutina habitual, luego tengo que encargarme de unos asuntos importantes en Spiro's. No envíes a los botones a buscarme a no ser que alguien se muera.

Charlie ya parecía más alegre, miró a Henri con los pulgares levantados y dijo: —*Mísero del hombre que se arrepiente tarde.* —El rey Lear quejándose al duque de Albania. —Impresionante. ¿Quieres desayunar, Henri? —Por supuesto. —El especial del chef hoy es cabello de ángel con salsa holandesa servido sobre un *muffin* inglés y espolvoreado con perejil. Y sugiero una taza de té Earl Grey aromatizado con una suculenta rodaja de limón español. —Una elección sublime. Pide dos y dile a Susie que se reúna conmigo para desayunar dentro de una hora. Tengo que repasar los detalles con ella en privado, y que el fotógrafo del hotel documente las pruebas de su agresión. Has tenido un turno muy ajetreado, así que tómate dos horas libres y yo te cubriré.

Charlie sonrió e inclinó la cabeza. —Sus deseos son órdenes, milord. Ya sabe que, en el Hotel du Barry, *vivimos para servir.*

El hotel era tan grande que se tardaba un tiempo en atravesarlo de un extremo al otro. A Henri le gustaba deambular despacio para asegurarse de que todo bajo su supervisión estuviera en orden. Mientras recorría la alfombra de su feudo, tomaba notas mentales sobre lo que había que reparar. Había que tirar las flores del vestíbulo; resultaban mundanas y poco llamativas. Henri no soportaba las flores rosas, le parecía que les faltaba dignidad. «Ojalá la viuda Du Barry deje de interferir en la decoración». Un palacio opulento como el Hotel du Barry debería estar plagado de flores rojas y palmeras exuberantes.

228

Henri observó que la barra superior de un carrito de equipaje tenía huellas en su superficie de latón. Pasó dos veces por la puerta giratoria del vestíbulo y advirtió dos manchas en el cristal, por lo demás impoluto. En la mayoría de los hoteles ese tipo de detalles pasarían desapercibidos, pero a Henri le gustaba poner el listón muy alto. Pese a su reputación de supervisor exigente, a los empleados les gustaba trabajar para él y le eran fieles.

Los empleados del hotel le saludaban al pasar. —Hace un día precioso, señor Dupont. ¿Qué tal está la señora Dupont? —Buenos días, Henri. —Qué hay, Henri. Qué alegría ver por fin brillar el sol, ¿verdad?

Aquel saludo se lo dirigió Bruce, un pastelero de Tasmania que había decidido poner en práctica su arte en la madre patria. Pese a su falta de protocolo y aquel acento imposible, había impresionado a la señora Dupont. A su mujer le encantaba el bizcocho Victoria decorado con fresas y nata que preparaba Bruce. Mimi había llegado a devorar una tarta entera de una sentada.

Henri tomó el ascensor del servicio para bajar al laberinto. Entró sin llamar por una puerta que tenía el cartel de *Gerente del servicio de habitaciones*.

Derek Jones estaba sentado a su mesa, sellando y archivando papeles. Tenía los hombros delgados, encorvados y cubiertos de caspa. Sus gafas eran redondas y estaban llenas de mugre. Cuando abrió la boca su barbilla hundida desapareció y parecía que hablaba con un agujero que tuviera en el cuello. —¿Qué trae a milord por el infierno? —Un problema. Dylan O'Shea. —Ah. —La semana pasada lo encontré echándose la siesta en el almacén del equipaje y ayer Charlie lo pilló dormido en el guardarropa. Hibernando en el abrigo de visón de la señora Winchester.

Derek parpadeó nervioso. —Dylan tiene un expediente inmaculado. —Lo sé. Lo que no sé es por qué está tan cansado. ¿Le has puesto demasiados turnos nocturnos?

Derek resopló. —Francamente, no creo que sea asunto tuyo, Dupont. Ahora lárgate, los adultos tenemos que trabajar.

Henri suspiró. Con un rápido movimiento de muñeca tiró al suelo la taza de té y los documentos de Derek y se sentó sobre la mesa. —Deduzco por tu actitud arisca que me ocultas algo, Jones. —Tonterías.

Henri captó el olor a ginebra en el aliento del gerente. —Tú y yo nos odiamos desde hace mucho tiempo, ¿verdad? Sé que eres un cobarde y que la violencia te aterra. Así que será mejor que confieses, Jones, antes de que las cosas se pongan feas.

Derek intentó salir de detrás del escritorio, pero Henri había colocado el pie bajo el reposabrazos de la silla. Estaba atrapado contra la pared y no podía escapar. Henri le dirigió una sonrisa de cocodrilo y sacó un caramelo del cuenco sin dejar de mirar a su presa. El único sonido que se percibía en el despacho era el del envoltorio del caramelo al abrirlo.

Chupó el caramelo mientras miraba fijamente el óleo de los Alpes suizos colgado justo sobre la cabeza de Derek. El silencio se prolongó. —De acuerdo —dijo Derek por fin—. Dylan está ofreciendo servicios nocturnos extra. —¿A quién? —A la señora Du Barry.

Henri tamborileó con los dedos. —Es insaciable. Sabes bien que lo dejará seco y después lo despedirá acusándole de algo falso, como por ejemplo un robo. Dylan no conseguirá otro trabajo en ningún hotel de Londres. ¿Cómo puedes quedarte parado y permitir que eso suceda?

Derek empezó a sudar, pero no dijo nada. Henri volvió a mirar el cuadro de los Alpes suizos. Era un cuadro horrible; los picos nevados parecían gotas grisáceas de crema pastelera. En primer plano aparecía una fulana suiza con pantalones de cuero tonteando con una vaca. ¿O estaba haciéndole ojitos a un toro malhumorado? Las tonterías artísticas enfurecían a Henri.

Derek jugueteaba con un clip y no levantaba la cabeza. Fue un alivio que Henri hablara al fin, con voz tan baja que Derek tuvo que estirar el cuello hacia delante para oírlo. —Deja que te diga cómo vamos a solucionar esto, Jones. Vas a enviar a Dylan a nuestro hotel de Brighton durante dos semanas. Dile que tenemos escasez de personal. Podrá residir allí y beneficiarse del aire del mar. —¿Por qué? —Porque no pienso quedarme mirando cómo otro muchacho cae presa de la viuda negra. Me da asco. —No sé, Sean Kelly ha sido todo un éxito. Al menos hasta ahora. —Él es la excepción. Mira, la madre de Dylan lo crio sola, sin dinero. No se merece que su hijo acabe prostituyéndose. —¿Por qué enviarlo a Brighton? Lo necesito aquí. —Cuando esté lejos de la señora, le conseguiré a Dylan trabajo como ayuda de cámara en alguno de los hoteles Du Barry. Y tú cooperarás. Ya no cobrarás por tus servicios de prostitución y dejarás de explotar a tus empleados. En vez de eso comenzarás a utilizar a profesionales, o haré que te cuelguen del gancho de la carne en el laberinto.

Derek se negaba a mirarlo, así que Henri lo agarró de la corbata y se la retorció hasta que empezó a ahogarse. —De acuerdo. Suéltame, imbécil.

Henri dio un último tirón a la corbata antes de soltarla. Derek se dejó caer sin aire sobre la mesa. —¡Que te jodan, Dupont! Está bien, haré lo que quieras.

Henri se puso en pie. —Así me gusta. Y, si dejas de hacer de *madame*, te suministraré de manera regular dulces franceses y ginebra para asegurar tu obediencia. Solo los cristianos más convencidos creen de verdad que la virtud es recompensa suficiente.

Henri cerró de un portazo, pero volvió a entrar antes de que Derek pudiera moverse. —Y, por el amor de Dios, deshazte de ese cuadro tan horroroso. Yo también estaría deprimido si tuviera que pasarme el día mirando a esa vaca.

Volvió a cerrar con fuerza e hizo vibrar el cristal esmerilado de la puerta. Derek sacó un pañuelo arrugado y se secó el sudor de la cara, abrió el cajón del escritorio con manos temblorosas y sacó una petaca de ginebra.

Henri volvió a subir hasta la planta baja. Se detuvo en el lavabo de caballeros y se lavó las manos para quitarse de encima el olor de Derek Jones. Después se secó con una toalla suave y aceptó la colonia que le ofreció el empleado del baño.

Estaba de mejor humor. Recorrió tarareando el pasillo sur y entró en un vestíbulo de mármol que conducía a las tiendas del hotel. Las mujeres ricas ya se encontraban allí gastándose el dinero de sus maridos. En la perfumería había varias mujeronas cotilleando en el mostrador mientras las esteticistas ponían mascarillas.

Las dos hermanas Pfizer lo saludaron con entusiasmo cuando pasó frente a su *boutique* de moda. Se detuvo a admirar su nuevo escaparate y asintió con aprobación. Las señoritas Pfizer le lanzaron besos provocadores con sus labios de color rojo cereza.

Henri entró en la barbería de Spiro y suspiró aliviado. El olor a tónico capilar, cigarrillos y pomada se notaba en el aire. La combinación de asientos de cuero negro, espejos brillantes y linóleo encerado lo convertía en un lugar austero y masculino. Él lo veía como el tipo de barbería que aparecía en las películas de mafiosos, cuando el director necesitaba un lugar para filmar a los malos cuando los asesinaban; tenía muchas superficies brillantes donde podía salpicar la sangre.

Contra una de las paredes había una vitrina bien surtida de tónicos capilares, tijeras, peines, cepillos y tijerillas para el pelo de las fosas nasales. La única decoración del establecimiento consistía en un póster que anunciaba tónico capilar para la calvicie prematura. Una rubia alegre con unos pechos magníficos pasaba las manos por la frondosa melena del modelo masculino. En los ojos de ella se veía el abandono absoluto, mientras que la expresión de él era de orgullo complaciente. El mensaje era vulgar en su simplicidad; si tienes pelo, tendrás sexo.

La barbería de Spiro era un hervidero de actividad. Había tres barberos que empuñaban cuchillas de afeitar. El cuarto estaba recortándole los pelillos de la nariz a un caballero mientras sujetaba entre los dientes un cigarrillo encendido. Henri se detuvo a admirar la destreza del barbero. Mientras tanto, el limpiabotas residente se entregaba a la limpieza de los zapatos del caballero y hablaba de los acontecimientos deportivos del día. —No, es mejor que apueste por Dream On. El encargado de las correas dice que la yegua estará drogada para correr más rápido.

Henri le dio una palmada en el hombro. —Para ser tan joven, estás muy familiarizado con el lado corrupto de las carreras de caballos. Ten cuidado. Por mi experiencia, estas cosas suelen acabar mal.

Le dio algunas monedas al aprendiz de Spiro, que estaba barriendo el suelo. —Hoy he venido por una cuestión de negocios. Por favor, tráeme un café solo, Lazarus.

Henri se dirigió hacia la zona de espera. Sentado en un banco estaba su íntimo amigo leyendo el periódico de la mañana y bebiendo café. Se sentó a su lado. —Bueno, ¿Scotland Yard ha hecho algún progreso?

Jim Blade le pasó el periódico. —No. Mira la fotografía.

En negrita aparecían las palabras: *Se busca en Bolivia al sospechoso por asesinato huido de Reino Unido*. Bajo el titular aparecía una fotografía borrosa de Sean Kelly. Henri la examinó de cerca. —Esta foto es de hace unos dieciocho años, parece que tiene dieciséis. ¿Cómo saben que Sean se ha ido de Inglaterra? —Se lo he dicho yo —respondió Jim en voz baja. —¡Le has delatado!

Jim se había dado la vuelta y tenía la cara escondida. Le temblaban los hombros mientras buscaba un pañuelo en los bolsillos. Henri estaba perplejo. ¿Por qué había traicionado a Sean? ¿Le habrían sobornado los detectives? Imposible. Debían de haberlo engañado para que diera información y ahora le devoraban los remordimientos.

Agarró a Jim del hombro y le dio la vuelta. Este se reía y las lágrimas de alegría resbalaban por su cara.

Jim se secó los ojos y lo miró con atención. —Mira, sé dónde está escondido Sean y no es en Bolivia. Cierta viuda conocida de

Sean le sugirió que le comprara un pasaporte falso a uno de los soplones más traicioneros de Londres y que se marchara a Australia. Si Sean hubiera hecho eso, ya estaría en la cárcel. Cierto, Edwina no podía saber que el falsificador era además informador de la policía. Envié a Sean a ver a un amigo de confianza en los muelles.

Henri se sentó en el banco. —Gracias a Dios. Casi me lo creo, cabrón. Ha estado a punto de darme un ataque al corazón. ¿De dónde han sacado la fotografía? —Le pedí a Mary que me diera la foto más antigua y borrosa que pudiera encontrar. Sean podría ser cualquier muchacho irlandés recién llegado del campo. No hay ningún parecido con nuestro elegante seductor.

Henri negó con la cabeza. —¿Sabes? Por un momento pensé que habías enviado a Sean a la horca conscientemente. —Dios, no. Solo te estaba tomando el pelo. —Jim se puso en pie—. Vuelvo enseguida. Tengo que hablar un momento con Marcello.

Lazarus reapareció con el café de Henri. Tenía cara de concentración mientras se abría camino entre los sillones de la barbería y los maletines de los caballeros. Consiguió dejar el café en el banco y sonrió aliviado a Henri. —Gracias, Lazarus.

Jim regresó y estuvieron bebiendo café y contemplando a los transeúntes en silencio. El detective fue el primero en hablar. —¿Sabes? A la chica le va muy bien últimamente. ¿Has visto las últimas obras en su estudio? —Aún no, pero Bertha y Belinda dicen que son excepcionales. —Desde luego que lo son, Henri. Con todos estos encargos, Cat se ha olvidado un poco de los recientes problemas. —¿Te refieres a las estratagemas de la viuda? —Sí. La muchacha estaba preocupada por la desaparición de Sean, pero Mary se lo contó todo. Cat lo echa mucho de menos.

Henri asintió. —Sí, yo también echo de menos a ese mocoso mentiroso. También lo he oído por ahí. Al parecer muchas jóvenes lo extrañan terriblemente. Según una debutante, no hay zorro en el gallinero capaz de igualarlo. Se ha vuelto todavía más deseable desde que la prensa lo describe como un pistolero disidente. —Los chicos malos siempre ganan puntos.

Jim sacó un paquete de cigarrillos y se lo ofreció a Henri, que negó con la cabeza. —Jim, ¿Cat sigue intentando localizar a esa mujer? —No creo. Un diplomático francés estuvo ayudándola durante un tiempo. Creo que tenía motivos ocultos, pero ella es demasiado lista para alguien así. Y por suerte su investigación llegó a un punto muerto. —¿Y eso? —Bueno, informó a Cat de que una infame modelo parisina murió en una avalancha en Suiza en torno a la época en que Cat fue abandonada. La joven murió en la nieve junto con dos hermanos aristocráticos que la tenían de amante. —Ah, de modo que Cat pensó que... —Sí, pero Cat no se ha rendido. Es muy tenaz. Cuando fue a París hace poco, se alojó en Montmartre y fue vista por la zona haciendo muchas preguntas. —Vaya. ¿Y cómo sabes todo esto, Jim?

Jim sonrió mientras encendía una cerilla para prender el cigarrillo. —Gracias a los informadores habituales. Además sé interpretar a Cat bastante bien. Tiene las ventajas de poseer una gran inteligencia y una mente creativa. Por ejemplo, es capaz de ver la relación entre acontecimientos que otros considerarían completamente fortuitos. —¿Te refieres al asunto de Edwina? —Eso es. Ahora que sabe de qué es capaz Eddie, ha estado haciéndome preguntas muy difíciles sobre su pasado y sobre Matthew Lamb. Te aseguro que no es una tarea fácil.

Jim se puso en pie, atravesó el establecimiento y sacó la cartera. —Cuando tengas un minuto, Lazarus, ¿podrías traernos otros dos cafés solos? —Desde luego, señor Blade.

Jim regresó junto a Henri. —Café. Lo único que me hace aguantar despierto durante el día. Me paso las noches en vela. Voy a volverme loco. —¿Pensando en Daniel? —Ay, Henri, por las noches no hago más que pensar que tiene que haber alguna relación entre las muertes de Daniel y de Michael y ese indigente al que sacaron del Támesis. Cat también tiene sus sospechas. Ha estado contándome de qué solían hablar Daniel y Michael por las noches. —Cuéntame.

Jim dio una calada al cigarrillo. —Es bien sabido que Daniel estaba empeñado en mejorar las condiciones de los más desfavorecidos. Casualmente Michael tenía contactos poderosos. De modo que, mientras estudiaban los presupuestos del gobierno para construir casas en los suburbios, se encontraron con ciertos acuerdos financieros sospechosos que se mantenían en secreto. —¿Corrupción? ¿Malversación de fondos? —Ambas cosas. Cat dice que había una supuesta actividad criminal en un departamento gubernamental en concreto. Por lo tanto, Daniel y Michael se ganaron ciertos enemigos al llamar la atención de las autoridades hacia la malversación de fondos.

Henri frunció el ceño. —¿Crees que cabe la posibilidad de que alguien quisiera quitarse de en medio a Daniel y a Michael? —Puede ser. Sin quererlo arruinaron dos o tres carreras políticas. Así que, mientras Scotland Yard está ocupado buscando sospechosos como Sean Kelly, a mí se me ocurrió investigar a los políticos que tuvieran algo en contra de Daniel y Michael. —¿Por dónde empezaste? —Por los detractores. Los burócratas que siempre se metían con Daniel en la prensa y los políticos que iban a por Michael. Sigo trabajando en ello. —¿Algún otro sospechoso? —Los hay, pero me da miedo mencionarlos en este punto. Ya te lo haré saber. —Lo comprendo.

Ambos se quedaron callados.

Jim vio como Spiro aplicaba la espuma en el cuello de un cliente antes de proceder a afeitarlo. Solo un hilo muy fino separaba la vida de la muerte. Un hombre podía estar tomando café y charlando con su mejor amigo y al rato estar en la mesa de autopsias. Y todo eso en un abrir y cerrar de ojos. La parca podía aparecer en cualquier momento y en cualquier lugar. Daniel no la había visto venir. Tampoco Matthew Lamb, Michael James ni Mikey Barthe.

Aunque sin duda Mikey había visto más muerte que el ciudadano medio.

«Un giro de la cuchilla de Spiro y ese joven podría irse directo al cielo o al infierno. Ya basta. Será mejor que empiece a dormir un poco o yo mismo acabaré entrando en el vacío existencial con los pies por delante».

CAPÍTULO 21

Brujería y bollos de mantequilla

Mary Maguire subió los escalones del Hotel du Barry, ataviada con un elegante traje gris ajustado y una blusa de seda. Los hombres volvían la cabeza para admirar sus tobillos y sus caderas balanceantes. Sonrió a George, el portero, saludó a Charlie y tomó el ascensor hidráulico hasta la novena planta. Bajo el brazo llevaba un periódico y un gran ramo de narcisos amarillos.

Llamó a la puerta del apartamento de Cat y, cuando se abrió, le puso el periódico y los narcisos a Cat en las manos. —Buenos días y buenas noticias. Mira esto.

Cat ojeó el artículo y se quedó estudiando la fotografía de Sean. —Veo aquí la influencia de Jim.

Mary le guiñó un ojo. —¿Lista para irnos? Tenemos tiempo para tomar el té en el otro lugar antes de nuestra cita. —¿El otro lugar? —Sí. Según Henri, es el único hotel de Londres capaz de competir con el Hotel du Barry. No podemos pronunciar su nombre. —Chasqueó los dedos—. Ya basta de tanto hibernar. Ya es hora de que hagas un descanso en tu trabajo y tomes un poco el sol. La primavera ha llegado y una chica debería andar por ahí pensando en brujería y en bollos de mantequilla.

Hacía una mañana preciosa, pero Lilith encendió varias varitas de incienso y corrió las cortinas de la sala. Habría preferido trabajar en su acogedora cocina bañada por el sol, pero los siglos de experiencia le habían enseñado que su clientela esperaba un toque místico en sus sesiones de espiritismo. Pero lo más importante era que la oscuridad ayudaba a ocultar su verdadera identidad. Lilith nunca había olvidado la lección aprendida cuando fue juzgada en Salem.

En aquel ambiente tenue encendió una docena de velas negras y espantó a los gatos de los muebles. Hamlet y Afrodita se retiraron bajo la mesa mientras Hécate salía corriendo hacia la cocina, donde se encontraba acurrucada Medea delante de la cocina de leña. Lilith quitó el polvo a su bola de cristal y la cubrió con un pañuelo de terciopelo negro bordado con lunas crecientes. Le había comprado la bola a un artesano veneciano por un precio exorbitado. Era cristal soplado a mano y tenía más o menos el tamaño de una cabeza humana.

Últimamente se habían puesto de moda las videntes gitanas rumanas y ella había tenido que adaptarse. Agitó su falda de volantes, se pintó los labios de rojo, se puso sobre los hombros un chal color escarlata y en las orejas unos pendientes de aro dorados. Por suerte ya había pasado la moda del misticismo indio; el clima de Londres no era propicio a tales artificios y había tenido que ponerse unos pantalones de esquí debajo de los pantalones bombachos de gasa. Se miró en el espejo de la entrada y se arregló los rizos negros teñidos. Sonó el timbre. La brujería matutina estaba a punto de comenzar.

De pie en la puerta estaba la pelirroja a la que había conocido en un estreno teatral. Mary Maguire iba acompañada de una joven, una criatura extraordinariamente felina con ojos de un extraño color violeta. La chica llevaba pantalones de estilo bohemio que lograban acentuar su feminidad. No parecía preocupada por su singularidad ni por el efecto que provocaba. Era extraño en alguien de su edad. —Lilith, esta es Cat. —Adelante. ¿Queréis una taza de té?

Cat se quitó el gorro de marinero. —No, gracias. Acabamos de tomar el té en el Ritz.

Se acomodaron en torno a una mesa redonda. Mary encendió un cigarrillo con manos temblorosas. Cat sonrió cuando Hamlet saltó sobre su regazo y se puso cómodo allí. Era enorme, una bestia negra con los ojos de un tono dorado verdoso.

Lilith enarcó una ceja. —Qué extraño. Normalmente Hamlet no es muy sociable y jamás se sienta en el regazo de nadie. Bueno, comencemos.

Retiró el pañuelo de terciopelo y pasó las manos por la bola de cristal. —Esta bola solo sirve de punto de referencia, pero creo que preferirías que no la usara. Debemos ser sinceras. ¿Estoy en lo cierto, Cat?

Cat pareció sobresaltada. —Sí, lleva razón.

Lilith quitó la pesada bola de cristal de su pedestal y la hizo rodar sobre la gruesa moqueta. Atravesó rodando la habitación antes de detenerse junto al sofá, donde quedó iluminada por la luz de las velas. —Mary no me ha contado nada sobre ti. Le pedí que no lo hiciera, porque prefiero tener un lienzo en blanco, así que vamos a conocernos un poco y te diré lo que veo. Relájate y mira fijamente a la vela. Voy a tomarte la mano, así.

Pasaron dos o tres minutos. Solo se oía el ronroneo del gato. Lilith habló al fin. —Noto que estás preguntándote cuál es tu objetivo en la vida. Acabas de cumplir un año más, hace siete días, para ser exactos. Qué raro. La fecha legal de tu nacimiento es el catorce de abril, pero tu verdadero cumpleaños es cinco días más tarde. Mary sabe por qué.

Mary se sonrojó y Lilith continuó. —Te encuentras en la encrucijada de tu vida. Recientemente te rendiste a la oscuridad cuando alguien trató de doblegar tu voluntad. Veo a un hombre feo, malo y retorcido. Su crueldad se manifestó físicamente con el hedor de la muerte. Te debilitó intentando quebrantar tu espíritu, pero no lo logró. Tuvo una muerte horrible.

Cat estaba muy alerta. A la luz de las velas, sus ojos violetas eran iridiscentes. —¿Podría describirlo?

Lilith cerró los ojos. —Lleva un uniforme blanco, muy almidonado. Podría ser médico o camillero en un hospital. No.

Ahora lo veo con claridad. Está en una cocina y lleva uniforme de chef.

Mary dejó el cigarrillo. —¿Estás segura de que no se suicidó?

Lilith colocó sus dedos fríos sobre la mano caliente de Mary. —No fue un suicidio. Murió en el agua, pero no fue por su voluntad. Se ahogó en quince centímetros de agua. Sí, lo veo tirado en una bañera.

Mary y Cat se miraron. —Este chef no es lo que más te preocupa —prosiguió Lilith—. Interesante. Hay mucha oscuridad a tu alrededor, Cat, pero no proviene de ti. Algo te destrozó hace varios meses. Una mujer murió. Estabais muy unidas, podría haber sido tu madre. No, no era una mujer. Era el hombre que, por decisión propia, desempeñó el papel de tu madre biológica. Un hombre de extremos, un hombre generoso e íntegro. Y no quiero sonar trivial, pero era muy guapo. Es un arquetipo. Sus cualidades personales únicas le crearon muchos enemigos, pero no sé por qué. Maldita sea, se ha ido. Y algo o incluso alguien me está bloqueando. Cat, noto que soportas una carga y necesitas consejo. Adelante, querida.

Cat vaciló y después miró a Mary para estar segura. —El hombre que murió, el que ha descrito como un hombre de extremos, ¿puede decirnos cómo murió?

Lilith les tomó las manos, cerró los ojos y se concentró. Sintió que caminaba por un terreno que temía transitar y que un espíritu malicioso se enfrentaba a ella. Empezó a respirar más despacio y se sumergió más. —Veo fuego. Es un infierno monstruoso. —Lilith empezó a sudar mientras contemplaba las llamas. Había experimentado aquel fuego siglos atrás y no quería continuar, pero su deber era perseguir la verdad—. Me muevo entre las llamas, no me queman, pero el calor es inmenso y la atmósfera sofocante y terrorífica. Oh, alivio. Ahora estoy al otro lado y el aire fresco de la noche abanica mi cara y seca el sudor de mi cuerpo. —Al mirar hacia arriba, Lilith vio al hombre de extremos sentado en una azotea, con las piernas colgando por encima del borde, parcialmente oculto por las sombras—. Lo veo. Es el hombre de extremos. Un momento.

Hay alguien que se le acerca por detrás. Puede que sea un hombre, pero su cara está oscura. Creo que podría ser un hombre más joven. Discuten por algo, pero no los oigo. El joven acaba de hacer un movimiento inesperado. —Lilith intentó advertirle con un grito, pero ya era demasiado tarde—. ¡Noooo! El hombre mayor se precipita al vacío. ¡Está cayendo! —Se le nubló abruptamente la visión, como si hubieran bajado un telón.

Cuando abrió los ojos, Mary y Cat la miraban horrorizadas. —No sufriréis ningún daño mientras estéis en mi círculo protector —dijo Lilith con suavidad—. Cat, además, está protegida por mi amigo felino.

Cat se llevó las manos a la cabeza. —Lo que usted nos ha descrito es lo mismo que un indigente borracho dijo haber visto, pero Edwina, la esposa de mi padre, dio por hecho que Mikey estaba alucinando. Todos lo dimos por hecho. Por favor, ¿puede decirnos dónde ir para buscar respuestas? —Scotland Yard está investigando y tenemos a un detective profesional trabajando en el caso —añadió Mary—, pero cualquier indició nos sería de gran ayuda.

Lilith cerró los ojos y colocó las manos sobre la mesa con las palmas hacia arriba. —Debéis tocar mis dedos con los vuestros y veré si puedo llevaros conmigo.

Las velas titilaron y Hamlet se acurrucó más en el regazo de Cat. No paraba de mover las patas, como si estuviera soñando. Mientras ella miraba fijamente a la vela, sintió que la llama la atraía. Era un lugar en el que nunca antes había estado. Tropezó, porque la colina era pronunciada y había piedras sueltas bajo sus pies. Hamlet apareció frente a ella, sentado en un objeto oscuro. La miraba sin parpadear. A su alrededor había un vórtice giratorio de nieve negra. Sintió el miedo a lo desconocido. Regresó a la realidad y abrió los ojos.

Lilith le acarició la cara con cariño. —Sé fuerte, Cat. Creo que eres más poderosa de lo que piensas. Cierra los ojos y vuelve allí. Dinos lo que ves.

Cat cerró los ojos y se concentró. —Es difícil ver algo porque hay mucha nieve negra. Creo que podría ser una maleta. Un momento. No. Es una enorme bolsa de cuero y parece que se abre de un modo extraño. —Lilith, ¿esto es seguro? —intervino Mary—. No quiero que corra peligro.

Lilith negó con la cabeza. —Yo no practico la magia negra y no estamos invocando al demonio. Además, Hamlet protege a Cat. Vamos a quedarnos sentadas en silencio y a dejar que el conocimiento venga a nosotras. Respira profundamente, estás protegida. Quiero que Cat se aferre a la imagen que tiene en la mente y se concentre hasta que se le aclare la visión. ¿Estáis las dos preparadas?

Mary y Cat asintieron. Notaban que en la habitación hacía más frío. Las velas oscilaban como si un espíritu estuviera recorriendo la estancia. Mary tenía los pies congelados y sin embargo estaba sudando.

Cat se concentró. —Veo otra vez la bolsa de cuero. Es vieja y gastada, y las asas están manchadas por muchas manos sudorosas. Hay algo escrito en un lateral, dos iniciales. M. B. Es una caligrafía antigua con muchas florituras. También hay unos jeroglíficos muy raros grabados en el cuero. No es una bolsa de médico, pero tiene un valor médico. Ha estado en mares y desiertos, ha vadeado arroyos y ha subido montañas. Ha sido azotada por tempestades y cubierta por la nieve. Y tiene agujeros en el lateral, quizá agujeros de bala.

Abrió los ojos de golpe y dio un respingo. Hamlet cayó al suelo, pero aterrizó de pie. Parecía enfadado.

Cat se volvió hacia Mary. —¡Conozco esa bolsa! Es la bolsa de medicamentos de Daniel. ¿Te acuerdas, Mary? Te burlaste de Daniel por llevársela a Venecia. —Se giró hacia Lilith—. Pertenecía a mi padre. Maurie la mandó hacer antes de cambiarse el apellido a Du Barry. Las iniciales son de Maurie Barry y los símbolos representan las cosas que eran importantes para él. Maurie le enseñó a Daniel todo lo que sabía sobre medicina y esos conocimientos salvaron la vida de al menos dos soldados. Danny, además, curó a varios soldados las enfermedades venéreas que habían contraído en Egipto. Por desgracia nos dejamos la bolsa en Venecia y se deshicieron de ella. —De hecho, Cat, hay algo que no te he contado —murmuró Mary. —¿De qué se trata?

Mary estaba pálida. —Yo regresé a Venecia tras el funeral de Daniel, poco antes de que Edwina me despidiera. Quería cerrar el *palazzo*, saldar algunas deudas atrasadas y organizar el traslado de las posesiones que Daniel había almacenado allí. Edwina me ordenó deshacerme de cualquier cosa vieja o sin valor. Insistió en que solo conservara los objetos de valor, pero no fui del todo sincera con ella. —Continúa —le pidió Cat—. ¿Qué le dijiste? —Le dije que me había deshecho de todo salvo de lo que estaba en los baúles que enviaron de vuelta a Londres. Pero de hecho había reunido algunas cosas en otro baúl que envié a Henri Dupont. Y en ese baúl había objetos que Daniel valoraba y que pensé que significarían algo para ti cuando fueses mayor.

Cat le tocó el brazo. —Eso es muy bonito, gracias. Entonces, ¿conservaste los antiguos diarios y cuadernos de Daniel? ¿Y sus cosas de Oxford? —Sí. Lilith, Daniel lo había trasladado todo a Venecia porque Edwina quería tirarlo. No le gustan las cosas viejas, ni siquiera las antigüedades. Ya había tirado todos los diarios y recuerdos de su madre mientras él estaba fuera por negocios.

Lilith asintió pensativa. —¿Y la señora Du Barry consideró de valor algún objeto? —Sí. Se quedó con el joyero de Lucinda. Le dijo a Daniel que pensaba volver a engastar las joyas de su madre. ¿Te lo puedes imaginar? Daniel se puso furioso y se apresuró a guardar las joyas de Lucinda en una caja fuerte del banco. El resto de sus posesiones más valiosas las envió a su *palazzo* veneciano.

Cat frunció el ceño. —¿Te refieres a las cartas de Maurie y a las fotos, medallas y diarios de sus hermanos? —Eso es. Y una de las cosas que metí en ese baúl fue la bolsa de medicinas de Maurie. Significaba mucho para Danny y pensé que, en su momento, también sería importante para ti.

Lilith asintió. —Sabia elección, Mary. Esas cosas son importantes. Pero dime, ¿dónde está ahora la bolsa de Daniel? —En el Hotel du Barry, en el laberinto. —¿El laberinto? —preguntó Lilith, confusa. —Sí. Es el doble sótano del hotel. Le pedí a Henri Dupont, nuestro conserje, que guardara el baúl en uno de sus almacenes secretos. Sabía que allí estaría a salvo hasta que Cat decidiera abrirlo. Henri es la única persona que tiene la llave y confío en él ciegamente.

Hamlet se estiró perezosamente y bostezó antes de enredarse en los tobillos de Mary y levantar la cabeza para mirarla. Sus ojos dorados verdosos brillaban en la penumbra y a ella le dio la inquietante sensación de que estaba riéndose.

Se estremeció.

◇◇◇

CAPÍTULO 22

Esconde el paquete

Era muy tarde aquella noche cuando Jim, Henri, Cat y Mary descendieron por los recovecos internos del laberinto. Encendieron sus linternas y bajaron por unas escaleras de caracol que Cat recordaba vagamente de su infancia. En la penumbra solo se oían sus pisadas en los peldaños de piedra. Las escaleras terminaban abruptamente en una verja metálica que cortaba el acceso a un estrecho pasadizo. Henri sacó un llavero antiguo lleno de llaves y abrió el candado oxidado.

Jim enfocó con su linterna las paredes húmedas. —¿Lo ves, Cat? Aquí es donde termina el hotel.

Henri asintió. —Una parte del Hotel du Barry se construyó sobre un antiguo teatro que quedó reducido a cenizas en un incendio provocado. Maurie pidió a sus constructores que instalaran esta verja de hierro en vez de tapar el túnel.

Cat contemplaba la estancia con ojos muy abiertos. —¿Y para qué se usaba este túnel? —Era un pasadizo para que los actores se movieran deprisa entre los dos teatros que poseía un innovador empresario teatral. El otro teatro aún existe, está a un par de manzanas de aquí —explicó Jim. —¿Te refieres al Romanoff's? —preguntó Cat. —Sí.

Henri señaló otra puerta cerrada. —En aquella época a veces se contrataba a los actores para aparecer en dos obras al mismo tiempo. El túnel les permitía terminar una escena y correr al otro teatro. Aparecían entre bambalinas y los ayudantes de vestuario estaban esperándolos allí con su ropa. —En los laterales del túnel se construyeron habitaciones para almacenar telones de fondo y elementos de atrezo que no se utilizaban —explicó Jim—. Con los años he notado que el túnel se ha utilizado sin autorización con... propósitos recreativos.

Mary avanzó con cuidado para no pisar los profilácticos abandonados y una pila de botellas de Guinness vacías. —Eso parece.

Henri apuntó con su linterna a un roedor que pasaba corriendo. —Hace poco, cuatro actores que actúan en el Romanoff's me han dicho muy seriamente que han oído fantasmas que deambulan por el túnel, suben las escaleras y aparecen entre bambalinas.

Mary se estremeció, pero por suerte lo único que parecía moverse aquella noche eran las ratas. —Una vez Danny me dijo que, cuando era pequeño, había visto a unos fantasmas haciendo el amor en uno de los almacenes —añadió Jim—. En una vieja cama de atrezo utilizada para una antigua representación de *Los cuentos de Canterbury*.

Cat sonrió con nostalgia. —Sí, solía contarme unas historias de fantasmas maravillosas. Decía que los teatros de Londres están plagados de fantasmas. Aseguraban que los actores que morían no querían renunciar a la fama, así que se negaban a abandonar los teatros en los que habían realizado sus mejores actuaciones.

Guiados por Henri recorrieron el túnel hasta que él se detuvo en la tercera puerta y seleccionó una llave larga y fina del llavero. —Metí el baúl de Mary aquí.

Jim se arrodilló, encendió dos quinqués y le entregó uno a Henri.

Entraron en el almacén y Cat se quedó fascinada por el juego de sombras que producían las luces sobre los telones de fondo raídos que colgaban de las paredes de ladrillo. Escenas de París, Madrid y un bosque frondoso.

Henri sostuvo el quinqué sobre un enorme baúl de madera. Mary abrió el candado y levantó la tapa. Rebuscó hasta encontrar lo que quería. Sobresalían dos asas de cuero gastadas. —Ahí está.

Jim metió el brazo en el baúl y sacó una bolsa Gladstone. Tanto Mary como Cat se apartaron de un salto. —Señoritas —dijo Jim con firmeza—, creo que tenemos que controlar nuestras emociones. No es más que una bolsa de medicinas que podría ser útil o no. No creo en el más allá, pero hasta yo estoy dispuesto a confiar en la intuición femenina de esa vidente. —No es una vidente, es una bruja —le corrigió Cat.

Jim intentó ocultar su sonrisa incrédula. —Entonces supongo que eso lo cambia todo.

Mary le dio un golpe en las costillas. —Jim, deja de ser tan condescendiente y ponte manos a la obra.

Jim se encogió de hombros y separó las asas de cuero. Después abrió el cierre con los dedos y la bolsa se abrió. Cat se inclinó sobre su hombro y se quedó mirando los rincones oscuros de la bolsa. Olía a polvo y a humedad y captó además el olor a medicina tan peculiar de las farmacias. El contenido de la bolsa estaba intacto. Todos los brebajes, ungüentos, las vendas, los tónicos y las píldoras seguían a salvo en sus compartimentos.

Observaron cómo Jim desataba los cordeles de cuero individuales y sacaba algunos frascos. Uno a uno fue olfateando el contenido antes de acercar el frasco a la luz. Después echó mano de los ungüentos y fue quitándoles la tapa uno a uno para meter el dedo y remover lo que había dentro. Dejó caer al suelo la bolsa vacía, palpó el forro interior y notó el revestimiento de cuero.

—Todo en orden. No hay nada escondido en los tarros ni en el forro. Tampoco tiene un doble fondo. Si hay algún misterio, podrían ser las medicinas en sí mismas. Creo que merecería la pena pedirle a un farmacéutico profesional que analizara el contenido.

Cat agarró un frasco de medicina y leyó la etiqueta. —¿Y qué iba a buscar un farmacéutico?

Jim negó con la cabeza. —No estoy seguro. Pero todos los objetos tienen etiquetas bastante legibles, así que le pediría que analizara el contenido de los frascos para ver si coincide con lo que dicen las etiquetas. Tengo algunas ideas, pero no quiero exponerlas antes de tiempo.

A Cat le temblaba la mano cuando volvió a dejar el frasco en su lugar. —Entonces te dejaremos el asunto a ti, Jim.

Jim lo guardó todo en la bolsa, la cerró y volvió a ponerle las correas. —Esto es crucial; no le habléis a nadie de esta bolsa. A nadie.

Jules llamó con valentía a la puerta del estudio de Cat. Entró cuando ella respondió: —Adelante.

Estaba sentada frente al caballete, con las manos negras por el carboncillo. Se apresuró a tapar su dibujo y Jules le dio un beso en la boca. —¿Qué estás escondiendo? —Nada, no es más que un retrato. —Enséñamelo —le dijo él.

Cat retiró con reticencia el papel de dibujo y Jules se encontró cara a cara con un joven viril. El muchacho estaba desnudo y posaba heroicamente con los músculos flexionados. Advirtió que estaba en forma y muy bien dotado.

Dio un paso atrás. —Dylan O'Shea. ¿Ahora sales con él? —No. Es uno de mis modelos. Estaba posando para una escultura de bronce conmemorativa que me han encargado, pero por desgracia lo han transferido al hotel de Brighton. —¿Y por qué este tipo?

Cat frunció el ceño. —Cuando te pedí a ti que posaras desnudo para mí, te negaste, así que tuve que preguntar por ahí. —¿Y se echa la siesta en tu cama cuando está agotado de tanto posar y flexionar los músculos? —No seas infantil. Si vas a seguir así, puedes marcharte.

Jules intentó no quedarse mirando el físico de Dylan. ¿Era posible que hubiese exagerado el tamaño de su pene? O eso, o el cabrón la tenía como un caballo. —Lo siento, Cat. Creo que estoy un poco celoso.

Ella se quedó mirándolo pensativa. —¿Me encuentras atractiva? —Sabes que sí. Creo que eres asombrosa. Increíblemente preciosa. —Entonces, ¿por qué no has intentado acostarte conmigo? —Porque te adoro.

Ella se limpió las manos con un trapo. —¿Así que me estás diciendo que solo te acuestas con mujeres que no te importan un comino? A mí me adoras, pero prefieres hacer un sándwich con Victoria y Becky.

Jules dio un paso hacia atrás. —¿Cómo te has enterado? —Estamos en un hotel —respondió ella encogiéndose de hombros—. Aquí no hay secretos.

Jules intentó mirarla a los ojos, pero ella se negaba a devolverle la mirada. —Había bebido mucho *whisky* y, cuando las chicas me sugirieron que hiciéramos una fiesta privada arriba, no pude resistirme. Solo ocurrió una vez. —Me cuesta creerlo. He leído que acostarse con dos chicas atractivas a la vez es una fantasía muy común. A Casanova le encantaba seducir a dos mujeres a la vez. Normalmente después de deleitarse con ostras afrodisiacas y atiborrarse de ginebra. —Cat, por favor, para.

Ella seguía sin dirigirle la mirada y miraba por la ventana. —¿Sabes? En mi imaginación me hago una idea de las acrobacias necesarias. Metérsela a dos es una escena llena de posibilidades cómicas. —Para. —Me quedé de piedra cuando me dijeron que te habías acostado con ellas durante una fiesta. Sobre un montón de abrigos. Cuánta clase. Todo el hotel está hablando de ello. ¿No te importa en absoluto cómo me siento? —Claro que me importa. Mira, en ese momento me gustaban mucho, pero jamás podría sentir por ellas lo que siento por ti. Estaba borracho y excitado, pero quiero que sepas que utilicé un profiláctico. O tres. Nunca me arriesgaría a dejar a ninguna chica embarazada.

Cat puso los ojos en blanco, pero no dijo nada. —Cariño, me estoy muriendo. ¿Qué puedo hacer para compensártelo? Di lo que quieras y será tuyo. Cualquier cosa.

Ella pareció perdida en sus pensamientos. El silencio estaba matándolo; deseó que gritara o chillara. Estaba perdiéndola.

Cat se acercó más y lo observó atentamente con los párpados entornados. —No me llames «cariño». Si de verdad lo sientes, puedes compensármelo haciendo el amor conmigo. Como haces el amor con todas las chicas por las que dices no sentir nada.

Jules dio un paso hacia atrás. —No. No me pidas que haga eso. No puedo.

Ella se rio, pero fue una risa fría y seca. —¿De verdad? Estoy segura de que podrías conseguirlo. Un hombre como tú, que va acostándose con todas, debería saber algo de mujeres.

Jules jugueteó con su reloj. —Nunca he hecho el amor con una virgen. Jamás. Es territorio desconocido y estoy muy nervioso. ¿Qué ocurriría si no lograse excitarme? Prefiero morir a decepcionarte. —Entiendo. Bueno, así es como funciona. No quiero seguir siendo virgen. Siento curiosidad, quiero saber lo que se siente. Prefiero que mi primera vez sea con alguien que me gusta de verdad. Sin embargo, llegados a este punto, también creo que debería revisar cuáles son mis opciones. —No puedes hablar en serio. —¿Por qué no? He recibido más ofertas sexuales de las que puedo gestionar. A los venecianos les encantan las mujeres y no son remilgados con las vírgenes, pero, al contrario que tú, prefiero tener intimidad con alguien a quien conozco y aprecio. Ir de ramera no es mi estilo. —Estás realmente enfadada conmigo, ¿verdad? —Tienes veinticuatro horas para pensártelo. Ahora, tengo que trabajar.

Lo besó con pasión en los labios y después volvió al trabajo con su retrato a carboncillo. Mientras Jules la observaba, fue agrandando el pene de Dylan con toques rápidos. Él apretó la mandíbula. Cat lo miró con una ceja levantada y después miró hacia la puerta.

Cuando se quedó sola, dejó el carboncillo y dibujó una sonrisa anhelante mientras caminaba hacia la cocina.

Matthew Lamb seguía sentado a la mesa de la cocina leyendo un número de *Tatler*. Parecía aburrido. Cat le recolocó los brazos y pareció espabilarse. —Bueno, señor Lamb, he seguido su consejo y he ejercido un poco de presión. Ahora se muere de celos. Creo que lo tengo contra las cuerdas. ¿Qué le parece?

Matthew Lamb permaneció callado, pero sus ojos de zafiro brillaron con una determinación perversa.

Al día siguiente Cat recibió una visita de Jules. Estaba pintando un retrato de Michael a tamaño real y lloraba mientras cortaba el lienzo para crear los miembros móviles. Ya había terminado un retrato de Daniel, pero lo tenía bien escondido. «Pensarán que he perdido la cabeza si ven a tres hombres guapos vestidos con esmoquin en mi apartamento, con sus miembros móviles y bebiendo licor».

Cuando oyó que llamaban a la puerta, se apresuró a cubrir el retrato de Michael y se secó las lágrimas.

Jules se negó a entrar en el estudio y se quedó de pie en la puerta. —Si sigues decidida a perder la virginidad, entonces te llevaré a París a pasar el fin de semana. Quiero mostrarte los lugares que frecuentaba. Que sea especial.

Ella lo miró con una sonrisa. —La respuesta es «sí». —Bien. Pensaba que podíamos irnos el viernes, ir a la ópera el sábado por la noche y volver el domingo. Nos alojaremos en el Hôtel de Crillon. Yo invito.

Cat frunció el ceño. —¿Puedes permitírtelo? A mí no me importa alojarme en una pensión, visitar el Louvre y beber vino peleón en Montmartre. —He vivido y trabajado en París casi toda mi vida. Puedo cobrarme algunos favores. No te preocupes, yo me encargo.

Cat lo abrazó. —Entonces nos vamos a París.

Jules la besó y se alejó por el pasillo. Ella no pudo evitar advertir que caminaba pavoneándose como James Cagney.

Cerró la puerta. «París. Sincronismo. Convergencia de deseos. Puedo volver a intentar reunirme con esa mujer. Aunque no lo logre, pasaré el fin de semana con el único hombre al que he deseado en mi vida. Desnudo entre las sábanas del Hôtel de Crillon. Felicidad en estado puro. Llevo tiempo queriendo estar a solas con Jules lejos de los cotillas. Será mejor que me organice, esto va a requerir cierta preparación. Y lencería nueva».

Era muy tarde y Jim estaba celebrando una reunión en el laberinto. Cat, Mary y Bertha esperaban sentadas en su despacho. Henri seguía arriba encargándose de la última crisis. Jim echó un vistazo al pasillo antes de cerrar la puerta y las mujeres se miraron nerviosas. Agarró una botella y sirvió a cada una un *whisky*. Mary se bebió el suyo en dos tragos y Jim le rellenó el vaso.

Abrió su caja fuerte y sacó un fajo de papeles. —El informe toxicológico es muy interesante. Es muy técnico, así que le pedí al doctor Ahearn que lo analizase. Podéis leerlo, pero, si os parece bien, puedo deciros cuáles son las conclusiones del doctor. ¿Sí? De acuerdo. Las medicinas de la bolsa de Daniel no coinciden con sus etiquetas.

Bertha dio un trago a su *whisky*. —¿Por qué iba Daniel a utilizar placebos?

Jim le pasó el informe. —No eran placebos. Los frascos contienen las medicinas tal como aparecen en las etiquetas, pero también contienen trazas de otros elementos adicionales. Son trazas sutiles de plomo y arsénico, pero no lo suficiente para provocar la muerte. Sin embargo, lo que preocupa al doctor son los niveles de tartrato antimónico potásico presente en las medicinas y en los tónicos. —¿Qué es eso? —preguntó Cat con el ceño fruncido. —Es un veneno que utilizan los delincuentes —le explicó Bertha—. Como el doctor Palmer, ¿verdad, Jim? Era un monstruo. Utilizó estricnina y antimonio para asesinar a sus acreedores, a sus hijos, a su esposa y, por supuesto, a su suegra.

Jim miró a Cat y a Mary. —Bertha tiene razón, pero la cosa empeora. Palmer también se deshizo de al menos diez hijos ilegítimos que había engendrado. Cuando envenenó a su esposa, los de la compañía de seguros sospecharon, pero aun así le pagaron el dinero.

Cat parecía decaída. —Danny no iba a poner veneno en su medicina. Es ilógico.

Jim daba vueltas de un lado a otro del despacho. —Demos por hecho que otra persona metió el antimonio en los frascos. El doctor me ha dicho que el antimonio no es un verdadero metal, pero es igual de tóxico que el arsénico. Los envenenadores prefieren el tartrato antimónico potásico porque tiene un sabor suave que puede enmascararse con bebidas o alimentos. Si le administras a alguien una dosis elevada, vomitará y se purgará. Pero si administras a la víctima pequeñas cantidades durante un largo periodo de tiempo, los niveles de antimonio se acumulan hasta que la víctima muere.

Las mujeres se quedaron mirándolo.

Jim se encendió un cigarrillo. —El doctor me habló de un muchacho polaco, George Chapman, que asesinó a tres de sus amantes. Un efecto secundario del envenenamiento con antimonio es que los cuerpos no se descomponen con rapidez. Cuando desenterraron a una de las amantes cinco años más tarde, tenía los globos oculares todavía intactos.

Mary se estremeció. —Qué asco. ¿Y las víctimas no se daban cuenta de que estaban siendo envenenadas? —Solo si la dosis era lo suficientemente elevada como para saborearla —respondió Jim—. A Chapman le salió el orgullo cuando los médicos atribuyeron los síntomas de las víctimas a otras enfermedades. El envenenamiento con antimonio puede confundirse con intoxicación alimentaria, peritonitis, *delirium tremens*, tuberculosis, cáncer de estómago, gastritis y cosas similares.

Jim removió con energía las ascuas de la chimenea. Oyeron un crujido en el pasillo. Jim se llevó el dedo índice a los labios y se acercó a la puerta sin hacer ruido. Abrió de golpe.

Allí estaba uno de los aprendices de la cocina. —Señor Blade —murmuró—, estoy… eh… estoy buscando el despacho del gerente del servicio de habitaciones. Tengo que darle un mensaje.

Jim se quedó mirándolo. —¿Un mensaje? ¿Estás seguro, Lucio? —Sí, señor. Es importante, señor. Tenemos un problema con la lista de esta noche, señor.

Jim lo miró fijamente y el muchacho se sonrojó. —Sigue por el pasillo y gira a la izquierda. Es el último despacho a la derecha. —Gracias, señor. —Se alejó corriendo.

Jim se quedó en la puerta hasta que Lucio desapareció. Después cerró. —Hay algo corrupto en ese chico. Le han pagado para husmear.

Bertha se calentaba las manos junto al fuego. —Jim, sospechas de todo el mundo. Puede que el muchacho sea un poco lento.

Cat trató de disimular su impaciencia. —Entonces, ¿el doctor y tú pensáis que la persona que manipuló los medicamentos de Daniel sabía lo que hacía? ¿Por qué iba alguien a querer hacerle daño? ¿Qué hay de esos lacayos del gobierno a los que Danny y Michael denunciaron por malversación? Que sepamos, esos delincuentes podían formar parte de una estafa mayor.

Jim suspiró. —He estado investigando a esos tipos y me quitan el sueño. —Se volvió hacia Mary—. ¿Cómo se encontraba Daniel antes de que os fuerais todos a Venecia?

Mary se encendió un cigarrillo. —Danny estaba hecho polvo. El especialista digestivo dijo que era dolor estomacal provocado por el estrés emocional. Unos días estaba animado y otros se sentía enfermo. Yo daba por hecho que esa perra manipuladora estaba volviéndole loco. —Es bastante estresante estar con Eddie —confirmó Cat.

Bertha habló lentamente. —Aun a riesgo de parecer estúpida, ¿Edwina no podría ser sospechosa de asesinato? No es la oveja más lista del rebaño, pero lo compensa con su malicia.

Mary negó vehementemente con la cabeza. —Yo también lo pensé. Pero Sean asegura que, aunque Eddie lo negara, él estaba con ella en el apartamento en el momento de la muerte de Daniel. Y supongo que, si fuese culpable de algo, habría corrido a Scotland Yard a confirmar la coartada de Sean, en vez de negarse a colaborar.

Jim se distrajo abriendo la puerta del despacho para mirar a un lado y a otro del pasillo.

Bertha arqueó las cejas. —Por el amor de Dios, Jim.

El detective volvió a sentarse. —Mary, ¿cómo se encontraba Daniel de salud cuando estaba de vacaciones?

Mary dio una calada al cigarrillo y expulsó el humo. —Danny mejoró y ya no necesitaba tónicos para los nervios. Además bebía menos. De hecho gozaba de buena salud y estaba de buen humor.

Cat estaba sentada muy quieta, mirándose las manos cruzadas. —Acabo de recordar que Michael se quejaba de calambres estomacales y vómitos. No quiso ir al médico y se trató con las medicinas de Daniel.

Jim se inclinó por encima del respaldo de la silla de Cat. —¿Cuál era el estado de salud de Michael antes de ahogarse? —Tenía diarrea, vómitos, dolor de estómago y se quejaba de una sed constante. —Danny no paraba de repetir que no entendía cómo un nadador tan fuerte y experimentado como Michael pudo ahogarse.

Nadie dijo nada. Jim avivó el fuego innecesariamente y Bertha sirvió más *whisky*.

Cat rompió el silencio. —Daniel pidió cita con el médico americano, pero Michael se negó a ir. Incluso intentó esconder la bolsa de las medicinas en mi habitación para que Michael se rindiera y fuera al médico.

Bertha rodeó a Cat con el brazo.

Jim abrió la puerta del despacho para volver a examinar el pasillo. —Jim, por favor, no seas tan paranoico —le dijo Bertha.

El detective cerró la puerta y volvió a guardar el informe toxicológico en la caja fuerte. —Bueno, como el cuerpo de Michael no ha aparecido, se ha llevado el secreto a la tumba. Todavía no tengo pruebas, pero creo que las muertes de Michael, Daniel, Mikey Barthe y el chef están relacionadas. El asesino sigue suelto, así que es vital que nada de lo que hemos hablado salga de esta habitación. No queremos incitar al asesino, o asesinos, a cometer otro crimen. —¿Y qué deberíamos hacer, Jim? —preguntó Mary con los ojos muy abiertos. —Nada. No quiero cargaros con suposiciones infundadas.

Seguid con vuestros asuntos como de costumbre. Sé que puedo confiar en vosotras y vosotras en mí.

Cat estaba desconsolada. —Me siento culpable porque no he confiado en ti como debería. Hay algo que no quería contarte, Jim, pero ahora me doy cuenta de que podría ser importante. —¿A qué te refieres, Cat? —le preguntó Jim, alerta de inmediato. —Hay otro sospechoso del asesinato de Daniel, pero no quería contárselo a la policía. —Continúa.

Cat se quedó mirándose los pies. —Daniel estaba viéndose con un par de jóvenes. No eran la clase de hombres que elegiría para tener intimidad.

Bertha escogió sus palabras con cuidado. —¿Qué clase de hombres crees que eran? —Me dio la impresión de que eran delincuentes, pero solo fue una intuición. Fui con unas amigas de la escuela a un club nocturno mugriento del Soho, pero me marché deprisa porque no quería que Daniel supiera que lo había visto allí. No era el tipo de sitio al que él iba. Estaba sentado a una mesa con ellos, pero no bebía y seguía con el abrigo puesto. Me dio la impresión de que se había pasado por allí para hablar con ellos. Tres días más tarde vi a esos dos mismos hombres salir del despacho de Daniel y hacer el tonto en el ascensor.

Jim y Bertha se miraron. —¿Por qué crees que podrían ser sospechosos? —le preguntó Jim. —Porque cabe la posibilidad de que estuvieran chantajeando a Danny. Esto suena horrible, pero aquella mañana, cuando Danny salió de su despacho, estuve husmeando en su chequera personal. Acababa de firmar un importante cheque a un hombre llamado G. Smith, o quizá fuese C. Smythe. Su caligrafía siempre era difícil de entender.

Mary miró a Jim. —Cat, ¿alguno de esos hombres tenía una cicatriz en la mejilla? —Sí. El rubio tenía un horrible corte en la mejilla izquierda. Llevaba un traje caro hecho a medida, pero andaba como alguien que trabajara en los muelles. Era delgado, pero parecía estar en forma. Intentó camelarme cuando los seguí hasta el ascensor. Pensaba que yo era una huésped del hotel y me preguntó en qué *suite* me alojaba. Yo estaba deseando salir del ascensor porque me daba miedo.

Mary apretó los labios. —Tiene que ser Gary Smythe. Es un psicópata y haría cualquier cosa por ganar, robar o extorsionar dinero. Ha pasado algunos periodos breves en la cárcel, pero la ley no ha podido condenarlo por ningún delito significativo.

Jim asintió. —Es un buen elemento. Mis amigos de Scotland Yard lo llaman «el ladrillo de dos ojos». Tuvo una breve carrera como boxeador profesional de peso ligero. —¿Cómo es que los dos lo conocéis? —preguntó Cat. —Smythe fue ayuda de cámara en el Hotel du Barry hace unos tres años, pero Daniel tuvo que despedirlo por robo —explicó Jim—. Después Smythe acabó de recaudador de deudas en un asunto turbio. Me odia porque fui yo quien lo pilló robando a nuestros clientes. Cat, ¿intentabas proteger a Daniel al no contárselo a la policía? —Yo no quería que el nombre de Daniel quedara manchado por toda la ciudad. No podía creer que se hubiera visto involucrado con hombres así. No era su estilo. —Podría haber sido un chantaje —convino Mary—. Sé que, a lo largo de los años, intentaron chantajear a Daniel varias veces. Pero siempre se negaba a pagar y Jim o sus abogados solucionaban el asunto. —Pero Daniel nunca me habló de Smythe —agregó Jim—. Me resulta de lo más extraño. Sí que llevaba a cabo operaciones de cese y desistimiento para Daniel cuando era necesario. Para ser sincero, disfrutaba localizando a los chantajistas. Era como jugar una partida de ajedrez avanzada. —¿Qué implicaba el cese y desistimiento, Jim? —le preguntó Cat. —No quieras saberlo, hija. Pero, si era chantaje, entonces Danny cometió un gran error porque, si los chantajistas triunfan la primera vez, entonces nada puede impedirles pedir más dinero.

Bertha estaba pensativa. —Quizá el dolor de Danny interfirió con su sentido común. Porque, en el pasado, siempre que había una amenaza o un problema de seguridad, la primera persona a la que se lo contaba era Jim.

Cat tomó aire varias veces y su ansiedad disminuyó. —¿Qué vas a hacer, Jim? —Averiguaré gracias a mis contactos dónde se esconde el señor Smythe y le haré una visita nocturna —contestó Jim con una sonrisa maliciosa—. Cuando se trata con escoria como esa, es útil contar con el factor sorpresa.

Bertha se estremeció. —Por el amor de Dios, ten cuidado. Sé cómo es y, si lo acorralas como a una rata, se volverá en tu contra. ¿Por qué no dejas que Scotland Yard se encargue del asunto? —No. La ley nunca ha podido presentar cargos de extorsión duraderos contra Smythe. Es más resbaladizo que una anguila engrasada. Y, si estuviera relacionado con el asesinato de Daniel, necesito algo que resulte consistente ante un tribunal.

Se acarició la barbilla con aire pensativo. «Gary Smythe, ¿eh? Si hay un delincuente que merece un escarmiento, ese es Smythe. ¿Cómo conseguiré que confiese? Confiaré en el terror más que en el dolor. Lo aterrorizaré hasta que confiese y sus miedos rasguen y devoren su carne. Sus peores pesadillas harán casi todo el trabajo».

«Pero el placer seguirá siendo todo mío».

CAPÍTULO 23

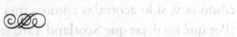

Deliciosos tormentos

El doctor Otto Rubens estaba preocupado por el bienestar
emocional de su secretaria personal. Mary Maguire parecía estar
experimentando cambios de humor. Algunos días aparecía con ojeras y dejaba la comida sin tocar mientras contemplaba la ciudad a
través de la ventana. Otros días tarareaba alegremente mientras
trabajaba y luego, a la hora de comer, se iba de compras y regresaba
con bolsas de los mejores emporios de Londres. Su profesionalidad
nunca estuvo en duda, pero Otto estaba tan pendiente de sus alte-
raciones emocionales que sospechaba que se había echado un
amante.

Otto había observado por primera vez un cambio en Mary
cuando entró y la pilló leyendo una carta. Estaba de pie en la sala
de té, con su elegante vestido de seda ajustado y sus zapatos de
tacón alto. En el pecho se había clavado una enorme flor blanca
de seda. La luz del sol iluminaba su melena roja y hacía que su
piel pálida pareciese traslúcida. Otto quiso acurrucarse a sus pies
como un perro y quedarse allí tumbado mirándola. Por suerte,
ella estaba demasiado absorta en su carta como para advertir su
presencia.

Al toser él, Mary se había apresurado a doblar la carta y guar-
dársela en el bolso. Demasiado tarde, porque Otto ya había visto
su rostro iluminado por la ternura mientras pasaba las páginas.
Se le contrajo de dolor el corazón. Con horror se oyó a sí mismo

decir alegremente: —Ah, veo que tienes un amigo por correspondencia.

Dios. Ella lo había mirado con seriedad. —Es una carta de un antiguo novio. Vive en el extranjero y me escribe con regularidad. Normalmente me envía las cartas aquí.

Cierto, Mary había dicho que era un antiguo novio, pero también había dicho que le escribía con regularidad. Por suerte, Otto había perfeccionado el arte de disimular sus emociones, de manera que se sirvió una taza de café percolado y añadió cuatro azucarillos innecesarios. —¿Estará fuera mucho tiempo, Mary? —Indefinidamente. Está montando un negocio. Esas cosas llevan su tiempo.

Otto dio un sorbo al café. Estaba asqueroso. —Debe de ser difícil. Hay mucha burocracia en los países extranjeros, ¿verdad?

Esperaba que Mary le diese más información. En su lugar, respondió con otra pregunta. —¿Has tenido oportunidad de firmar los papeles del registro que te dejé en la mesa, Otto? —No, pero lo haré ahora.

Había salido de la sala de té y había estado torturándose hasta llegar a su despacho. ¿Quién sería aquel hombre que conseguía que Mary se derritiera solo con escribirle una carta?

Otto estaba furioso y pasó casi toda la mañana intentando imaginarse al antiguo novio de Mary. Al principio se lo imaginó como un muchacho renegado, surcando los mares como un pirata. Un bruto estúpido, malhablado y vulgar. En cualquier momento una tormenta lo tiraría de la cubierta de su barco. El ahogamiento era una de las peores muertes para un hombre. O quizá el antiguo novio fuese un corredor de bolsa sedentario con puro en la boca, el culo gordo y el corazón delicado. Sin duda el ataque cardiaco era una posibilidad. No. Era más probable que Mary se sintiese atraída por un hombre en forma, guapo, culto, cultivado y muy listo. Un hombre que, curiosamente, se parecería a él mismo.

En un momento dado, Otto decidió contratar a un detective privado para localizar a ese cabrón. Marcó el número de teléfono con manos temblorosas. Recuperó el sentido común y colgó el teléfono cuando oyó la voz de la secretaria del detective. Se dejó caer en su silla y se quedó contemplando el afilado abrecartas que Mary le había regalado por su cumpleaños. Tenía una empuñadura con relieves muy elaborados y parecía algo que podrían haber utilizado los Borgia para acabar con sus enemigos. La venganza no era algo que el doctor Rubens recomendara a sus pacientes. Solía decirles que tuviesen en mente el antiguo proverbio latino: *La venganza es una confesión de dolor.*

No cabía ninguna duda, él estaba sufriendo un dolor considerable. Se encendió un cigarrillo y pensó en cómo eliminar su dolor. Y, para cuando Mary llamó a la puerta de su despacho, estaba sentado con los pies sobre la mesa, con las emociones bajo control y masticando plácidamente un caramelo de menta para el aliento.

Aquella misma tarde, descubrió los restos quemados de unos papeles en la chimenea de la sala de té. Allí se encontraban los pedazos de un sobre ennegrecido con un sello americano. Interesante. ¿Por qué iba Mary a quemar las cartas de un antiguo novio? ¿Quizá fuese todavía su amante? Aun así, ¿de quién serían las cartas que protegía? ¿De ella o de él?

Era una preciosa noche de primavera. Mary estaba en la entrada del Hotel du Barry charlando con Henri Dupont. Desde su ubicación en lo alto de las escaleras, veían el caos organizado del vestíbulo. Los huéspedes regresaban del hipódromo con los sombreros torcidos y los ramilletes caídos. Henri siempre era capaz de distinguir a aquellos que habían perdido dinero apostando, porque tenían una actitud derrotista o desafiante.

Los huéspedes del hotel vestidos con traje de noche se acicalaban mientras salían por la puerta para irse a cenar, al teatro o a la ópera. Los porteros realizaban una tarea sincronizada; abrían y cerraban puertas de automóvil, paraban taxis, calmaban a los huéspedes e intentaban mantener a raya a un par de indigentes borrachos. Uno de los borrachos estaba intentando echarse una siesta en mitad de la carretera y los porteros se turnaban para arrastrarlo y ponerlo a salvo.

Henri advirtió con orgullo que sus empleados manejaban a la clientela con soltura. Los recién llegados se arremolinaban en torno al mostrador de recepción y esperaban su turno para firmar en el registro del hotel. Dos caniches diminutos no paraban de morder los tobillos a su dueña. La mujer iba envuelta en docenas de visones muertos y su voz rasgada indicaba que los salones de tabaco eran su hábitat natural. Golpeó el suelo con los tacones y gritó: —¡Milton! ¡Byron! Parad ya. ¡Sois unos chicos muy malos!

Los perros se detuvieron unos instantes antes de seguir atacándola con un vigor renovado.

Henri negó con la cabeza. —Ay, Mary, es evidente que esos malditos perros no saben quién es el líder de la manada. La señora me informó el otro día de que sus queridos animalitos son muy remilgados y sus refinados paladares solo toleran la carne picada de cerdo. Le sugerí que me los dejara a mí y que, en cuestión de una semana, los tendría comiendo limones.

Un distinguido grupo de indios con turbante y sus esposas entraron por la puerta giratoria. Los saris de las mujeres eran una mezcla de vibrantes rojos, naranjas, verdes y azules. Sus cuellos, muñecas y tobillos iban adornados con oro y piedras preciosas mientras, con ojos pintados de negro, miraban el caos que se desarrollaba a su alrededor. El entrecortado acento de Oxford de sus maridos retumbó por todo el vestíbulo. —¡Sashi, date prisa! —¿Dónde está el equipaje de mano de Ayesha? —¿A qué viene tanto retraso? Esto es demasiado. Me muero por un *gintonic*.

Un niño rollizo vestido con traje de marinero estaba tirado bocabajo en mitad del vestíbulo gritando: —¡No, no, no! ¡No pienso hacerlo! ¡Y no podéis obligarme!

Su niñera trató de consolarlo sin mucho éxito. Había dejado de intentar llamar la atención de los padres. Estos le habían dado la espalda y fingían que el mocoso no era suyo. Un grupo de mujeres con pantalones miraba con descaro a la angustiada niñera, que parecía a punto de echarse a llorar. Los porteros y los botones se miraban unos a otros mientras esquivaban al niño con los equipajes.

Varias personas giraron la cabeza cuando se abrieron las puertas del ascensor hidráulico y de allí salió una criatura celestial. Era la señora Du Barry con un vestido de satén blanco ajustado y escote en la espalda. El corpiño se asemejaba a los pétalos abiertos de una flor y Edwina llevaba el cuello enmarcado a la perfección. Su pelo rubio platino iluminaba el vestíbulo, los diamantes que llevaba en el cuello reflejaban la luz y tenía la piel resplandeciente. Colgada del brazo llevaba una extravagante estola de piel blanca. El efecto provocado por tanto blanco era casi cegador y las demás mujeres presentes se sintieron inferiores en comparación. Una cuadrilla de mujeres de la alta sociedad con cara de víbora intentaba determinar el origen de su magnificencia. —Es un Jeanne Lanvin. —¿Estás loca? Obviamente es de Vionnet. —No, no. Es un Coco Chanel. Solo ella sería tan atrevida. —Os equivocáis todas, queridas. Sé de buena tinta que a la señora Du Barry le hizo el vestido Charles James.

El chofer de Edwina caminaba tres pasos por detrás de ella en actitud deferente. Parecía un dios, resplandeciente con un uniforme blanco y botas negras y brillantes. El emblema del Hotel du Barry decoraba su gorra de plato y era evidente que llevaba hombreras que ensanchaban sus hombros, ya de por sí desarrollados. La cuadrilla de mujeres le sonrió con descaro cuando pasó por delante.

Edwina se contoneaba por el vestíbulo, la gente le abría camino y todos suspiraban con admiración. Ella inclinaba la cabeza y sonreía con elegancia formando un deslumbrante arco con sus labios pintados de rojo. Sus pasos se vieron interrumpidos por la rabieta de un niño. Lo observó con frialdad y desprecio apenas disimulado. El chofer levantó el brazo como si estuviera a punto de golpear al muchacho, pero en lugar de eso sacudió la muñeca y miró el reloj.

Edwina clavó en el niño sus ojos azules y este se quedó helado, mirándola con la boca abierta. Hechizado, retrocedió gateando para permitirle pasar. Al pasar por delante, los extremos de la estola de piel de Edwina le dieron en la cara y el muchacho se quedó mirándola, olvidada ya su rabieta.

Edwina distinguió a Mary y se detuvo. —Buenas noches, querida. ¿Cómo llevas el desagradable asunto de Sean Kelly?

Mary sonrió con educación. —Estoy bien, gracias, Edwina.

Edwina se volvió hacia el conserje. —Debo decir, Henri, que los cambios que sugeriste para la zona de recepción son brillantes. Hiciste bien al sugerir el ébano de Macasar para el mostrador nuevo. Es moderno, pero sin la vulgaridad que una encuentra con tanta frecuencia en el Dorchester.

Henri se puso su máscara de conserje. —Gracias, señora.

—¿Sabes, Henri? La verdad es que llevo tiempo queriendo hablar contigo sobre el Salón Tucán. No debería haberlo reformado y ahora quiero devolverle su antiguo esplendor. Necesito tu ayuda.

Henri disimuló una sonrisa. —Me halaga que me la pida, señora. —Tú sabes mucho más que yo sobre la visión que tenía Daniel para los hoteles Du Barry. Daniel me dijo que el hotel era un organismo vivo y que Jim Blade y tú estáis en perfecta sincronía con sus ritmos biológicos. Así que, como es natural, me fiaré de tu opinión y remuneraré generosamente cualquier hora extra que le dediques. Es probable que tengamos que realizar algunos viajes de negocios para ver cómo van los hoteles de París y Montecarlo.

Henri hizo sonar sus zapatos. —Estoy deseando escuchar su propuesta, señora, y espero que disfrute de *Medea* esta noche. Eurípides comprendía bien el poder destructivo de una mujer

265

desdeñada. El crítico teatral de *The Times* me dijo que la actriz que hace de Medea es tan convincente que consigue convertir un infanticidio en una elección racional.

A Mary le costó mucho contener la risa. «Dios. Como de costumbre, Edwina no se entera del subtexto. Probablemente porque su egocentrismo repele cualquier crítica dirigida hacia ella».

La señora se cubrió con su estola de piel. —Ah, qué bien, Henri. Será una producción fascinante. No hay nada peor que una experiencia teatral deprimente. Personalmente, nunca he entendido a Oscar Wilde. Todos esos personajes que mordisquean sándwiches de pepino son de lo más tedioso.

Henri evitó mirar a Mary a los ojos y no hizo ningún otro comentario. Se limitó a agachar la cabeza ligeramente y echarse a un lado.

Henri y Mary vieron a Edwina bajar las escaleras. Un Grand Mercedes Cabriolet blanco y resplandeciente estaba aparcado junto a la acera. Sus líneas curvas y su estribo arqueado conferían al vehículo el aspecto de un semental metálico preparado para liberar todo su poder.

Varios niños pobres de la calle se habían acercado para ver el Mercedes, pero el chofer de Edwina les apuntó con una pistola invisible y se dispersaron. Tirado en el suelo frente a las puertas del coche había un borrachín que agitaba cómicamente una botella vacía en dirección a Edwina. Ella pasó por encima de él y se montó en el automóvil. El chofer dio una patada al borracho para quitarlo de en medio y recogió con cuidado los extremos de la estola de piel de la señora. —¡*Milady*, dichosos los ojos! —gritó el borracho antes de desmayarse sobre la acera.

Edwina bajó la ventanilla y llamó al portero. —Envía a buscar al capataz del taller. Quiero que lleven a este hombre al granero de los establos. Dile a Dick Carmine que lo tape con mantas limpias. Que duerma la borrachera y después que coma y beba agua. Cuando regrese, iré a comprobar que lo han tratado bien. —Sí, señora. Ahora mismo.

Mientras el vehículo se alejaba de la acera, Mary murmuró:
—Corrígeme si me equivoco, pero Edwina parece muy amable.
¿Qué sucede? —Está enamorada. Ha mejorado su actitud hacia
todos y hacia todo. Mira esto.

El automóvil de Edwina se había detenido más adelante en la
calle. Una sombra alargada salió de entre las sombras de un edificio en penumbra y se subió apresuradamente en el asiento de
atrás.

Mary se quedó mirando el Mercedes. —No lo entiendo.
¿Quién es? —Es Thomas Columbus Rodd, ese exclusivo diseñador de zapatos. Llevan semanas teniendo una aventura. —Él está
casado, ¿verdad? —Desde luego —respondió Henri con una
sonrisa irónica—. Tiene un hijo pequeño. La señora Rodd pasa
temporadas en un hospital psiquiátrico privado. Tiene esquizo-
frenia. Su marido hace todo lo posible por mantenerla en casa,
pero no ha resultado bien. El comportamiento de la mujer es
cada vez más difícil. —¿En qué sentido? —Hace un par de semanas, a las cuatro de la mañana, la encontré dormida en el
guardarropa. Llevaba puesto solo un camisón medio transparen-
te. Al parecer caminó sonámbula hasta aquí desde el apartamento de los Rodd. —Vaya, ¿y dónde es eso? —Al otro lado de la
calle. Desde el estudio de Danny se ve el apartamento de los
Rodd. No sé por qué no han puesto cortinas. —¿Y qué hiciste,
Henri? —La desperté con toda la delicadeza posible, pero le entró el pánico y se subió al mostrador de recepción. Me lanzó una
lámpara de latón, hizo agujeros en el mostrador con un abrecartas y rompió la superficie de cristal a pisotones. Por eso pedí que
cambiaran el mostrador. Se hizo cortes en los pies y había sangre
por todas partes. El doctor se ocupó de ella hasta que llegaron el
psiquiatra y su marido. La pobre mujer ha vuelto al hospital psiquiátrico.

Mary contempló al borracho que dormía en la calle. —Qué
triste. Tanta gente enferma y desposeída, tantas vidas tiradas a la
basura. —Lo sé. Me pongo melancólico si pienso demasiado en

ellos. Todos anhelamos la paz. Así que, ¿quién puede culpar a Thomas Rodd cuando alguien como Eddie se enamora de él?

Ambos se quedaron mirando las luces parpadeantes de un avión que cruzaba volando la ciudad. Mary anhelaba estar en otra parte. «Oh, Sean, ¿qué diablos estarás haciendo en la otra punta del mundo?».

CAPÍTULO 24

Au contraire

Eran las cinco de la mañana en el Hôtel de Crillon y Cat no podía dormir. La *suite* era un lío de lencería enredada, zapatos tirados y botellas de champán vacías. Ella estaba de pie junto a la ventana abierta disfrutando de la atmósfera. Por fin había entendido por qué a Daniel le gustaba tanto el Hôtel de Crillon. Estaba cargado de historia; el palacio del siglo dieciocho había soportado guerras, derramamientos de sangre y revoluciones sin perder la elegancia distintiva de Luis XV. En una ocasión Daniel le dijo que María Antonieta había recibido clases de música bajo las impresionantes lámparas de araña en la época en la que seguía siendo un palacio.

Las cortinas transparentes ondeaban agitadas por el viento y acariciaban su cuerpo desnudo. Se estremeció, no porque tuviera frío sino porque se sentía muy viva. Desde su elevada posición veía la plaza de la Concordia, con su obelisco egipcio de Luxor imponente entre los automóviles. Cerca de allí se encontraba el Jardín de las Tullerías y los Campos Elíseos. El cielo iba aclarándose y a lo lejos distinguía la Torre Eiffel.

Volvió a entrar en la habitación. Jules estaba dormido en la cama de sábanas revueltas. Unas gotas de sudor se habían formado en su labio superior y, cuando expulsaba el aire, su aliento agitaba el mechón de pelo oscuro que había caído sobre su mejilla. Se sentó sobre la sábana y contempló su cuerpo desnudo. Tenía los brazos echados hacia atrás por encima de la cabeza y se fijó en el afilado trazo de sus esculpidos bíceps. Lo observó como observaría a un modelo. Los músculos de su abdomen eran tan duros como los de las esculturas de mármol idealizadas de Miguel Ángel. Desde el deltoides hasta el cuádriceps, era un espécimen excelente. Tuvo que contener el deseo de lamer todo su cuerpo.

Contempló alegremente a su presa y pasó un dedo por la gruesa cicatriz que recorría su pecho en diagonal. ¿Quién habría apuñalado a Jules y por qué? Tenía otra pequeña cicatriz en la ceja. Era el toque de imperfección necesario para acentuar su masculinidad y alejarlo de ser el típico chico guapo. Se retorció con placer. Era todo suyo durante el fin de semana. Más allá de eso, el futuro era un misterio exquisito.

Desde luego Jules no la había decepcionado y, de no haber estado tan dolorida, lo habría despertado y le habría exigido otro asalto. Le dio un beso suave en la boca. Estaba tan dormido que no respondió, así que le dejó durmiendo. Se había mostrado tierno, cariñoso y solícito, había pasado horas dándole placer mientras ella permanecía desnuda en la cama. Al final ella le había agarrado la cabeza y le había rogado: —Jules, por favor. Quiero que lo hagas ya.

Y lo había hecho. Fue entonces cuando se dio cuenta de que era una gran ventaja que Jules hubiera estado con tantas mujeres. Un hombre menos experimentado no habría sabido cómo complacerla.

Atravesó la habitación disfrutando de la frialdad del mármol bajo los pies, se sirvió otra copa de champán y saboreó las burbujas que le hacían cosquillas en la lengua. Era maravilloso ser joven y estar en París con un nuevo amante. Se sonrojó al pensar en su cuerpo moviéndose contra el de ella y se tocó con los dedos la humedad que sentía entre las piernas. Al regresar a la cama, golpeó algo duro con el dedo gordo del pie. Enredados en el suelo estaban los pantalones de Jules. Cuando los levantó, una pistola cayó del bolsillo. Era pesada al tacto, con una suave empuñadura perlada; era el tipo de revolver que podría esconderse con facilidad en la chaqueta del traje de un caballero o en el bolsillo del pantalón. Era más pequeño que los revólveres de Daniel. Él solo llevaba armas cuando viajaba por territorios peligrosos como Bolivia o África. ¿Por qué llevaría Jules un arma a la cosmopolita París? ¿Para qué iba a servirle una pistola en el Louvre o en la ópera de París?

Se quedó de piedra cuando Jules se movió, pero entonces murmuró algo, se dio la vuelta y siguió durmiendo. Se dio cuenta de que tenía dos opciones; podía preguntarle directamente o esperar a ver si él mencionaba algo sobre la pistola. Volvió a meterla en el bolsillo del pantalón.

No era la primera vez que sospechaba de él. Cuando fueron al Louvre el día anterior, cinco de los guardias saludaron a Jules con la cabeza y el sexto le guiñó un ojo y sonrió. —¿De qué los conoces? —le había preguntado ella. —Ah, solo me conocen de vista, nada más. Cuando vivía aquí venía al Louvre con frecuencia y me quedaba durante horas. No podía alejarme de aquí. —¿Qué colección te gustó más? —Me gustaron especialmente los maestros europeos y forjé una relación muy íntima con Mona Lisa. Solía colarme y visitarla a primera hora de la mañana, antes de que llegaran los turistas. Era codicioso, quería tenerla toda para mí, pero eso forma parte del pasado. Para mí tú eres la única mujer ahora mismo, cariño.

Cat puso los ojos en blanco. —Jules, necesito comer. —Salgamos de aquí. ¿Y si comemos en Montmartre?

En un pequeño café de la *rue* Saint-Rustique habían devorado un delicioso *coq au vin* acompañado de una botella de *vin ordinaire.* Cat se había excusado para ir al lavabo y, al regresar, encontró a dos jóvenes franceses hablando con Jules. Sus cazadoras de cuero y sus botas militares intimidaban a los clientes del café y los camareros los miraban con desconfianza. Cuando ella se acercó a la mesa, el hombre rubio del pendiente de oro y los tatuajes le dio un suave coscorrón a Jules y dijo en francés: —Tengo que irme, amigo. No te preocupes. No me despegaré, como una rata en una alcantarilla. Y transmítele al profesor mi indiferencia.

Cuando pasaron frente a Cat, ambos se quedaron mirándola con un interés obsceno. Ella los vio subirse a unas motos negras y poner en marcha el motor. Cuando arrancaron, la gente del lugar dejó de oír sus propias voces hasta que llegaron al extremo de la callejuela. —¿Por qué no me has presentado a tus amigos? —le preguntó a Jules mirándolo a los ojos.

Él se encogió de hombros para quitarle importancia. —Chaz y Alain son tímidos con las chicas inglesas.

«¿Qué está ocultando?». Cat sabía que Jules mentía. Ninguno de los dos hombres parecía nervioso o tímido con las mujeres. Al mirarla de arriba abajo, se había sentido desnuda y le había dado la impresión de que intentaban adivinar sus pensamientos.

Jules murmuró en sueños. Ella se vio invadida por una agradable somnolencia. Sus días de quedarse dormida constantemente eran cosa del pasado y ahora, cuando le entraba sueño, era solo porque estaba cansada de verdad. Se acurrucó junto a Jules. Encajaban a la perfección y eso era agradable. Él se movió y colocó una mano protectora sobre su pecho. Ella sonrió y, en cuestión de minutos, se había quedado dormida.

Después de desayunar, Cat y Jules dieron un paseo. Sin saberlo desprendían un erotismo magnético. La gente de los cafés de la calle dejaba de hablar y se quedaba mirándolos con admiración. Los parisinos no miraban de reojo o subrepticiamente; observaban abiertamente a los viandantes con interés descarado. Las sillas de los cafés estaban colocadas en filas para que los clientes pudieran mirar hacia fuera y contemplar el desfile de gente.

A Cat le fascinó ver a un francés en particular comiendo con su perro. El perrito estaba sentado en una silla de mimbre junto a la mesa y el hombre le daba de comer trozos de beicon con su propio tenedor. Eran dos bocados para el dueño y uno para el perro. El tenedor iba de la boca del perro a la de su amo. Cuando se acabó el beicon, el hombre le dio un beso al perro en la coronilla y el animal le lamió la cara.

Cat le dio un codazo a Jules y este sonrió. Recordó que Daniel le había dicho: —Ten en mente una cosa, hija. La boca humana contiene más gérmenes que la de un mastín cualquiera. Las mordeduras sin tratar de los humanos pueden ser letales.

Cat se dio cuenta de que era la primera vez que pensaba en Daniel sin sentirse perdida e indefensa. El doctor Rubens había acertado, su pena seguía ahí, pero se había hecho soportable. Disfrutar de París con Jules era excitante y peligroso en el buen sentido. «Daniel siempre formará parte de mí, pero mi vida no ha hecho más que empezar. Ojalá hubiera conocido a Jules».

Cat insistió en que pararan en un teatro de la avenida de los Campos Elíseos. Escudriñó la colección de fotografías colgadas bajo la vitrina de cristal y señaló la imagen de una actriz. —Ahí está, es esa. Como te dije, es demasiado joven para ser mi madre a los veinticuatro años. Pero ¿crees que podríamos estar emparentadas?

La actriz se llamaba Josephine Marais. Jules se quedó estudiando su fotografía con atención. Era una copia en blanco y negro pintada a mano. —Le han pintado los ojos del mismo color que los tuyos. Pese al pelo negro, se parece mucho y tenéis las dos los mismos rasgos adorables. —Le dio un beso—. Sí, creo que sois familia. —Jules, quiero intentar verla. Solo he podido hablar con su representante por teléfono. Fue educado, pero yo me sentí triste. —Si le llamas, volverá a evitarte. Solo está haciendo su trabajo, es quien la protege. Mira, ¿por qué no te presentas sin más y pides hablar con él? Utiliza el factor sorpresa. Eso es lo que haría yo en una situación difícil como esta. —¡Pero tendría que mentir! —Cat, mentir es de los pecados menos importantes. Tienes que dejar de ser tan británica. —La rodeó con un brazo—. ¿Quieres que vaya contigo? Aunque creo que tendrás más probabilidades de conocerla si vas sola. Yo puedo esperar en el vestíbulo. —Tienes razón. Y no tiene nada de malo intentarlo otra vez.

Cat se acercó al mostrador de reservas con una seguridad en sí misma que en realidad no sentía. Le parecía mal mentir, pero no le quedaba otra opción. La recepcionista era elegante, pero tenía cara de pocos amigos. Las dos rayas pintadas de negro que eran sus cejas hacían que pareciese enfadada. Con las uñas largas y rojas pasaba las páginas de una revista de moda y parecía aburrirse. Cat tosió educadamente y la mujer la miró con actitud inquisitiva. —*Bonjour, mademoiselle*.

Cat le dirigió su sonrisa más deslumbrante y dijo en francés: —He venido a ver a *monsieur* Victor Mastrioni. Hemos quedado para comer el lunes, pero estaba de paso y he pensado en pasarme, por si acaso Victor estaba ahora disponible. —*Une minute, s'il vous plaît.* —*Merci.*

La recepcionista desapareció tras una cortina de terciopelo rojo. Pasaron dos, tres y cuatro minutos. Cat se sentía cada vez más tensa y notaba ardor en el estómago. «Quizá debería marcharme ahora que todo va bien. *Mademoiselle* Marais es la estrella del espectáculo. No van a dejarme verla sin cita previa».

Pero justo entonces se abrió la cortina roja. Un hombre con traje de mafioso le ofreció la mano. En el dedo meñique llevaba un anillo con un rubí del tamaño de una aceituna. Parecía perplejo. Cat abrió mucho sus ojos violetas y le sonrió como si lo conociera de toda la vida. —*Bonjour, Monsieur Mastrioni*.

Josephine Marais estaba a punto de volver a perder la calma y el diseñador de vestuario estaba tratando de mantener la suya. Llevaban discutiendo más de tres horas. No era algo poco habitual. Suspiró cuando Georges le ajustó los rígidos volantes de satén a lo que se suponía debía ser un atuendo para jugar al tenis. Había exigido que Georges le fabricase un atuendo inspirado en Chanel hecho con punto, pero el director se había negado. Ella sospechaba que el hombre estaba decidido a mostrar todo lo que fuera posible de su esbelta anatomía y el atuendo apenas le tapaba los pechos y el trasero. Lo llevaría en la escena en la que se agarraba una rabieta, lanzaba su raqueta de tenis al guapo protagonista y después se desmayaba cuando él la besaba y la acariciaba. El dramaturgo había plagiado con inteligencia *La fierecilla domada* de Shakespeare. Así que, aunque el libreto era ridículo, Josephine sabía por experiencia que sería otro éxito sensacional.

Mademoiselle Marais ya estaba casi agotada y Georges lo sabía. No habría más gritos y por fin podría terminar su trabajo. El nuevo espectáculo se estrenaría en dos días y, como estrella indiscutible de la obra, *mademoiselle* tenía más cambios de vestuario que los demás. Su figura curvilínea ayudaba a Georges a conseguir que luciera fantástica sobre el escenario. Eso era crucial, porque el atractivo de Josephine superaba con creces a su modesto talento como actriz y ella bien lo sabía. Pero lo que poseía a raudales era actitud de estrella. Resultaba hipnótica incluso cuando hacía algo tan mundano como prepararse una taza de té, y su voz, cuando no estaba enfadada, sonaba baja y melódica. Era una pena que despreciara los musicales porque, como incluso admitían sus críticos, no tenía rival como cantante y bailarina. Podía bailar hacia atrás con zapatos de tacón alto mientras contaba chistes y cantaba. Su vis cómica era excepcional, pero anhelaba ser respetada como actriz seria. Sin embargo, recientemente había cedido a la presión de Victor Mastrioni y había pasado con éxito una prueba de cámara para un musical americano.

Josephine era la amante caprichosa de un industrialista francés al que mantenía siempre alerta despertando el interés de sus admiradores masculinos. Era un secreto a voces que su multimillonario y ella discutían sin parar. Él era un caballero al que le gustaban las mujeres ardientes. Por su parte, Josephine comprendía el poder que podía ejercer sobre él comportándose como una diva malcriada. Había descubierto hacía tiempo que la gente estaba dispuesta a aceptar el valor que una se diese a sí misma y ahora se presentaba como una mujer brillante e inestable con expectativas altísimas. Había desarrollado la capacidad de brillar a voluntad pulsando un interruptor interior. Cuando entraba en una habitación llena de desconocidos, lograba captar la atención de todos los hombres simplemente pensando: «Puedo tener a cualquier hombre que desee. A cualquiera». *Mademoiselle* Marais siempre sabía qué cantidad de cuerda necesitaba un hombre para ahorcarse y rara vez le hacían falta amigas.

Llamaron a la puerta y Josephine y Georges se volvieron expectantes. A ninguno de los dos le molestó la interrupción. Victor Mastrioni asomó la cabeza por el hueco de la puerta y habló en inglés con un ligero acento italiano. —Josephine, aquí hay alguien que quiere verte. Es importante. —Hoy no tengo tiempo para admiradores. Dile al muchacho que he dicho que no. *Non, non, non!*

Mademoiselle hablaba un inglés perfecto, pero había conservado su sensual acento francés para causar efecto. Lo mismo que las palabras en francés con las que aderezaba su discurso.

Victor se mantuvo firme. —Es una chica. Tienes que recibirla, lo digo en serio.

Josephine se arrancó el vestido de tenis y lo tiró al suelo. —Oh, Victor, *laissez-moi tranquille!* ¿Por qué? —Confía en mí. Sabrás por qué cuando la veas.

Josephine suspiró profundamente y se puso una bata de seda color crema. —Dile que entre. Solo tiene cinco minutos. *Dépêche-toi!*

Georges aprovechó la oportunidad para salir a fumarse un cigarrillo. Necesitaba recuperarse antes del próximo asalto.

* * *

276

Cat esperaba nerviosa en el oscuro pasillo con olor a humedad. Escuchaba los gritos procedentes del otro lado de la puerta cerrada. Josephine Marais era una diva o una zorra de primer orden. Probablemente ambas cosas. «Esto es un desastre. Ojalá no hubiera venido. *Mademoiselle* no se mostrará amable con la impertinente que ha osado interrumpir su prueba de vestuario».

Victor salió con cara de hartazgo. —La recibirá durante unos minutos, *mademoiselle* Du Barry. Es un perro ladrador poco mordedor. A veces. No se exceda y vaya al grano. —Sonrió.

Sin más, Victor abrió la puerta con un gesto teatral y Cat entró en escena. Parpadeó por el brillo de la luz. Las dos mujeres se quedaron mirándose. Se dio cuenta de inmediato de que Josephine no tenía ningún interés en ella. —*Je m'appelle...* —empezó a decir Cat.

Josephine la interrumpió en inglés. —Te llamas Caterina Anastasia Lucinda du Barry. —Buscó en el bolsillo de la camisa de Victor y sacó dos cigarrillos. —Josephine, no. Sabes que no van bien para tu voz.

Josephine sujetó un cigarrillo Gauloises con el brazo extendido hasta que su representante se rindió y se lo encendió. Victor suspiró y se dio la vuelta para marcharse. —Quédate —le dijo ella señalándolo con el dedo—. Siéntate. —Déjalo ya. No puedes hablarme como si fuera tu maldito perro. —No sean tan susceptible, Victor. Tienes que saber lo de mi hija.

Cat se quedó mirándola. —¡Pero no es usted lo suficientemente mayor para ser mi madre!

Josephine alcanzó un cenicero. —No puedes ser tan ingenua. Soy actriz profesional. Es mi derecho y casi mi obligación para con el público quitarme al menos diez años de encima.

Cat se vio invadida por una tristeza abrumadora. Su madre había sabido desde el principio dónde encontrarla. —¿Nunca has deseado verme? ¿Cómo es que sabes mi nombre?

Sin mirarla, Josephine recolocó sus cosméticos sobre la mesa del tocador. —Pagué a una actriz en paro para que se colara en tu bautizo. Una furcia inglesa amargada, no recuerdo su nombre. Y he logrado mantenerme informada de lo que ocurre en el Hotel du Barry. Hay tantos escándalos que confieso que es agotador mantenerse al tanto.

Cat no se apartó de la puerta. —¿Así que sabías quién me adoptó y cómo era mi vida, pero nunca quisiste conocerme?

Josephine expulsó el humo mientras se miraba en el espejo. —No. ¿Por qué iba a hacerlo? Me quedé embarazada a los dieciséis años. Sabía que tenía que seguir con mi vida, hacerme un nombre. Y lo he logrado. *Telle est la vie.* —Pero ¿qué pasa conmigo?

Su madre se recogió un rizo suelto. —¿Qué pasa contigo? Puedes tener lo que quieras en la vida. Yo nunca tuve las magníficas oportunidades que tuviste tú. He visto fotografías de tu trabajo. Tus esculturas son maravillosas y estoy segura de que triunfarás, pero, bueno, se nos ha acabado el tiempo y yo tengo que terminar la prueba de vestuario.

Una lágrima resbaló por la mejilla de Cat. —¿Así que eso es todo? ¿Quieres que me vaya sin más?

Josephine se empolvó cuidadosamente la nariz. —*Oui.* A no ser que tengas un motivo oculto para haber venido. He oído que la viuda Du Barry te tiene atada en corto. ¿Necesitas dinero?

Cat la miró con odio. —No. Me alojo en el Hôtel de Crillon y ya tenemos buenos asientos para la ópera de esta noche. No necesito tu maldito dinero.

Cat se dio la vuelta y salió.

Josephine dejó caer la borla de los polvos y se volvió hacia Victor. Se dirigió a él en francés. —La chica parece haberse depilado las cejas hace poco. Sin duda ha venido a París con un amante. Quiero más información sobre la situación. Dile a ese delincuente de Cockney que venga a verme.

Victor frunció el ceño. —¿Jeremy Paxton? No, no hagas eso. El joven de Caterina está esperándola abajo. He hablado con él, tiene unos modales impecables y habla un francés excelente. Creo que están enamorados. ¿Por qué ibas a querer hacer daño a la chica?

Josephine volvió a mirarse en el espejo. —No quiero hacerle daño. Quiero descubrir quién es él. No pienso dejar que cometa los mismos errores que cometí yo. Una chica guapa con dinero y talento como ella atraerá a un sinfín de estafadores, *gigolos* y oportunistas. —Por el amor de Dios, ¿por qué no le preguntas por ella en vez de hacer que la siga ese bicho raro? ¿Qué es lo que te pasa? ¿Cómo es que no quieres pasar tiempo con tu propia hija? —He trabajado mucho para llegar hasta aquí. —Josephine metió los dedos en un tarro de crema para las manos y comenzó a frotárselas con energía—. Nadie sabe que tengo casi treinta y cinco años. Todos creen que soy al menos una década más joven. ¡No puedo permitir que me conozcan como la madre de una chica de dieciocho años!

Victor sacó sus cigarrillos. —Eres muy vanidosa. A lo largo de toda tu carrera, la edad nunca ha sido un problema. —No, pero pronto lo será. —Le quitó su cigarrillo y dio una profunda calada—. Victor, ambos sabemos que los directores americanos son muy crueles con las actrices mayores. Es diferente si se trata de actores, claro está. Los hombres pueden arrugarse como ciruelas pasas, quedarse calvos y además el alcoholismo es casi obligatorio. Y cuando sean mayores seguirán haciendo películas, sobre todo porque sus amantes serán aspirantes a actriz a las que doblan la edad. El caso es que estoy cansada y quiero salir de aquí. Dile a Georges que vuelva para terminar con la prueba.

Aquella noche en la ópera Josephine Marais brilló con luz propia desde su palco privado. Las mujeres del público le dirigían miradas de envidia con la esperanza de encontrarle algún defecto, pero sin lograrlo. El vestido de Chanel que llevaba puesto era para morirse, su color negro aterciopelado suponía el complemento perfecto para lucir su última adquisición de diamantes. Como de costumbre, su palco estaba asediado por caballeros desesperados por recibir alguna migaja de las atenciones de la diva. Su conversación ingeniosa y su rapidez verbal se repetirían *ad infinitum* por todo

París al día siguiente. Nadie sabía que en realidad *mademoiselle* odiaba la ópera. Todos esos gritos le ponían los pelos de punta, pero, como descubrieran muchas cortesanas antes que ella, un palco en la ópera era una manera estupenda de lucir los encantos de una y atraer a nuevos clientes.

Su intuición le decía que su multimillonario estaría observando todos sus movimientos. Sentía sus ojos fríos acariciándola. «Sin duda estará en su palco privado refunfuñando con la asquerosa de su esposa». Josephine nunca había conocido a su esposa, pero la había observado con los binoculares de la ópera en numerosas ocasiones. El bigote de la mujer se veía desde esa distancia.

Jospehine disponía de toda la velada para torturar a Charles. El reciente comportamiento de este hacía que la crueldad estuviese justificada. Ver a su amante agasajada por la alta sociedad parisina siempre lograba ponerle celoso. A veces fingía estar enfermo para no tener que verla pasándoselo bien sin él. Josephine estaba deseando ver al nuevo competidor de Charles, un banquero poderoso que podía comprar a cualquiera de las personas que ella conocía. «¿Dónde diablos está? Quizá esté por ahí comprándome algo sensacional».

Se acercó los binoculares para contemplar al público del patio de butacas. Le fastidió ver que su hija llamaba mucho la atención. La joven estaba resplandeciente con un vestido de satén escarlata escotado y pendientes de esmeraldas. Caterina poseía un brillo interior que hacía que pareciese iluminada por los focos. Sintió una punzada de nostalgia; era como verse a sí misma diecisiete años antes. Un joven de pelo oscuro estaba entregado a la felicidad de su hija, le susurraba cosas al oído y le recolocaba el pañuelo sobre los hombros. ¿Cómo habrían conseguido unos asientos tan buenos? Quizá el amante de Caterina tuviese contactos. Era un animal masculino hermoso y tenía un aspecto distinguido con aquel esmoquin negro. Sin duda rompería corazones sin intentarlo siquiera. Le sorprendía que Caterina fuera ajena a las miradas y susurros que despertaba. «Es evidente que no hay nada artificial en ella».

Se sintió arrepentida. Tampoco le habría hecho daño pasar una tarde con su hija, pero esas cosas no podían evitarse. «Necesito una copa. Me estoy poniendo sensible».

Un hombre bajito y moreno entró en su palco y ella le concedió toda su atención. Él le susurró al oído durante algún tiempo y ella respondió: —Ah, de manera que no ha venido a París solo para seducir a Caterina. —No, *mademoiselle*. Tiene un pasaporte falso con el nombre de Julian Bartholomew y le he visto ausentarse del Hôtel de Crillon durante unos treinta minutos, probablemente mientras su hija se arreglaba para salir. —¿Dónde ha ido? —Se ha reunido con tres matones de la zona. Habla francés muy rápido y no he podido seguir la conversación. —Probablemente sea un delincuente en ciernes. Jeremy, quiero que te encargues de esto personalmente. Síguelo de vuelta hasta Londres. Yo costearé el viaje según tus tarifas habituales y luego quiero que te deshagas de él. Haz que el señor Bartholomew desaparezca.

Jeremy le dirigió una sonrisa cruel. —¿Lo quieres muerto?

Josephine lo meditó unos segundos antes de responder. —No. A este no. Lo atraparemos y lo dejaremos en libertad.

Jeremy pareció decepcionado. —Me recuerda a un joven que conocí una vez —dijo Josephine con la mirada perdida. Pero de pronto su expresión se endureció—. Limítate a sacarlo de la vida de Caterina. No debería mezclarse con chicos que sean una mala influencia para ella. Quiero algo mejor para mi hija. Quiero que tenga toda la seguridad emocional y económica que yo no tuve.

Jeremy bostezó. —Parece que de momento le va bien. No te olvides de que es la única heredera. Danny sabía lo que hacía. Esos hoteles de lujo dan mucho dinero y además había hecho algunas inversiones. —El dinero no lo es todo, Jeremy. Caterina corre peligro, la reputación de una joven puede mancillarse en un abrir y cerrar de ojos. No puedo permitirme tenerla en mi vida, pero estoy decidida a hacer todo lo posible por protegerla. A cualquier precio.

A Jeremy le brillaban los ojos. —Supongo que quieres que lo chantajeemos, ¿verdad? —Por supuesto. Investiga a Bartholomew para encontrar algo en su contra. Que piense que está a punto de morir. Dale una paliza, rómpele algunos dedos, pero, hagas lo que hagas, no le dañes la cara. Los jóvenes guapos y emprendedores son difíciles de encontrar últimamente. —Así lo haré. ¿Y si lo intimidamos primero? Podríamos meterlo en el maletero de un coche y darle vueltas por las afueras de Londres durante una hora a toda velocidad antes de llevarlo al almacén para interrogarlo. Eso suele bajarles los humos a los más gallitos. —Buena idea, Jeremy, pero no te dejes llevar demasiado. No podemos permitirnos perder a otro hombre como Daniel du Barry. Me quedé destrozada al enterarme de la noticia.

Jeremy resopló con desdén y abandonó el palco con la misma discreción con la que había entrado.

Josephine devolvió su atención al escenario y volvió a interpretar su papel de ávida amante de la ópera. Puso cara de placer mientras en su mente analizaba la nueva información. Era difícil concentrarse con la imagen de Danny du Barry en la cabeza. Era lo más cerca que había estado en su vida de enamorarse. Recordaba su elegancia animal, su inteligencia y su generosidad. Todo eso había desaparecido. Una lágrima auténtica resbaló por su mejilla.

Un hombre alto y delgado entró en su palco, se inclinó por encima del respaldo de su silla, le secó la lágrima y la besó. —Es un espectáculo conmovedor, ¿verdad, cariño?

Ella echó la cabeza hacia atrás y dejó caer algunas lágrimas falsas. Las lágrimas a voluntad eran parte de su repertorio y deseaba centrar la atención del hombre en su cuello y su escote. François Richelieu le levantó la mano y le dio un beso en la parte más suave de la muñeca. Sabía que estaría inhalando el caro perfume que acababa de aplicarse en las muñecas. Era su olor característico, hecho especialmente según sus requisitos. El perfumista había jurado que ninguna otra mujer de París tenía la misma fórmula y, si descubría que mentía, haría que lo destriparan.

Josephine flexionó ligeramente la muñeca para obligar a Richelieu a soltarle la mano. Él ocupó el asiento contiguo y fingió interesarse por la ópera. Ella interpretó su mirada y supo que sus acciones habían aumentado exponencialmente. Si permitía que la sedujese esa noche, él saldaría sus últimas deudas de juego y se la llevaría a la Riviera francesa a pasar el verano. Estaba harta de su millonario. Charles no hacía más que quejarse de su deslealtad y de lo insensata que había sido con el dinero que tanto le había costado ganar. La noche anterior ella le había dicho: —Odio a los hombres malos. Gastar dinero en mí es un privilegio, no una imposición. Tienes suerte de que te haya permitido volver a mi cama esta noche, teniendo en cuenta que no paras de quejarte de mis deudas de juego.

Después de hacer el amor con él apasionadamente, se había cansado de su presencia. Tanto que había deseado en voz alta que pasara el resto de la noche en la cesta del perro a los pies de su cama. Charles había dado por hecho que estaba de broma y había rebuznado como un burro. Idiota.

Josephine dejó escapar un leve suspiro para indicar que le costaba mantener la cordura en presencia del maravilloso François Richelieu tercero. Le puso una mano en el muslo duro y firme. Excelente. Su afición al polo le mantenía en plena forma. Tanto mejor. Esperaba de sus hombres que estuvieran físicamente en forma y no tenía reparos a la hora de desterrar a aquellos que no diesen la talla. No tenía por costumbre ocultar su desprecio por el género masculino. «Una mujer que no reconozca la impotencia como un defecto del carácter es tonta».

Richelieu estaba tenso por el deseo. Era todo demasiado fácil. Josephine se reía por dentro mientras miraba hacia el escenario. Sabía que él no estaba prestando atención a la ópera porque ella lo observaba furtivamente. *Mademoiselle* Marais tenía una excelente visión periférica. Podía parecer una dama, pero poseía el instinto cazador de una tigresa hambrienta y, cuando se centraba en una presa, el destino de esta quedaba sellado. Antes de que François se diese cuenta, no quedaría nada de él salvo un par de carísimos gemelos de oro en su mesilla de noche.

Tendría que soportar al menos una hora más de insoportable histeria operística. Otros dos hombres tendrían que abusar de la heroína y manipularla antes de que esta entrara en razón. Después, tras un aria tediosa, apuñalaría a su violador con una cuchilla oxidada y cantaría otro tortuoso lamento sobre su cuerpo. Pero no acabaría ahí. La soprano de nariz aguileña era conocida internacionalmente y sin duda recibiría interminables ovaciones al finalizar el espectáculo. La ópera era un juego al que jugaban luchadores de sumo dando gritos. «Santo Dios, no hay más que ver el tamaño de esa mujer. Su representante debería ordenarle que deje el tenedor y empiece con las clases de tenis».

A Josephine le rugía el estómago. No había probado bocado desde el desayuno. La velada se prolongaba hasta el infinito, así que le mordisqueó la oreja a Richelieu y le acarició el muslo distraídamente. Él soltó un gemido y notó que se ponía rígido. Era evidente que se había dado cuenta de que resistirse le sería inútil. Veía la súplica en sus ojos.

Para ayudarle a decidirse, Josephine le acarició sutilmente el bulto que crecía por debajo de sus pantalones. Richelieu respondió. Fue una señal evidente de que había sucumbido al miedo a no ser correspondido. Excelente, porque ahora se mostraría decidido a ganarse sus favores utilizando sus formidables recursos. Obviamente Josephine había tomado la decisión correcta al ignorar sus llamadas y sus ramos de rosas. El deseo de Richelieu ya se había transformado en amor. Ella sonrió. Sin duda tras darse cuenta de su error, la próxima ronda de regalos de Richelieu consistiría en diamantes y perlas, en vez de flores que se marchitaban hasta morir. «Eso es lo que necesitan todos los hombres, una mano firme que sujete la correa».

Al diablo con la ópera de París. Lo único que tenía que hacer era acariciar a Richelieu como a un perrito faldero y él abandonaría su autocontrol y se la llevaría a cenar. Era probable que ya hubiese reservado un comedor privado en uno de los mejores restaurantes de la ciudad. Oh, sí, música suave de fondo, ostras, caviar, champán

284

de primera calidad y la maravillosa certeza de que otro hombre más se rendía a sus encantos. Le mostró sus dientes blancos en una sonrisa de anticipación y François Richelieu tercero le devolvió una sonrisa cautelosa.

Mademoiselle Marais siempre conseguía lo que deseaba.

Nueve plantas de perversión

CAPÍTULO 25

Nueve plantas de perversión

Bertha Brown era artista por derecho propio, ya que era la creadora más reputada de extravagantes fundas de punto para teteras. Se habían vuelto muy populares al aparecer en primer plano en una fotografía de *Tatler* donde se veía a Cat trabajando en su estudio.

Bertha había descubierto que, cuando tejía, se sentía tranquila y centrada, pero la tarde en que Cat le preguntó: «¿Conoces a Josephine Marais?», se puso nerviosa y dejó varios puntos sueltos.

En aquel momento Cat y Bertha estaban tomando el té en la terraza del Jardín del Placer de la azotea del Hotel du Barry. El jardín había sido inaugurado por Maurie du Barry en homenaje a las *piazzas* italianas de sus viajes. Había importado baldosas de terracota de Florencia, además de esculturas de mármol, toldos romanos y cerámica pintada a mano. En la zona protegida del tejado del hotel habían plantado resistentes vides y árboles de hoja perenne que habían logrado sobrevivir a los inviernos londinenses para florecer en verano. En los meses más cálidos abría la cafetería del jardín y hacía negocio con clientas adineradas que disfrutaban con la ilusión de estar viviendo en otra parte.

Cat esperó una respuesta. Bertha contempló la vista desde detrás de sus gafas de sol y se dio cuenta de que no había una respuesta adecuada. —No te hablamos de Josephine porque no queríamos herirte. —¿Hace cuánto tiempo que sabéis que es mi madre? —Varios años. Jim tardó mucho en localizarla. Era su misión en la vida.

Cuando íbamos de vacaciones, se llevaba tu pulsera de bebé y parábamos en todas las joyerías que encontrábamos. La pulsera era la única pista que teníamos. Henri también estaba entregado a ello. Ambos pasaban horas emborrachándose por las noches y repasando el registro del hotel. —¿Por qué? —Jim estaba revisando el registro de huéspedes y anotando los nombres de los que se encontraban alojados aquí la mañana que te encontramos en la cuerda de tender. Créeme, todos queríamos que supieras quién era tu madre. Esperábamos que fuera alguien de quien pudieras estar orgullosa.

Cat le acarició la mano con cariño. —Continúa.

Bertha recogió sus agujas y siguió tejiendo. —Una Nochebuena, Jim y yo estábamos en París. Era nuestro aniversario, aunque nunca nos hemos casado. El matrimonio no va conmigo, Cat. Mi marido era un auténtico canalla. Jim quería comprarme un relicario de oro grabado porque yo me negaba a llevar su anillo. Ya sabes cómo es, un romántico, pero se hace el cínico. Estábamos echando un vistazo en una pequeña joyería de Montparnasse, cerca de la *rue* d'Odessa. Jim puso tu pulsera sobre el mostrador y el joyero reconoció de inmediato que era un trabajo suyo. —¿Cómo? —Por la forma característica de los eslabones de la cadenilla de oro, además, el cierre lleva una diminuta marca del fabricante. El joyero nos dijo que la había hecho varios años atrás para la modelo de un artista. En aquel momento todavía no se hacía llamar Josephine Marais. Él la conocía simplemente como Zoe de Montparnasse. Nos dijo que podíamos encontrarla casi todas las noches en Le Jockey Bar junto a un puñado de artistas y escritores bohemios.

Cat miró a Bertha directamente a los ojos. —La gente va a Montparnasse en busca de placer. ¿Era prostituta? —No exactamente. Josephine siempre estuvo un poco por encima de la típica mujer de la calle. Todavía no había triunfado como actriz y posaba para diversos artistas mientras vivía con un pintor muy conocido. No era pobre porque formaba parte del *demi-monde* y estaba abriéndose camino hacia el *beau monde*. —Explícate. —El *demi-*

monde no estaba del todo reconocido por la sociedad. Con frecuencia eran mujeres a las que mantenían hombres adinerados. El *beau monde* lo formaban aquellos que pertenecían a la alta sociedad.
—Ah, entiendo. —Cuando Jim localizó a Josephine, esta negó saber quién eras. Pero ya sabes cómo es Jim. La embaucó con sus palabras y acabó llorando y pidiéndonos que le contáramos todo sobre ti.

Cat estaba jugueteando con un ovillo de lana. —No me pareció de las que derraman lágrimas de verdad. Es dura y amargada. —La vida ha hecho que sea así. Josephine había sido abandonada por su madre y fue criada por una *madame* de burdel que la vendía a pedófilos a la edad de diez años. No pretendo justificarla, solo quiero que lo entiendas. Nunca ha recibido el amor de una madre y tuvo que volverse dura para sobrevivir.

A Cat se le llenaron los ojos de lágrimas. —Lo entiendo. ¿Cómo acabó en Londres? —Josephine formaba parte del círculo social de Matthew Lamb en París. Era muy popular tanto entre la alta sociedad como entre los bohemios. Y fue Matthew quien trajo a tu madre al hotel para... oh, Dios, no sé cómo decirlo.

Cat se quedó mirando al frente. —Para que pudiera librarse de mí.

Bertha dejó su labor y la abrazó.

Ambas se quedaron en silencio mientras las sombras iban alargándose por el jardín. Las hojas de parra se agitaban sobre sus cabezas y un camarero silbaba mientras extendía un mantel blanco. El viento llevó hasta allí el sonido de la sirena de un remolcador.

Cat se estremeció. —Sigue tejiendo o nunca terminarás a tiempo para la mujer de Guinness. Cuéntame el resto de la historia.

Bertha siguió tejiendo. Uno del derecho y uno del revés, uno del derecho y uno del revés. —Bueno, no logramos persuadir a Josephine para que te conociera, pero Jim y yo pensamos que parecía verdaderamente interesada en ti. Cuando volvimos a casa, le envié tus fotografías de bebé. Esperábamos que eso despertara su instinto maternal. —Pero no respondió. Entendido. ¿Le enviasteis recientemente recortes de periódico sobre mis encargos de arte? Lo sabía todo sobre mí. —No. No le he escrito en años. Has de entender que… —Lo entiendo. Tras haberla conocido, entiendo que no me contarais nada.

Bertha relajó los hombros. —Al principio se ofreció a enviar dinero, pero le dije que el dinero no era necesario, que lo que realmente necesitabas era su amor. Lo he pasado muy mal teniendo que mentirte.

Cat se apoyó sobre la mesa. —¿Sabes quién es mi padre biológico? —No. Y no creo que tu madre lo sepa tampoco. Daniel intentó sonsacárselo, pero ella le dijo que podría haber sido cualquiera.

Cat se quedó muy quieta. —¿Quieres decir que Daniel la conoció?

Bertha bajó el ritmo de su respiración para acoplarlo al de sus agujas. —Sí, la vio algunas veces después de que Sebastian le contara la verdad sobre tus orígenes. Fue entonces cuando decidimos que había llegado el momento de hablarle a Daniel de Josephine. —Entonces, ¿cuándo la conoció Danny? —La primera vez fue en la ópera de París. Daniel dijo que Josephine tenía que quitarse a los hombres de encima, no la dejaban en paz. Es probable que no vieras esta faceta suya, pero es una brillante conversadora. Daniel me dijo que Josephine ilumina cualquier reunión. Es divertida, graciosa y encantadora. —No me lo imagino. —Cat, Josephine me dijo que, cuando descubrió que estaba embarazada, estaba decidida a criarte ella sola, pero más tarde se dio cuenta de que no podría hacerlo. —Probablemente mentía. ¿Cuándo volvió a verla Daniel? —Danny fue a París y localizó a Josephine en The Lapin. Estaba allí con los antiguos amigos de Matthew Lamb. A él le disgustó volver a verlos y el encuentro no fue bien. Josephine estaba borracha y bailando sobre la barra. —Es evidente que él no se rindió. —Correcto. Danny siguió viajando a París por negocios y siempre llevaba a Josephine a cenar, a un club nocturno o a algún espectáculo. Esperaba ganarse su confianza siendo encantador. Incluso le ofreció la *suite* del ático siempre que quisiera venir a Londres. No le hizo cambiar de opinión, pero Josephine debió de abrirse a él, porque la visitó durante años. —Intentó seducirlo, ¿verdad?

Bertha dejó de tejer. —¿Cómo lo sabías? —Intuición. Josephine buscaba hombres con dinero y, asumámoslo, Daniel era un imán para cualquier mujer. —Cat llamó al camarero—. Bueno, la cosa solo puede ir a mejor. Pese a que yo no le desearía a nadie tener a Josephine por madre. —Bertha le sonrió con complicidad—. Como dices tú, Bertha, «Lo que ocurrió ayer, ya forma parte del pasado». Necesito una copa. He aceptado cenar con Eddie esta noche. Quiere ver cómo cocina el nuevo chef del Ritz. Sospecho que querrá contratarlo. Eddie ha conseguido convertir la contratación de personal en un deporte sangriento y se le da muy bien.

Mientras Cat hablaba con el camarero, Bertha se dio cuenta de que Belinda se acercaba entre las mesas. Su expresión le hizo temer algo malo. Belinda jugueteaba con su delantal. —Hay algo que debo decirle. —¿Qué sucede? —preguntó Bertha. —Se trata de Julian Bartholomew. Roshi, uno de los porteros nocturnos, acaba de decirme que esta mañana se ha marchado muy temprano, en un taxi. No ha presentado su dimisión. La señora Du Barry está muy enfadada. —No lo entiendo —dijo Cat muy despacio—. Anoche vino a mi apartamento, pero no me dijo nada de que fuera a marcharse. Oh, Bertha, ¿qué está pasando?

Las agujas de punto de Bertha chocaban con fuerza. Meditó cuidadosamente sus palabras. —Si se ha marchado sin decir nada, es que algo sucedió después de que abandonara tu apartamento. No creo que pretenda hacerte daño, cielo. Hace tiempo que sospecho que es un joven con un pasado turbio y a veces eso pasa factura.

Bertha se volvió hacia Belinda. —¿Qué más ha dicho Roshi? —Julian cojeaba mucho y ni siquiera podía llevar su maleta. Le dolía mucho. Roshi ha tenido que ayudarlo a subir al taxi. Dice que llevaba los dedos vendados, como si estuvieran rotos. Y le pasaba algo en las costillas. —¿Roshi sabe dónde lo llevó el taxi? —preguntó Cat con un susurro. —A la estación de Waterloo. —Así que ahora podría estar en cualquier parte —comentó Bertha con tristeza. —Así que ese cabrón escurridizo ha logrado cazarte, Cat —dijo Belinda con hielo en la mirada—. Luego se habrá metido en una pelea en algún bar y se ha largado. Nos ha tomado el pelo a todos.

Bertha le puso una madeja de lana en la mano a Belinda. —Por favor, devana esto, querida.

Belinda obedeció. En la mesa solo se oía el ruido de las agujas al chocar.

Cat se quedó muy quieta hasta que el camarero regresó con las bebidas. Tenía los ojos humedecidos por las lágrimas. —Martin, por favor, trae dos botellas de champán Caterina Anastasia Grande Imperial. Están almacenadas en la bodega privada. Henri tiene un duplicado de la llave en su despacho.

Un botones se acercó a la mesa. —Señorita Du Barry, anoche a última hora dejaron esto para usted en el mostrador de recepción.

Le entregó un sobre que Cat abrió de inmediato. —¿Por qué nos lo entregas ahora? —le preguntó Bertha al muchacho. —Bueno, señora Brown, resulta que Julian Bartholomew hizo jurar al ayudante del conserje por la tumba de su madre que el paquete no le sería entregado a la señorita Du Barry hasta la hora del cóctel de hoy.

Belinda resopló, pero Bertha le sonrió cuando el chico se giraba para marcharse. —Entendido. Gracias, Giuseppe.

Cat leyó la carta y se la pasó a Bertha. La letra era casi ilegible.

Cat, de verdad, no quiero marcharme, pero no me queda elección.

Por favor, créeme cuando digo que tengo toda la intención de regresar cuando se solucionen las cosas. Todo lo que te dije en París era sincero.

J. B.

—Julian regresará —comentó Bertha con voz tranquila—. No pongo en duda sus sentimientos hacia ti, Cat. Cuando estuviste en el hospital, se pasaba día y noche en mi cocina. Ayudaba con las cañerías y haciendo recados. No hacía más que hablar de ti. Bajo toda esa arrogancia es un buen hombre. Intenta tener la mente abierta y no te bebas todo el alcohol que hay en el hotel. La resaca no hará más que empeorar las cosas.

Belinda apretó los labios, pero decidió no decir nada.

Bertha guardó su labor. —Por desgracia, tengo que irme y organizar los turnos de mañana. Belinda, no creo que Cat deba estar sola ahora, así que te doy el resto de la tarde libre para que le hagas compañía. Por favor, no dejes que cometa ninguna estupidez. Cuento contigo. —Sí, señora Brown.

Bertha se volvió hacia Cat. —Cielo, créeme cuando te digo que solo una amenaza seria o un acto criminal han hecho marchar a Julian. No sabemos de qué huye, pero sí sé que Julian tiene integridad y regresará.

Recogió sus cosas, le dio un beso en la coronilla y se marchó.

Cat se secó las lágrimas y Belinda y ella se quedaron allí sentadas escuchando el canto vespertino de los pájaros.

CAPÍTULO 26

El arte de dar porrazos

Era tarde y Jim estaba haciendo su ronda cuando se dio cuenta de que todavía había luz en el gimnasio del hotel. Sacó un enorme llavero, abrió las puertas y entró. El sonido de sus pasos resonaba en el espacio vacío. Habían dejado un balón medicinal en mitad del suelo, pero las mancuernas estaban recogidas y las cuerdas de saltar enrolladas y guardadas. Mientras caminaba por debajo de las anillas de acrobacias, le invadió la nostalgia. El olor a cuero, a linimento y a sudor le traía recuerdos del gimnasio de la escuela.

Se quitó la chaqueta y los zapatos, agarró las anillas, dio una voltereta y aterrizó elegantemente sobre los colchones. Cualquier huésped que pasara por allí se habría sorprendido al ver a aquel hombre corpulento ejecutar ese movimiento con aquella facilidad y elegancia. En el centro del gimnasio había un potro y no pudo resistirse. Caminó hasta el otro extremo de la sala y luego corrió deprisa hacia él. Sus pies golpearon el trampolín y salió volando hacia arriba antes de agarrar la parte superior del potro y darse la vuelta para caer de pie. Hizo una reverencia ante un público imaginario y sonrió. Le alegraba saber que aún poseía la agilidad atlética que le hiciera ganar tantos premios en la escuela.

Notó que alguien lo miraba. Tal vez Slugger, el monitor del gimnasio, estuviera sentado en su despacho partiéndose de la risa viendo al detective del hotel reviviendo su juventud. —¿Hola? —preguntó—. ¿Hay alguien ahí?

No hubo respuesta, así que subió las escaleras y se detuvo porque creyó haber oído una tos disimulada. Alzó la voz. —Ya basta. ¡Vamos! Sé que estás ahí.

No hubo respuesta. Solo el sonido de una cuerda suelta que oscilaba con el viento procedente de los tubos de ventilación. Se quedó parado un par de minutos, alerta. Por delante de la ventana pasó un murciélago chillando y Jim se estremeció. Odiaba los murciélagos. Sus caras viciosas, sus excrementos cáusticos y sus alas caídas tenían algo desagradable.

Llegó al final de las escaleras y se dirigió hacia el despacho de Slugger. Abrió la puerta, pero la estancia estaba vacía. Encendió la linterna antes de apagar los interruptores de la luz. Después se quedó muy quieto y volvió a escuchar. Algo no iba bien. Silencio. Quizá las limpiadoras se hubieran olvidado de apagar las luces. Se dio la vuelta y volvió a bajar las escaleras.

Salieron de la nada. Debían de ser al menos dos, porque recibió sendos golpes simultáneos en las piernas con bolos de malabares. El tiempo pareció detenerse. «Esto huele a revancha. ¿A quién he cabreado últimamente? Quizá sean los matones de Smythe».

Se le doblaron las rodillas, dejó caer la linterna y fue a echar mano de su pistola. Demasiado tarde. Otro golpe en los riñones le lanzó de cabeza por las escaleras. Aquellos cabrones no se andaban con miramientos. No pretendía ser un escarmiento rápido. Pensó en Bertha, que estaría esperándole con la cena en el horno, y se preguntó si sus atacantes lo matarían o le dispararían. Rezó para que fuera una bala y esperó que Dios estuviera de humor para perdonar a los católicos no practicantes. Golpeó el suelo con fuerza, sintió un fuerte dolor en la parte trasera del cráneo y se desmayó.

Lo último en lo que pensó fue en Bertha aquella mañana, estirándole la corbata y dándole un beso de despedida.

Edwina se despertó y notó que se encontraba mal. Había pasado media noche en pie frotándose las manos con jabón carbólico y ahora las tenía rojas. Por alguna extraña razón, no dejaba de soñar que sus manos no estaban limpias. Pero, cuando el sol de la mañana entró por las ventanas, se sintió mejor.

Aquel día comería a solas con Thomas Columbus Rodd. Sin duda su amante iba a anunciarle su inminente divorcio. Lo único que necesitaba era una visita al salón de belleza del hotel para recuperar la calma. Con suerte, la esteticista tendría un remedio para las manos, pero si no se dejaría los guantes puestos durante la comida.

A Thomas le encantaban las cursilerías femeninas, sin duda porque su esposa era sencilla y modesta. A saber por qué se habría casado con ella. Durante una conversación de cama en el Ritz, había admitido que su esposa se negaba a ponerse los zapatos que él diseñaba. Al parecer esa maldita mujer prefería los pantalones bombachos de algodón, las chaquetas de punto hechas a mano y los zapatos de cuero con cordones. No era de extrañar que Thomas estuviese obsesionado con la lencería de encaje de Edwina. Aquel día pensaba ponerse su corsé de satén nuevo con liguero de cintas, porque inevitablemente se la llevaría al Ritz después de comer para practicar un poco de adulterio vespertino. Siempre se sentía halagada cuando la emoción de tenerla a ella de postre le quitaba el apetito a Thomas. Se sentaba con impaciencia en el restaurante, fingiendo interés por la carta mientras intentaba disimular la erección con la servilleta. Le había dicho: «Nunca he amado a una mujer como te amo a ti», y ella le creía porque, siempre que Thomas entraba en una habitación y ella estaba allí, tenía una erección al instante.

Estaba a punto de hacer sonar la campanilla para pedir el desayuno cuando recordó que Julian había huido. Pequeño cabrón desagradecido. Debería haberlo entregado a la policía meses atrás. Daba igual, había muchos más mayordomos en el mundo. Uno de sus informadores le había dicho que Sebastian estaba pasándolo fatal con su nuevo jefe. Con algunos halagos y un soborno, podría recuperarlo fácilmente. Al fin y al cabo, él nunca había querido abandonar realmente el Hotel du Barry.

Salió de la cama y caminó descalza hasta el vestidor. Contempló con satisfacción su cuerpo desnudo en el espejo. El deseo del amor había redondeado y suavizado su figura. Estaba resplandeciente, iluminada por la certeza secreta de que la amaban. Si Sean Kelly hubiera podido verla en este instante. Quizá en ese mismo momento Sean estuviese perdido en algún lugar del desierto de Australia. A ser posible sin agua. Sin duda verla a ella en todo su esplendor sería una tortura en sus últimas horas y se daría cuenta del tremendo error que había cometido al rechazar su amor y humillarla.

Edwina contempló su figura desde todos los ángulos posibles y murmuró: —Espejito, espejito, ¿quién es la más guapa del reino?

Su propio reflejo sonriente respondió a la pregunta.

Y Mary Maguire ni siquiera tenía posibilidades.

Bertha y Cat estaban sentadas a ambos lados de la cama de Jim en el hospital. Ninguna decía nada. Jim tenía casi todo el cuerpo vendado y solo se le veía la cara. Bertha tenía su mano agarrada y la observaba con cuidado. No se atrevía a mirarlo a los ojos hinchados, no quería ver su cara magullada ni su nariz rota. En el pasillo se oía a una mujer llorando y el ruido de los carritos al pasar.

En ese momento entró un médico en la sala. —¿Señora Blade?

Bertha se volvió hacia él con incomprensión en la mirada. —¿Sí? —Hemos hecho todo lo posible por el momento. Mañana le realizaremos más pruebas. Si su hija y usted quieren venir conmigo, les enseñaré los resultados que tenemos hasta ahora. Todavía es pronto para hablar de daño cerebral. Su marido ha tenido suerte de sobrevivir al ataque. Está en plena forma, lo que sin duda ha ayudado.

Bertha asintió. —Sí. Jim siempre ha sido muy atlético. Levanta pesas y nada a diario. —Tú vete con el doctor y yo esperaré aquí —le dijo Cat.

Bertha abandonó la sala.

Cat se puso en pie y se acercó a la ventana. Estuvo viendo a la gente ir y venir hasta que un leve sonido llamó su atención. Al darse la vuelta, vio que Jim seguía con los ojos cerrados, pero había cambiado ligeramente de postura.

Corrió hacia la cama y susurró: —Jim, ¿puedes oírme? Soy Cat.

No hubo respuesta, así que se sentó a su lado y le dio la mano. —Sé que no te gustan los sentimentalismos, pero quiero que sepas que siempre me he sentido a salvo contigo. Da igual lo mal que se pusieran las cosas, tú siempre has estado a mi lado. Eso me dio la libertad para ser una niña. ¿Sabes qué? Te necesito en mi vida y, si no recuperas pronto la conciencia, vendré todos los días y te contaré los cotilleos del hotel. No me guardaré nada. Supongo que no te quedará más remedio que despertarte. Mientras tanto, me dividiré tus tareas con tu suplente, así que no te preocupes por nada.

No hubo respuesta, pero Cat creyó detectar una leve sonrisa.

Edwina du Barry y Thomas Rodd Esquire estaban sentados en un comedor privado del restaurante Jacques Deville. Los camareros eran tan discretos que llamaban a la puerta antes de entrar. Todo era sublime y Edwina flotaba en una deliciosa nube de expectación. Habían degustado unas vieiras marinadas sobre un lecho de berros y ahora el camarero estaba sirviendo Château Lafite en copas de cristal. Otro camarero les cambió la servilleta. El tercero destapó dos bandejas de plata con langostas termidor. El chef había presentado las langostas con su caparazón, sobre una crema aromatizada con una pizca de pimentón y *brandy*. Los camareros terminaron su tarea y se esfumaron.

Aunque resultaba inapropiado y bastante extraño, Edwina llevaba guantes, porque no quería enseñar sus manos irritadas. Su vestido de seda color melocotón era de corte diagonal y lograba ser recatado y provocativo al mismo tiempo. Thomas no dijo nada sobre los guantes, aunque a su amada le habría resultado mucho más fácil untar la mantequilla en el pan con las manos al descubierto. Ay, mujeres. Él era el primero en admitir que lo sabía todo sobre los pies de una mujer, pero no tenía ni idea de cómo funcionaba su cabeza.

Brindaron con las copas y se sonrieron con complicidad como hacen los amantes. Ninguno de los dos probó la suculenta langosta. Thomas se inclinó sobre la mesa y le dio la mano a Edwina. Ella dejó el cuchillo de la mantequilla y lo miró anhelante a los ojos. Ningún hombre era capaz de resistirse cuando lo miraba con sus ojos azules e interpretaba sus pensamientos. Thomas le acarició la mejilla. —Cariño, sabes que te adoro, ¿verdad?

Edwina quiso gritar. «Por el amor de Dios, ve al grano».

En vez de eso, agachó la barbilla, abrió más los ojos y murmuró con voz aterciopelada: —Por supuesto, Tommy, querido.

Él tragó saliva. —Ojalá te hubiera conocido antes de casarme con Sinead. Habríamos podido tener al menos seis hijos y nos habríamos mudado a vivir al campo. Quizá incluso habríamos criado caballos en las llanuras australianas o cultivado viñedos en el sur de Francia. Siempre quise tener un viñedo.

Edwina parpadeó con energía y se bebió casi todo el champán. ¡Seis hijos! No se le ocurría nada peor, salvo quizá la idea de enterrarse viva en el campo. No podía ni imaginar tanto aire fresco y aquella tranquilidad tan espeluznante. Daba igual, no había nada decidido y al menos Thomas estaba hablando de su futuro de manera indirecta. Guardó silencio y rezó para que siguiera hablando.

Thomas estaba atragantándose con sus palabras. —Eddie, tú sabes que yo nunca te haría daño a propósito, ¿verdad?

Edwina notó una extraña sensación que comenzaba en los pies y un frío helador que se dirigía hacia su corazón. Era evidente que su verdadero amor tenía otros planes. Ella mantendría la dignidad con el silencio. Todavía cabía la posibilidad de que simplemente estuviera superado por la emoción de pensar en pasar el resto de su vida juntos.

Thomas jugueteaba con el panecillo, arrancó un pedazo y comenzó a pasárselo entre los dedos. —No creo que pueda dejar a Sinead. Ella me necesita.

Edwina tomó aliento y adoptó una expresión de compasión. —Pero, querido, yo también te necesito. Sentirse culpable antes de iniciar un divorcio es lo normal. Es natural que un hombre tenga dudas antes de dejar atrás un matrimonio fracasado. El divorcio será bueno para los dos. Tú puedes enviarla a una de esas maravillosas clínicas psiquiátricas en los Alpes suizos. He oído que en Suiza todo está limpio y ordenado. Y piénsalo, no habrá más escándalos, ya no tendrás que llamar al psiquiatra en mitad de la noche. Afrontémoslo, querido, el estigma del divorcio se difumina con el tiempo. Sobre todo si el hombre ha sido lo suficientemente listo como para casarse con una mujer refinada, adinerada, distinguida y con estatus.

Thomas terminó de masacrar el panecillo e hizo crujir los nudillos. —No va a haber ningún divorcio. Vamos a volver a Dublín. Ahí es donde se encuentra el buque insignia de mi emporio. El psiquiatra de Sinead cree que es la única posibilidad que tiene de... —¿Dublín? ¿Te mudas al jodido Dublín? —Sí, ahí es donde nació Sinead. Su salud mental siempre mejora cuando la envío a casa a visitar a sus padres. En realidad nunca le ha gustado...

Edwina se puso en pie. —Me importa una mierda lo que le guste o le disguste a tu maldita esposa. ¿Me estás diciendo que me dejas? ¿Para poder irte a Dublín con esa niña psicótica? Ya has admitido que es demasiado joven para ti. Incluso en los raros momentos en los que está cuerda, apenas puede hilar una frase con otra.

Thomas se terminó la copa y la dejó con fuerza sobre la mesa. Un tic nervioso en el rabillo del ojo le daba el aspecto de estar guiñándole el ojo. —Eso es muy grosero por tu parte, Eddie.

Edwina se lanzó sobre la mesa. —¿Grosero? Dios, yo te diré lo que es grosero, cabrón mentiroso y cobarde.

Y sin más agarró la langosta de Thomas, se la estampó en la cara y apretó con fuerza. Thomas se quedó helado y no intentó defenderse. Se quedó allí sentado, estupefacto, con la salsa goteándole por la cara y un crustáceo profanado en el regazo. Una importante cantidad de salsa blanca glutinosa resbaló por su pierna izquierda y se coló por dentro de su bota de vaquero.

Edwina se quitó los guantes y se los tiró a la cara. Después recogió su bolso, agarró la botella de Château Lafite, abrió la puerta con energía y cerró de un portazo. El muro divisorio reverberó y un enorme y antiguo espejo se estrelló contra el suelo.

Desde el piso de abajo oyeron el sonido del cristal al hacerse añicos. Los comensales levantaron la cabeza y dejaron de hablar. Se quedaron todos con la boca abierta y el tenedor en el aire. Contemplaron a una elegante mujer aferrada a una botella de vino que corría escaleras abajo y salía a la calle. La puerta se cerró de golpe tras ella y las ventanas vibraron. Los comensales se apresuraron a dejar sus cubiertos y centraron su atención en las ventanas que daban a la calle.

La rubia se había parado para sacar del bolso las llaves del coche y dar un trago a la botella. Después se marchó en un elegante deportivo blanco, con la botella sujeta con firmeza entre los muslos. Edwina aceleró incluso antes de llegar al final de la abarrotada calle. Esquivó a dos colegiales aterrorizados que cruzaban la carretera, estuvo a punto de atropellar a una mujer con un cochecito y desapareció al doblar la esquina sobre dos ruedas.

En el restaurante Jacques Deville, los comensales regresaron emocionados a sus mesas.

Todos hablaban en voz alta, pero la voz de *lady* Bird-Powell se oía por encima de las demás. —Madre mía… ¡pero si esa era la viuda del Hotel du Barry!

Jacques Deville frunció el ceño, estaba enamorado de Edwina du Barry. Sin duda su indiscreción sería la comidilla de Londres en cuestión de una hora. A Jacques no le gustaba la idea de que *lady* Bird-Powell prolongase el escándalo durante días a costa de Edwina. La vio salir corriendo a casa y agarrar el teléfono para extender la noticia. Jacques les hizo un gesto discreto a sus camareros y señaló hacia arriba.

Dos camareros sonrientes corrieron escaleras arriba y entraron en el comedor privado. Thomas seguía contemplando estupefacto la langosta que tenía en el regazo. Uno de los camareros borró la sonrisa de su cara y preguntó con delicadeza: —Señor, ¿se encuentra bien?

En el silencio de su pérdida y su humillación, al Botticelli de los zapatos no se le ocurrió nada que decir.

La rueda de la fortuna

CAPÍTULO 27

La rueda de la fortuna

Edwina estaba en el oscuro salón de Celeste. No podía creer el aspecto siniestro que tenía la estancia. Las sombras crecían por las paredes y en la chimenea ardía y crepitaba un fuego como si fuera el infierno. El aire estaba cargado de incienso. Los candelabros estaban cubiertos de telarañas y los diablos de bronce proyectaban sombras horripilantes en las paredes. Cubría la mesa un mantel de terciopelo rojo que insinuaba actividades perversas con sustancias líquidas: sangre, vino y posiblemente semen. Edwina miró con disimulo la etiqueta del vino; por suerte se podía beber. Un loro con un solo ojo contemplaba la escena desde un pedestal desvencijado colocado sobre la mesa. No paraba de mirar con su único ojo los pendientes de diamantes que ella llevaba.

Edwina estaba sentada al borde de la silla, intentando disimular la emoción al notar que una costilla rodaba entre sus pies. No se atrevió a mirar. ¿Sería un resto humano? El lugar era asqueroso; como languidecer en una placa de Petri llena de estreptococos. Hasta el aire parecía estancado.

Celeste sirvió el vino, después abrió un pesado baúl de madera y sacó una baraja de cartas del Tarot. Miró a Edwina con sus ojos penetrantes. —¿Cuál es su pregunta? —¿Qué será de mí? ¿Encontraré alguna vez el verdadero amor?

Celeste colocó la carta Significador sobre la mesa. —Veamos. Primero necesito que baraje las cartas y corte la baraja tres veces.

Con las cartas hacia abajo, Celeste seleccionó la primera carta del Tarot y dijo: —Esta la cubre. —Y la colocó encima de la primera carta. Fue dando la vuelta a las cartas y colocándolas sobre la mesa siguiendo un patrón—. Esta la cruza…, esta la corona…, esta va debajo…, esta está a su lado…, esta está delante.

Edwina observó como Celeste colocaba las siguientes cuatro cartas formando una línea vertical junto a las otras. Se concentró en la décima carta y su rostro se ensombreció. Silencio. Edwina dio un trago al vino. —¿Sucede algo? —Volveré a hacerlo. El resultado es aberrante.

Edwina contempló las cartas del Tarot. Parecían grabados medievales en madera y le recordaban las ilustraciones de los cuentos de los hermanos Grimm que tanto miedo le daban de niña. Ninguna de las cartas allí presentes resultaba particularmente halagüeña. En una aparecía una torre en llamas que explotaba mientras dos personas gritaban al encontrar la muerte. En otra carta aparecía la muerte a caballo. No llevaba ningún arma visible, pero ante ella yacían postrados un rey, un niño y una doncella. Luego había una carta horrible con tres espadas que atravesaban un corazón en mitad de una tormenta.

Edwina arqueó una ceja irónica al fijarse en la carta que mostraba a dos mendigos harapientos arrastrándose bajo la nieve con cara de pena. Luego estudió otra en la que aparecía una mujer rubia sentada muy erguida en la cama en la oscuridad de la noche. Tenía la cabeza agachada y las manos le tapaban la cara. Sobre la cabeza de la mujer había nueve espadas amenazantes. Edwina contempló la tristeza, la vergüenza, la muerte y la desolación que mostraban las cartas y se arrepintió de haber pedido una lectura del Tarot. Comunicarse con los muertos mediante una güija le parecía mucho más entretenido.

El loro soltó un chillido. Qué animal más bobo. Edwina echó la silla hacia atrás por si acaso se le cagaba en la cabeza. —¿Y bien, Celeste? —El oráculo tiene que estar equivocado. Hay luna llena y ha habido extraños augurios. Una bandada de murciélagos pasó chillando y vi su silueta frente a la luna. Eso siempre es mal presagio. No le cobraré nada por esta sesión. Quizá todo esté mejor a final de semana. Seguro que…

Edwina encendió un cigarrillo y dio una calada. —Oh, por el amor de Dios. Dime lo que has visto y no nos andemos con rodeos.

Celeste sirvió más vino antes de responder. —Ha de tener en cuenta que el futuro es mutable. Incluso aunque las cartas tuvieran razón, solo dicen lo que es más probable que ocurra. —¡Celeste, deja de andarte por las ramas! —He visto desavenencias, ruinas, caos y muerte provocados por la avaricia, la envidia, el deseo y los celos.

Edwina se obligó a reírse. —¿Ah, en serio? ¿Y me aguarda algún otro horror?

Celeste se estremeció. —Alienación mental, pérdida y engaño. A veces los acontecimientos escapan a nuestro control y aparecen las cartas equivocadas. No haga caso, señora Du Barry. Deje que a cambio le lea la mano.

Edwina se encogió de hombros. —¿Por qué no? Quizá sea más divertido.

Aquella noche, cuando el reloj dio las tres, Edwina se despertó sobresaltada. Se frotó los ojos e intentó librarse del miedo provocado por sus pesadillas. Había soñado que ella era la mujer rubia de la carta de las nueve espadas. Ahora entendía que la mujer se sintiese desolada y desesperada.

Encendió la luz de la mesilla, se sirvió un buen vaso de *brandy* y, con manos temblorosas, encendió un cigarrillo. Se acercó a la ventana del balcón y se quedó allí, fumando. Abajo, dos figuras deambulaban por la calle desierta. Levantaron la cabeza y ella vio sus caras a la luz de la luna. Eran la pareja indigente que vivía en el callejón de detrás del hotel. El hombre se apoyaba en una muleta rota y la mujer, encorvada, cubría su cuerpo esquelético con un abrigo harapiento. Miraron a Edwina sin interés y ella vio la ruina y la tristeza en sus caras ajadas. Un perro ladraba, a lo lejos chillaba una sirena y, poco después, la pareja desapareció entre las sombras.

Edwina se fue al cuarto de baño y llenó de agua el lavabo. Sumergió la cara y se lavó las manos. Seguía sintiéndose sucia, así que se lavó las manos una y otra vez con jabón carbólico hasta que casi se le pelaron. Después agarró una maquinilla de afeitar, sacó la cuchilla y, con cuidado, se cortó la piel. Lo había hecho con tanta frecuencia que sabía cómo lacerarse únicamente las capas superficiales de la piel. Ver su sangre la tranquilizó. Estaba viva. Bebió más *brandy*, se limpió la sangre, volvió a meterse bajo las sábanas y se quedó despierta hasta que empezó a clarear.

CAPÍTULO 28

Protocolo para parroquianos

Era una tarde fresca y soleada de domingo, pero Cat sentía que acababa de entrar en los dominios del diablo. A medida que el taxi avanzaba por Bethnal Green Road, iba viendo a gente tirada por la calle y borrachos apoyados en los escaparates de las tiendas abandonadas. El taxista, incapaz de seguir avanzando, detuvo el coche.

En mitad de la carretera tenía lugar una pelea, surgida de un *pub* cercano, y los transeúntes se habían arremolinado para mirar. En el círculo, dos mujeres jóvenes se mordían, se daban puñetazos y patadas, y se arañaban la una a la otra. —Maldita zorra. Yo te enseñaré a tener las manos quietas. —Él se me ha acercado porque tú no eres más que una vaca de ubres flácidas. —Mentirosa. Pensaba que podía confiar en mi propia hermana, pero lo harías con el mismo diablo si te apeteciera.

La multitud, predominantemente masculina, las animaba. A Cat le dio la impresión de que una pelea de chicas era todo un acontecimiento. —Dale duro, Annie. —¡No tengas piedad! Clávale la bota. —Esa zorra no vale nada. —Eso es, guapa, dale una buena paliza a esa perra. ¡Buen trabajo!

Una de las chicas le arrancó a su hermana los botones de la blusa y esta contraatacó tirándole del pelo.

No había reglas y los transeúntes estaban encantados con el espectáculo. A Cat le asqueaba y tuvo que apartar la mirada. Dos policías estaban haciendo lo posible por separar a la pareja, pero la multitud avivaba el conflicto lanzando piedras y botellas para mantener alejada a la autoridad.

Mientras el taxista se encendía un cigarrillo y esperaba con paciencia a que se despejara el camino, un niño mugriento con costras en la cara golpeó en el parabrisas e hizo el gesto de llevarse comida a la boca con la mano. Cat bajó la ventanilla y le puso unas monedas en la mano. Él sonrió, levantó los pulgares y se alejó corriendo seguido de otros cinco niños callejeros. —Señorita, no debería animar a esos golfos —le dijo el taxista.

Cat lo ignoró y siguió atenta a las hostilidades hasta que el taxi pudo seguir su camino.

Se detuvieron frente al *pub* Salmon and Ball. Cat se preparó antes de entrar por la puerta. El establecimiento apestaba a cerveza rancia, humo de tabaco y testosterona. Los rayos de sol formaban una neblina dorada de nicotina, iluminaban su pelo y creaban un halo en torno a su cabeza. Todo quedó en silencio cuando se acercó al camarero. Los hombres apoyados en la barra se apartaron y algunos se quitaron el sombrero. Un comerciante fornido de traje brillante se apresuró a abrir su periódico y colocarlo sobre las tablas del suelo para que ella no tuviera que pisar los cristales rotos y la cerveza derramada. Sus compañeros de barra se dieron codazos unos a otros y asintieron con admiración. No todos los días aparecía en el Salmon and Ball una rubia elegante del otro lado del río. Los bebedores contemplaban a aquella criatura exótica llegada de otro planeta. Se sentían abrumados; primero la sexi pelirroja y ahora esta. Los dioses debían de estar de buen humor.

Cat sentía que iba vestida con demasiada elegancia, pese a llevar solo una falda suelta y un jersey ajustado de cachemir. El camarero dejó el cigarrillo y la guía de carreras de caballos y le mostró unos dientes manchados de nicotina. —Tú debes de ser la otra invitada del señor Dupont. —Sí. —Sube por esas escaleras, guapa. Están en la salita que hay a la izquierda.

Un viejo distinguido con bigote francés anunció: —Permítame que la acompañe hasta el piso superior. Una hermosa dama como usted no debería andar sola por estos lugares.

Cat sonrió. —Gracias, amable caballero, pero estoy segura de que podré arreglármelas. No hay nada que temer con estos hombres tan encantadores. —Les guiñó un ojo—. De hecho, resulta evidente que están todos familiarizados con el protocolo.

Todos se carcajearon a su alrededor y un muchacho con botas embarradas se le acercó con descaro. —No haga caso al viejo Pete. Siempre le ha gustado embaucar a las mujeres. Ya ha pasado por dos esposas y está buscando a la tercera. Tiene predilección por las rubias, así que, por su seguridad, será mejor que suba cuanto antes esas escaleras.

Más carcajadas, gritos y chascarrillos de los parroquianos. Parecía que el viejo Pete iba a morirse de la risa, respiraba con dificultad hasta que perdió el control de su taburete. Cayó lentamente sin soltar su Guinness. Dos parroquianos se apresuraron a volver a sentarlo. No había derramado ni una gota. Cat le sonrió mientras caminaba hacia las escaleras. Sentía docenas de ojos clavados en ella al subir los escalones. La conversación volvió a fluir solo cuando sus largas piernas desaparecieron.

Arriba, Mary y Henri estaban sentados frente al fuego bebiendo vino tinto. La salita tenía suelo de madera, geranios en el alféizar y cortinas de flores. Henri se puso en pie y acercó una silla para Cat. Cuando Mary la besó en la mejilla, notó la tensión en su cuerpo.

Cat se volvió hacia Henri. —Así que es aquí donde Jim y tú os escondéis. No bromeabas al decir que no tenía nada que ver con el Hotel du Barry.

Henri le sirvió vino. —Jim y yo nos criamos a la vuelta de la esquina, en Dunbridge Street, encima de las vías del tren. Mi madre acogió a Jim cuando su abuela murió. Es una zona histórica. En el siglo dieciocho colgaron a dos cortadores de seda frente al *pub* original. Tuvo algo que ver con los altercados entre los trabajadores de la seda y los maestros cortadores.

Cat se calentó las manos junto al fuego. —Bueno, los lugareños no han perdido su espíritu combativo. De camino aquí he presenciado una horrible pelea. Nunca he entendido por qué las mujeres cuando pelean intentan sacarse los ojos con las uñas. Los hombres no pelean así.

Henri se encogió de hombros. —La crueldad de los hombres es algo que nunca he logrado entender. A Jim siempre se le ha dado bien interpretar las intenciones de la gente. No tardó en decidir que los oponentes políticos y los enemigos de Daniel no tuvieron nada que ver con su muerte ni con la de Michael. No te aburriré con los detalles, pero basta decir que Jim agotó esa línea de investigación.

—Entiendo —dijo Cat—. Pero me muero por saber qué sucede. ¿Por qué no puedo decirle a Bertha que nos hemos reunido aquí hoy?

Mary y Henri se miraron. —Se trata de Edwina —dijo Mary.

Henri se encendió un cigarrillo. —No quería involucrar a Bertha porque ya tiene suficientes cosas de las que ocuparse en el hospital. Además, Jim me dijo que, si alguna vez le ocurría algo, yo debía advertirte sobre Edwina.

Cat se sentó de golpe. —¿Eddie? No lo entiendo. ¿Qué tiene que ver ella con el ataque a Jim?

Henri se quedó mirando la punta de su cigarrillo. —La noche en que Daniel murió, Jim tuvo que contener a Edwina cuando esta perdió los nervios. Dice que trató de distraer a los dos policías y, desde entonces, Jim la vigila con atención. —¿Recuerdas que cuando nos reunimos en el despacho de Jim él estaba preocupado por el aprendiz de cocina del pasillo? —dijo Mary—. Interrogó a varios empleados del laberinto y confirmaron sus sospechas.

Henri se puso en pie y se quedó de espaldas al fuego. —En resumen, Jim cree que Edwina podría haber estado implicada, directa o indirectamente, en las muertes de tu padre, de Michael, del borracho indigente y del chef.

Cat se quedó sentada muy erguida. —No, Henri, eso no es posible. Eddie es incapaz de matar a nadie. Cierto que últimamente parece un poco desequilibrada. Pero ¿una asesina? No, eso es agarrarse a un clavo ardiendo. —Jim hizo agujeros en el techo del apartamento de Edwina y, levantando unas cuantas tablas del suelo en tu antiguo dormitorio, podía oírlo todo. Y, aunque nunca oyó nada que la incriminara, no se quitaba de encima la sensación de que había estado involucrada en las muertes.

Cat se volvió hacia Mary. —No pensarás que Eddie es una asesina, ¿verdad? —No sé qué pensar, Cat. Jim solo se guiaba por su intuición, pero sospechaba que Edwina podría haber contratado a unos matones para castigar al chef y se les fue la mano.

La puerta se abrió y los tres dieron un respingo.

Entró el camarero. —¿Listo para pedir, señor Dupont?

Henri miró la botella de vino. —Sí, tomaremos otra botella del mismo vino y, por favor, dile a Alphonse que tomaremos el almuerzo frío del labrador. Que no escatime con los encurtidos y el queso. ¿Os parece bien, chicas?

Mary sonrió a Cat. Henri estaba acostumbrado a mandar y era genial que cuidaran de una para variar.

Cuando la puerta se cerró, Cat se volvió hacia ellos nerviosa. —Pero ¿qué pasa con Gary Smythe? Seguimos sin saber lo que descubrió Jim sobre él. Mary, tú dijiste que era un psicópata, ¿por qué entonces no consideramos la posibilidad de que Smythe fue a por Jim?

Mary asintió. —O quizá los lacayos de Smythe hicieron su trabajo sucio. Supongo que no lo sabremos hasta que Jim se encuentre bien para hablar.

El silencio se prolongó, ya que los tres sabían que cabía la posibilidad de que nunca despertara del coma. Jim Blade era el alma del Hotel du Barry y ninguno de ellos podía imaginar su vida sin él. No solo los protegía a todos, sino que era el único en quien podían confiar ciegamente.

Solo se oían los leños crepitando en la chimenea y las voces de los parroquianos que se filtraban entre las tablas del suelo. Fue

Henri quien rompió el silencio. —Entiendo lo que dices de Smythe, Cat, pero, en vez de quedarnos de brazos cruzados, tenemos que pensar en otros sospechosos. Aunque solo sea porque podrían estar confabulados.

Cat se puso en pie de un brinco y se quedó de espaldas al fuego. —Pero los detectives dicen que fue un joven quien empujó a Daniel desde la azotea. Bien podría haber sido Smythe. Ninguno de los testigos mencionó a una mujer en el tejado aquella noche.

Henri empezó a caminar de un lado a otro. —Tienes razón. Es posible que Smythe hiciera un duplicado de las llaves antes de que Danny lo despidiera, y sabría cómo entrar en el Hotel du Barry sin ser visto. —Cierto, pero debemos unir todos los puntos —dijo Mary—. Eddie es fuerte, inestable y andrógina. También sabemos que se enfadaba cada vez que Daniel sacaba el tema del divorcio. Sebastian los oyó discutir otra vez sobre el tema minutos antes de que comenzara la fiesta en el Jardín de Invierno.

Cat se terminó la copa de vino. —Pero eso era algo habitual en ellos. Yo me crie con ellos discutiendo sin parar. El tema del divorcio llevaba años sobre la mesa. Intentaban ocultar su animosidad delante de mí, pero yo siempre supe lo que pasaba. En cierta manera retorcida, creo que Daniel disfrutaba con aquellos enfrentamientos. Me decía que su padre, sus hermanos y él discutían como una manada de lobos sin madre. Fue así como evolucionaron los Du Barry cuando murió Lucinda du Barry. Además, ¿qué pasa con Michael? Eddie ni siquiera estaba en Venecia cuando se ahogó. —Puede que Michael se envenenara por error —respondió Henri—. Quizá Edwina estuviera envenenando a Daniel lentamente antes de que este se fuera a Venecia. —Mira, desde que yo recuerdo, Eddie ha tenido veneno en casa —dijo Cat—. Tiene pánico a las arañas, las polillas y los pececillos de plata, y está obsesionada con matar a los ratones de la cocina. Deberías haber visto la escena que montó en mi sexto cumpleaños cuando Danny fue a una tienda de animales y me compró dos ratones blancos. —Lo recuerdo

—convino Mary—. La pelea duró días, hasta que Danny se los regaló al hijo del portero. Pero, Cat, si alguien tiene los medios y el móvil para cometer un asesinato, al menos hay que tener en cuenta esa posibilidad. —No en este caso. Bertha guarda el matarratas en la cocina de las doncellas. Y se pueden encontrar montones de venenos domésticos por todo el laberinto. Si Smythe hubiera querido envenenar a alguien, no le habría hecho falta llevar su propio veneno. ¿Y sabéis una cosa? Todavía tiene amantes en el hotel. He investigado un poco y resulta que Bessie Blackwell está colada por él. Casi todos los domingos le prepara la cena y él se queda a pasar la noche. También le lava y le plancha la ropa. —Dios, ¿cómo es posible? —dijo Mary con reprobación—. Es como si fuera su madre.

Henri bajó la barbilla y le dirigió a Mary una mirada inquisitiva.

Ella se rio. —Bessie siempre ha tenido debilidad por los delincuentes, sobre todo si han pasado algún tiempo en la trena. Y supongo que cometer pecados de la carne con alguien como Smythe será más divertido que ir a misa los domingos.

Henri negó con la cabeza y levantó la botella de vino. —¿Quién quiere más vino?

Mientras rellenaba sus copas, oyeron a unos hombres que gritaban y aplaudían. Mary y Cat corrieron hacia la ventana y vieron a la clientela del Salmon and Ball congregada en torno a un viejo roble nudoso. Un muchacho descalzo intentaba trepar por el árbol sujetando una jarra de cerveza negra en una mano. El público vitoreaba y gritaba mientras el chico intentaba trepar al árbol. El viejo Pete era el maestro de ceremonias y esperaba con una libreta y una pluma. Cuando el muchacho cayó bocarriba, con la jarra en alto, Pete se agachó, examinó la jarra y anotó algo en la libreta. —Ven, Henri, deprisa —dijo Cat—. Dinos qué está pasando.

Henri se asomó por la ventana. —Será la apuesta de esta semana. Y el que está en el suelo es el joven Pete. El ganador será aquel que suba y baje del árbol sin derramar demasiada Guinness. No habrá muchos concursantes porque los parroquianos viejos saben que se necesitan dedos fuertes en los pies para subir al árbol utilizando solo una mano.

Mary lo miró con desconfianza. —¿Me equivoco, o resulta que sabes mucho de estas cosas? —Esta es mi gente y en otra época yo también fui un muchacho sin dinero ni salida. Si esos jóvenes de ahí consiguen trabajo alguna vez, implicará un trabajo manual muy duro a cambio de un salario de mierda. En la zona no hay muchos sitios donde divertirse, así que inventan su propia diversión. —Henri —dijo Cat—, ¿se trata de un pasatiempo frecuente en esta zona? —La apuesta es diferente cada semana. Hace poco Jim y yo estábamos tomando una copa en la barra y, cuando yo fui al cuarto de baño, no pude abrir la puerta. Casi toda la clientela estaba allí dentro midiéndose el miembro en erección. Nuestro carpintero residente hacía los honores con su cinta métrica.

Cat y Mary se miraron con incredulidad.

Henri se encogió de hombros. —Gana el mismo muchacho todas las veces, aunque satisface casi todas sus necesidades nutricionales con ingentes cantidades de cerveza. Lo jura.

Cat estaba perpleja. —Pero ¿a ninguno de ellos les interesa el deporte? —A algunos sí, si tienes en cuenta los dardos. Mira, tal como yo lo veo, lo que ocurre aquí es mejor que las peleas de gallos y de perros que se celebran en el callejón de detrás del Pig and Thistle. Eso es algo que admiro en Edwina. Investigó a los tres botones que explotaban a perros callejeros organizando peleas clandestinas, despidió a los muchachos y se hizo cargo de los perros. Además dedica mucho tiempo y dinero a la Sociedad Contra la Crueldad hacia los Animales.

Volvieron a sentarse y Mary dijo: —Edwina es un saco de contradicciones. He estado transcribiendo la investigación de Otto Rubens sobre el perfil psicológico de los asesinos en serie. ¿Sabéis qué? El perfil de Edwina es similar. Se comporta como una forastera falta de amor y se toma muchas molestias para castigar a aquellos que cree que la han engañado, herido o difamado. Casi todos los empleados la temen por sus rabietas irracionales. Creen que está loca.

Cat negó vehementemente con la cabeza. —Cierto, Edwina es una resentida, se enfada con facilidad y carece de empatía, pero me niego a verla como a una asesina. ¿Podemos hablar de otra cosa? —¿Qué pasa con Thomas Rodd? —preguntó Mary. —Está furiosa con él y no responde a sus llamadas —explicó Cat—. Thomas no para de enviarle cartas de amor desde Dublín y docenas de rosas, pero ella jura que se ha olvidado de él. Está mintiendo. El otro día la pillé arrancando los pétalos de las rosas que él le había enviado y quemando sus cartas en el balcón. —Eso explica los pétalos de rosa, el papel quemado y las aceitunas de Martini que encontramos habitualmente en los toldos y en la acera —dijo Henri con actitud sombría—. Edwina debe de tirarlos por el balcón cuando está borracha de ginebra. Di por hecho que las debutantes de la suite 828 estarían haciendo otra vez ritos vudús para eliminar a sus rivales. —Echo de menos trabajar en el Hotel du Barry —contestó Mary riéndose. —Bueno, Maurie du Barry solía decir que nadie se marcha realmente —explicó Henri—. Ni siquiera los muertos.

Mary se volvió hacia Cat. —Una última cosa sobre Edwina. Jim dice que te quiere todo lo que puede querer a alguien, pero que no sabe cómo expresarlo. Es posible que, cuando el chef te atacó, Eddie sintiera que estaba atacándola a ella. Quizá enviara a un par de matones a por él y lo ahogaran por accidente en su bañera. —Y quizá Edwina sabía que Jim sospechaba de ella y quiso sacarlo de la circulación por un tiempo. Así que envió a los mismos matones a por él —añadió Henri.

La puerta se abrió y el tabernero entró con una bandeja cargada. —Aquí está, Henri. Pensé que querríais probar la salsa de pepinillos dulces de mi mujer. El viejo Pete dice que es tan sublime que podría ofrecérsela al diablo en vez de venderle el alma para ser inmortal.

Henri se frotó las manos con emoción. —Parece delicioso, Arnaud. Te juro que tú sí que sabes preparar y presentar un jamón. Y el aroma del pan recién horneado. Es espléndido. Señoritas, no mencionen las virtudes culinarias de Arnaud en el Hotel du Barry, o nuestros huéspedes nos abandonarán para poder comer como reyes en el Salmon and Ball.

Arnaud estaba orgulloso. Los cumplidos de su viejo amigo Henri eran el equivalente a recibir una prestigiosa estrella Michelin. —*Bon appétit!*

El almuerzo frío del labrador de Arnaud era una cornucopia de los mejores productos británicos acompañados de quesos franceses y suizos. Camembert, doble Brie, Cheshire y Gouda acompañaban a carnes curadas, lonchas de jamón, barras de mantequilla, pedazos de pan y una amplia selección de salsas y encurtidos.

Mary dudaba que los labradores ingleses hubieran devorado alguna vez un festín tan espléndido. Probablemente tuvieran que arreglárselas con un trozo de pan duro y una corteza de queso si tenían suerte. Pobres desgraciados.

Henri no habló hasta que se alejaron las pisadas de Arnaud. —Cat, no estaríamos aquí ahora mismo si Jim no hubiera sido atacado. Personalmente creo que debería intervenir la ley. No paraba de repetírselo, pero él no me hacía caso. —No. Jim tiene razón, no tenemos pruebas irrefutables. Sugiero que esperemos a ver qué encuentra Scotland Yard.

Henri habló despacio. —Pero hazme caso por un minuto. Sabes que podríamos seguir vigilando a Edwina. Si es culpable, se acabará derrumbando en algún momento. El doctor Ahearn está preocupado por su estabilidad mental. Lo sabes, Cat, pero eres leal por naturaleza y no quieres admitirlo.

Los tres se quedaron callados sin probar la comida. Cat se quedó mirando el fuego, después levantó la cabeza con lágrimas en los ojos. —Tienes razón, Henri. Nos peleamos como animales salvajes, pero ella siempre ha sido parte importante de mi vida. Desde el incidente con el chef, Eddie ha estado intentando compensarme. Sé que quiere que empecemos de nuevo, pero no sabe cómo hacerlo. No puedo evitar sentir pena por ella.

Mary le acarició la mejilla. —Mira, tengo una idea. ¿Y si se nos ocurre un plan que nos permita atrapar a una persona culpable, pero dejando indemnes a los inocentes? De ese modo, no intentarías atrapar a Eddie, intentarías limpiar su nombre. ¿Qué te parece? —De acuerdo —respondió Cat con una sonrisa—. Accederé a eso siempre y cuando todos mantengamos la mente abierta. Y, Mary, quiero saber otra cosa. —¿De qué se trata?

Cat la miró directamente a los ojos. —Me gustaría que me dijeras cómo está Sean. Lo echo mucho de menos y no me creo esa mierda de que no sabes dónde está. Es imposible que no te escriba.

Mary se terminó la copa. —Es justo. Me escribe con regularidad. Está bien, en Texas. Ha dejado su trabajo como *gigolo* y está empeñado en convertirse en magnate del petróleo. Debieron de verlo venir, porque sospecha que los prospectores le han vendido un terreno dudoso. Él no admite la derrota y no para de hacer perforaciones. Ese es nuestro Sean, siempre persiguiendo un sueño imposible. ¿Sabes, Cat? Si te miento es porque deseo protegerte. —Lo entiendo —respondió Cat mirando el fuego.

Henri chasqueó los dedos. —Se me acaba de ocurrir una cosa. Eddie me ha dicho esta mañana que estaba harta de su vidente y me ha pedido que le busque otra. ¿Qué me decís de la vidente a la que fuisteis vosotras? ¿Podríamos convencerla para que nos pase información sobre los problemas de Eddie? —Henri, Lilith no es una vidente —le dijo Cat con reprobación—. Es una bruja con poderes paranormales.

Henri asintió con ironía y Mary le dio un codazo. —No seas así. Es de verdad, pero debemos ser sinceros con ella. Nadie en su sano juicio se atrevería a enojar a Lilith.

Cat se puso en pie de un salto y tiró su copa de vino. —¡Tengo una idea! Es tan retorcida que es probable que funcione. Hay una manera de librar a Eddie de toda sospecha. Pero comamos primero y hablemos después.

Henri repartió los platos y los tres se lanzaron sobre la comida con gusto. Bebieron más vino y, durante algunos minutos, se olvidaron de sus preocupaciones y disfrutaron del calor de la habitación y del placer sencillo de estar con amigos. Brindaron y Henri echó otro leño al fuego. Saltaron las chispas en la chimenea y ascendieron por el aire hasta perderse en la neblina londinense.

En algún lugar del cielo, un grupo de dioses atrapaba las chispas y escuchaba con atención. Eran noticias excelentes. Parecía que la saga del Hotel du Barry por fin tomaba decisiones. Mejor aún, los dioses y los arcángeles podrían defender a sus mortales favoritos e intervenir en el resultado. Pero, si no tenían cuidado, Lucifer podría intentar meter baza también. Por suerte, los dioses seguían teniendo ventaja y sería mejor que los culpables se preparasen para el próximo acto. Sería dramático: la culpa, la intriga, la aberración, el engaño y las lágrimas pondrían a prueba los nervios. Volarían Martinis y acusaciones, gritarían las mujeres ebrias, los hombres sobrios llorarían y sufrirían las reputaciones. ¿Y cuando todo acabase? Se haría justicia según los delitos. Pues Daniel du Barry había sido uno de los suyos y los dioses no aceptaban que se lo hubieran arrebatado tan pronto.

Cat salió del Salmon and Ball y se fue directa al hospital. Había mentido al decir que era la hija de Jim, de manera que podía visitarlo a lo largo del día siempre que quisiera. Subió corriendo los tres tramos de escaleras y llegó sin aliento a su pabellón. El estado de Jim apenas había cambiado, pero los moratones azulados se habían vuelto amarillos y la hinchazón había bajado. —Las lesiones de tu padre no son tan graves como pensamos al principio y el pronóstico es mejor de lo esperado —le informó la enfermera jefe. —Fantástico. Enfermera, es muy importante que su jefa, Edwina du Barry, no tenga acceso a mi padre. Ella hace que le suba la tensión y mi madre teme que eso pueda aumentar la posibilidad de que sufra un ataque al corazón. —Por supuesto, lo entiendo. La señora Du Barry puede ser muy difícil. Seguiré controlando las visitas del señor Blade y solo podrá entrar la familia cercana. Por cierto, tu tía telefoneó hace unos minutos para ver cómo estaba. Está muy preocupada por su hermano y vendrá a verlo mañana por la mañana.

Cat se frotó la frente. —Ajá. ¿De qué tía se trata? —Mary Maguire. —Entendido. Gracias.

Cat creyó haber oído a Jim reírse con disimulo a sus espaldas, pero, al mirar, vio que su rostro seguía inexpresivo. La enfermera le recolocó la almohada y se marchó.

Cat se sentó junto a la cama y le estrechó la mano. —Jim, necesitamos tu ayuda. Se me ha ocurrido un plan, pero tiene muchas lagunas. Necesito tu pericia. Por favor, por favor, despierta.

Se quedó allí sentada hasta que la noche comenzó a envolver la ciudad, pero Jim no se movió. Finalmente la enfermera Chong asomó la cabeza por la puerta y dijo: —Lo siento, Caterina, pero las visitas deben marcharse ya.

Al ponerse en pie, Cat golpeó un plato metálico y este cayó al suelo. Jim se estremeció. Le oyó susurrar: —Demasiado cansado ahora… mañana estaré bien. Dile a mi mujer que el oso ha vuelto a la partida.

Después se dio la vuelta y volvió a dormirse.

CAPÍTULO 29

❦

Extorsión, chantaje y ginebra

Eran las ocho de la tarde. Lilith daba vueltas por la sala preparándose para su siguiente sesión de espiritismo. Hacía frío y Hamlet, Medea, Afrodita y Hécate estaban acurrucados delante del fuego. Hamlet estaba bien despierto, como de costumbre, moviendo los bigotes y agitando el rabo sin parar. A Lilith no le hacía falta un perro guardián teniendo a Hamlet. Cuando se puso tenso, ella supo con certeza que la señora Du Barry estaba en el porche de la entrada a punto de llamar al timbre.

Y así fue. Cuando Lilith abrió la puerta, Edwina estaba allí de pie con un elegante abrigo de piel blanco. No se parecía en nada a la imagen que Lilith había visto en la revista *Vogue*. Sus penetrantes ojos azules habían adquirido un tono gris frío y ahora se asemejaban a los ojos embrujados de un lobo blanco. Su melena platino era obra de un peluquero experimentado, pero le faltaba vida debido a la extrema palidez de su piel. Tenía una actitud reservada, pero educada. Cuando se quitó el abrigo de piel, a Lilith le sorprendió ver los cortes en sus brazos.

Hamlet estaba alerta. Guardaba la distancia, pero no dejaba de mirar a Edwina. Lilith hizo que su clienta se sintiese como en casa y encendió varias velas rojas. Le estrechó las manos, cerró los ojos y permitió que el silencio se prolongara. Cuando habló, su voz sonó profunda, como si llegase a través del tiempo. —Percibo que eres infeliz en el amor. ¿Qué deseas saber?

Edwina levantó la cabeza con la mirada en blanco. —¿Mi amante volverá algún día junto a mí?

Lilith se concentró en las velas titilantes y empezó a respirar más despacio. Vio a Thomas Rodd, en mitad de la noche, mirando por la ventana de su lujoso emporio de Dublín. —Te echa de menos, pero principalmente es la emoción y el drama lo que anhela. Eres la mujer más excitante con la que jamás ha tenido una aventura, pero nunca regresará a tu lado. Es un hombre dedicado a ser un protector, un caballero andante. En una vida anterior fue un guerrero que luchaba por las causas perdidas. Yo lo describiría como un mártir feliz. —Estoy siendo castigada. Mi infancia fue muy infeliz, me han decepcionado muchas veces en el amor y, desde la muerte de mi marido, no he tenido nada más que desengaños. Ahora paso casi todo el tiempo sola. Tengo todas las posesiones materiales que cualquiera podría desear, pero nadie me quiere.

Lilith entornó los párpados. —Tienes otra pregunta en la cabeza. —¿Es posible lograr que desaparezca? Quiero que esto termine.

Lilith se concentró en la llama y, al hacerlo, vio en su cabeza a un joven. Hacía gestos amenazantes y se reía con desprecio. —Dime, Edwina, ¿quién es el joven furioso de ojos azules y pelo rubio que tanto se parece a ti?

Edwina se aferró a los reposabrazos de la silla. —Tiene que ser Matthew, mi hermano gemelo. Me atormenta, me provoca, hace que mi vida sea un infierno. Dios, ¿hasta cuándo seguirá esto? ¿Qué coño quiere de mí? —No lo sé. Se mostraba despectivo y beligerante, así que lo he mandado a paseo. Los muertos no tienen elección. Si un ser vivo les dice que se vayan, deben irse de inmediato. —Matthew nunca me ha perdonado —susurró Edwina—. Me odia y está gafando todas mis relaciones.

Hamlet saltó sobre la mesa y se sentó muy cerca de Lilith. Tenía el pelo del lomo erizado y miraba a Edwina con atención. —¿Por qué no te perdona? —preguntó Lilith. —Matthew era el ojito derecho de mi madre, el hijo deseado. Cuando éramos pequeños, nos queríamos mucho, éramos todo lo que el otro necesitaba, pero yo me harté de que Matthew se quedara con todo lo bueno de la vida. Me convertí en la gemela que siempre va segunda y empecé a sospechar que, en el fondo, él se alegraba de mis humillaciones. Todo cambió cuando se ganó el amor de Danny. Una luz se apagó en mi vida y me quedé sola en la oscuridad. Estaba siempre furiosa y celosa, pero, para cuando entré en razón y quise reconciliarme con él, se había ido. Verá... —Edwina trató de pronunciar las palabras—, Matthew murió en un terrible accidente de tráfico.

Lilith tuvo una visión y se vio a sí misma de pie en una esquina. Era una noche cálida. El deportivo descapotable que conducía el hermano de Edwina dobló la esquina y se dirigió hacia una pared de ladrillo. La acompañante puso las manos en el parabrisas y gritó. Lilith dio un salto hacia atrás y oyó a Matthew gritar: «¡Joder, esta vez sí que la ha hecho buena!».

El vehículo se estrelló contra el muro de ladrillo a gran velocidad y el impacto hizo que la acompañante saliera volando por encima del parabrisas. Milagrosamente rebotó en el capó y aterrizó lejos del coche. Con la cara cubierta de sangre y el brazo torcido en un ángulo extraño, logró alejarse antes de que el coche explotara. Lilith sintió el calor abrasador de aquel infierno mientras la mujer se arrastraba lejos de allí.

Abrió los ojos y se quedó mirando a Edwina con la boca abierta. Por suerte ella estaba entretenida buscando un cigarrillo en su bolso. Con manos temblorosas, Lilith alcanzó una cigarrera de jade y se la ofreció. Se encendieron el cigarrillo. —Creo que ambas necesitamos una copa antes de continuar —declaró Lilith.

Al otro lado del canal de la Mancha, Josephine Marais estaba sentada frente a su tocador cepillándose el pelo a la luz de las velas. Iba a acostarse temprano y ya se había puesto el camisón de satén. Dejó el cepillo y dio otro sorbo al chocolate caliente. Esa noche no tenía que esforzarse por deslumbrar, porque estaba completamente sola y era la noche libre de la doncella. Podía embadurnarse la cara con crema y ponerse los rulos. Pura felicidad. Pensó en la caja de delicias turcas con sabor a rosa que le esperaba. Aunque se comiera toda la caja de una sentada, nadie se enteraría jamás.

La ventana del balcón estaba abierta y una brisa fresca recorría su apartamento. Josephine creía firmemente en los beneficios del aire fresco. Era vital para mantener sana la piel. Su peluquero recomendaba cien pasadas de cepillo, pero Josephine prefería hacer al menos doscientas. La belleza era su regalo divino, pero no vendría mal estar atenta. —*Vingt-six, vingt-sept, vingt-huit...*

Él entró por el balcón y atravesó la estancia antes de que ella pudiera gritar. Sintió la pistola fría en la nuca y contempló su reflejo en el espejo. Obviamente lo había subestimado. No se le había ocurrido pensar que el joven pudiera ser tan listo como para localizarla.

Jules Bartholomew agarró la taza y se terminó el chocolate caliente. Puso cara de asco y dijo en francés: —Demasiada azúcar. Se le pudrirán los dientes. ¿Sabe? He estado volviéndome loco para encontrarla. Menos mal que tenemos toda la noche, porque tengo muchas cosas que decirle. Un consejo, *mademoiselle*. Si va a chantajear a un joven y a hacer que le den una paliza, no contrate a principiantes para ese trabajo. Tienen por costumbre dejar un rastro tan grande como el jodido Nilo.

Josephine fingió miedo y sumisión. Entonces, cuando Jules se quitó el sombrero, se escabulló por debajo de su brazo y corrió por el dormitorio. Agarró el picaporte de la puerta, pero estaba cerrada con llave y la llave no estaba.

Jules se colocó detrás de ella en un instante. Sintió su aliento caliente en la nuca y la pistola en la columna. —Grave error, *mademoiselle* Marais. Iba a ser educado, pero ya es demasiado tarde. Eh, Alain, átala a una silla, ¿quieres? Si empieza a gritar, hazla callar, pero no le cortes la cara. Dale un puñetazo y déjala inconsciente. No quiero que le hagas lo mismo que ella me hizo a mí. Todavía.

Otro joven emergió de las sombras. A la luz de las velas, sus dientes eran de un blanco sobrenatural y se movía con el sigilo de una pantera. Tenía ambos brazos tatuados, uno decorado con una enorme rosa roja y el otro con un corazón sangrante adornado con la palabra «madre». No parecía la clase de hombre del que una mujer podría hacerse amiga. De hecho, ni siquiera parecía que tuviera madre. Josephine sospechaba que había llegado al mundo plenamente formado, con sus tatuajes de marinero y su pendiente de oro.

Desorbitó los ojos cuando Alain le puso los brazos a la espalda, le ató las muñecas y la empujó contra una silla. Le ató los tobillos a las patas de la silla y ella se retorció de dolor. Los nudos estaban demasiado apretados y él lo sabía.

Jules se agachó hasta que su cara quedó a pocos centímetros de la de ella. —Maldita sea, necesito una copa. El allanamiento de morada da mucha sed. ¿Dónde guarda el alcohol de primera calidad? Y esos cigarrillos caros que tanto le gustan.

Josephine levantó la barbilla en actitud desafiante, pero las lágrimas brillaban en sus mejillas. —El alcohol y el tabaco están en el mueble bar. Habitación principal.

Jules sonrió. —Así me gusta, querida. Es usted adorable cuando hace su papel de anfitriona consumada. Alain, vamos a probar el alcohol y los cigarrillos de *mademoiselle*.

Josephine intentó adoptar una actitud altiva, pero el temblor de su boca la delató. —¿Qué haces aquí, Julian? —Solo quería hacerle una visita. Llevo tiempo intentando pillarla sola en casa, sin ese ricachón pusilánime. Para cuando François Richelieu tercero se dé cuenta de que le están engañando, ya le habrá dejado seco usted. Una pena, de verdad. Parece un hombre decente.

Alain no tenía prisa por obedecer. Le acarició el cuello a Josephine muy despacio, tenía las manos frías, pero sorprendentemente suaves. Después le agarró los pechos y murmuró con admiración. Josephine se encogió ante sus caricias y él se rio con disimulo. —Eh, Jules, sus dientes parecen castañuelas. No temas, somos delincuentes, no violadores. Tu virtud está a salvo esta noche.

Jules le lanzó a Alain la llave de la puerta del dormitorio. —Tápala con una manta o algo, ¿quieres? No queremos que se muera de neumonía antes de que lleguemos a un acuerdo. —Jules se inclinó de nuevo para estar cara a cara con Josephine—. Pero no crea que sus lágrimas me ablandan. No pienso dejarla escapar tan fácilmente. Va a compensarme económicamente por lo que hizo. Enviar a unos matones de gatillo fácil a darme un escarmiento no es juego limpio.

Josephine trató de liberarse. La cuerda estaba clavándosele en la piel. Su cerebro registró el significativo ruido del envoltorio de papel celofán de su caja de delicias turcas. Claramente iba a ser una noche muy larga.

Con el transcurso de las semanas, Jim Blade se había convertido en el paciente favorito de las enfermeras. Al contrario que los demás enfermos, él nunca se quejaba. Se negaba a estar triste y le gustaba hacerles reír. Al mismo tiempo se ponía serio y le pedían opinión profesional sobre sus novios mentirosos, sus maridos infieles o sobre algún comerciante estafador. Por razones que no entendían, las enfermeras se sentían a salvo con Jim y pronto pasó a estar en posesión de todos sus secretos. Era más fácil contarle al detective sus problemas que hablar con sus amantes, esposos o suegros. A cambio, trataban al señor Blade extremadamente bien y él nunca tenía que hacer sonar la campanilla para pedir algo. Satisfacían todas sus necesidades, incluso antes de que él supiera que tenía alguna. También le permitían saltarse a la torera las normas del hospital.

En mitad de la noche, dos de los socios del señor Blade se habían colado por la escalera de incendios, evitando así a la hermana del turno de noche en el mostrador de la entrada, habían entrado en el pabellón del señor Blade y habían cerrado la puerta sin hacer ruido.

La enfermera Petros se había acercado a la puerta, había pegado la oreja y había escuchado durante unos minutos antes de alejarse. Tranquilizó a las demás enfermeras que estaban de guardia. —No es necesario llamar a los vigilantes. Por lo que están diciendo, creo que trabajan para Scotland Yard, pero no creo que hayan venido por un asunto oficial. Creo que son amigos cercanos y me ha dado la impresión de que esperaba su visita. Démosle al señor Blade un poco de intimidad, ¿de acuerdo?

Una sabia decisión, teniendo en cuenta que Jim estaba disfrutando de una petaca de *whisky premium* doble malta.

A la mañana siguiente, la enfermera Jones anunció: —Tu esposa y tu hija están abajo, Jim. Espera, voy a darte una camisa de pijama limpia antes de que entren.

En ese momento entró la enfermera Chichester. —Y yo te haré la cama. ¿Te apetece una taza de té?

Cuando entraron Cat y Bertha, Jim estaba repantingado como un rey sobre sus almohadas recién ahuecadas. Se sentaron a ambos lados de la cama. —Mary volverá dentro de un minuto —les dijo él—. Cierra la puerta, ¿quieres, Cat? No queremos que nos molesten.

Cat dejó una cesta con cerezas en la mesilla de noche. —Henri te envía esto. Las han traído desde España esta mañana. El doctor Ahearn pasará más tarde a verte. Te traerá zumo de naranja especial de Henri. Hecho con naranjas españolas.

Cat le levantó los pulgares con disimulo y él sonrió. Excelente. Su viejo amigo había encontrado la manera de meter vodka de contrabando. Tendría que soportar el zumo de naranja.

Olió las cerezas y suspiró con placer. —Ver la muerte de cerca hace que un hombre aprecie más la vida. Los pequeños placeres se vuelven más importantes. El olor de la fruta madurada al sol, el sonido de la risa arrastrado por el viento. Ah, aquí está Mary.

Jim dio un sorbo al té. Ya estaba endulzado, como a él le gustaba. Se sentía como un maharajá caprichoso. —Anoche volvieron a visitarme dos tipos de Scotland Yard, probablemente los hayáis conocido en la sala de calderas. Clem y Stavros. Han estado siguiendo a Gary Smythe.

Bertha se inclinó hacia delante con cara de preocupación. —Jim, no me has contado qué ocurrió. —No quería preocuparte más, Bertha. Básicamente me pasé por su apartamento después de medianoche, cuando sabía que estaba fuera. Entré utilizando una llave maestra y esperé a que llegara a casa sobre la una. Tras una pequeña discusión... —No nos vengas con cuentos —le dijo Bertha—. Quiero saber qué le hiciste. —Le apliqué el tratamiento del agua. Pudo ver el interior de su retrete y después, como se puso respondón, hice que se familiarizara con los azulejos de su cuarto de baño. Su camisa blanca quedó hecha un desastre y además le hice un trabajito en su cara bonita. Un diente por aquí, un poco de sangre por allá... pero nada mío. ¿Puedo continuar, querida?

Bertha asintió con pesar.

Jim dio otro sorbo a su taza de té. —Después de eso, tuvimos una agradable conversación. Cuando le dije que creía que había chantajeado a Daniel, lo negó de manera tajante. Siguió negándolo aunque yo ejercí un pelín de presión. En resumen, insistía en que era un acuerdo empresarial. Le había vendido a Daniel una casa en Brighton y tenía documentos que lo prueban. Dada la profesionalidad de los mejores falsificadores londinenses, los documentos legales no significan una mierda. Tenía intención de seguir investigando, pero en vez de eso acabé aquí.

Cat se inclinó sobre su almohada con cara compungida. —¿Así que fue él quien te atacó en el gimnasio?

Jim le acarició la mejilla a la muchacha. —No tan deprisa, niña. Aunque debo admitir que se me pasó esa idea por la cabeza mientras caía por las escaleras. Luego hablaré de mis atacantes.

En su primera visita, les pedí a Clem y a Stavros que siguieran el rastro del papeleo y averiguaran por qué Daniel iba a comprarle una propiedad a alguien como Smythe sin involucrar a sus abogados.

Las tres miraron atentamente a Jim mientras este daba otro sorbo a su té. Mary estaba sentada al borde de su asiento, Cat jugueteaba con su pulsera y Bertha parecía a punto de explotar. —Cat, ¿te importa asomarte al pasillo y pedirle un poco de agua a la enfermera? —preguntó Jim.

Cat obedeció y después se sentó al borde de la cama. —Jim, nos estás matando. ¿Qué averiguaron? —Perdón —dijo él con una sonrisa—, tiendo a divagar. Es por todos esos medicamentos de primera categoría que me administran estas enfermeras tan encantadoras. ¿Queréis la versión larga o la corta? —La corta. —De acuerdo. Smythe decía la verdad. La casa era propiedad del camarero jefe del Hotel du Barry de Brighton. El pobre desgraciado se ahogó en un accidente de navegación. Le debía dinero a Smythe por una empresa que salió mal y había utilizado su casa como aval. Así que Smythe se quedó con la casa y dejó en la calle a la viuda del camarero y a sus cinco hijos. No puede decirse que sea un buen samaritano. ¿Veis a dónde quiero llegar?

Mary asintió. —De manera que intervino Daniel, le compró a Smythe la casa, probablemente a un precio desorbitado, y volvió a acoger a la viuda. —Es probable que Danny le diera las escrituras a la viuda y fingiera no haber hecho nada —añadió Cat—. Dios, no sabéis la de veces que hacía ese tipo de cosas. Creía que, si ibas a hacer una buena obra, debías hacerla de manera anónima.

La enfermera entró con el agua. —¿Deseas algo más, Jim? —No, Simone. Muchas gracias.

La mujer volvió a salir sin hacer ruido. —Si queréis paz y un lugar donde pensar con claridad, el hospital es el sitio ideal —comentó Jim—. Aunque debo decir que me muero por volver al hotel. En cuanto a tu pregunta sobre mis atacantes, Cat, Smythe se vio obligado a localizarlos.

Cat estaba sentada casi encima de Jim. —Dios mío, ¿cómo fue eso? —Clem le dijo a Smythe, de manera confidencial y algo persuasiva, que era el principal sospechoso del ataque en el gimnasio del Hotel du Barry. Y le aseguró que sería declarado culpable a no ser que diese con un sospechoso alternativo. Puedes permitirte un procedimiento tan irregular si pesas ciento sesenta kilos y eres un idiota al servicio de Su Majestad.

Dio un trago al agua y se quedó mirando al vacío. Las tres mujeres aguardaban con impaciencia, pero Jim era ajeno a la tensión. Bertha suspiró. Cuanto antes dejaran de medicarlo, mejor. No lo había visto así desde la noche que experimentaron con hachís en un restaurante de Estambul.

Jim volvió a dejar el vaso en la mesilla. —Bueno, señoritas, me muero por conocer las últimas noticias sobre la viuda Du Barry. —Jim, ¿quién te atacó? —preguntó Mary. —Ah, sí. Sabía que se me olvidaba algo. Smythe usó sus contactos para localizar a mis atacantes. Resultó que eran dos holgazanes del Sailor's Arms que dan palizas por dinero. Aunque Smythe los presionó mucho, y tiene la mano bastante larga, ellos insistieron en que el trabajo les llegó a través de un intermediario y que no sabían quién se lo encargó ni quién les pagó. Poco después de eso desaparecieron y no se les ha vuelto a ver. Clem y Stavros están siguiendo el rastro, pero me temo que el asunto es tan complicado que nunca llegaremos al fondo de la cuestión. Y bien, ¿cómo fue la sesión con la clarividente?

Cat miró a Mary. —Bueno, al parecer Edwina está intentando contactar con los muertos para llegar a un acuerdo. Lilith también nos ha dicho que Matthew Lamb perdió el control de su automóvil antes de chocar. Iba sobrio y no drogado, como se dijo. En el momento del impacto, estaba intentando frenar, pero no ocurría nada. El accidente fue horrible, un infierno.

Jim frunció el ceño. —Bueno, Cat, ¿cuáles son tus deducciones hasta ahora? —Justo antes del accidente gritó: «Joder, ahora sí que la ha hecho buena». Lo que me sugiere que había una mujer en su vida que quería vengarse de él. Y quizá le había saboteado los frenos. —¿Edwina? —Puede ser, o puede que no. No sé mucho sobre Matthew Lamb porque nunca me permitieron mencionar su nombre. Una vez Eddie me contó que él era el gemelo que recibía todo el cariño de la madre, mientras que a ella la rechazaba. Percibí que, aunque estaban muy unidos, había cierto resentimiento entre ellos. Eddie le dijo a Lilith que le molestó que su hermano se ganara el amor de Danny. Así que supongo que eso podría ser un móvil. —Ni siquiera Matthew Lamb se merecía morir en un infierno. —Eddie no está bien de la cabeza —dijo Cat—. Lilith dijo que apenas está operativa. Está obsesionada con los errores del pasado, las oportunidades perdidas y los fracasos. —¿Qué crees tú, Mary? —preguntó Jim. —Está perdiendo el juicio, como predijiste. Lilith dijo que Edwina tiene cortes recientes en la cara interna de los brazos. Otto Rubens dice que, cuando la gente se autolesiona, no significa necesariamente que esté pidiendo ayuda. Puede ser una manera de exteriorizar el dolor y sentir un poco de alivio. —Tiene sentido —convino Jim asintiendo con la cabeza—. Podría haber matado a dos hombres y, sin saberlo, haberse cepillado a otros tres. No me extraña que esté perdiendo la cabeza y convirtiéndose en *lady* Macbeth.

Bertha apretó los labios. —Y mira cómo trataba a Cat.

Jim le estrechó la mano. —Bertha, olvidemos el pasado y miremos hacia el futuro. Como dice Stavros: «Deja que arda». Cat, ¿Sebastian está con nosotros? —Sí. Hablé con él anoche. Se muere por ayudar y le halaga que confiemos en él.

Jim se quedó mirando al techo con aire pensativo. —Bueno, entonces vamos a repasar los detalles. No hay lugar para errores. Solo tenemos una oportunidad.

Miró a Bertha y esta se dio cuenta de que Jim se había espabilado de forma considerable. Era evidente que quería estar a la altura del desafío. Su cerebro se había puesto en marcha y, en un acto de pura voluntad, se enfrentaba a los medicamentos que circulaban por su cuerpo. Le apretó la mano con cariño y parpadeó para contener las lágrimas.

«Mi hombre ha vuelto y todo saldrá bien».

Edwina había vuelto a pasarse la noche sin dormir. Contempló su cara en el espejo. No cabía duda, había envejecido mucho en las últimas semanas. Tenía nuevas arrugas y había perdido más peso. Cada vez que se quedaba dormida, soñaba que Matthew se manifestaba. A veces aparecía sentado al pie de su cama, o simplemente se quedaba ahí de pie, mirándola desde el otro lado del espejo. Nunca hablaba. Ella pensaba que debía de ser algo más que un producto de su imaginación, porque olía el humo de sus cigarrillos de importación. Apestaban a tabaco y clavo, un aroma dulzón nauseabundo que recordaba al de un cementerio.

Sebastian también lo olía. —Quizá el humo del tabaco se filtre desde las habitaciones de abajo a través de las rendijas del suelo.

Ni hablar. Porque era el propio Sebastian quien, siguiendo las instrucciones de Jim, los encendía regularmente y soplaba el humo para que la señora pudiera percibirlo.

Edwina volvió a lavarse las manos. Daba igual lo mucho que frotara, no lograba limpiárselas. Agarró el cepillo de uñas y volvió a restregárselas. Después se echó agua de colonia en las palmas de las manos y apretó los ojos cuando el alcohol se le metió en la piel irritada. Miró el reloj. Eran las once de la mañana, pero no recordaba cómo había pasado las últimas cuatro horas. El café y las tostadas seguían sin tocar y los periódicos matutinos se encontraban justo donde Sebastian los había dejado.

La soledad era ahora su única compañera. Cuánto había disfrutado desayunando con Tommy en la cama, compitiendo por ver quién leía antes los artículos interesantes del periódico. Dios, le apetecía una copa. Era demasiado pronto para martinis, pero nunca era demasiado pronto para el champán. Había oído que los médicos a bordo de los barcos recetaban champán a las mujeres embarazadas, una manera inteligente de combatir las náuseas matutinas. Y era bien sabido que el champán era un alimento nutritivo que se digería con facilidad. Hizo sonar la campanilla y tamborileó con los dedos mientras esperaba.

Por fin apareció Sebastian. Parecía ajeno a su nerviosismo. —Quiero que bajes a la bodega privada de Daniel y me traigas dos botellas de champán Caterina Anastasia Grande Imperial. —¿Quiere que le abra una botella esta mañana, señora? —Sí. ¿Qué pasa? —Nada. Solo quería asegurarme de si debía traer una cubitera o no. —No seas idiota. Claro que quiero una jodida cubitera.

Sebastian pareció ofendido. Había vuelto al trabajo hacía solo dos semanas y ya se había terminado la luna de miel. —Enseguida, señora.

Edwina se tumbó en el sofá y cerró sus ojos cansados.

Sebastian tardó bastante tiempo en regresar, pero lo más importante fue que lo hizo con las manos vacías. —¿Dónde demonios está mi champán? —le preguntó Edwina con desprecio.

Sebastian agachó la cabeza. —Lo siento, señora, pero no lo encuentro. He buscado por todas partes. —No sirves para nada. Dame la llave. Ve a por el hielo mientras yo busco el champán.

Edwina bajó al laberinto en el ascensor del servicio. Estaba enfadada y no le apetecía ser amable, de modo que ignoraba a los empleados del laberinto que la saludaban. Estos se encogían de hombros. Su falta de educación no tenía nada de nuevo. Se había comportado así desde la muerte del señor Du Barry.

Después de meter la llave en la puerta de la bodega, Edwina palpó la pared con la mano en busca del interruptor de la luz. Qué raro, solo tocó un botellero lleno de polvo. El interruptor de la luz no estaba donde debería. Cierto que hacía semanas que no bajaba por allí, así que era posible que las cosas hubieran cambiado de sitio. Cuando una araña cardenal empezó a subirle por el brazo, soltó un grito y acudió corriendo una de las doncellas de la despensa. Vio como Edwina le daba un manotazo a la araña y la espachurraba sin piedad con el pie. —Aaah, muere, asquerosa hija de perra. —¿Va todo bien, señora Du Barry? —preguntó la doncella.

Edwina la miró con odio. La doncella era una muchacha regordeta que debía de tener unos doce años. Todos los empleados eran cada vez más jóvenes, mientras que ella iba convirtiéndose en una ciruela pasa. —Por supuesto que no va todo bien, estúpida —respondió—. Tráeme una puñetera vela o una linterna.

La doncella desapareció y regresó enseguida con un candelabro y cerillas. Le entregó ambos objetos con manos temblorosas.

Tras varios intentos, Edwina logró encender la vela. Cuando entró en la bodega, vio una lámpara de aceite que brillaba en la oscuridad y se dirigió hacia la luz. Y allí estaban. Sentados a una mesita cubierta con un paño. Daniel, Matthew y Michael. Habían colocado sus miembros móviles de manera que pareciera que estuvieran jugando a las cartas mientras bebían champán Caterina Anastasia Grande Imperial. Los tres llevaban traje de noche y estaban congelados en el tiempo. Era un retablo de tres hombres muertos.

Edwina levantó más la vela y vio el brillo de los ojos de zafiro de Matthew Lamb, su parecido era extraordinario. Aunque el esmoquin que llevaba estaba desfasado, el ramillete de la solapa era fresco. Sus dedos largos y elegantes sujetaban un cigarrillo encendido que desprendía el mismo humo que ella había olido en su apartamento. La mirada vidriosa de su gemelo la desestabilizó y le hizo dar un paso atrás.

Los dibujos recortables de Michael y Daniel también tenían una veracidad asombrosa. Daniel la miraba con la incredulidad que había adquirido poco antes de morir y Michael la contemplaba con profundo escepticismo.

Edwina dejó caer la vela y salió corriendo de la bodega. Las lágrimas humedecían su cara. No quería que la vieran los empleados, de modo que subió por la escalera de incendios exterior hasta la novena planta. Allí permaneció, acurrucada frente a su apartamento, más de una hora hasta que dejó de temblar y pudo controlar las lágrimas.

Edwina entró en su apartamento y encontró a Sebastian abrillantando la plata tranquilamente. La miró confuso. —Quiero saber quién está gastándome bromas crueles —le exigió ella. —No sé a qué se refiere, señora —respondió él. —El interruptor. Alguien ha puesto una estantería delante del interruptor de la luz. Y ha construido un retablo de tres hombres muertos. ¿Quién ha puesto esos muñecos ahí abajo? Respóndeme.

Sebastian parecía absolutamente perplejo. —No hay ningún problema con el interruptor de la luz. Y no he visto ningún muñeco.

Edwina lo agarró del brazo y lo sacó a rastras por la puerta. —¿Cómo te atreves a mentirme? Vamos a bajar ahora mismo.

Esperaron al ascensor del servicio en un silencio incómodo y bajaron al laberinto sin pronunciar palabra.

Sebastian trató de abrir la puerta de la bodega, pero estaba cerrada con llave. —Yo no la he cerrado —murmuró Edwina entre dientes.

Le dio un empujón para quitarlo de en medio y abrió la puerta. —Muy bien. Quiero que me muestres el interruptor de la luz que, según tú, sigue ahí.

Sebastian la miró extrañado y encendió la luz. Edwina se quedó con la boca abierta, ya que el interruptor estaba justo donde debería estar. Y el botellero polvoriento se había esfumado, como si nunca hubiera existido. Se frotó la frente. —Vamos al fondo de la bodega. Deprisa.

Lo empujó hasta la parte de atrás de la bodega y Sebastian se quedó parado, con cara de extrañeza. Se encogió de hombros y la miró sin entender nada. Allí no había nada. Ni mesa, ni lámpara de aceite, ni muñecos. Un sacacorchos oxidado y abandonado yacía solitario acumulando polvo.

Sebastian no dijo nada hasta que hubo localizado una caja de champán Caterina Anastasia Grande Imperial. —Oh, aquí está. Lo siento muchísimo, señora. No se me ocurrió buscarlo aquí.

Se dio la vuelta, pero Edwina había desaparecido.

CAPÍTULO 30

Bajarla del escenario

Cat no podía dejar de pensar en las seis docenas de rosas que habían llegado esa mañana en una caja blanca de cartón. Había arrancado con emoción los lazos de satén color violeta. Las rosas eran de la floristería más exclusiva de Londres y la habían cautivado con su belleza oscura de invernadero. No pudo resistirse a hundir la cara en ellas y sentir los pétalos aterciopelados contra su piel.

Henri se las había llevado personalmente a su estudio. —No llevaban tarjeta. Las ha entregado un tipo joven. Tenía tatuajes por todas partes, un pendiente de pirata y una actitud arrogante. Le ha ordenado a Charlie que se las entregara de inmediato a Cat du Barry. He llamado a la floristería para que me dieran más información y han identificado al muchacho como comprador, pero no sabían su nombre. Les ha dado la impresión de que no tenía por costumbre comprar flores para una dama. Ha pagado en efectivo y ha sacado el dinero de un enorme fajo de billetes. No ha querido confiarles la entrega a los de la floristería.

Cat nunca había recibido flores tan exquisitas. Ricas en exuberancia, eran de una nueva variedad de un color indeterminado, ni malva ni morado.

Aquella misma mañana sonó el teléfono. La operadora transfirió la llamada al apartamento de Cat y resultó ser la voz que había estado deseando oír. —Hola, cariño, ¿te gustan las rosas? —Son maravillosas. Gracias. Tu amigo ha causado sensación en el hotel al entregarlas. ¿Dónde estás, Jules? —En París. He aceptado un empleo con el nuevo amante de tu madre, François Richelieu. Qué coincidencia, ¿verdad? —Interesante. ¿Viste a mi madre antes o después de que *monsieur* Richelieu te contratara? —No. Vi a tu madre cuando fui a resolver la situación. Y ella me puso en contacto con François. Sincronismo, ¿eh? —¿Por qué me da la impresión de que me estás ocultando algo? Creo que se llama mentira por omisión. Pero bueno, ¿en qué consiste exactamente tu trabajo? —Vamos, no seas así. He acompañado a Richelieu en algunos viajes de negocios después de que su guardaespaldas fuese asesinado en una pelea de bar. Richelieu es un tipo listo y aprendió a volar con Lindbergh. Ahora pilota sus propios aviones, así que puedo volar por toda Europa. —Pero ¿qué haces exactamente, Jules? —Me encargo de todo lo relativo a su protección. Y puedo contratar a mis amigos. —Entonces ha contratado al hombre adecuado. Siempre he sospechado que sabías demasiado sobre el lado oscuro de la ley. —Ay. Me lo merecía. Lo siento, Cat. No he sido del todo sincero contigo. —Eso es quedarse muy corto, Jules, pero prefiero que te sinceres en otro momento. No creo que pueda aguantar más revelaciones ahora mismo. Tengo demasiados dramas encima y muchas cosas en la cabeza. —Claro, lo comprendo. Escucha, tu madre ha estado preguntando por ti. —¿De verdad? Me sorprende, pero ¿sabes una cosa? Prefiero no pensar en esa mujer. En lo que a mí respecta está muerta. —Mira, solo quiero decirte que sentí mucho tener que marcharme así. Te echo mucho de menos. Eres la primera persona en quien pienso cuando me levanto y la última cuando me voy a dormir. Te quiero, Cat, y... —¿Puedes explicármelo en otro momento? Prefiero que me digas qué has estado haciendo en París. He olvidado lo divertido que es hablar con alguien que claramente ha subestimado mi inteligencia.

Hubo una larga pausa y después Jules se rio. —Vaya, no sabía cómo interpretar eso, mi amor. Pero bueno, mi trabajo es muy lucrativo y tiene sus ventajas. ¿Considerarías la posibilidad de pasar unos días conmigo? Solos tú y yo en algún lugar bonito. —Claro, lo pensaré, pero con una condición. —Lo que sea, Cat. Cualquier cosa. —Que empieces a decir la verdad. Comenzando por tu verdadero nombre. —¿Ahora? —No. No puedo soportar escuchar la verdad ahora mismo. Jim ha estado hospitalizado, casi se muere. Y yo estoy pasándolo muy mal con Eddie. Se comporta de manera cada vez más rara, pero no puedo hablarlo por teléfono. La única buena noticia es que tu irlandés favorito se está haciendo rico en el extranjero. Creo que su época de *gigolo* ha quedado atrás. —¿Dónde está ahora? —No puedo decírtelo por teléfono, Jules. —Me parece que necesitas tomarte un descanso del hotel. ¿Por qué no vienes a París el próximo fin de semana? Sé bien cómo hacer que te olvides de todo.

Cat sonrió y su voz sonó anhelante. —Sería fantástico, pero no puedo. Las cosas van de mal en peor. Ayer me pasé la noche en vela tratando de decidir qué hacer. He estado tan distraída que no he pisado mi estudio y ahora voy retrasada con el encargo. —Siento oír eso, Cat. No es propio de ti. Debería confesar y decirte que hace unos días llamé a Bertha. Le dije que ya había reservado un billete para la semana que viene y que iba a hacerte una visita por sorpresa.

Cat se quedó sin palabras durante unos segundos. —Ah… ¿Y qué te dijo Bertha? —Me dijo con total claridad que estabas pasando un momento muy duro y que una visita por sorpresa sería un gran error. —En eso llevaba razón. —Cat tomó aire varias veces para calmarse—. No es que no quiera verte, Jules. De verdad, no tienes idea de lo mucho que te extraño, pero ahora mismo solo puedo pensar en lo que se propone Eddie. Me siento devorada por lo que está ocurriendo y, por desgracia, no puedo hablarlo contigo por teléfono en estos momentos. No se trata de algo bueno.

Jules soltó un silbido. —Vaya, la situación es peor de lo que pensaba, cariño. —Dime algo que me haga dejar de pensar en el hotel. —Veamos… la primera vez que hablé con Josephine en… en una fiesta, quiso saber cuáles eran mis intenciones hacia ti. No es una mujer que se ande con chiquitas y se despachó a gusto conmigo. Dice que necesitas protección frente a los chicos malos como yo.

Cat resopló. —Esa mujer parece haberse olvidado de que renunció al derecho a intervenir en mi vida, pero es evidente que Josephine es más lista de lo que parece si ha logrado calarte. —Vamos, no seas injusta. Si no me quisieras en tu vida, me habrías colgado nada más oír mi voz. El caso es que logré convencer a Josephine de que mis intenciones eran buenas. Después se emborrachó un poco y confesó que estaba preocupada por ti.

Hubo una larga pausa antes de que Cat respondiera. —Dios mío. ¿A qué viene ese cambio tan repentino? No la entiendo.

Jules habló despacio, como si no quisiera decir algo equivocado. —Los rumores sobre Edwina han llegado a París. Al parecer montó una escena en un restaurante elegante. Josephine dice que Edwina experimenta enajenación mental transitoria, normalmente cuando se siente abandonada. Se convierte por un momento en un monstruo capaz de sacarte los ojos, pero el resto del tiempo se muestra racional. Al parecer, una vez Matthew estuvo hospitalizado y le contó a Josephine que Eddie estaba intentando envenenarlo.

Cat sintió que el suelo se abría bajo sus pies. No podía hablar. Jim había estado en lo cierto desde el principio, pero ella se había negado a ver lo que tenía justo delante de las narices. Había sido una idiota al decirles que conocía a Eddie mejor que nadie. —¿Cat? ¿Hola?... ¿Sigues ahí? —Sí. Oh, Jules, he cometido un terrible error. La he subestimado. —Aún hay más, cariño. Matthew le pagó a Edwina varias estancias en una clínica psiquiátrica privada en Suiza. Solo visitas cortas, porque Edwina solo se quedaba hasta que se calmaba. Pensaba que era la única persona cuerda de toda la clínica. —¿Más cuerda que los psiquiatras? —Sí. Pero lo importante es esto. Josephine dice que Edwina es despiadada, peligrosa y capaz de cualquier cosa... ¿Cat? —Y una mierda. Perdona, Jules, pero Josephine podría estar describiéndose a sí misma. No puedo creer que te cuente mentiras sobre mí. Tú no oíste lo que me dijo, pero

338

sí viste cómo me quedé después de verla. Esa mujer no me quería en su vida.

Rompió a llorar. —Cat, lo siento. No pretendía disgustarte. Probablemente no te lo creas, pero se preocupa por ti… a su manera. No volveré a mencionar su nombre. Mira, tengo contactos en Londres. Tipos capaces de solucionar problemas. Sus métodos son poco convencionales, pero puedo cobrarme algunos favores. Solucionan la clase de problemas que quitan el sueño por las noches. —No, gracias, Jules —respondió ella con una sonrisa—, pero te agradezco el ofrecimiento. Aunque sí que hay algo que podrías hacer por mí. —Dímelo. Lo que sea.

Cat se secó las lágrimas y se sonó la nariz. Él esperó con paciencia a que estuviera preparada para hablar. —Jules, quiero que me mientas. Dime algo fantásticamente improbable. Invéntate una historia sobre cómo acabaste en París. Embáucame como solías hacerlo. Solo durante unos minutos, quiero que me mientas. Quiero que me seduzcas.

Él lo pensó durante unos segundos, después comenzó a hablar. Cat se dejó llevar por su voz profunda a un lugar luminoso donde prevalecían la verdad y la belleza, a la ciudad de la luz, donde los jóvenes de moral laxa encontraban trabajos lucrativos, apartamentos palaciegos y una vida sin miedo. En aquel nuevo comienzo no había depredadores ni sombras amenazantes. La vida era fabulosa y cada día era una aventura. Todo era posible, porque París era el lugar donde los chicos perdidos podían reinventarse y convertirse en hombres de provecho.

Y, mientras Jules tejía para ella una historia de misterio y fantasía, Cat cerró los ojos y aspiró la poderosa fragancia de setenta y dos rosas de invernadero.

Aquella noche Cat durmió plácidamente. Pero a las tres de la madrugada sonó el teléfono en su apartamento. Buscó a tientas el auricular y tiró una jarra de agua que había en la mesilla de noche.

Acabó con el pijama y con las sábanas empapadas, pero el agua fría había logrado despertarla.

Era Charlie, que llamaba desde el mostrador de recepción. —Siento despertarte. Acaban de decirme que la señora Du Barry está borracha y corriendo medio desnuda por la azotea. Cat, será mejor que subas. Corre peligro. ¿Debería llamar a los vigilantes nocturnos?

Cat se frotó los ojos. —No. No hace falta que nadie se entere de esto. Voy para allá. Llama al doctor Ahearn y dile que se reúna conmigo allí. Dile que es posible que tenga que volver a sedarla, pero que se mantenga escondido por el momento. Eddie se pondrá furiosa si sabe que estamos hablando de ella a sus espaldas.

Se apresuró a ponerse algo de ropa y subió corriendo la escalera de incendios hasta el Jardín de Invierno. En el interior de aquella brillante catedral de cristal lucía solo un candelabro. El efecto era tenebroso. En el cristal se reflejaban sombras extrañas y, en el calor de aquella jungla, una palmera se agitaba mientras un gato se afilaba las uñas en el tronco. El aire nocturno estaba plagado de los olores empalagosos de las flores exóticas. En el gramófono sonaba una canción de amor popular. Una canción melancólica y triste.

Al principio, Cat pensó que Eddie habría vuelto abajo, pero entonces la vio fuera, haciendo equilibrios en el borde del parapeto. No llevaba puesto más que el kimono negro de seda favorito de Daniel; le quedaba demasiado grande y el tejido colgaba alrededor de sus pies descalzos. La brisa abrió los pliegues del kimono y quedaron al descubierto sus pechos desnudos, así como el forro de satén rojo de la prenda. Parecía ajena al aire frío de la noche.

Se dio la vuelta cuando oyó las pisadas de Cat. Estaba extrañamente pálida. Cat se puso rígida cuando Edwina se tambaleó de un lado a otro sobre el murete de ladrillo. «¿Qué diablos ha tomado? Obviamente ha estado bebiendo, pero no parece muy borracha».

Cat se apoyó en la pared de ladrillos y fingió bostezar. —Vaya, veo que tú tampoco podías dormir. Me apetecía dar un paseo. El aire fresco nocturno suele darme sueño. Hace una noche preciosa, ¿verdad?

Edwina no respondió. La letra de la canción se perdía en la negrura del cielo nocturno. Su voz llegó desde muy lejos. —Esta era la canción favorita de tu padre. —Me encantaba cuando la tocaba al piano en las fiestas. Tenía una voz maravillosa. —Era un hombre maravilloso. Pero yo nunca logré reemplazar a mi hermano. Matthew era demasiado perfecto. ¿Sabes qué? Hacia el final, creo que a Danny ni siquiera le caía bien.

Por el rabillo del ojo Cat divisó la figura desgarbada del doctor Ahearn que cruzaba la terraza y desaparecía entre las sombras del Jardín de Invierno. —Creo que no estaba hecho para amar a las mujeres.

Edwina suspiró y levantó una copa de champán vacía. Se la pegó a la oreja. —Oigo el mar muy, muy lejos. A tu padre le encantaba el mar. Iba a subirse a bordo de su nuevo yate y a dejarme a mí atrás. Imagínatelo. Solo uno de los dos quería el divorcio. ¿Me traes otra copa, cielo? —Claro, pero solo si te bajas del muro. Siéntate en esa tumbona y yo volveré enseguida.

Edwina obedeció y Cat entró corriendo en el Jardín de Invierno. El doctor estaba escondido junto a la barra. Llevaba el pelo de punta, un pijama a rayas y zapatillas de cuadros. En otras circunstancias a Cat le habría hecho gracia ver al doctor de aquella guisa.

Agarró una botella de champán. —Doctor, siento sacarle de la cama, pero necesita que la seden. —De acuerdo, Cat. Alertaré a los vigilantes nocturnos. Necesitaremos ayuda para sujetarla. —¡No! No quiero que suba nadie. Haría que se pusiera paranoica. Estoy acostumbrada a sus cambios de humor. Sé cómo manejarla. —Si insistes, querida. Pero no creo que tengas muchas posibilidades si está drogada y ha estado dándole a la ginebra. La combinación hace que se vuelva peligrosa. —¿Qué está tomando, doctor? —No lo sé. Hace meses que no la trato. Dejó de consultarme cuando me negué a darle recetas para las drogas recreativas que quería. Sospecho que ahora está viendo al infame doctor Anguila. Es un alias,

341

claro, porque durante su jornada laboral es un respetable especialista de Harley Street. Él es el cabrón escurridizo que se hizo rico prescribiendo drogas sin hacer preguntas. El séquito de Edwina lo adora. —Entiendo. Vuelvo enseguida, doctor.

Cat le llevó el champán a Eddie mientras el doctor acercaba una silla y se sentaba en la penumbra. Comenzó a escuchar la canción y volvió a ver en su imaginación a Daniel tocando el piano en el Jardín de Invierno. Las lámparas de araña le conferían un brillo cálido y, junto a él, un cóctel y un cigarrillo olvidado que se consumía. Y las mujeres jóvenes contemplándolo con deseo, con la esperanza de llamar su atención mientras cantaba aquella letra melancólica. El pelo oscuro le caía sobre los ojos mientras sus dedos acariciaban las teclas. «Ay, Danny, ¿por qué tuviste que dejarnos? ¿Cómo pudiste abandonar a tu hija con esta loca?».

Al principio el champán pareció tranquilizar a Edwina, pero, tras beberse dos copas, volvió a ponerse de pie. Tenía los ojos vidriosos y sus movimientos eran torpes. Envolvió su delgada figura en el kimono tirando con fuerza de la tela. —Ya no aguanto más. Es hora de abandonar el Hotel du Barry. Nadie lamentará mi ausencia. ¿Alguna vez has sentido siquiera un poquito de cariño hacia mí, Caterina? —Por supuesto que sí. —Eso está bien. Sé que no lo merecía. Mira, hay algo que debo decirte. —¿Qué? —Yo no pretendía matarlo.

A Cat se le erizó el vello de la nuca. —¿Matar a quién? —A tu padre. Fue un accidente. Me enfadé y perdí el control, pero no quería que muriese.

Cat apretó los puños hasta que se le clavaron las uñas en la carne. —¿Qué ocurrió?

Edwina balbuceaba ligeramente al hablar. —El *gigolo* más deseado de Londres bebió demasiado la noche de nuestra fiesta anual del Jardín de Invierno. En cuanto Sean puso la cabeza sobre la almohada, se quedó dormido. Muy poco profesional, debo decir. Yo

342

subí aquí porque no podía dormir, como de costumbre. Danny estaba solo en el parapeto con las piernas colgando por fuera. Era su lugar privado. Le encantaba vigilar la ciudad mientras dormía. Era un soñador. —Hizo una pausa y se quedó mirando las estrellas—. Sírveme otra.

Cat obedeció y Edwina continuó, como en un trance. —Cuando Danny volvió a sacar el tema del divorcio una vez más, yo me enfurecí y, para cuando recobré el sentido, estaba tirado en la calle. Yo no…

Se dobló hacia delante, abatida por la angustia. Sus gemidos se perdieron en el aire quieto de la noche.

Cat la observó con los párpados entornados y dio un trago a la botella de champán. —Si tanto te importaba Danny, ¿por qué estabas intentando envenenarlo?

Edwina se quedó mirándola con sus ojos vidriosos. —Eso no es verdad. Solo quería que enfermara un poco. Cuando estaba enfermo, era como un niño y yo solo quería que volviese a necesitarme, como hizo cuando Matthew murió. Nunca se me ocurrió imaginar que alguien más pudiera tomar esas medicinas. En pequeñas cantidades, el antimonio enferma, no mata.

Cat no podía mirarla. En lugar de eso, se concentró en el Támesis. Parecía una serpiente lánguida, abriéndose paso por la oscuridad infinita. Las contracorrientes del río habían convertido el agua negra en un satén fundido. En un momento de locura, Cat fantaseó con la idea de empujar a su madrastra al vacío. Tomó aire cinco veces antes de responder. —Eddie, sabes que tendrás que declarar ante la policía, ¿verdad? Te preguntarán por Mikey Barthe y por el chef. Y, claro, por Jim Blade. Es que no entiendo por qué llegaste tan lejos. ¿Por qué diablos lo hiciste?

Edwina trató de encender un cigarrillo. Le costaba trabajo y dejó caer varias cerillas encendidas. Empezó a oler a seda chamuscada. Cat le quitó las cerillas y el cigarrillo, lo encendió y se lo devolvió. Edwina avanzó tambaleante hacia el borde del edificio. Cuando miró a Cat, su rostro era inexpresivo y parecía muy tranquila.

—Con Mikey Barthe no me quedó más remedio. Sabía que hablaría. Yo misma le disparé con el viejo revolver de servicio de Daniel. Le hice un favor. Era un cadáver andante por el alcohol y las drogas. Mikey apestaba, tenía el hígado destrozado, el cerebro frito y los piojos de la cabeza estaban volviéndole loco. No dejan que los perros abandonados deambulen por las calles en ese estado. Fue eutanasia. Los veterinarios lo hacen a diario. Si Mikey hubiera podido hablar, me lo habría agradecido. Tengo muy mala puntería. Gasté todas las balas y el condenado tardó mucho en morir. Un asunto farragoso.

Cat se terminó el resto de la botella. —¿Por eso contrataste a profesionales para que se encargaran del chef y de Jim?

Edwina se rio sin gracia. —¿Quién eres, la puñetera policía? ¿Acaso importa algo de eso? El que importa ahora mismo es Sean. Arruiné su coartada y posiblemente su vida, pero he dejado una carta firmada en mi joyero en la que digo que Sean estaba dormido en mi cama cuando un asaltante desconocido atacó a mi marido. También digo que negué que Sean estuviera conmigo aquella noche porque me avergonzaba que me pillasen acostándome con un *gigolo* profesional. Una mentira piadosa, en realidad, teniendo en cuenta mis otras mentiras. —Pero, Eddie, no lo entiendo. ¿Por qué fuiste a por Jim?

Edwina agitó la botella de champán. —Maldita sea, está vacía.

—Ya has bebido mucho, Eddie, y deberías parar.

Edwina bostezó. Parecía que le costase trabajo mantenerse alerta. —¿Sabes una cosa? No intentaba matar a Jim. Solo quería pararle los pies y que dejara de husmear. Siempre he respetado su inteligencia, es brillante y sabe cómo interpretar a las personas. La noche que Daniel murió, Jim tuvo que controlarme y, mientras forcejeábamos en el suelo, lo miré a los ojos y me di cuenta de que ya sospechaba de mí. —Sabes que no me queda otra opción que delatarte, ¿verdad? —Caterina, si pensara que la ley me va a colgar, me entregaría yo misma, pero me declararán enajenada y me encarcelarán de por vida. No dejaré que esos cabrones me hagan eso. Solo hay una salida y tú lo sabes.

Edwina dejó caer la botella sobre las baldosas, caminó descalza sobre los cristales rotos sin inmutarse y se subió al parapeto. Cat la agarró. —¡Edwina, si te bajas de ahí, te daré una dosis! —gritó el doctor. —¡Demasiado tarde, doctor! —gritó ella acercándose más al borde—, no hay nada en su bolsa de juguetes que pueda ayudarme esta vez.

Se soltó de la mano de Cat, corrió por el borde del edificio y trepó hasta el tejado superior. Cat corrió tras ella y la arrastró hacia atrás. Edwina le arañó la cara, le mordió y le dio un puñetazo en la tripa. Rodaron muy cerca del borde. El dolor era tan fuerte que Cat estuvo a punto de soltarla. —A mi manera te he querido y no quiero hacerte daño —le dijo Edwina—. ¡Maldita sea, suéltame! —Ni hablar —respondió Cat agarrándola con fuerza. —Ambas sabemos que soy mercancía dañada, pero no estoy loca. Si tienes un ápice de compasión en tu cuerpo, ¡déjame marchar!

A lo lejos ladró un perro, se oyó el llanto de una sirena y la respiración entrecortada del doctor mientras trepaba por el tejado hacia ellas. Cat fue soltándola lentamente.

Edwina se puso en pie y se colocó en el mismo borde del edificio. Se preparó como lo haría un saltador profesional. La angustia de los últimos meses desapareció y su rostro transmitía calma. Levantó los brazos muy despacio hacia el cielo, se puso de puntillas y ejecutó una zambullida perfecta hacia el vacío. Mientras caía, el kimono se abrió en el aire y Edwina se convirtió en un pájaro oscuro que surcaba los cielos.

Un destello de satén rojo y se acabó.

El doctor ayudó a Cat a bajar y la abrazó. Ambos permanecieron juntos en silencio, contemplando la oscuridad de abajo. El Támesis fluía como si nada hubiese ocurrido. Eterno y siniestro, guardián desde hacía siglos de los deseos más aberrantes de Londres, de sus almas perdidas, de sus sueños abandonados y de sus secretos más sucios.

Cat sintió que iba recuperando la vida poco a poco. —Doctor, no se consigue nada procesando a los muertos. Nada. No quiero que Eddie sea vilipendiada y difamada. Se lo ruego, por favor, olvide lo que ha oído. Limitémonos a enterrar a nuestros muertos.

El doctor se quedó contemplando el cielo nocturno. —Cat, si eso es lo que deseas, entonces les diré que llegué aquí demasiado tarde para ver u oír nada, pero no quiero que corras ningún riesgo. —¿Qué riesgo? —Creo que sería mejor que un testigo, un médico respetable y de confianza, pudiera confirmar que fuiste incapaz de prevenir el suicidio irracional e impredecible de la señora. —Dios mío, tiene razón. No se me había ocurrido pensar en eso. Al menos ha dejado prueba por escrito de la inocencia de Sean.

Se quedaron allí en silencio, viendo a la ciudad dormir. La luna escondió la cara cuando alguien empezó a gritar pidiendo ayuda desde la calle. Poco después la paz quedó interrumpida por el grito de las sirenas de policía. El caos de la calle aumentó y, en cuestión de segundos, cambió la vida de Cat para siempre.

El doctor le estrechó la mano. —La policía subirá aquí en unos quince minutos. No tengas miedo, yo te cubro. Limítate a decir la verdad tal y como la ves. —¿A qué se refiere, doctor? —A la mentira por omisión. No digas más que la verdad, pero quizá podrías omitir algunos detalles sin importancia. —¿Como la confesión de Eddie? —Si es así como quieres hacerlo. Pero, por el amor de Dios, infórmame deprisa. Entonces podré corroborar toda tu historia. Estamos juntos en esto, niña.

Todo salió según el plan en el Hotel du Barry. Gracias al doctor, todos creyeron a pies juntillas la historia de Cat du Barry. Y así sucedió que la viuda Du Barry consiguió quedar libre de toda sospecha.

Los dioses se felicitaron, se estrecharon la mano y se dieron palmaditas en la espalda. Sirvieron néctar en sus copas y brindaron repetidas veces; eran conocidos por su capacidad para emborracharse como cubas. Los ángeles celebraron su propia fiesta y se volvieron locos con los laúdes y las arpas; los más virtuosos no habían averiguado aún cómo festejar por todo lo alto. El único ángel que sabía celebrar en condiciones era el ángel caído Lucifer. Y sus fiestas eran para morirse.

Pero no había acabado todavía, pues los dioses nunca se cansaban de interferir en los asuntos de los mortales y les gustaba dejar que las cosas se complicaran antes de intervenir con un estruendo y repartir justicia.

CAPÍTULO 31

La reina de corazones

El espectacular suicidio de Edwina du Barry salió en las noticias de la BBC y acaparó las portadas de todos los periódicos. Incluso los más crueles columnistas de cotilleos mostraron compasión y empatía, y el funeral de Eddie se convirtió en el acontecimiento de la temporada. La misa se celebró en la misma iglesia en la que Daniel y ella se habían casado. Todo aquel que era alguien estaba presente, junto con muchos que no eran nadie. Los que no pudieron entrar en la catedral de Westminster se quedaron fuera con el cuello estirado para intentar ver a los protagonistas de la última tragedia del Hotel du Barry.

Un periodista oportunista se hizo con los aspectos más trágicos de la vida de Edwina y, cuando se publicó la historia, la antigua señorita Eddie Lamb se convirtió en una sensación de la noche a la mañana. La espantosa muerte de su hermano Matthew desempeñó un papel crucial. Eddie se convirtió en la chica destrozada que había ocultado su dolor tras la desaparición de su gemelo. En el periódico apareció una fotografía de ellos dos en la infancia. Tan jóvenes, tan rubios, tan guapos y tan desafortunados. En los diarios de mujeres se publicaron otras fotografías: Matthew y Eddie Lamb posando con los brazos entrelazados en una cancha de tenis, bailando mejilla con mejilla en un club nocturno o jugando en el mar en Brighton. En casi todas las fotografías Eddie aparecía vestida de blanco impoluto.

Los periodistas de investigación se sumaron a la fiesta y divulgaron teorías respecto al asesinato sin resolver de Daniel du Barry, mientras que otros periodistas apoyaban la teoría de que fue un suicidio. La pérdida de su amado marido había vuelto a romperle el corazón y se había visto abocada a llevar una vida inconsolable, pero había aguantado el tipo donando generosamente su tiempo y su dinero. Al parecer, sus obras benéficas le habían ayudado en los momentos más oscuros tras la muerte de su marido. Se exageró su filantropía, se elevó su intelecto, se exaltó su belleza y sus múltiples escarceos se achacaron a las manifestaciones propias del dolor de una viuda. El amor que Eddie sentía por su hija adoptiva se elogió al igual que sus impecables virtudes domésticas.

Cuando salieron a la luz sus fotos de corista y amenazaron con destruir el mito, los periodistas oportunistas modificaron su pasado. No se mencionó el hecho de que Eddie Lamb no había logrado pasar de la tercera fila del coro. En su lugar, se reinventó a sí misma como actriz teatral de gran potencial que había renunciado al estrellato por amor. Un escritorzuelo llegó incluso a decir que la había visto haciendo de Julieta en *Romeo y Julieta*. Al parecer, Eddie ofreció una interpretación tan brillante que el hombre la esperó durante dos horas a las puertas del teatro. Bajo la nieve. Solo para poder entregarle una rosa blanca.

La escalera de entrada del Hotel du Barry se transformó en un altar y cada día llegaban hasta allí coronas y ramos de flores enviados por el pueblo doliente. La estación de metro cercana al hotel tuvo que cerrar porque había demasiada gente abarrotando los andenes y se corría el peligro de que la estructura se viniese abajo. Gente que ni siquiera había oído hablar de Eddie Lamb o de Edwina du Barry acabó comprando tributos florales. Otros se atrevieron a escribir sus sentimientos en tarjetas de condolencias. Las flores llevaban tarjetas y mensajes y acababan pudriéndose en los escalones del Hotel du Barry. Todos querían rendir homenaje a la rubia celestial que había decidido hacer compañía a los dioses.

El doctor Otto Rubens envió un ensayo contrastado por colegas de profesión a la Asociación médico-psicológica real titulado *La misteriosa secta de Edwina du Barry*. Recibió ovaciones por doquier y fue uno de sus trabajos más aclamados. El doctor Rubens atribuyó aquella corriente de histeria colectiva al hecho de que el pueblo británico nunca había podido llorar de verdad a todos los que habían muerto en la Gran Guerra. Según el reputado doctor, antes del suicidio de Eddie, Gran Bretaña había estado guardando las apariencias, pero ahora la muerte sensacionalista de la viuda vulnerable se utilizaba para exteriorizar el dolor del pueblo y borrar la culpa por el asesinato de miles de soldados. Al peregrinar hasta el Hotel du Barry, los civiles se flagelaban por ser cómplices de aquella violencia injustificada.

Matthew Lamb se retorcía en su tumba y resoplaba con desdén.

Las acciones de Edwina subieron más aún cuando una antigua estrella de vodevil escribió una canción en su honor. Era una obra sensiblera y ñoña que no tardó en convertirse en la cancioncilla que tarareaban los taxistas de toda Europa, además de representarse en los clubes nocturnos más exclusivos. Corrió incluso el rumor descabellado de que iba a realizarse un musical basado en la vida de Edwina. Una revista musical llena de canciones y bailes con un final edulcorado.

Según los rumores, había varias actrices interesadísimas en hacerse con el papel, y en París el nombre que más resonaba era el de *mademoiselle* Josephine Marais. Con solo veinticuatro años de edad, era bastante más joven que *madame* Du Barry, pero eso no suponía un problema, pues la joven francesa podría también interpretar a *mademoiselle* Lamb como debutante caprichosa. Luego, con los milagros del maquillaje teatral, Josephine envejecería con elegancia para representar la trágica escena del suicidio de Edwina.

* * *

Mientras disfrutaba de un tranquilo desayuno en el balcón, Josephine leyó los rumores en *Weekly Variety* y estuvo a punto de atragantarse con el *café au lait*. Le lanzó la revista a François Richelieu tercero, que estaba sentado frente a ella, guapísimo con su albornoz, su pañuelo de seda y sus elegantes zapatillas. Tal era la agitación de Josephine que no se dio cuenta de que el depravado de Félix, su caniche, estaba fornicando con las suaves zapatillas de gamuza de Richelieu debajo de la mesa. El perro le lanzó un gruñido a Richelieu cuando recibió una patada. —*Quelle horreur!* —exclamó Josephine—. Se congelará el infierno antes de que interprete a esa horrible mujer. ¿Qué quiere mi público de mí? Soy una estrella, una diva, una *femme fatale*. No soy una zorra perversa y cazafortunas como *madame* Du Barry. —Hizo trizas el *Weekly Variety* y lo tiró por el balcón—. *Merde!* ¿Me estás escuchando, François?

Richelieu le dio otra patada a Félix, pero el pequeño cabrón comenzó a fornicar de inmediato con su pierna desnuda. Las cosas se estaban poniendo feas. Le dio otra patada al caniche mientras fingía mirar arrobado a Josephine. —Por supuesto, querida, pero creo que deberías tomarlo en consideración. Estarías muy elegante con una peluca rubia.

Richelieu vació con disimulo un vaso de agua con hielo encima de Félix, pero, como de costumbre, el perro siguió a lo suyo. —*Merde,* François. ¡Ni se te ocurra bromear con eso! Tienes que solucionar esta debacle. Quiero que obligues al editor a dimitir o rodarán cabezas. ¿Cómo se atreve a promover esos rumores tan estúpidos? —Sí, tienes razón. —Richelieu le dedicó una sonrisa deslumbrante mientras pensaba en cómo solucionar el asunto del perro. «¿Cómo demonios puedo exterminar a esta bestia asquerosa de manera furtiva? Félix podría caerse por la borda de mi yate o ser succionado por la ventanilla de mi avión. No. Es demasiado evidente».

Julian Bartholomew se había negado en redondo a llevar a cabo el trabajo porque matar a mascotas domésticas no estaba en su contrato, pero había mencionado que, si su jefe volvía a verse asaltado en los Campos Elíseos por su feroz exmujer, *madame* Adele Richelieu, estaría encantado de deshacerse de ella.

Richelieu frunció el ceño. «Debería encargarme yo mismo de mis negocios sucios. En la farmacia local podrán preparar algún veneno indoloro e indetectable para Félix. ¿Antimonio, quizá?».

En lo profundo de las entrañas de la tierra, una rubia despampanante llamó la atención del demonio durante la hora del cóctel. La vio nada más entrar, vestida de satén blanco y cargada de diamantes. Su mirada desafiante parecía decir: «Ya estás acabado, Lucifer. No intentes resistirte».

Lucifer ordenó a las diablesas que la llevaran hasta donde él estaba, recostado cómodamente en su trono negro. Estaba sudando y, mientras esperaba, jugueteaba con el anillo de oro que llevaba en el pezón. «Aquí hace demasiado calor. O quizá sean estos pantalones de cuero».

Eddie subió al altar y se quedó de pie frente a él. Agachó la barbilla, abrió mucho sus ojos azules y observó con intensidad los ojos rojos de Lucifer. Él apenas podía respirar. Sus alas de plumas negras se alzaron por su propia voluntad y se agitaron nerviosas. «¿Quién es esta mujer? ¿Y qué deliciosos pecados ha cometido?».

Edwina dio un trago a su *dry* Martini, lamió la aceituna con languidez y miró al demonio de arriba abajo. «Mentían. Lucifer es un hombre en la flor de la vida. Qué pecho tan desarrollado. Se podría cortar el pan con esos pómulos. Y no apesta a azufre, huele a colonia francesa».

Claro está, a él le pareció irresistible, y daba la casualidad de que estaba buscando una nueva amante. Su favorita había sido brutalmente asesinada esa misma mañana. El rumor que circulaba por el Hades era que un asaltante no identificado había seguido a Jezebel, la había golpeado hasta dejarla sin sentido, la había metido en una funda de colchón y la había ahogado en el asqueroso río Estigia.

Llorar por la muerte de una amante no era el estilo de Lucifer. Percibía que la rubia celestial estaba corrompida hasta la médula. Qué oportuna. Necesitaba algo que le distrajese de la nauseabunda benevolencia de la inminente época navideña. Le hizo una señal secreta al líder de la banda y la sesión de *jazz* terminó de manera abrupta. Los músicos pasaron a tocar ritmos sexis latinoamericanos e incluso las diablesas se animaron.

Lucifer plegó las alas, le dio la mano a Eddie y la condujo hacia la pista de baile. Cuando la tocó, fue como si hubiera recibido una descarga eléctrica. Se le hincharon las fosas nasales al percibir el inconfundible olor a asesinato reciente en la sedosa piel de Eddie. Excelente. Se asomó a su alma y vio que era el mal encarnado. Tanto tiempo esperando a una mujer diabólica y al fin había llegado. Su corazón estaba en llamas y la entrepierna le palpitaba de emoción. «Menos mal que la bragueta oculta mi erección. No debe averiguar que ya estoy enamorado de ella». Eso le daría a Edwina ventaja en la posterior lucha de egos y Lucifer nunca daba ventaja a nadie; y menos a una mortal lista, despiadada y manipuladora.

Le dirigió una mirada lasciva y ella respondió batiendo las pestañas. Excelente. Obviamente estaba decidida a seducirlo y se dejaba arrastrar hacia sus manos deseosas y su bragueta enjoyada.

Las diablesas murmuraban y criticaban entre ellas. Ya habían adivinado que aquella *femme fatale* codiciosa ansiaba hacerse con el negrísimo corazón de Lucifer.

Eddie tenía experiencia bailando el tango, así que alzó la barbilla, echó los hombros hacia atrás y flexionó la pelvis hacia Lucifer. Él conocía bien los pasos de baile y, cuando Eddie giró las piernas, supo que era la señal para empezar. Se hizo con el control, le dio una vuelta, la estrechó contra su cuerpo y juntos comenzaron a bailar el tango. El ritmo de Eddie era perfecto y, mientras se movían por la pista de baile, Lucifer no paraba de mirarla a los ojos. Estaba embelesado. «Uno podría ahogarse en el océano azul de sus ojos».

Y así comenzó el primero de muchos tangos.

CAPÍTULO 32

Cariño, regresa

Era Nochebuena y Cat daba vueltas una y otra vez frente al espejo del vestidor. Su nuevo vestido de terciopelo negro se ajustaba en los lugares indicados y acariciaba sus curvas. Al sacar un collar de diamantes del joyero de Eddie, se la imaginó paseándose por el recibidor, con la luz reflejada en sus diamantes. Suspiró, volvió a guardar el collar en el joyero y miró el reloj.

¿Estaría adelantado? No. ¿Era posible que el nuevo jefe de Julian llegase con retraso? Tal vez. Al fin y al cabo, el barco de Sean Kelly se había retrasado más de un día, lo que significaba que no llegaría a la fiesta hasta más o menos las once. «Maldita sea. ¿Por qué estos hombres no llegan a los sitios a la hora en que se los espera?».

En su imaginación, Cat veía a Julian bajar del avión privado de François Richelieu y mirar a su alrededor. Lo veía subiéndose a una limusina del Hotel du Barry antes de servirse un *whisky*. Se estremeció nerviosa y volvió a mirar el reloj. ¿Dónde estaría? Le habría gustado verlo antes de que comenzara la fiesta en el Jardín de Invierno. «Quizá haya ocurrido algo. ¿Por qué no podía Jules tomar el ferri como todos los demás?».

Empezó a dar vueltas por el apartamento. Después apagó la lámpara de la sala de estar y salió al balcón. Las luces de Navidad de la fachada del hotel proyectaban un brillo rojo sobre su espalda desnuda y sus hombros. Se estremeció al apoyarse en la barandilla para contemplar a la multitud reunida abajo. Los niños parecían emocionados. El ambiente festivo aumentaba gracias a los camareros que pasaban repartiendo ponche caliente y pastas. Una mujer mayor estaba metiéndose pastas en el bolso a escondidas. Henri Dupont la vio, envolvió una docena de pastas en una servilleta de lino y envió a un camarero a llevárselas. La anciana se llevó su botín al pecho y se alejó sonriente.

Un puñado de debutantes centraba las miradas de todos mientras recorrían la alfombra roja. La fama se la robó una de ellas –una debutante voluptuosa con un ajustadísimo vestido de satén y unos tacones peligrosamente altos–, cuyo generoso trasero vibraba a cada paso. Los espectadores tenían los ojos puestos en aquel punto y, cuando la muchacha tropezó en el último escalón, todos contuvieron la respiración. Por suerte, Henri logró frenar su caída y la multitud aplaudió con entusiasmo.

Un carruaje tirado por caballos se detuvo en la entrada y uno de los caballos soltó una enorme pila de estiércol humeante delante del pórtico. Procedente del Jardín de Invierno llegaba el sonido de los músicos afinando sus instrumentos. Las doncellas, los camareros, los botones y los ayudas de cámara fumaban en la escalera de incendios. Sus carcajadas y su aliento se mezclaban con el aire frío de la noche. Desde lo alto, Cat vio a una joven doncella y a un ayuda de cámara besuqueándose en un portal oscuro.

Un Rolls-Royce se detuvo frente al hotel y de él salió nada menos que el viejo amigo de Danny, Noël Coward, y el guapísimo actor de su aclamada obra, *Private Lives*. Al parecer, había alguien más saliendo del Rolls. Cat estiró el cuello; no logró verle la cara a la mujer, pero habría reconocido aquella melena roja en cualquier parte. Coward iba impecable con una chaqueta blanca y una sonrisa astuta. Como de costumbre, sus dedos largos sujetaban un cigarrillo. La multitud se volvió loca y los fotógrafos de la prensa comenzaron a disparar. Coward echaba el humo lánguidamente mientras posaba en la alfombra roja junto a Mary.

Parecía que los admiradores de Coward habían dado por hecho que Mary Maguire era una mujer famosa y las chicas jóvenes se peleaban por su autógrafo. Cat sonrió. Mary estaba deslumbrante con su vestido de tubo de satén color melocotón. El joven actor la ayudó a recolocarse la estola de piel blanca y, al darle un beso en el hombro, los fotógrafos se volvieron locos otra vez.

Aquella mañana Mary le había dicho: —Maldita sea, Cat, me da mucha pena que Sean no llegue hasta esta noche. —Después se encogió de hombros—. Da igual. Un actor encantador al que conocí en el teatro Romanoff's se ha ofrecido a llevarme en el Rolls de su amigo. Eso no es moco de pavo. Y ha prometido bailar conmigo hasta que llegue Sean. Me muero por ver a Sean, pero al menos no estaré sola llorando por los rincones. ¿Y sabes qué? Elsa me ha preguntado si quería ponerme uno de sus sensacionales vestidos de noche. Dios, ¡cómo iba a decir que no!

Era propio de Mary ser tan modesta. Un vestido de Schiaparelli. Noël Coward y amigo como acompañantes. «Si Danny pudiera ver esto, le encantaría. Mientras que a Eddie le daría un ataque al ver que Mary Maguire ha logrado ascender a lo más alto desde sus orígenes humildes».

Un saxofonista salió a la escalera de incendios y estuvo practicando un solo. Las notas perezosas se fundían con el agua oscura del Támesis y, una vez más, Cat sintió la presencia de Daniel. Pensó en su figura pintada sentada arriba a la barra del Jardín de Invierno, junto a Michael, esperando a que llegaran los invitados. Al principio le había preocupado que a los empleados pudieran inquietarles los retratos, pero todos se habían mostrado entusiasmados con la idea. A lo largo de la tarde, varios miembros del personal del laberinto habían subido al Jardín de Invierno para admirar el realismo de los muñecos. Sebastian se había encargado personalmente de colocar los brazos y las piernas de Danny en una postura característica suya y se había asegurado de que sentaran a Michael en su taburete favorito junto a la barra.

El jefe de los jardineros le había puesto una rosa a Daniel en la solapa. —El señor Du Barry siempre llevaba rosas blancas en Navidad. Una vez, en la boda de uno de sus mejores amigos, nos hizo teñirle de negro un clavel blanco para llevar en el ojal. Es la flor más rara que he visto en mi vida.

El camarero se acercó y le susurró a Cat: —¿Te parece bien que esta noche le encienda los cigarrillos al señor Du Barry y le prepare sus cócteles favoritos? Podría ponérselos en la barra frente a él. Siempre le gustaba tomarse un Planter's Punch o dos mientras la fiesta se animaba. Decía: «Maestro, no escatimes con el ron, echa poco zumo y prescinde de la cereza al marrasquino». —Por supuesto, Pedro. No podemos tener a Daniel sentado a la barra sin una copa. Sé que también le gustaba el Francés 75. —Desde luego. Me dijo que el Francés 75 recibió su nombre por un arma francesa que se utilizó en la guerra. Quince cartuchos por minuto y con precisión incluso a distancia... como mis cócteles. —Contempló los muñecos con tristeza—. A estos dos les encantaba sentarse justo ahí, comer ostras a las tres de la mañana y tomarse una copa o varias. —¿Recuerdas por casualidad cuál era la bebida favorita del señor James?

Pedro colocó un cenicero delante de Michael. —Por supuesto. Cierto que era un hombre de *whisky*, pero también le encantaba el Pernod. Elaboré un potente cóctel de Pernod especialmente para el señor James y lo bauticé como Dilema del Diablo. Porque uno no era suficiente y dos le emborrachaban mucho.

Cat se rio para sus adentros al imaginarse a los columnistas de cotilleos de Londres desconcertados al ver al difunto Daniel du Barry y a su atractivo amante, sentados en sendos taburetes con copas de cóctel y cigarrillos encendidos.

Cat volvió a entrar en su sala de estar, metió la mano en una cubitera y descorchó una botella de champán Caterina Anastasia Grande Imperial. Sirvió dos copas y levantó la suya hacia la libertina figura reclinada en el sofá. —*Joyeux Noël!*

Los ojos de zafiro de Matthew Lamb le devolvieron una mirada brillante. A la escasa luz se parecía más aún a su gemela. Cat recordó una lejana fiesta de Navidad en el Jardín de Invierno; la nieve se apilaba contra los cristales y Eddie había bailado con Daniel un tango lento y sensual. Sus largas piernas de corista llamaban la atención de todos los presentes. Se había reído de algo que había dicho Daniel y su rostro resplandecía. A Cat se le llenaron los ojos de lágrimas. Le sorprendía que, pese a todos los defectos, delitos y crueldades de Eddie, la echara de menos.

Abrió el joyero de Eddie y eligió sus pendientes de diamantes más ostentosos. Se los puso. Perfecto. Los pendientes proyectaban un brillo perverso y Cat sintió de inmediato que el espíritu inquieto de Eddie entraba en el apartamento.

Dio un respingo cuando sonó el teléfono. Era Charlie, que llamaba desde recepción. Hablaba en voz baja. —Siento molestarte, pero tenemos un problema. El timador de la 241 se niega a marcharse. Hemos hecho sus maletas, pero no se va. Dice que metió cosas de valor en la caja fuerte del hotel y que nuestros empleados se las han robado. Y ahora dice que no puede pagar la cuenta porque le han quitado la cartera. Insiste en ver a Jim Blade. Podría pedirles a nuestros chicos que lo echaran escaleras abajo, pero eso arruinaría el espíritu festivo. No quiero disgustar a los muchachos de la calle que están esperando en la alfombra roja.

Cat se tocó los pendientes, que acariciaban su cuello. —Enseguida bajo.

Matthew Lamb parecía resentido mientras Cat se pintaba los labios y se ponía el chal de terciopelo. Le dio un beso en la boca y lo dejó con su copa de champán, contemplando la nieve que empezaba a caer sobre Londres.

El ascensor estaba vacío, pero Cat percibió una presencia fantasmal y, cuando salió al vestíbulo, tuvo la impresión de que alguien caminaba con ella. Un pequeño terrier se escapó de su correa y empezó a atacar a algo invisible. El perro corría en círculos a su alrededor, ladrando como loco y mordiendo al aire. Cat se sobresaltó cuando el animal soltó un grito como si hubiera recibido una patada.

El vestíbulo del hotel era un caos, con huéspedes yendo y viniendo e invitados que subían al Jardín de Invierno para la fiesta. Charlie no había exagerado; el huésped de la 241 estaba causando problemas. Cat se apoyó sobre el mostrador, un truco que utilizaba con frecuencia para reducir su altura. Así que ahora podía mirar a los ojos al de la 241. O quizá no, porque aquel condenado hombre seguía llegándole a la altura de los pezones.

No dejaba a Cat decir una sola palabra. —¿Quién diablos es usted? Pido hablar con el detective del hotel y me envían a una chica. ¡Una mocosa, por el amor de Dios! Es Nochebuena y me echan de mi hotel porque me han confundido con un estafador. Increíble. ¡Y ahora me dicen que mis objetos de valor no están en la caja fuerte del hotel! De los insultos a las injurias. Y este cretino se niega a realojarme en mi *suite*. —Se puso de puntillas y gritó—: ¿Sabe usted quién soy?

Cat se quedó mirándolo. —Sí, sé que es usted un abusón engreído y un perverso timador que se gana la vida estafando en hoteles de lujo. —¡¿Cómo se atreve?! Fuera de mi vista. Y avise al señor Blade. Me niego a tratar con subordinados.

Cat se irguió por encima de él. —El señor Blade está de permiso hasta Nochevieja. Así que tendrá que tratar conmigo, le guste o no.

El cliente dio un paso amenazante hacia delante, pero Cat no se dejó amedrentar. Le enseñó los dientes y el hombre retrocedió al ver el extraño color de sus ojos. Ella experimentó una escalofriante sensación de calma. Inexplicablemente notó que el espíritu de Daniel la protegía. «No estoy sola, Danny no se ha marchado. ¿Quién más hay aquí?».

Intentó concentrarse en el problema que tenía entre manos. —¿Le importa venir a mi despacho para que podamos discutir el asunto en privado? —le preguntó al cliente de la 241. —Desde luego que me importa. No tengo nada de lo que avergonzarme. Quiero aprovechar la oportunidad para que toda esta gente vea cómo tratan a uno en el Hotel du Barry.

Charlie hizo un movimiento brusco que indicaba que estaba a punto de saltar por encima del mostrador y estrangular a aquel individuo. Cat le puso una mano firme en el pecho y lo detuvo.

Habló en voz baja para que el cliente tuviera que inclinarse hacia delante para oírla. —Yo sustituyo al señor Blade cuando no está disponible. Me llamo Caterina Anastasia Lucinda du Barry y le aconsejo que lo recuerde, porque soy la única heredera del imperio Du Barry, pero hablemos de sus múltiples alias. ¿Quién es usted esta noche? Déjeme adivinar. ¿Lord Havisham? ¿El honorable Winchester Thomas? Llevamos bastante tiempo detrás de usted. De hecho, tengo su fotografía y estoy pensando en pegar copias por toda la ciudad, así que le sugiero que se marche de inmediato. Y, si se marcha en los próximos dos minutos, le concederé una feliz Navidad resistiendo la tentación de ir a buscarlo y sacarle las tripas.

El impostor se quedó de piedra y dio un paso hacia atrás. Después recogió sus maletas con sumisión, se marchó apresuradamente y se dejó el bombín sobre el mostrador. —Impresionante —comentó Charlie—. Nunca te había visto así. ¿Cómo has conseguido fotografiarle sin que lo supiera? —No lo he hecho, Charlie. Era un farol. ¿Qué pasa con la Navidad? Timadores, estafadores, pervertidos, rameras, criminales y proxenetas. El hotel está lleno hasta los topes de gente que solo busca problemas.

Charlie se rio. Mientras Cat tiraba el sombrero del impostor a la papelera, oyó que la multitud de la calle aplaudía, silbaba y pateaba. Miró a Charlie con una ceja levantada y ambos miraron hacia la entrada. Henri estaba en lo alto de las escaleras saludando a los invitados y Cat se dio cuenta de que se había quitado su máscara de conserje y sonreía de oreja a oreja. «¿Quién será ahora?».

Una mujer entró en el vestíbulo con un vestido de seda rojo con volantes y unos ojos oscuros y brillantes. La melena negra y reluciente le caía por la espalda, llevaba los labios pintados de rojo bermellón y nadie podía quitarle los ojos de encima. Era una presencia animal; una mujer misteriosa hecha de nubes y fuego.

—¿Quién es, Charlie? —preguntó Cat—. Creía que conocía a todos los de la lista de invitados.

Charlie respondió en voz baja con tono conspirador. —Ah, es la bailarina de flamenco de la última producción vanguardista de *Carmen*. Henri y yo fuimos a verla anoche. Corre el rumor de que el director la metió en el último minuto para dar algo de luz, color y movimiento a una producción mediocre. No tengo superlativos suficientes para describir su interpretación. Se comió el escenario y el público la ovacionó en pie. A muchos se les saltaron las lágrimas. No había visto nunca a Henri tan emocionado.

Cat se fijó en el apuesto caballero que acompañaba a la bailarina. «Es el doctor Rubens, pero parece cambiado. Y no es solo por el esmoquin negro y las botas. Parece más masculino, más sofisticado y un poco peligroso».

Otto le dio la mano a su pareja y se la presentó a Cat. —Me gustaría presentarte a la señorita Perfecta González. Esta es la señorita Cat du Barry. —Encantada de conocerla, señorita González. Espero que disfrute de nuestro espectáculo navideño.

La señorita González respondió con un fuerte acento que recordaba a música gitana, *staccato*, mujeres salvajes y hombres orgullosos. —He estado siguiendo su carrera desde que vi su primera exposición, señorita Du Barry. Tiene lo que los españoles llamamos «duende». —¿Duende? —Hay que experimentarlo para entenderlo. Viene de dentro, manifiesta una melancolía o una tristeza en respuesta a un arte intrínseco. Es irracional, sentido, único y difícil de catalogar. —¿Tiene algo que ver con el flamenco? —Sí y no. Mi gente, los andaluces, son magníficos bailarines de flamenco y veneran el duende. Pero yo también he experimentado el duende al ver sus dibujos y lo siento ahora en el espíritu de este magnífico hotel plagado de fantasmas. —Gracias, señorita —respondió Cat inclinando la cabeza con respeto—. El ayudante del conserje acaba de contarme que estuvo usted fantástica anoche en el teatro. Estoy deseando verla bailar.

Otto estaba encantado. —Tengo un palco en el teatro para toda la temporada y tienes que venir una noche, Cat. Nadie está a la altura de Perfecta cuando baila con duende.

La señorita González le puso una mano en el brazo con cariño. —A Otto y a mí nos encanta el enorme árbol de Navidad de ahí fuera. —Hay otro en el Jardín de Invierno y doce por todo el hotel. Miden todos más de seis metros, así que no caben en los ascensores y tuvimos que subirlos por las escaleras. Después de decorarlos, todos los empleados se reunieron en torno al árbol de fuera para tomar ponche caliente. Era una de las maravillosas tradiciones de Danny. —Yo conocí a tu padre —le dijo Perfecta—. Tenía alma. Bailé con él en el Hotel du Barry de Montecarlo y dejamos vacía la pista de baile. El señor Du Barry tenía duende. Le salía de dentro, desde las plantas de los pies. Pero bueno, no queremos entretenerla.

Otto le dio la mano. —Ven, es por aquí, querida.

Cat le guiñó un ojo a Otto. —Los dos elegantes caballeros de los que te hablé están sentados a la barra en el Jardín de Invierno. Tienes que verlos. —Qué intriga, Cat. Te veremos arriba.

Mientras Otto y Perfecta atravesaban el vestíbulo, Jim y Bertha salieron del ascensor.

Cat sabía que lo último que Jim quería hacer esa noche era abandonar la fiesta y marcharse a París. La Nochebuena en el Hotel du Barry era su noche favorita del año, pero ese año se había dejado convencer por Bertha y por Cat para pasar una semana en París.

Mientras Jim se despedía de Henri, Cat consiguió meterle un sobre a Bertha en el bolso. —Cat, ¿qué te propones? —Shhhh. No se lo digas a Jim hasta que estéis en el ferri. Son dos bonificaciones de Navidad para que saboreéis todo lo que París puede ofreceros. —No puedo aceptarlo, Cat. Ya nos has pagado la estancia en el

Hôtel de Crillon y compartimentos de primera clase. —No seas tonta. Jim pagó muy cara su lealtad al Hotel du Barry y creo que se lo debo. Danny esperaría que hiciera lo mismo. Os lo merecéis. Calla. Ya viene.

Jim sonrió. —Me pongo nervioso cuando veo a mujeres conspirando. Deprisa, Bertha. Henri tiene una limusina esperando abajo.

Cat dio un abrazo a cada uno. —Adiós. ¡Y pasadlo muy bien!

Después se volvió hacia el mostrador de recepción. —Charlie, recuérdale a Henri que se asegure de que sus empleados puedan subir arriba esta noche para comer algo y tomarse una copa. Quiero que la Nochebuena sea tan alegre como cuando Daniel estaba al frente. Él siempre insistía en que todos los miembros del personal se sumaran a las celebraciones. —Claro. Tal vez podríamos...

Cat ya no pudo oír lo que Charlie estaba diciendo, porque había percibido que alguien llegaba por la alfombra roja y atravesaba el vestíbulo. Aunque estaba de espaldas, supo que era él. Se dio la vuelta y Jules estaba allí de pie, con el pelo y las pestañas cubiertos de nieve y con brillo en la mirada. Supo que estaba estudiándola, devorándola con los ojos y grabando su imagen para siempre en su memoria.

Jules no dijo nada, dejó su maleta en el suelo y caminó hacia ella. La miró a los ojos y Cat se sonrojó. El ambiente estaba tan cargado que el personal de recepción dejó lo que estaba haciendo y se quedó mirando.

Jules se quitó el abrigo empapado, después los guantes de cuero negro y los lanzó sobre el mostrador. Se estiró la corbata negra y se alisó la chaqueta, todo ello sin dejar de mirarla. Después, sin mediar palabra, le dio la mano y la guio hacia el Jardín de Invierno. Ignoró el ascensor y prefirió la intimidad de las escaleras, donde permanecieron un rato.

La voz del pianista se colaba por las escaleras mientras cantaba la canción favorita de Daniel. Un tema de amores pasados, sueños transitorios y recuerdos fantasmales. Paró de cantar y el saxofonista intervino con un estribillo melancólico; con cada nota exploraba de manera exquisita las infinitas posibilidades de la vida.

Era la noche antes de Navidad y todo era perfecto en cada rincón del Hotel du Barry.